KB036190

"이 세계에서 즐기는
마지막 유희다.

내가 친히

흔해빠진 직업으로

ARIFURETA SHOKUGYOU DE SEKAISAIKYOU

세계최강

#13

시라코메 료 지음

타카야Ki 일러스트

김장준 옮김

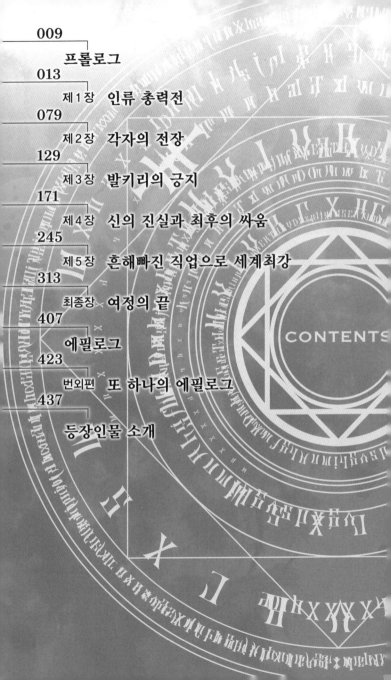

CONTENTS

나락 밑바닥으로 떨어지고.

몸도 마음도 인간의 범주에서 벗어나려고 했다.

지금까지의 자신을 망가뜨리며 오로지 앞으로만 나아갔다. 가는 길을 막아서면 전부 부수고 그저 목적만 바라보며 손을 뻗었다. 살아남기 위해서라면, 집으로 돌아가기 위해서라면 인간의 길을 벗어나더라도 상관없다며 나락보다 더 깊은 곳으로 내려갔다.

그러지 않고서는 견딜 수 없었으니까. 마음의 빗장을 벗어 던지고 전부 내려놓지 않으면 어디선가 좌절해 멈춰 버렸을 테니까.

나는 벼랑 끝에 몰려 있었다.

유에, 너와 만났을 때가 정말로 마지막 순간이었어.

네가 나를 아슬아슬하게 『사람』으로 잡아 뒀어.

가족 앞에서 조금이나마 얼굴을 들 수 있게 인간으로 있게 해줬어.

소중한 이들이 늘어난 것도, 이만큼 강해진 것도, 다 네가 있어 준 덕분이야.

이 은혜를 어떻게 갚아야 할까?

분명 너는 함께 있어 주기만 하면 충분하다고 하겠지만.

그것만으로는 턱없이 부족하다. 내가 성에 차지 않는다.

그러니까 우선은 약속을 지키겠다.

함께 세계를 넘어서 내 고향으로 가자.

그날, 너는 돌아갈 곳이 없다며 쓸쓸하게 고개를 숙였으니까 고향과 돌아갈 집을 선물하겠다.

괜찮아. 너는 불안해했지만, 아버지와 어머니도 죽도록 기뻐할 테니까.

그러니까 유에. 내가 세상에서 가장 사랑하는 흡혈 공주.

기다려줘. 지금 데리러 갈게.

나락 밑바닥에 붙잡힌 채로.

몸도 마음도 얼어붙어서 무감정한 인형이 되어 가고 있었다.

마음을 죽이고 어둠에 몸을 맡긴다. 이 영원할 것 같은 옥살이를 끝낼 수 있다면 죽어도 상관없다고 생각했다. 삶을 포기했었다.

그래도 나는, 내심 한 줌의 희망을 쥐고 있었다.

하지메, 네가 그 문을 열었을 때, 나는 틀림없이 살고 싶다고 생각했으니까.

네가 눈에 들어온 순간, 피가 온몸을 도는 게 느껴졌어. 잊고 있던 고동 소리가 들렸어.

나는 어떻게 해서든 내 마음을 외면하고 싶었을 뿐이야.

너는 단순히 나를 해방한 게 아니었어.

절망의 늪에 가라앉았던 나를 끌어올려 빛으로 비추어줬어.

배신으로 상처 입은 마음을 치유하고 한 번 더 사람의 마음을 되찾게 해줬어.

소중한 이들이 생긴 것도, 이토록 강해진 것도, 다 네가 있어 준 덕분이야.

이 은혜를 어떻게 갚아야 할까?

분명 너는 함께 있어 주기만 하면 충분하다고 하겠지만.

그것만으로는 턱없이 부족하다. 내가 성에 차지 않는다.

그러니까 나는 지지 않겠다.

설령 다시 암흑의 감옥에 갇히더라도, 팔다리 끝부터 나라는 존재가 사라지는 감각에 사로잡히더라도, 나는 포기하지 않겠다.

네가 진심으로 갈망하는 고향은 어떤 곳일까.

필사적으로 돌아가려는 이유— 아버지와 어머니는 어떤 사람들일까.

이종족이 없는 세계에서 흡혈귀인 나를 받아들여 줄까.

너와 너의 가족과 함께할 미래를 상상하는 것만으로 가슴이 벅차올라 살아 있다고 실감한다. 활력이 샘솟는다.

그러니까 하지메. 내가 세상에서 가장 사랑하는 사람.

계속 기다릴게.

그날처럼 네가 어둠을 가르고 데리러 와주기를, 언제까지고.

―세계의 종말이 시작되기 며칠 전.

해가 중천에 오른 시각.

그날도 【하일리히 왕국】 왕도에는 평소와 다를 바 없는 일상이 펼쳐져 있었다.

마왕군 침공으로 입은 피해와 슬픔을 극복하려는 사람들이 열심히 복구 작업에 힘쓰는 소리가 온 거리에서 울려 퍼졌다.

고인에 대한 애도와 앞으로 나아가려는 활기가 뒤섞여 독특한 분위기를 연출하는 왕도를 한눈에 내다볼 수 있는 왕궁의 테라스.

그곳에서 일곱 명의 학생이 둥근 탁자를 둘러싸고 앉아서 점심을 먹고 있었다.

특별히 분위기가 무겁지는 않았지만, 어딘지 모르게 적막함이 감도는 식탁이었다.

이 세계에 소환된 당시, 학생들이 한자리에 모여 식사하던 시절을 생각하면 지금은 수가 부쩍 줄어들긴 했다.

더군다나 학생들 대부분이 방에 틀어박혀 나오지 않게 됐다. 그 원인이 된 그날 밤의 배신과 비극을 생각하면 어쩔 수 없었다.

맛있는 식사를 준비한다고 기분이 들뜰 상황은 아니었다.

그렇지만 묵묵히 기계적으로 식사를 해도 어색하긴 마찬가지였고…….

"음…… 너희 쪽은 오늘 어땠어?"

타마이 아츠시가 짧게 친 머리를 쓸어올리며 말문을 텄다.

"어떻기는…… 평소랑 똑같지."

포크로 샐러드를 찍으며 말을 받은 사람은 맞은 편에 앉은 노무라 켄타로였다.

켄타로가 오른쪽에 앉은 파티 리더이자 과묵한 거한 유도가, 노안(老顔)이 고민거리인 나가야마 쥬고에게 눈짓해 동의를 구했다.

쥬고는 굳이 나이프와 포크를 내려놓은 뒤에 고개를 끄덕였다.

"평소대로 복구 작업을 도왔어."

나가야마 파티는 줄곧 외벽 복구공사에 협력하고 있었다.

천직『토술사』인 켄타로는 물론이거니와 천직『중(重)격투가』인 쥬고의 근력도 토목 작업에 큰 도움이 됐다. 거기에 천직『부여술사』요시노 마오와 천직『치유사』츠지 아야코가 붙어서 보조하니 천군만마의 활약이다.

"품, 무슨 대화가 그래? 오랜만에 만난 친척 아저씨랑 조카도 아니고."

"마오, 웃기지 마. 흐흡, 수프 튀어나왔잖아."

마오가 깔깔 웃자 건강미 있게 뻗친 세미 롱 헤어가 더 흐트러졌고, 아야코는 머리핀으로 앞머리를 올려서 시원하게 드러낸 이마와 눈을 두 손으로 가려 웃음이 터진 얼굴을 감추려고 했다.

두 사람의 웃음소리로 분위기가 밝아진 대가로 「그건 내가 친척 아저씨 같다는 말인가」라며 쥬고의 기분이 급격히 다운됐다.

켄타로는 쓴웃음을 지으며 이 분위기를 해치지 않도록 대화를 이어갔다.

"그래서 너희 쪽은 어때? 지금 왕도는 사고가 터지기 쉽잖아. 순찰하기 힘들지 않아?"

"힘들긴 해."

"그래도 우리한테는 소노베가 있으니까."

"요즘 거의 아이돌이 된 소노베가 주의를 주면 함부로 거스르기 힘들지."

아이카와 노보루가 고동색 머리 뒤로 깍지를 끼고 왕도의 중앙 광장을 바라봤다.

니무라 아키토는 수프의 열기로 김이 서린 안경을 벗어 닦으며 어깨를 으쓱했다.

자연스럽게 모두 시선을 돌렸다. 왕도 중앙 광장으로.

인파가 보였다. 요즘 왕도에 활기를 불어넣는 데 크게 기여한 어떤 공연을 보러 모인 사람들이었다.

그 공연이란, 소노베 유카의 길거리 묘기였다.

천직 『투척사』인 유카는 저글링 기술도 천재적이었다. 지구에서 선보이면 곧바로 세상을 뜨겁게 달굴 진기명기의 대향연이다.

총본산은 붕괴했지만 『용사가 이끄는 신의 사도』는 건재하다는 것이 세간의 인식이었다. 릴리아나 왕녀가 그렇게 설명했기 때문이었다.

그런고로, 왕도 사람들은 사도 중 한 명인 유카가 직접 신도를 위문한다고 생각하고 있었다.

소중한 사람과 소중한 것을 잃은 이들에게 그것은 무엇보다 좋은 격려였으리라.

"나나랑 타에코도 눈치가 좋기도 하고."

"그러면 같은 파티라도 남자는 아무도 안 찾겠지."

""시끄러워.""

아츠시, 노보루, 아키토가 못마땅한 표정을 보이며 이구동성으로 말했다. 하지만 반박은 하지 않았다.

사실 남자 셋은 살짝 도움이 안 됐다.

유카는 외모 때문에 저기압 불량소녀로 오해받기 일쑤지만, 실제로는 굉장히 성실한 성격이다.

반면, 미야자키 나나와 스가와라 타에코는 경박하게 보이기 일쑤고, 실제로 행동거지도 경거망동하다. 쾌활한 성격이 전면에 드러나서 그야말로 겁 없는 날라리라는 느낌을 준다. 심심하면 유카를 골려 먹기까지 한다.

그런 점이 유카의 다가가기 어려운 분위기를 완화하고, 항상 세 명이 뭉쳐서 다니기 때문에 왕도 사람들은 그녀들에게 친근감을 가지고 흐뭇한 눈길을 보낸다.

즉, 사이좋은 여자애들 사이에 눈치 없는 남자 셋이 끼는 건 아무도 원하지 않는다는 것이다. 자타 공인으로.

"실제로도 대단해. 경비에 위문 공연, 심지어 그 애들까지 돌봐주잖아? 괜찮을까 몰라. 유카가 쓰러지면 진짜 감당이 안 돼."

"아이코 선생님이 무슨 엄청난 마법을 배워서 멘탈 케어도 걱정 없다고 하던데…… 그래도 너무 무리하는 거 같아."

마지막 샌드위치 조각을 입으로 던져 넣은 마오가 다시 시선을 옮겼다.

그녀가 바라본 곳은 왕궁 한쪽에 마련된 자신들의 거주 구역이었다.

"……한심하군."

쥬고가 다분히 자조적인 한숨 쉬었다.

이 말이 자신을 향한 평가라는 사실을 모르는 사람은 아무도 없었다. 많든 적든, 이곳에 있는 아이들은 모두 그런 자괴감을 끌어안고 있었다.

"엔도 그 녀석은 여전해?"

아츠시가 조심스럽게 물었다.

"코스케가 평범하게 떠오르는 시점에서 말 다했지."

"정신이 불안정할수록 잘 드러난다고 했나? 정말로 무슨 귀신도 아니고."

노보루가 납량특집이라도 보는 표정을 짓자, 아키토는 뭐라고 설명하기 힘든 애매한 웃음을 지었다.

"하지만 실제로 그래. 평소에는 누가 엔도 이름을 꺼내기 전까지는 생각이 안 나. 자발적으로 떠올린 기억은…… 한 번도 없어."

친구들 사이에서 지구산 판타지라고 불리는 남자— 엔도 코스케.

태생적으로 존재감이 약해서 가족에게도 잊혀 현실 나 홀로 집에를 찍은 적도 수십 번.

사실 감시 카메라에도 흐릿한 그림자만 찍혀 유령 소동이 벌어졌다는 진위 불명의 소문도 있을 정도다.

그런 그에게도, 어찌 된 영문인지 노보루가 말한 것과 같은 예외가 있었다.

지금은 친구인 켄타로와 쥬고가 아닌 사람도 평범하게 코스케를 떠올릴 수 있었다. 그것이 그의 정신이 극도로 약해졌다는 뚜렷한 증거였다.

"걔는 멜드 씨를 특별히 좋아했으니까."

켄타로가 어두운 표정으로 중얼거렸다.

"파티 멤버인 코스케조차 위로하지 못하는데 다른 애들한테 무슨 말을 할 수 있겠냐고."

"우리도 나카노나 사이토한테는 말을 걸어 보지만…… 쉽지 않더라."

"완전히 절망에 빠졌어. 방에 들여보내 주는 것만 해도 발전이라면 발전이지만, 그것도 대부분은 아이 선생님이랑 소노베 덕이지."

아츠시와 노보루는 서로를 돌아보고 쥬고와 켄타로가 했던 것처럼 깊은 한숨을 쉬었다.

나카무라 에리와 히야마 다이스케의 예상치 못한 배신. 그 여파로 콘도 레이치와 멜드를 비롯한 많은 기사, 병사가 불귀의 객이 되었다.

눈앞에서 벌어진 참극은 다이스케, 레이치와 친한 사이토 요시키, 나카노 신지를 포함해 한때 하지메가 나락으로 떨어진 충격으로 방에 틀어박힌 학생들의 마음에 쐐기를 박았다.

공포, 절망, 의심. 그러한 감정들로 마음이 병들기 직전까지 몰린 아이들.

그런 아이들을 그날부터 쭉 돌봐준 사람이 하타야마 아이코 선생님과 유카였다.

전문적인 카운슬링과는 거리가 멀지만, 하루도 빠짐없이 대화를 나누고 식사도 시녀들 대신 자신들이 직접 옮겼다.

하루에 한 번은 반드시 얼굴을 보고 말을 나누겠다고.

앞으로는 그 누구도, 그게 설령 마음이라도 죽게 내버려 두지 않겠다고.

아무리 미움받아도, 경기를 일으켜도, 때로는 이유 없이 욕을 먹어도.

흔들리지도 약해지지도 않고 계속해서 마음의 심지에 불을 붙이려고 했다.

"여자들은 회복한 사람이 꽤 있지?"

아키토의 물음에 아야코가 긍정했다.

"응. 유카가 매일 여자끼리 모이도록 자리를 마련했거든. 가끔 일식 비슷한 요리에 수제 과자까지 준비해서 한참 이야기를 들어줘."

"집이 식당이라서 그런지 뭐가 달라도 달라. 먹어 봤는데 엄청 맛있었어. 재봉도 잘해서 옷을 어레인지하거나 귀여운 액세서리도 선물하고."

아야코와 마오는 자기도 참가했던 모임을 떠올리고 「제2의 시즈쿠가 될 것 같아」라며 웃었다.

실제로 그 박력 있는 미인상과 대비되는 뛰어난 포용력과 섬세함으로 많은 이가 매료된 모양이었다. 사용인이나 병사에게 고백받는 일도 심심찮게 있다고 한다.

"그나저나 유카랑 얘기하다 보면 자연스럽게 나구모 이야기로 빠진단 말이야. 본인은 모르는 눈치인데 이미 표정부터가……."

"맞아맞아! 다들 처음에는 나구모 이름이 나오면 무서워했는데 요즘은 따뜻하게 지켜보잖아! 귀여워서!"

""""아, 그러냐.""""

또다시 아츠시와 노보루, 아키토가 동시에 말했다. 우르에서 재회했을 때부터 얼굴에 쓰여 있었다며 먼 산만 바라보고 있었다.

방에서 나오지 않는 학생들에게 하지메는 이미 죽었다고는 하나 망설임 없이 병사들을 도륙한 인간이었다. 더군다나 정체 모를 도구로 마왕군을 쓸어버리기도 했다.

솔직하게 말해서 트라우마의 절반 정도는 하지메 탓이었다.

그렇지만 유카는 말한다.

『그런 자식은 신경 쓸 필요 없어. 그쪽도 우리는 안중에 없을 테니까. ……오히려 그 녀석 꼬임에 넘어가지 않게 거리를 두는 편이 나아! 보나 마나 지금도 여기저기 여행하면서 여자 후리고 다닐걸!』

그렇게 불쾌해하면서도 삐친 것처럼 입술을 비죽 내밀거나.

『릴리도 나구모가 너무 막 대한다고 투덜대면서도 묘하게 즐거워 보이고…… 선생님은, 아니, 설마 그럴 리가. 그래도…….』

그렇게 혼자만의 세계에 빠지거나. 심지어는…….

『그래도 괜찮겠지. 걔는 고향으로 돌아갈 방법을 찾을 거야. 그때는 같이 돌아가게 해달라고 부탁해 보자. ……이러쿵저러쿵 종알대겠지만, 그 정도라면 받아줄 거야. 걔라면, 말이야.』

그러면서 이상하게 신뢰에 찬 미소를 지어 보인다.

그러니 듣는 사람도 하지메에 대한 공포가 옅어질 수밖에 없다.

오히려 관심이 생기는 것도 인지상정. 아이코 선생님이 틈만 나면 하지메를 옹호하는 것도 괜한 억측을 불러일으킨다.

그런 유카의 언동이 하지메에 대한 인식 개선으로 이어지고 그것이 또 정신적 위로도 되었지만, 본인은 전혀 깨닫지 못했다.

"그 녀석 의도가 뭐든 도와주고 있는 건 엄연한 사실이지. 무섭긴 하지만…… 기대를 안 할 수가 없어. 그 녀석이라면 우리를 데리고 돌아가주지 않을까, 하고."

"아마노가와는 신과 싸울 작정 같던데?"

켄타로가 씁쓸히 웃으며 말하자 쥬고가 곁눈질하며 물었

다. 한순간 침묵이 흘렀으나, 켄타로는 금방 어깨에서 힘을 빼고 더 씁쓸하게 웃으며 고개를 저었다.

"나는 못 해. 당연히 돌아갈 수 있다면 돌아가고 싶지. 그래도…… 이제 목숨 건 싸움은 진절머리 나."

소환된 초기에 느낀 『검과 마법의 판타지』에 대한 동경과 흥분은 사라진 지 오래였다. 현실의 잔혹함과 자신의 부족함을 뼈저리게 깨달았으니까.

켄타로의 마음에는 다른 학생들도 절실히 공감하는 눈치였다.

코우키와 이 세계 사람들에게 죄책감은 느끼지만, 자신들도 마음은 고향을 향해 있었다. 상처 입고 지친 것은 그들도 마찬가지니까.

이대로 아무 일도 없이, 돌아갈 수단을 구한 하지메가 자신들도 함께 데리고 가주기를 바란다. 그게 꾸밈없는 본심이었다.

그래도.

아무래도 세계는, 그리고 신은 그런 바람을 짓밟는 취미가 있나 보다.

""""""""──?!""""""""

갑자기 밀려든 강렬한 오한.

소름이 돋고 호흡이 거칠어졌다. 빨려 들어가듯 하늘을 올려다봤다.

"저건……."

누가 꺼낸 말일까. 확인할 여유는 없었다.

왕궁 상공에 어느샌가 은색 빛으로 둘러싸인 존재가 출현해 있었다.

멀리 떨어져 있어도 알 수 있었다. 보고 있다고. 이 압박감은 분명히 자신들을 향하고 있다고.

그 은색 그림자가, 떨어졌다. 친구들이 있는 왕궁, 자신들의 거주구로.

"큭, 멍때리지 마! 가자!"

고막을 때리는 쥬고의 고함으로 정신을 차린 학생들은 낯빛을 바꾸고 달려 나갔다.

가슴속으로 심상치 않은 불길함을 느끼며.

시간을 조금 거슬러 오른다.

왕궁 외곽에는 왕국을 수호하다가 희생된 기사들의 이름을 새긴 충령탑이 있다.

그 앞에 온통 검은 전투복을 입은 코스케가 우두커니 서 있었다. 힘없는 뒷모습이었다. 충령탑 아래에 설치된 헌화대를 바라본 채로 망연자실 어깨를 늘어뜨렸다.

"멜드 씨……."

멍하게 중얼거린 이름은 코스케가 이 세계에서 가장 신뢰한 어른이자 형처럼 따르던 사람.

왕국 기사단 단장 멜드 로긴스의 이름이었다.

"그날 밤…… 내가 이상을 깨달았다면……."

이미 몇 번 같은 생각을 하고 같은 말을 중얼거렸을까. 코스케의 마음속은 지금 후회와 비통함으로 무겁게 짓눌리고 있었다.

생전 멜드와 마지막으로 말을 나눈 사람은, 습격자를 제외하면 코스케였으니까.

우연이었다. 훈련에서 무리하다가 잠들어 버리는 바람에 저녁을 놓쳤고, 그 사실을 아무도 눈치채지 못해서 코스케의 몫을 사용인들이 먹어 버렸다. 밤중에 너무 배가 고파진 코스케는 주방에 있던 음식을 몇 가지 주워 먹었다가 배탈이 나서 화장실에 한참이나 시간을 보냈다. 그 후 코스케는 새 휴지를 찾아 헤매다가 결국 지쳐서 방으로 돌아가려고 했고, 그 도중에 멜드를 발견했다.

그래서 앞을 걷는 멜드에게 말을 걸었는데, 멜드는 몸을 돌리면서 살의를 담아 칼을 휘둘렀다.

하마터면 머리가 날아갈 뻔하여 다리의 힘이 풀린 코스케에게 멜드는 허둥지둥 사과하면서도 왜 이런 야밤에 돌아다니냐고 물었고, 그렇게 둘은 짤막하게 대화를 나누었다.

지금 생각하면 그날 밤 멜드는 특히나 예민한 분위기였다.

아무리 자신의 기척을 느끼지 못해 놀랐다고는 하나, 다짜고짜 칼을 휘두른 건 정상적인 반응이 아니었다.

"왜 아무것도 안 물었던 거야."

자기 이야기만 늘어놓기 바빠서 멜드가 유난스럽게 긴장한 이유를 알려고 하지 않았다.

왕궁 자체가 이상한 분위기에 휩싸여 있었는데 당연히 내일도 만날 수 있다고 맹신하며 등을 돌렸다.

결과적으로, 그날 밤 멜드가 죽었다.

"은혜고 뭐고, 아무것도 갚지 못했는데."

꽉 움켜쥔 주먹에서 피가 맺힌 줄도 모르고, 오히려 피를 쥐어짜는 듯한 목소리로 후회를 입에 담았다.

문득 옛날 일이 떠올랐다. 【오르크스 대미궁】에서 마인족 카틀레아와 마물 군단에게 습격당해 전멸할 뻔했을 때 일이다.

멜드가 지휘하는 기사들은 목숨을 바쳐 코스케가 도망칠 시간을 벌어줬다. 코스케는 그날 멜드가 한 말을 한시도 잊지 않았다.

무력해서 미안하다고.

고를 수밖에 없어서 미안하다고.

여차하면 코우키만이라도 살려달라고 부탁하는 자신에게 이를 갈면서.

그래도 필요한 순간에는 주저 없이 자신들의 목숨을 가장 먼저 내던져 시간을 벌었고, 코스케에게 「살아라」라고 외쳤다.

비정한 현실을 앞에 두었을 때 내려야만 하는『선택』. 그 필요성과 무게를 코스케는 멜드에게서 배웠다.

자기희생이 진정으로 고결한 이유를 알았다.

친구들과 왕궁 사람들은 하지메를 데리고 온 코스케를 칭송했다. 마물을 전부 피해서 대미궁 심층을 돌파하여 구원을 요청한 위업을 칭찬했다.

그래도 코스케는 한 번도, 눈곱만큼도 그 사실을 자랑스럽게 생각하지 않았다.

그때의 영웅은, 코스케의 영웅은 누가 뭐래도 멜드와 고결하게 순직한 기사들이었으니까.

"죄송합니다…… 죄송해요……."

자신도 이미 뭘 사과하는지 모르겠다. 어렵사리 함께 생환한 멜드가 너무나도 갑작스럽게 사라진 사실에 마음이 따라가지 못했고 현실이라는 느낌이 전혀 들지 않았다. 그저 입으로는 사과의 말이 흘러나왔고, 멈추지 않았다.

그러던 그때였다.

"엔도 씨……."

"아, 릴리아나 공주님……."

갑자기 말소리가 들려 놀라서 돌아봤다.

헌화하러 왔는지 릴리아나 공주가 꽃 한 송이를 들고 서 있었다. 그 뒤에는 다크 브라운 머리를 헤어 슈슈로 묶은 시녀와 금발에 보라색 눈을 가진 여성 기사도 있었다. 시녀장 헬리나와 기사단장 쿠제리 레일이었다.

최전선에서 싸우던 파티의 척후병이 공주와 시녀가 바로 뒤까지 다가올 때까지 눈치채지 못했다는 현실에 더더욱 자신이 한심해져 입가에 자조가 떠올랐다.

"……안색이 심하게 나쁘네요. 나가야마 씨에게도 들었지만, 거의 주무시지 않는다면서요?"

"아…… 그건……."

"아이코 씨의 진정 마법을 받아보시겠어요?"

"……생각해 볼게요."

코스케는 머리를 숙이고 도망가다시피 자리를 뜨려고 했다. 우울한 표정을 보면 말을 들을 생각이 없다는 건 뻔했다. 코스케 본인이 후회와 자책을 덜어낼 마음이 없었다.

코스케가 고개 숙인 채로 릴리아나 옆을 지나간다.

친한 친구들조차 아직 고치지 못한 마음의 상처에 자신이 무슨 말을 할 수 있을까. 릴리아나는 답답하게 생각하면서도 그를 잡아 세울 수 없었다.

대신, 그리고 의외로……

"멜드 로긴스는 아무도 대신할 수 없습니다."

쿠제리 단장이 조용히 입을 열었다. 그것을 비판으로 여겼는지, 코스케는 겁먹은 것처럼 움츠리며 제자리에 멈췄다.

"위대한 분이었죠. 기사와 병사뿐 아니라 국민에게도 사랑받는 분이었습니다. 싸움을 업으로 삼은 이들에겐 동경의 대상이었고 왕국 기사의 상징이기도 했죠."

충령탑을 똑바로 바라보던 쿠제리는 거기서 말을 끊고 긴 금발을 날리며 코스케 쪽으로 몸을 돌렸다.

자수정을 박은 듯한 긴 눈이 코스케를 똑바로 응시했다. 원래 쿠제리가 장신의 미녀이기도 하여 카리스마가 있었다. 코스케는 위축된 것처럼 뒷걸음쳤다.

하지만 이어서 나온 말은 코스케의 상상과 달리 유약했다.

"그분의 후계를 맡기에 저는 너무 부족한 점이 많습니다. 인망도, 실력도, 무엇 하나 미치지 못해요. 그 중책을 떠올리기만 해도 좌절할 것 같습니다."

"쿠제리, 당신은 잘하고—."

"공주님, 일단 들어보지요."

자신에게 과분한 지위라는 발언에 릴리아나가 반사적으로 반박하려고 하지만, 뭔가 깨달은 듯한 헬리나가 고개를 젓자 입을 다물었다.

"무슨 말을…… 하고 싶으신 거죠?"

"로긴스 님은 돌아가셨지만, 남긴 것이 있다는 뜻입니다."

시선을 맞추지 못하던 코스케가 살짝 고개를 들었다.

"남긴 것?"

"네. 그건 검술의 이치이기도 하고 기사의 도리이기도 하며, 그리고 엔도 님, 바로 여러분입니다."

"우리들……."

"네. 그래서 저는 제게 과분한 지위임을 알면서도 이 자리를 이어받은 겁니다."

그분이 지키고자 한 것을, 그분에게 배운 모든 것을 지키기 위해서.

그렇게 이야기를 끝맺은 쿠제리는 표정을 부드럽게 풀었다.

"생전에 그분은 당신 이야기를 자주 하셨습니다. ……당최 알 수 없는 녀석이라고. 금방 사라지고, 항상 사람을 놀래게 하고, 왠지 걸핏하면 불쌍한 처지에 놓인다고. 살면서 그토록 불가사의한 사람은 처음 본다고 하셨죠."

"그, 그건…… 잠깐, 욕먹고 있었어?"

그렇다면 충격으로 울어 버릴 것 같았다. 코스케는 바로 눈물을 글썽이지만, 쿠제리는 픽 웃고 온화한 표정인 채 뒷말을 이었다.

"하지만 믿음직하다."

"네?"

"눈에 띄지 않지만, 조금만 성장하면 몰라보게 달라질 거다. 아이들에게 비장의 수단이 될 정도로. 코스케의 장래가 가장 기대된다. —그렇게 말씀하셨습니다."

"단, 장님이…… 그런 말씀을……."

눈이 흐려지고 목소리가 떨렸다. 목이 메어 말을 하지 못하는 코스케에게 쿠제리가 다가가서 손을 잡았다.

그리고 피로 젖은 손바닥에 회복 마법을 걸어주며 나지막이 물었다.

"당신 안에도 있지 않습니까? 멜드 로긴스가 남기고 간 무언가가."

코스케는 어금니를 악물었다. 가슴속으로 멜드와 지낸 시간이 빠르게 흘러갔다.

"나는…… 나도……."

있다. 형이 준 것들이 많이 있다.

그것이 얼어붙었던 마음에 작은 불씨를 나눠주는 기분이 들었다. 의기소침한 지금의 자신이 한심해서, 이런 자신을 멜드가 보면 어떻게 생각할지 부끄러워서.

후회와 자책에 짓눌릴 뻔한 마음이 몸을 일으키려고 했다.

하지만 조금 늦은 결심이었을까.

은색 섬광이 하늘을 찔렀다. 왕궁 반대편에서.

몇 초 늦게, 죽은 이의 혼마저 깨울 폭음이 정적을 쓸어버렸다.

"뭐, 뭐야?!"

코스케가 화들짝 놀라서 눈을 돌렸다. 쿠제리가 재빨리 릴리아나 정면에 서고 경악하여 말했다.

"설마…… 습격?! 하지만 어디서?!"

"공주님, 어서 대피하셔야 합니다!"

"잠깐, 헬리나! 저건…… 안 돼! 용사분들이!"

험악한 표정으로 비수를 꺼내든 헬리나 곁에서 릴리아나가 창백해지며 외쳤다.

그 말이 나왔을 때 이미 코스케는 달리고 있었다.

의식적인 행동은 아니었다. 뒤에서 자신을 부르는 소리도 들리지 않았다.

"애들아!"

그저 초조함에 사로잡힌 몸이 저절로 움직이고 있었다.

거의 같은 시각.

환성으로 가득한 중앙 광장에서 마침내 유카의 묘기가 절정으로 치닫고 있었다.

지금은 공중에서 춤추는 것이 나이프만이 아니었다. 손바닥 크기의 과일들도 아름다운 포물선을 그리고 있었다. 나이프는 열두 자루, 과일은 열여덟 개. 총 서른 개의 사물을 이용한 대담한 저글링이었다.

"자, 유카 누나가 큰 거 보여준다! 박수박수!"

"가장 열심히 응원한 사람한테는 선물도 줄 거야~!"

나나와 타에코가 유카 주위를 방방 뛰어다니며 분위기를 띄우자 광장이 더 큰 환호성으로 채워졌다.

가장 앞줄에 선 아이들의 눈은 초롱초롱하게 빛났고, 어른들도 분수처럼 하늘로 올라가는 나이프와 과일에 흥분을 감추지 못했다.

잠깐이라도 슬픔을 잊어줬으면 좋겠다.

유카의 그런 마음을 담은 묘기는 분명히 효과가 있었다.

사실 유카라도 저글링 서른 개는 거의 한계에 도전하는 수준이지만, 실패해도 광대처럼 웃음을 줄 수 있으면 그만이라는 생각으로 피날레에 들어갔다.

"얍, 흡, 핫!"

서비스로 익살스러운 기합 소리까지 내며 공중에서 나이프와 과일을 교차시켜 자르는 신기를 선보였다.

나나와 타에코가 조각난 과일을 허둥지둥 접시로 받으며 아이들에게 웃음을 나눠준다.

"유카, 날이 갈수록 실력이 좋아지네!"

"그러, 게! 이것도! 훈련이! 되나, 봐!"

수가 줄어들면 여유도 생긴다. 나나의 칭찬에 유카의 얼굴에 미소가 번진다.

"나구모도 감탄하겠어! 좋겠네, 유카!"

"좋긴 뭐가?!"

미소에 이어 홍조도 번졌다. 실수로 나이프가 나나의 정수리에 꽂힐 뻔했다.

열두 자루가 한 세트인 아티팩트 나이프는 한 자루라도 손아귀에 있으면 불러들일 수 있으므로 비극은 일어나지 않았다. 하지만 무서운 것은 무서운 법이다.

하마터면 대형 참사가 날 뻔해서 관중들이 식은땀을 흘렸으나, 쾌활하고 애교 있게 웃는 나나를 보고 이것도 연출이었다고 깨달으며 안도했다. 그녀의 눈가에 찔끔 맺힌 눈물은 보지 못한 채.

"유카, 화내려면 타에코한테 내! 죽는 줄 알았잖아!"

"미안, 유카! 때와 상황을 가려서 놀려야 했는데!"

"애초에 놀리지 마!"

그렇게 관중에게 웃음을 주면서도 평소와 다를 바 없는 대화를 나누며 마지막 나이프를 한층 높이 던진다. 이것으로 대미를 장식—

"응? ……저거 뭐야?"

시야 한쪽에 들어온 광경에 정신을 빼앗겼다.

왕궁 상공에 뭔가 있다……. 눈에 힘을 주고 확인하려고 한 직후, 은색 빛이 왕궁 한쪽에 떨어졌다.

돌과 금속으로 만든 튼튼한 지붕을 녹여버리다시피 통과하면서.

"—나나! 타에코!!"

"어? 뭐야?! 왜 그래?!"

"유카?! 미안하대두! 너무 화내지 마~!"

우레 같은 박수와 환성 속에서 관중이 본 것은 유카의 멋진 웃음이 아니라 위기감으로 점철된 창백한 표정이었다. 당연히 방금 있었던 일을 보지 못한 나나와 타에코도 당혹스러워했다.

그런 관중과 두 사람의 심정에 아랑곳하지 않고 유카는 마지막 나이프를 낚아채자마자 달려 나갔다.

"비켜주세요! 그리고 왕궁에서 최대한 멀리 떨어져요!"

어찌나 절박해 보였는지 관중은 갈라지는 바다처럼 길을 터줬다. 그 사이로 유카가 부리나케 내달렸다. 나나와 타에코도 서둘러 그 뒤를 쫓았다.

"자, 잠깐만, 유카?! 정말로 왜 그래!"

"설명 좀 해줘!"

"습격! 은색 빛이 우리 거주구로 떨어졌어!"

화들짝 놀라서 유카가 가리키는 방향을 보자 두 사람의 낯빛도 대번에 창백해졌다.

지붕과 벽 일부가 뭉텅, 그것도 무섭도록 깨끗하게 사라졌다. 소리 하나 없는 파괴에 절로 오싹한 공포심이 올라왔다.

"몸을 갈아탄 카오리의 마력광이랑 똑같아! 아이 선생님이 말했어! 선생님을 납치하고 나구모가 싸운 적이 분해 마법을 쓴다고!"

낮은 건물의 지붕으로 뛰어올라 토터스인을 아득히 뛰어넘는 신체 능력으로 지붕에서 지붕으로, 최단 거리로 친구들에게 달려갔다.

그런 유카를 따라가면서도 나나와 타에코는 갈수록 안색이 나빠졌다.

"그건 설마……."

"그, 그래도…… 나구모가 해치웠다며!"

나나의 비명 같은 지적에 유카는 답하지 않았다.

답하지 못한 채 마냥 커지는 초조함과 위기감에 인상을 찌푸렸다.

그렇게 왕궁 외벽에 도착했을 때였다.

꿍음이 울렸다. 거주구에서 익숙한 색깔의 마력광들이 흘러나왔고 큰 돌창이 벽을 깨부수며 튀어나온 뒤 결계의 빛이 보였다.

너무나도 조용한 습격, 심지어 수직 상공이라는 사각에서 공격이 들어온 탓에 왕궁 경비병들은 반응이 늦어 아직도 허둥대고 있었다.

다리를 멈추지 않고 그들에게 몇 가지 말을 전달한 뒤, 유카가 외쳤다.

"나나!"

"알았어. ―『빙주』!"

목표는 거주구에 난 구멍. 높이가 10미터를 넘지만, 천직 『빙술사』 나나가 있다면 문제가 없다. 발아래에서 불쑥 솟아난 얼음기둥을 타고 단숨에 진입한다.

그리고 눈에 들어온 것은…….

"큭, 얘들아! 아이 선생님!"

방을 나누던 벽이 모조리 사라져 하나의 홀이 된 거주구와 그 안쪽에서 한곳에 뭉쳐 떠는 싸움을 포기한 학생들.

그런 학생들을 감싸듯 켄타로가 홀로 그들 앞에 서 있었다. 식은땀으로 젖은 얼굴에는 필사적인 표정이 자리 잡았다.

그도 그럴 수밖에. 믿어야 할 전열이 이미 괴멸했으니까.

쥬고와 아츠시가 떨어진 곳에서 피 웅덩이에 빠져 있었다. 손가락도 꿈쩍하지 않는다

아야코가 울면서 회복 마법을 걸지만…… 아이코가 처음 보는 복잡한 마법진을 악착같이 전개하는 모습을 보아 설마 생명이 꺼져 가는 상황일까.

그들 앞에는 방패가 되기 위해 노보루가 서 있지만, 부서진 전투 도끼를 지팡이 삼고 아키토에게도 부축받아 가까스로 버티고 있었다.

참상을 연출한 주인공— 시라사키 카오리의 새로운 육체가 되었을 『진짜 신의 사도』가 무감정한 눈동자로 등 뒤의 유카를 돌아봤다. 그 순간.

"다들 맞춰어어어! —『석창』!!"

마오의 지원을 받으며 켄타로가 목이 찢어지게 마법명을 외쳤다.

주위 바닥이 물결치며 수많은 날카로운 돌창을 만들어 냈다.

"타에코! 나나!"

"알아!"

"—『빙창 칠연』!!"

유카가 나이프에 빛을 둘러 투척하고, 타에코가 가시나무 같은 채찍을 뽑는 동시에 휘두르고, 나나가 얼음 창을 연사했다. 전방위를 둘러싼 물리와 마법의 포위 공격이다.

하지만 결과는— 은색 날개를 한 번 펄럭일 뿐. 그것만으로 모든 것이 무(無)로 돌아갔다.

그리고…….

"당신들의 선택은?"

의미 모를 말과 동시에 사도의 모습이 흐려졌다. 그 찰나, 주먹이 유카의 명치를 쳐올렸다.

몸이 수직으로 떠오른다. 형용하기 힘든 충격으로 호흡이 막히고 의식이 몇 차례 끊길 뻔한다.

시야에 똑같이 얻어맞고 좌우로 날아가는 나나와 타에코, 그리고 은빛 깃털 하나에 배를 꿰뚫려 무릎 꿇는 켄타로가 보였다.

까딱 잘못하면 암흑 속으로 의식이 가라앉을 뻔한 유카였지만…….

—너는 끈기가 있어.

밉살스러운 그 녀석의 목소리가 들린 기분이 들었다.

"으아아아아아아아아아아!!"

눈을 번쩍 뜨고 피를 토하면서도 함성을 내질렀다. 무의식 수준으로 한 손에 나이프 세 자루를 쥐고 공중으로 던졌다.

"一『전기 두르기』!"

나이프가 전기를 띠었다. 보통은 닿기만 해도 감전사할 위력이 담겼다.

착지와 동시에 처음에 던진 나이프를 불러들이고 계속해서 공격을—.

"—어?"

툭. 가벼운 충격이 배를 때렸다. 이상하게 생각해서 아래를 보자 자기 나이프가 깊이 박혀 있었다.

믿어지지 않는 마음으로 고개를 든 순간, 툭툭, 이번에는 양쪽 허벅지에.

대수롭지 않게 붙잡아 유카의 지각 능력을 초월한 속도로 던진 것이다. 그저 그것뿐. 그렇게 이해한 순간, 다리에서 힘이 풀렸다.

조금 늦게 찾아온 격통에 땀구멍이 확 열리고, 호흡은 약하게 빨라졌다. 비명만은 오기로 내지 않았다.

"유카! 저 녀석이!"

화살 한 방에 한쪽 팔이 부러졌는지, 타에코는 고통스러운 표정으로 친구를 구하려고 채찍을 휘둘렀다.

천직 『조련사』의 재능은 채찍 끝을 손쉽게 초음속의 세계로 이끌었다. 심지어 한 치 오차도 없이.

두 눈을 공격하는 완벽한 일격이었다.

"응? 아—."

손끝으로 쥐는 어처구니없는 동작으로 허무하게 막혔지만.

그것도 모자라 무시무시한 힘으로 당겨져 강렬한 내려 차기를 당했다.

"타에코!"

딱딱한 바닥에 튕겨 날아가 신음하는 타에코. 손가락이 가까스로 바닥을 긁지만, 더 이상 움직일 힘은 없어 보였다.

격앙한 나나가 손을 내밀었다.

"얼어, 이 망할 자식아─『동구』!!"

걸어서 다가오던 사도가 순식간에 얼음 속에 갇혔다. 하지만 그 직후, 얼음 감옥이 산산이 깨지고 사도는 아무 일도 없었던 것처럼 유유히 걸음을 옮겼다.

"이, 이게!"

나나의 눈동자에 공포가 깃들었다. 무턱대고 『빙창』을 연사한다.

하지만 공격들은 모조리 한 손 수도에 썰리거나 튕겨 나갔다.

유카가 남은 나이프를 던지고, 켄타로가 고통에 경련하면서도 『석화 연기』를 뿜고, 아이코와 아키토, 마오까지 치료에 병행해 화염탄을 발사했다.

하지만 통하지 않는다. 석화 연기 따위 관심도 주지 않으며, 팔을 휘두르는 속도조차 눈으로 따라갈 수 없었다. 가까스로 잔상만 보이고 그때마다 모든 공격이 무효화됐다.

"괴, 괴물……"

절망이 만연했다. 어떤 과장이나 비유도 없이, 눈앞에 있는 것은 신이 창조한 괴물이라고 깨달았다.

그런 가운데……

"너, 목적이 뭐야!"

유카만 소리치고 있었다. 몸에서 나이프를 뽑아 격통에 부들거리면서도 일어났다.

"선택하십시오. 주인님은, 당신들을 반상으로 초대하셨습니다."

"반상?"

"단, 말도 되지 못하는 자는 그럴 자격이 없습니다. 제 눈으로 판단컨대—."

사도의 눈이 처음부터 끝까지 일어서지도 못하고 벽에 붙어 떨기만 하는 아이들, 신지와 요시키를 비롯해 싸우기를 포기한 학생들을 봤다.

"저것들은 자격이 없습니다."

"네가 뭔데 자격 운운이야!"

유카가 분노를 담아 내뱉은 말을 무시하고 사도는 무감정하게 말을 이었다.

"그래서 처분하려고 했지만, 하타야마 아이코 외 소수가 이를 거부하고 싸움을 선택했습니다. 얌전히 주인님의 결정에 따르면 해를 끼치지 않겠다고 설명했는데도 불구하고."

사도는 유카와 몇몇 선택받은 이들을 어딘가로 데려가려고 했다. 단, 싸울 의지가 없는 학생들은 필요 없다며 죽일 생각이었다. 거기까지 이해하자 『선택』의 의미도 자연스럽게 알 수 있었다.

"말이 되는 소릴 해! 우리가 버릴 리 없잖아!"

"역시 당신들도 같은 선택을 하시는군요?"

사도의 시선이 유카, 나나, 얼굴만 간신히 든 타에코, 그리고 켄타로와 아이코를 훑고 지나간다.

"무가치하고 무능한 자들을 감싸려고 승산 없는 싸움에 몸을 바치겠다는 말씀인가요?"

마음이 꺾인 학생들이 매달리는 눈으로 유카를 봤다.

유카는 어금니를 꽉 깨물었다. 그들의 눈에는 분명히 공포로 울음을 터뜨릴 것 같은 자기 얼굴이 비치고 있으리라.

힘이 부족하다. 광대가 되어 웃음을 주거나 이야기를 들어 주는 간단한 일밖에 하지 못하는 자신이 몹시 한심하다.

무섭다. 두렵다. 눈앞에 있는 존재가 무서워서 다리에 힘이 풀릴 것 같다.

그래도 아니까. 이런 무서운 존재에게 이길 수 있는 사람을.

"이상한 녀석 다 보겠네."

"네?"

"네 동료는 무능하다고 불리던 사람한테 졌잖아."

"……."

표정 하나 바뀌지 않았다. 눈동자는 여전히 유리구슬 같았다. 소름이 끼쳐 몸이 떨렸다.

그래도 최대한 허세를 부리고 필사적으로 머리를 굴려 도발했다. 그의, 그 겁 없는 웃음을 흉내 내면서.

"따르라고? 하, 웃기지 마! 신의 결정은 얼어 죽을!"

자, 나를 봐라. 그렇게 빈다. 기도한다.

시야 한쪽에 보인 누군가를 절대로 깨닫지 못하도록. 기사회생의 한 수에 모든 것을 걸고 똑바로 사도를 노려봤다.

"그렇군요."

하지만 그 필사적인 상황 때문에 유카는 미처 알지 못했다.

그 사람을 **알아차린 시점에서** 자신의 계획은 파탄 났다는 것을.

"이제 이세계인은 다 모였나 보네요."

"크악?!"

사도가 돌아보며 날린 백피스트에 볼살이 패이며 날아간 사람은, 최선을 다해 은신으로 다가와 일격필살의 암살을 노리던 코스케였다.

"엔도— 꺄악!"

유카는 기습이 실패해 이를 갈면서도 즉시 나이프를 던졌다.

미간에 꽂혔다! 라고 생각한 찰나, 충격이 등을 덮쳤다. 바닥에 부딪칠 때 눈에 들어온 것은 정면의 사도가 흐릿해져 사라지는 모습이었다. 잔상이었나 보다.

인지 속도를 넘어서 뒤로 돌아간 실체가 등을 짓밟았다.

그리고 몸부림칠 틈도 주지 않고, 우둑.

"아……."

등에서 뭔가 치명적인 소리가 났다. 너무 강한 격통에 비명조차 나오지 않았다. 시야에서 불똥이 튀고 팔다리에서 거짓말처럼 감각이 사라졌다.

"젠장, 이 자식!"

코스케가 살짝 뭉개진 광대뼈 아래로 코피를 쏟으며 섬광 마법을 썼다. 동시에 다시 은신하여 사도의 대각선 뒤로 돌아간다.

대거를 옆구리부터 심장을 찌르도록 내지르지만—.

"좋습니다. 저것들도 이용할 방법은 있다고 판단했습니다."

당연한 것처럼 알아차리고 채찍처럼 휘는 초고속 발차기로 반격당했다.

오른쪽 팔과 어깨, 갈비뼈가 한 번에 부서졌다.

핀 볼처럼 튕겨 나간 몸은 신지와 요시키 옆을 스치며 뒤쪽 벽에 격돌했다.

학생들이 목이 찢어지게 비명을 지르는 가운데, 벽에 질퍽한 피를 칠하며 바닥으로 떨어진 코스케는…….

"……역시, 나…… 못 하겠어요, 단장님……."

몸뿐 아니라 전의마저 부서져 우는소리를 하며 의식의 끈을 놓아 버렸다.

"부탁할게요, 제발 그만하세요!"

기어이 아이코의 입에서 단순한 애원이 튀어나왔다.

이제 멀쩡히 싸울 사람은 단 한 명도 남지 않았다.

최전선 파티가 상대도 되지 않는 절대적인 힘.

말 그대로 개미와 코끼리의 싸움.

남은 학생들의 마음을 완전히 꺾어 버리고도 남을 광경이었다.

지금 학생들은 그 절망이 무리 지은 모습을 올려다보고 있었다.

세계가 검붉게 물들었다.

공기는 몸에 들러붙는 듯 끈적했고, 붕괴한 【신산】 상공에
는 진흙 같은 검은 독기가 흘러나오는 공간 균열이 있었다.

현실이라고 믿기 힘든 악몽 같은 광경이었다.

그 악몽을 끝내기 위해서 하지메 일행이 검은 공간 균열—
【신역】으로 가는 게이트. 【신문】을 막 돌파한 참이었다.

유카의 고막이 인류 연합군의 환성에 떨렸다.

몸도 떨리고 있었다. 흥분 때문이라고 믿고 싶지만, 실상은
공포였다.

지금부터 인류의 존망을, 자신들의 미래를 건 싸움이 시작
된다.

사투가 되리라. 어쩌면 몇 초 뒤에 허무하게 죽어 버릴지도
모른다.

신인가, 사람인가.

생존할 권리를 건 진정한 의미의 전쟁이다.

하지메 일행이 있으면 얼마나 든든할까. 【신문】을 돌파한 건
기쁘다. 하지만 곁에 없다는 사실이 참을 수 없는 불안을 불
렀다.

그래도……

'싸워, 싸워야 해. 웅크리고만 있으면, 남에게 맡기기만 하
면 아무것도 지킬 수 없다는 걸 배웠잖아?'

딱딱 부딪치는 이를 꽉 깨물어 떨림을 멈췄다.

마왕성에서 있었던 사건이 혼에 불을 지펴줬으니까.

절대로 포기하지 않는 사람이, 그 강인한 사람이 너라면 할 수 있다며 맡겨줬으니까.

그러니까 괜찮다.

자신을 설득하듯 마음속으로 되뇌고 눈을 감아 심호흡했다. 길고, 깊게.

'문제는…… 없어!'

시야도 머리도 맑았다. 하지메가 모두에게 지급한 아티팩트 목걸이를 손에 쥐고 침착하게 주변을 살폈다.

요새 옥상에 있어서 전장 전체를 내다볼 수 있었다.

요새의 정면인 북쪽에는 가할드 황제와 제국군.

동쪽은 쿠제리 기사단장이 이끄는 왕국군, 서쪽에는 사막의 전사 집단인 란지 공과 공국군.

남쪽에는 페어베르겐 전사단의 절반이 있고, 나머지는 동서로 뻗은 방벽 위, 혹은 전장 각지에 있는 방벽이나 탑에 포진했다.

거기에는 아둘이 이끄는 용인들도 대기 중이었다.

유격대인 모험가들은 각 군 후방에 균등하게 나뉘어 필요에 따라서 지원할 계획이었다. 후방으로 빠져나온 적을 막는 역할이기도 했다.

종족과 국가를 초월해 결집한 십만 대군.

그리고 뒤를 돌아보자 커다란 마법진이 새겨진 무대 같은 곳에 새 교황 시몬과 성직자들이 엄숙히 대기하고 있었다.

전임자와는 닮은 구석을 찾기 힘든, 신보다 사람을 중시하는 익살스러운 노인은 유카의 시선을 알아차리자 보란 듯이 찡긋 윙크를 보냈다.

과거 아인족과의 화합을 주장하고 변경으로 쫓겨났다가 릴리아나가 직접 추천해 교황 자리에 오른 이색적인 성직자이기 때문일까.

그가 남녀노소를 불문하고 모은 성직자는 모두 뻔뻔함마저 느껴질 정도로 침착했다. 오히려 그들을 수호하는 데이비드 및 신전 기사단이 긴장한 기색이었다.

"이길 수, 있지?"

마지막으로 시선을 앞으로 돌린다.

친구들이 마른침을 삼키고 하늘을 올려다보고 있었다. 누구랄 것 없이 긴장으로 표정도 몸도 굳어 버렸다.

유카와 마찬가지로 그 유린을 떠올렸는지, 방에 틀어박혔던 아홉 학생은 얼굴이 새하얗게 질렸다.

심정은 이해한다. 하나만 있어도 괴물 같은 존재가 하늘의 별만큼 있으니까.

유카나 아이코가 필사적으로 싸웠으니까 『싸울 의지가 남은 이세계인에게 인질로 쓸 수 있다』라고 판단해서 살려뒀을 뿐이며, 원래는 벌레를 밟는 것만큼 쉽게 죽일 수 있다.

하지메가 마왕의 초대에 응해서 망정이지, 그러지 않았으면 이들은 하지메를 끌어들일 미끼로 이용당해 한 명씩 죽었을 가능성도 있었다.

하지메 일행이 사라지면서 공포심이 되살아나더라도 누구를 탓할 수 있으랴.

"괜찮아! 내가 아무도 안 죽게 할게!"

위풍당당. 그런 표현이 어울리게 가슴을 펴며 단언한 사람은 이 전장에 남은 최강 전력이자 최고의 치유사― 카오리였다.

"나구모 쪽에서 반드시 해결해 줄 거예요! 서로를 지키면서 나구모가 신을 해치울 때까지 살아남아요! 여러분이라면 반드시 할 수 있어요!"

아이코의 움직임은 여전히 햄스터처럼 부산스러워 귀여웠다. 그래도 어떤 상황에서도 곁에 있어 준 어른이자 자신들의 선생님이 하는 말씀이다. 심금이 울린다.

믿음직한 두 사람의 말을 듣고 학생들의 눈에도 활기가 돌아왔다.

그래도 그들의 눈이 마지막으로 향하는 곳은 단 한 곳.

모두가 인정하는 『자신들의 리더』― 소노베 유카였다.

그 이유를 이해하기 때문에 카오리와 아이코도 미소와 함께 유카 곁에 부관처럼 서서 고개를 끄덕였다. 유카도 힘차게 고개를 끄덕이고……

"응, 우리는 이길 수 있어."

사도들도 설마 이렇게 쉽게 돌파될 줄은 몰랐는지 【신문】을 바라본 채 정지해 있었지만, 마침내 지상으로 주의를 돌리는 것이 보였다.

하지만 동요하지 않는다. 무섭기는 해도 결의와 각오는 흔

들리지 않는다. 흔들리지 않는다고 재확인했다. 그래서 목소리에도 힘이 실렸다.

"나구모가 무자비한 건 다들 알지? 우리는 그 나락의 괴물이 지켜주고 있어."

한 명씩 똑바로 눈길을 맞춘다. 모두 자신에게 주어진 새로운 아티팩트를 움켜쥐었다.

「「「「「신의 심판을.」」」」」

머릿속을 직접 쏟아지는 듯한 무정한 선언에도 아랑곳하지 않고 유카는 대담하게 웃어넘겼다. 최대한 하지메와 비슷해 보이도록.

"무섭지 않다면 거짓말이야. 그래도 다들 들어 봐. 나는 있지, 그 이상으로 화가 나. 납치하고 멋대로 가치를 매기더니 이제는 쓸모없으니까 죽어라? 웃기지 말라고 해! 우리는 저런 것들의 장난감이 아니야! 그렇잖아!"

잇달아 「맞아!」, 「그래!」라며 분노로 불타는 목소리가 돌아왔다.

부조리를 강요하는 신의 군단에 대한 분노로 공포를 덮어씌운다.

본심인 줄 알기 때문에 그 분노는 전염되어 움츠러든 혼을 다시 불태우는 최고의 연료가 되었다.

"더는 우리에게서 못 뺏어가. 이제 아무도 안 잃어! 저것들을 전부 해치우고, 그리고—"

사도 무리가 날아든다.

혼자서 세계를 멸망시킬 수 있는 괴물이 5천에 이르는 유성우가 되어 쏟아진다.

그것을 등진 유카는 표정을 180도 바꾸어 깜짝 놀랄 만큼 다정한 웃음을 짓고는…….

"집으로 돌아가자. 다 같이."

그렇게 말을 맺었다.

응답은 당연히 투지에 찬 눈동자와 힘찬 함성이었다.

그 직후.

『사령부에서 각 군 지휘관에게 전달합니다. 제1 작전, 변경 사항 없음. 포격이 옵니다! 대비하세요!』

릴리아나의 카랑카랑한 호령이 전장으로 퍼짐과 동시에 마침내 인류 존망을 건 최후의 결전이 시작됐다.

시작을 알리는 신호탄은 하늘에서 반짝인 무수한 은색 빛.

분해 포격을 난사하는 공습이었다. 그것은 본래 하지메 일행 같은 이레귤러가 없는 전장에서는 『신의 심판』 그 자체. 저항할 방법이 절대적 파괴였다.

그렇기에 첫 공격으로 『신산 파괴』를 당하고, 마물 군단을 잃고, 사도마저 다수 격추되고, 【신역】으로 가는 길까지 돌파당하는 실패의 연속에도 인류의 결말은 변함이 없다.

지금부터 시작되는 것은 『전쟁』이 아니라 단순한 『유린』.

……분명 그래야만 했다.

『『천개』, 발동해주세요!』

구형의 삼중 돔이 아니었다. 머리 위쪽에만, 그것도 한 부분에만 에너지를 집중한 『대결계 집속 모드』가 펼쳐졌다.

인류 연합군의 위를 통째로 덮는 약 4제곱킬로미터의 거대한 빛의 지붕은 막대한 마력을 소비하는 대신 공간 차단과 재생 효과를 겸비한 『개량형 대결계』였다.

인류 사상 최고의 방패는 하늘로부터 쏟아진 은색 폭우를 확실하게 받아냈다.

"헛된 저항을."

사도들의 눈이 한순간 미세하게 찌푸려지나, 아직은 무표정의 범주. 『천개』 상공 수백 미터 위치에 멈춰서 분해 포격 공폭 태세에 돌입했다.

사용자가 실시간으로 조정한다면 모를까, 아티팩트로 전개한 결계는 연합군 측 공격— 전자 가속식 초장거리 저격포까지 차단된 공간의 벽으로 막아 버린다.

카운터를 노릴 수 없다면 아무리 신대의 방벽이라도 분해 마법 집중포화에 견딜 수 있을 리 만무했다.

아니나 다를까, 얼마 가지도 않아 유리가 깨지는 듯한 소리가 울렸다.

파멸의 빛이 국지성 호우처럼 무자비하게 지상으로 쏟아진다.

하지만 다음 순간.

『카운터, 지금이에요!』

다시 릴리아나의 호령이 울려 퍼지면서 사도들의 눈이 커졌다.

요새와 방벽 위에 설치된 수많은 저격포, 미사일, 로켓, 개틀링이 일제히 포효한 것은 좋다. 그 정도는 예상한 바다.

하지만 지금 시야 한가득 날아드는 은색 섬광은—.

"""""전이 방어!"""""

우연의 일치일까, 그것은 【신역】에서 하지메가 『대형 가변식 원월륜』오레스테스으로 카운터를 날린 것과 동시였다.

사도들은 지상에서 역재생처럼 돌아온 자신들의 공격을 회피한다.

하지만 물리적 탄막 세례가 그럴 틈을 주지 않는다. 누가 뭐래도 인류 연합군은 머릿수가 강점이니까.

1만을 가볍게 뛰어넘는 탄환과 탄두가 폭풍처럼 하늘을 휩쓸었다. 그중에는 8킬로미터 거리를 꿰뚫는 변태 스나이퍼들하우리아의 공격도 섞여 있었다.

당연히 카오리의 분해 포격도, 아이코가 조작권을 넘겨받아 사도들이 하지메 일행의 【신역】 돌입에 정신이 팔린 사이 지상으로 끌어내린 『태양광 집속 레이저』히페리온 일곱 기의 공격도 더해졌다.

사도라고 해도 무시할 수 있을 리 없었다.

그래서 회피하거나 쌍대검으로 요격, 은색 날개로 집중 방어 하나, 그래도 격추되는 개체가 속출했다.

"큿, 그렇군요. 방금 장벽은 착탄 지점을 도출하려고 시간을 번 건가요."

탄막 틈으로 보인 광경에 사도가 험악하게 눈살을 찌푸렸다.

마력을 직접 조작하는 능력이 없는 평범한 사람은 하지메처럼 원월륜을 자유자재로 날리고 전개하기란 불가능하다.

하지만 착탄 지점으로 달려가 3인 1조로 원월륜을 직접 설치할 수는 있다. 그 후에는 영창으로 『게이트』를 발동하면 끝이다.

그러면 연계하는 다른 부대 및 방벽에 설치된 『게이트』로부터 그대로 공격을 되돌려줄 수 있다. 『천개』는 그 시간을 벌어주는 역할이기도 했다.

그리고 요새 최하층에서는…….

"4번과 12번, 빨리 가져와! 7번은 수리가 늦어!"

"갑니다!"

"7번, 수리 완료!"

왕국 필두 연성사 월펜의 고함이 메아리치고, 그와 그의 부하가 『개량형 대결계』를 급속도로 수리하고 있었다.

중앙에 설치된 거목 같은 크기의 투명한 원기둥이 바로 대결계의 정체였다.

흡사 입체 퍼즐 같은 블록들로 구성된 그 아티팩트는 과부하로 파손된 곳을 예비 블록과 교체하는 것만으로 재발동이 가능하다.

부품과 본체 내부에 새겨진 마법진을 연결하는 데 정밀한 연성 마법 실력이 필요하지만, 그것만 할 수 있으면 평범한 연성사라도 신대급 아티팩트를 수리할 수 있는 구조였다.

"월펜 님! 수리 완료했습니다!"

"좋아!"

부하의 보고에 답한 월펜은 곧바로 사령부로 통신을 넣었다.

『공주님! 대결계 수리, 완료했습니다!』

『좋아요. 바로 재가동하세요. 부품, 마력의 잔량을 상시 보고하시고요.』

『예!』

그런 대화를 나눈 후,『천개』가 즉시 재전개됐다.

"하지만 이 정도쯤은 피해를 무시하면—."

사도의 수는 5천에 달한다. 심지어 군체나 다름없고 동료 의식 따위도 없다.

여러 개체를 희생하면 강행 돌파도 가능하다고 판단해 순식간에 돌격 진형을 짰다. 그 몸이 유사 한계 돌파의 증거인 은색 빛을 발한다.

그때, 하지메가 남긴 다음 사도 대응책이 날아들었다.

"……? 이건…… 으, 설마!"

카운터 탄막의 굉음이『천개』재가동과 함께 멎으면서 비로소 어떤 소리가 들려왔다. 아니, 사실 첫 탄막의 사격 소리도 이를 감추기 위한 작전의 일부였던 것이다.

왜냐하면 사도는 잘 아니까. 한때 싸웠던 하지메에게 사용됐던 것이기에.

"""""""——♪"""""""

성가였다. 적의 행동을 방해하고 쇠약하게 만드는『패추(覇墜)의 성가』.

'신을 찬양하고 이단을 억압하는 노래로 신의 사도를 끌어내린다. 흐흐, 아주 고약한 생각을 하는구먼.'

시몬 교황은 성직자답게 실로 엄숙한 분위기를 자아내지만, 속으로는 장난에 성공한 꼬마처럼 웃고 있었다.

하지만 아이코와 유카에게 『장난꾸러기 펑키 할아버지』라는 말을 들어도 그 실력은 교황이라는 지위에 앉기에 부족함이 없었다.

『시몬 님. 악신의 첨병들을 떨어뜨려 주세요.』

"허허허, 맡겨만 주시지요."

아티팩트 석장이 짤랑 울렸다.

성가의 효과를 한곳으로 모으고 힘을 증폭하는 제단형 아티팩트와 연동한 그것으로, 발동한다.

"이것이 인류 비장의 무기 중 하나일세. 어디 한번 맛보게나―『천란』."

제단에 거대한 진홍색 마법진이 떠올랐다.

아군 다수의 모든 능력을 증폭하는 승화 마법 『금역 해방』.

반대로 적 다수의 모든 능력을 격감시키는 승화 마법 『천부봉금』.

『대상의 정보에 간섭하는 것』이 승화 마법의 진수다. 단, 정보를 더하는 것과 수정하는 것은 난이도가 크게 다를 뿐.

하지만 이번 대상은 사도다. 수천이나 있어도 단 하나의 존재며, 하지메 곁에는 노인트의 소체가 있다. 그러므로 카오리의 협력으로 아티팩트를 만들 수도 있다.

그 효과는 막대했다.

"으읏?! 반감?! 아니, 그보다 더!"

사도의 몸에서 발하던 은빛이 안개처럼 흩어졌다. 대신 진
홍색 빛이 엉겨 붙으며 능력이 격감하고, 행동 방해 효과까지
발동했다.

지상에서는 인류 연합군이 함성을 내지르고 있었다. 사도
의 눈이 자동으로 간파했다. 연합군 전체의 능력이 폭증하는
것을.

"하지만 결과는 변하지 않습니다."

약 40퍼센트로 줄어든 스펙이라도 인류에게는 차원이 다른
힘이었다.

그러나『천개』와 카운터 콤보를 강행 돌파하기에는 다소 역
부족이란 것도 엄연한 사실. 하려면 못 할 것도 없지만…….

"그렇다면 옆으로 파고들면 그만입니다."

딱히 그럴 필요도 없다.『천개』가 강력한 이유는 한 부분만
집중해서 지키기 때문이니까.

사도 무리 중 약 2천 기가 갈라져 나왔다. 계속해서 상공에
서 포격을 쏘는 부대와『천개』아래로 우회하는 부대로 나뉜
것이다. 지상 강습 부대가 노리는 것은 당연히 성가대였다.

은색 꼬리를 끄는 유성우가 아름다운 곡선을 그리며 북쪽
으로 하강해 저공 비행했다.

『가할드 총대장님, 현장의 판단에 맡길게요. 무운을 빌어요!』

"나만 믿어."

총대장이자 황제며, 최전선에서 거대한 군마를 모는 목숨 아까운 줄 모르는 자.

인류 연합군 총대장 가할드 D. 헤르샤는 정면에서 다가오는 사도에게 굶주린 짐승이 사냥감을 찾은 것처럼 웃으며 투구의 바이저를 내렸다.

검을 뽑고, 위풍당당하게 치켜든다.

『각 군 사격 부대에 전한다!! 목표 전방! 준비이이!!』

요새와 방벽에 위치한 사수는 물론이고, 최전선에 배치된 군단이 일제히 라이플을 겨눴다.

회전식 탄창에 재장전도 실린더 교체형인 심플한 구조. 탄창 자체에 여섯 발 분량의 전기가 충전되어 있어 전자 가속도 가능. 아울러 신체 강화를 전제로 한 대구경 작렬탄이 장전된 총이다.

『기뻐해라, 용사들! 역사에 이름을 남길 기회다. ─발사!!』

겁먹기는커녕 흥분을 감추지 못하는 총대장의 호령은 병사들의 긴장을 투지로 바꾸었다.

『천개』가 있는 높이는 대략 60미터.

한정된 고도 내에서 이루어진 만 단위의 사격은 거의 벽에 가까운 화망을 구축했다. 더불어 중력을 거스를 필요가 없으니 탄환의 위력은 고스란히 실렸다.

사용자의 능력에 좌우되지 않는 과잉 위력의 물리·마법 복합 병기가 불을 뿜었다.

제아무리 사도라도 무사히 넘어갈 수는 없다.

반격할 생각이라면 가차 없이 벌집이 될 것이다. 대검으로 막아도 충격에 멈춰 버리면 말로는 마찬가지. 은색 날개로 몸을 감싸서 최대한 방어 자세를 잡아야 겨우 몇 초를 견딜 수준.

　"큭, 그 이레귤러! 끝까지 방해를!"

　사도답지 않게 짜증이 난 것처럼 보였다.

　【신역】에서 200명의 사도가 순식간에 격추된 사실이 정보 공유 능력을 통해 전달된 탓이라고, 연합군이 어찌 상상이나 할 수 있으랴.

　하지만 사도의 말투가 거칠어진 원인이 【신역】의 패전 때문만은 아닐 것이다.

　방추형 진형을 갖추어 외부 개체를 총알받이로 쓰면서 돌진하는데, 전무후무한 수준으로 『신의 사도』가 격추당하고 있었으니까.

　"핫하—!! 정면으로 날아오기만 하면 재미가 없지! 이 필멸의 발트펠드 님께서 전부 받아먹어 주마!"

　하우리아 제일의 저격수 『필멸의 발트펠드』—가 아니라 팔이 괴성을 지르자 또 하나의 사도가 은색 날개와 함께 관통당해 나가떨어졌다.

　"총알! 빨리 총알 가져와! 1초도 못 기다리겠어!"

　"키헤헤!! 지저분한 불꽃놀이구만!"

　요새 위에서는 하우리아 사수들이 광란의 축제를 벌이고 있었다. 보급 부대인 아인들은 못 본 척하지만. 분명 SAN치를 유지하기 위해서다. 아니면 같은 아인으로 인식되기 싫든가…….

뭐가 됐건 한정된 공간에 퍼붓는 대공 공격은 막대한 전과를 거두었다. 약한 흙벽을 긁는 것처럼 사도가 우수수 떨어져 나갔다.

"하지만 잔꾀를 부려도 이게 한계입니다."

압도적 탄막이 가로막아도 적진 복판으로 뛰어드는 데는 수 초면 충분하다.

반격도 하지 않고 방어에 집중하며 강인한 육체를 방패로 썼다. 희생은 치렀지만 사도 무리가 돌파하지 못할 이유는 없다.

사도들은 그렇게 판단하고 혼잣말을 흘렸으나…….

"전하! 목표, 규정 라인에 도달했습니다!"

"알겠어요. 그럼 물량 공세로 대항하지요."

사령부 내부에서 대화가 오가고, 릴리아나가 전체 통신용 보옥에 손을 얹어 기동했다.

『전군에 경고합니다. 작전 제2 단계로 이행! 「초중력 한정 발생기」 가동해주세요!』

그래브 파렌센

찢어질 듯한 호령과 함께 사도들이 땅에 떨어졌다.

"중력장!"

진지 곳곳에 설치된 진홍색 보옥. 담당 병사들이 그것을 동시에 기동한 순간, 『천개』 아래는 비행을 허용치 않는 초중력 장으로 둘러싸였다.

사도를 지상으로 끌어내린다. 그것은 손이 닿지 않는 곳에서 자행되는 일방적 유린을 막고 수적 우세를 살리기 위해, 이 전쟁에서 반드시 해결해야 할 절대 조건이었다.

그러나 광대한 하늘을 전부 초중력장으로 덮기란 불가능하다. 다소 영향은 줄 수 있어도 사도의 비행 능력을 봉인하기에는 한참 부족하다.

그래서 준비한 것이 『천개』. 하늘을 분단하고 초중력장 발생 지역을 압축하여 사도에게도 통하는 효과를 낸 것이다.

실제로 사도는 비행 능력을 잃었다. 그때를 노린 것처럼 미사일들이 몰려들었고, 폭발과 무시무시한 마력 충격파가 방추 진형을 완전히 붕괴시켰다. 각 개체는 창이 깨진 것처럼 사방팔방으로 날아가고, 뒤따르던 개체도 탄막에서 벗어나려고 산개해 지상으로 광범위하게 떨어져 갔다.

그렇다. 결사의 각오를 다진 연합군 병사들의 한복판으로.

『온다! 죽음을 두려워하지 마라! 수로 밀어붙여! 닥치는 대로 죽여서 대대손손 전해질 무훈을 세워라!』

총대장 가할드가 토한 기염이 전장으로 뻗어나갔다.

거기에 호응하듯이 왕국, 공국, 그리고 아인 전사단이 각지에서 우렁찬 함성을 내질렀다.

그 직후, 폭발 같은 충격과 굉음을 내며 『신의 사도』가 땅으로 내려왔다.

작은 크레이터 중심에서 한쪽 무릎을 꿇은 사도. 고개를 숙여 얼굴은 보이지 않는다.

"포위해! 동시에 간다!"

"우오오오오오오!"

주위 제국병이 일제히 달려들었다. 제아무리 『신의 사도』라도 어찌할 도리가 있겠냐며 의기충천하게 공세에 나선다.

그 순간, 은색 물체가 돔 형태로 방사됐다. 깃털이었다. 분해 마법을 부여한 은색 깃털이 세열 수류탄처럼 전방위를 덮친 것이다.

비명에 비명이 겹친다. 뛰어들던 제국병이 역재생처럼 밀려 날아갔다.

"겁먹지 마라! 못 이길 상대가 아니다!"

소대장의 고함을 들을 필요도 없이 다음 제국병들이 몰려가고 있었다.

"인간 따위가……."

사도가 흐느적거리며 일어섰다. 찰나의 순간 소환한 쌍대검을 쥐고서.

설령 능력이 대폭 감소하고 비행 능력이 봉인됐어도, 인간과 사도가 개미와 코끼리의 관계임은 변함이 없다고.

존재의 격차가 너무 다르다고.

차례대로 등장하는 술책에 짜증이 난 것처럼 낮게 중얼거리면서.

은색 검선이 허공을 갈랐다.

무용 같은 회전과 함께 날아간 참격은 다시 제국병들을 휩쓸었다. 어마어마한 충격음이 메아리치고, 완전 무장한 병사가 돌멩이처럼 날아가 뒤따르던 병사에게 부딪쳐 땅을 굴렀다. 그 결과에…….

"……? 왜…….."

오히려 사도가 당황했다.

당연하다. 분해 마법을 두른 참격이다. **양단되지 않는 게** 비정상이다.

충격음이 발생할 리 없다. 떠밀릴 리도 없다.

그 자리에 두 동강 난 시체가 굴러다니는 게 본래 있어야 할 광경이었다.

"쿨럭…… 막았어……. 공격이 막힌다!"

"공격은 눈에 보여! 빠르지만 치명상은 피할 수 있어!"

제국병들이 하나둘씩 일어났다. 방금 은색 깃털에 맞은 병사들도, 운 없게 얼굴이 뚫린 자를 제외하면 대부분 중상조차 입지 않았다.

다친 것은 갑옷뿐. 깊이 파이기는 했지만, 몸은 확실하게 지켜 냈다. 그리고 갑옷의 절단된 부위도 진홍색 빛을 띠며 서서히 재생되고 있었다.

그 광경을 보면 답은 저절로 나온다.

"설마……."

시야 한쪽에 거구가 보였다. 돌진하는 군마를 확인하자마자 첫 번째 대검을 내밀어 분해 포격을 쐈다.

군마가 고꾸라져 넘겨졌다. 그 기세를 이용해 승마자가 몸을 날렸다.

"차아아아아아아압!"

쩌렁쩌렁한 기합과 함께 몸을 노린 참격. 그것을 두 번째 대검으로 막으려고 하나, 채찍처럼 휜 검은 궤도를 바꿔 목으로 날아든다.

사도조차 눈을 크게 뜨게 만드는 기검(奇劍)의 극치.

가할드 D. 헤르샤, 능력 제일주의를 주창하는 군사 국가에서 최강을 자랑하는 사내의 필살기가 사도의 목을 노린다.

문제없다. 사도의 육체 강도는 강철 같다. 인간의 힘과 무기로는 흠집도 나지 않는다.

그럴 터였다.

"——."

"방심은 금물, 아니, 자만은 금물이군."

가할드가 송곳니를 씩 드러내어 웃었다.

사도는 그 표정을 공중에서 내려다보았다. 공중으로 날아간 머리로.

왜, 라는 의문은 갖지 않았다.

그가 뽑은 장검이 진홍색 빛을 두르고, 우우웅 소리를 내며 흐릿하게 진동하고 있었기에.

그런데도, 머리 없는 사도의 몸이 움직였다. 마력이 있는 한 머리가 잘린 정도로는 즉사하지 않는다. 머리가 떨어져도 상황을 눈으로 볼 수 있다면 정확하게 전투도 가능하다.

쌍대검이 수평으로 돌아갔다. 가할드의 목을 마주 자르려는 가위처럼 교차되어서.

"깜짝이야!"

엄청난 속도로 이뤄진 공격을, 똑같이 엄청난 반응 속도로 피했다. 심지어 동시에 검을 내밀어 카운터까지 먹였다.

"다 들었어. 네『심장』은 거기 있다지?"

가할드의 검은 정확히 사도에게 무한한 마력을 공급하는 『핵』을 찌르고 있었다.

"역시나, 모든 장비가 신대급 아티팩트, 인가요."

땅에 떨어진 사도의 머리에서 말소리가 흘러나왔다.

사실이었다.

초고밀도 금속제 갑옷에는『삼중 금강』,『충격 흡수』,『자동 복원』,『체력 회복』,『중력 마법을 통한 경량화』가 걸렸고, 투구에는『순광』과『예측』, 각갑에는『축지』와『공력』, 건틀릿에는『호완』이 부여됐다.

그리고 도검에는『공간 절단』,『마력 칼날 형성·충격 변환』, 『초고속 마력 진동을 통한 대상의 마력 분산』이 부여되어 적의 마법을 어느 정도는 벨 수 있었다.

말 그대로 파격적인 장비. 나락의 괴물이 십만 대군 전체에 내린 가호 중 하나.

가할드가 검을 뽑아내는 동시에 사도의 몸은 털썩 쓰러졌다.

『바로 나 가할드가! 악신의 사도 하나를 처치했다!』

전군에게 통신이 퍼졌다. 사람이『신의 사도』를 꺾었노라고.

단 하나의 승전보일 뿐이지만, 연합군에게는 천금의 가치가 있는 낭보였다.

사기가 폭발했다. 총대장을 따르라며 두려움을 떨쳐낸 병사들이 기염을 올렸다.

"폐하!"

가할드의 시야 한쪽에서 은빛이 번뜩였다.

다른 사도가 쏜 분해 포격이었다. 발사 지점 근처에 있던 제국병이 쓸려나가고 사선상에 있던 자들이 『축지』로 간신히 화를 면했다.

하지만 가할드는 피하지 않았다. 그 전에 그가 가려낸 정예들이 뛰어들었기 때문에.

"대형 방패, 들어!"

가할드가 호령했을 때는 이미 방패병들이 준비를 마친 뒤였다. 2단 3열로 선 방어벽에 분해 포격이 직격했다.

방패는 불과 수 초 사이에 가루가 되어 사라져 갔다.

하지만 그건 바꿔 말하면 방어 불능이라고 여겼던 공격을 불과 수 초라도 버텼다는 뜻이었다.

이것도 아티팩트이기 때문에 가능한 위업이었다.

그만큼 시간이 있으면 주변 병사들이 몰려들기에는 충분하고도 남는다.

"성가시게."

무심결에 흘러나온 듯한 말이었다.

더는 방심도 자만도 하지 않는다. 병사들이 가진 무기가 자신들을 죽일 수 있는 무기라고 인식하고 순식간에 정보를 공유했다.

그러자마자 사도들은 다시 죽이기 어려운 괴물로 돌아갔다. 병사들이 연이어 허공으로 날아가고 팔다리가 잘려 나갔다.

"헛된 저항이라고 했습니다."

방패 부대에게 돌진해 발차기로 날려 버리고 순식간에 가할드에게로 접근했다.

　초고속으로 쌍대검을 내리치자 가할드는 피할 여유도 없었다. 검을 들어 막는 게 고작이었다.

　"으읏, 힘은 무식하게 세네!"

　무릎이 꺾인다. 땅이 함몰된다. 뼈가 삐걱거리는 소리마저도 고막을 찌른다.

　"폐하를 구해라!"

　친위대가 달려들지만, 은색 깃털에 정확하게 얼굴을 꿰뚫려 쓰러졌다.

　"보십시오. 저 결계도 요새도 머지않아 함락됩니다."

　바로 죽이지 않는 이유는 절망에 빠뜨리기 위함인가.

　위를 노려보는 가할드의 충혈된 눈에 다시 깨져 흩어지는 『천개』가 보였다.

　아무리 수와 위력을 줄여도 역시 분해 포격은 위협적이었다. 견디는 시간이 몇 초에서 몇 분으로 늘어난 게 전부였다.

　무수한 은광이 지상으로 쏟아지고, 특히 성가대를 집중적으로 노리는 것을 알 수 있었다.

　다시 사도 수십 명이 진격에 성공하여 요새 옥상으로 도약하는 모습도 보였다.

　하지만 그 전황이 뒤집힐지 모를 광경을 보고도 가할드의 입에는 대담한 웃음이 머물러 있었다.

　"하, 그렇게 쉽게 함락되겠냐?"

사도가 이해할 수 없다는 듯 냉랭한 눈초리를 보내다가, 가할드의 생명을 거두고자 힘을 싣는데— 그 직전.

『다들~! 힘내애애~!』

전장에는 어울리지 않는 귀여운 어린아이의 목소리가 통신기를 통해 울리고, 사도 수십 명이 일제히 땅으로 떨어지는 광경이 보였다.

요새 옥상, 정면 난간 근처.

작은 주인에게 명령이 떨어진 순간, 눈을 번쩍 빛내며 일어선 다각 골렘 일곱 대는 위풍당당하게, 그리고 저마다 하나씩 괴상한 포즈를 잡았다.

사도가 추락한 것은 바로 그들, 『뮤의 친구』가 원인이었다.

『대죄 전대 데몬 레인저—! 출동이야!!』

포즈도 포즈지만, 뒤로 무지개색 폭연을 펑 터뜨리는 연출은 도무지 의미를 알 수 없었다.

그래도 뒷면에 펼쳐진 암과 파라볼라 안테나 같은 것이 국소적 초중력장을 발생시켜 사도를 밀어내는 것은 사실이었다.

『애들아! 해치워 버려!』

뮤가 또 귀여우면서도 폭력배처럼 살벌한 말을 외치자 데몬 레인저는 「분부대로!」라고 말하듯 호탕하게 엄지를 세웠다.

철컹철컹 기계 장치 소리를 내며 모든 무장을— 여섯 팔에 든 개틀링 레일건 2문, 전자 가속식 저격포 2문(남은 두 팔은 근접 전투용), 가슴과 배에서 36연발 미사일을 아낌없이 퍼부었다.

요새 바로 아래로 내리꽂는 공격은 아군이 휘말릴 걱정도 없어서 거침도 망설임도 없었다.

게다가 사도는 국소형 중력장으로 마음대로 움직이지 못하는 상태.

그렇다면 결과는 하나뿐이다. 사도 수십 명은 순식간에 살점 하나 남기지 않고 가루가 되어 버렸다.

"마음 단단히 먹고 나왔는데 나설 기회도 없네."

"나구모 그 녀석, 과보호의 범주를 넘어섰잖아. 딸한테 뭘 준 거야?"

"그보다 저 작명 센스, 나구모인가?"

아츠시, 노보루, 아키토가 반쯤 정신을 놓고 감상을 늘어놓을 정도로, 그건 제법 쇼킹한 광경이었다.

"이제부터 계속 몰려올 거야! 정신 바짝 차려!"

유카의 질타가 울려 퍼졌다. 일부 부대를 제외한 전군이 오레스테스로 『전이 카운터』에 성공해 은광이 하늘로 거슬러 올라갔다.

동시에 성가대를 노린 집중 공격도 카오리의 분해 포격으로 상쇄하고, 데이비드와 신전 기사단이 『공력』으로 성가대 머리 위에 자리 잡아 『전이 카운터』로 버티고 있었다.

그것을 보고 역시 폭격 전술은 효과가 약하다고 판단했는지, 사도 지상 부대도 북쪽에서 난전을 펼치는 중이었다.

근본적인 힘의 차이로 돌파는 시간 문제겠지만, 사도에게 내려진 명령은 인류 섬멸.

"이 방식은 효율이 너무 떨어지는군요."

필연적으로 사도는 새로운 움직임을 보였다.

그것은 인류 연합군의 예측과 완전히 동일한 행동이었다.

『적이 또 부대를 나눠 동쪽과 서쪽, 남쪽으로 진군합니다. 준비하세요! 카오리, 그리고 아둘 님!』

"응!"

『이때를 기다렸어.』

릴리아나의 지시가 전달됐다.

『작전 제3 단계입니다! 무운을 빌어요!』

"고마워! 그럼 유카, 선생님, 얘들아. 다녀올게!"

쿵, 하고 폭음을 내며 카오리가 한 발의 포탄처럼 흑은의 빛을 두르며 날아올랐다.

성가대를 공격하는 사도 부대를 상대하기 위해서였다.

『500년 전의 박해를 어찌 잊을쏘냐. 그 시대를 살아남아 설욕을 맹세한 동포들이여. 후세에 태어나 숨어 사는 현실에 개탄하던 젊은이들이여. ―때가 왔노라.』

온화함의 표본 같은 아둘에게서는 상상도 할 수 없는, 듣는 이의 간담을 서늘하게 하는 목소리가 통신기를 통해 울렸다. 500년간 삭인 그의 전의가 느껴지는 무시무시한 소리. 그것은 흡사 짐승이 낮게 으르렁거리는 듯한 소리였다.

흉악하게 올라갔을 그의 입꼬리가 보일 것만 같았다.

『일말의 자비도 필요 없다! 피가 끓는 만큼 포효하라! 하늘

은 우리의 영역! 천공의 패자가 누구인지 다시 한번 알려주어
야겠구나! 용인족 전원…… 출정이다!!』

"""""우오오오오오오오오오오오오오!!"""""

대기가 폭발하는 듯한 포효가 전장을 쓸고 지나갔다. 그것
은 영혼의 외침이었다.

역린이라면 먼 옛날에 건드렸다.

고결한 일족의 긍지를 짓밟은 대가를 오늘 이 자리에서 갚
겠노라. 500년 넘게 농축된 감정이 각지에서 가지각색의 마력
광이 되어 분출됐다.

그래브 파렌센의 중력장이 아주 잠깐 풀렸다. 그 순간, 전
장에 나타난 300마리의 용이 하늘로 비상한다.

동시에 무수한 『포효』가 하늘을 찢었다.

장관이자 압권.

500년이란 시간을 넘어 역사의 무대로 날아오른 『천공의 패
자』. 그 일족의 묵은 한이 담긴 『포효』는 사도조차 무시할 수
없는 의지와 파괴력을 품고 있었다.

셋으로 나뉜 유성우가 육탄전으로 동쪽, 서쪽, 남쪽으로 쏟
아졌으나, 북쪽과 똑같이 탄막과 중력장에 막혀 지상전을 강
요당하면서 각 군이 본격적인 전투에 돌입한 상황.

"하, 꽤나 애먹는구만?"

가할드는 사도를 열심히 도발하고 있었다.

"……그만 사라지세요."

사도가 가할드의 처분을 결정했다.

"폐하를 지켜라!"

방패 부대가 복귀했다. 그들을 선두로 친위대가 결사의 각오로 돌격해 왔다.

사도는 그들을 보는 둥 마는 둥 분해 포격을 쏘고, 은색 깃털 곡사로 목을 꿰뚫었다.

방패병이 쓸려나가고 뒤따르던 친위대가 분해 포격을 직격으로 맞아 먼지로 돌아갔다.

"……우리를 땅에 떨어뜨려도, 아티팩트로 몸을 무장해도, 어차피 단순한 인간. 우리에게 이길 수는 없습니다. 순순히 무릎 꿇고 주인님의 단죄를 받아들이십시오."

이렇게 강제로 무릎 꿇고 지금부터 처형당할 당신들의 왕처럼. 사도는 그렇게 말하고 있었다.

하지만 제국병은 멈추지 않았다.

그 눈에 절망은 없었다. 그저 적을 해치우려는 필사적인 의지만 있을 뿐.

"내 나라 병사를 너무 우습게 봤군?"

젊은 제국병 한 명이 전우의 시체를 방패로 써서 돌격해 왔다.

한 팔을 잃었고 갑옷 틈으로 어마어마한 피가 흘렀다. 틀림없이 치명상이었다.

그래도 그의 표정은 생기로 들끓고 있었다. 피를 토한 입이 새빨갛게 물들어도, 적을 물어뜯으려고 사나운 웃음을 짓고 있었다.

그것을 하찮게 흘겨본 사도가 끝장을 보려고 은색 깃털을 쏘는 그 순간―.

　"한계, 돌파아아아아아아아!"

　"뭐?"

　폭발적으로 팽창하는 마력. 순간적으로 가속하는 육체. 은색 깃털은 허공을 갈랐다.

　불가능한 일이었다. 『한계 돌파』는 이레귤러로 분류될 존재가 아닌 한 용사밖에 발현하지 못하는 힘이다.

　예상을 너무나도 벗어난 사태에 사도의 몸이 한순간 늦게 반응했다.

　죽을 각오로 내리치는 일격을, 반사적으로 대검으로 막고 말았다.

　"어떻게, 그 기능을……."

　"잘했다."

　깨달았을 때는 이미 늦었다. 가할드가 힘을 뺐다. 괴력으로 그를 억누르던 대검이 하나 줄어들면서 남은 대검을 흘려넘긴 것이다.

　그리고…….

　"한계―."

　"설마, 그럴 리가."

　"돌파다아아아아아!!"

　가할드의 능력이 폭발적으로 상승했다. 기검이 지금까지 보지 못한 속도로 사도를 덮쳤다.

"그 빛은 역시—."

사도는 『핵』으로 뻗는 『찌르기』를 회전하며 간신히 피했다. 하지만 말은 도중에 끊겼다.

뱀처럼 휘어 궤도를 바꾼 검이 정확하게 『핵』을 노렸기 때문에.

이토록 허망하게 당한 이유는 인류에게 굉장히 희귀한, 원칙적으로 한 명밖에 가질 수 없는 기능을 두 명이나 가졌다는 사실에 대한 경악도 있을 것이다.

전신에서 피 같은 마력을 흘리는 사도에게, 가할드는 한 손으로 작고 붉은 보옥이 박힌 목걸이를 끄집어내며 호기롭게 웃어 보였다.

"이건 인류의 존망을 건 싸움이다. 한계 한두 개쯤은 뛰어넘어야 정상 아니겠어?"

검을 뽑으며 통신기를 켰다. 쓰러지는 사도의 눈길 따위는 이미 안중에도 없었다.

『연합군 총대장의 이름으로 모든 용사에게 알린다!!』

그것은 신호이자 허가였다.

사실 전쟁의 개막과 동시에 『첫 번째 한계 돌파』를 사용하고 있었다.

거기에 몸이 익숙해질 때까지는 시간이 필요했다.

하지만 그만큼 비장의 수를 갖추고도 사도는 너무 강했다.

혼이 손상되는 영구적인 위험?

전투 지속력에 관한 불안?

다 부질없다. 그래서 결단했다. 청년 병사가 목숨을 바쳐 불가능을 가능하게 한 것처럼, 이 전투에서 무엇을 아까워하겠는가. 최선을 다하기 전에 죽는다면 그것이야말로 전사의 혼을 더럽히는 행위다!

그래서 명령했다.

『이제 한계를 넘어서─ 싸워라아아!!』

생명 한 방울, 혼백 한 조각까지 바쳐 승리를 거머쥐어라!

작전상 시간보다 훨씬 일찍, 가할드의 우렁찬 호령이 울렸다.

그 직후.

"한계 돌파!!"

동쪽 전장에서 쿠제리 기사단장이 한계를 넘어섰다.

"한계 돌파다."

서쪽 전장에서 란지 공이 한계를 넘어섰다.

"이거 원. 이 노물에게는 버겁구먼─ 한계 돌파하라."

마력이 없을 알프레릭이 한계를 넘어섰다.

"드디어 시작이구나. 다들 가자─ 한계 돌파!!"

공격 방향이 늘어나서 상공의 탄막이 옅어지면 당연히 하강 강습에 성공하는 사도도 많아졌다. 대치하는 사도들을 노려보면서 유카가 한계를 넘어섰다.

그 목소리에 응답하여……

""""""한계 돌파!!""""""

아츠시, 노보루, 아키도, 나나, 타에코, 쥬고, 켄타로, 코스케, 마오, 아야코, 신지, 요시키, 그리고 아홉 동료가 한계를 넘어섰다.

왕국군도 공국군도 제국군도 페어베르겐 전사단도 용인 부
대도 모험가도 일개 병사에 이르기까지…….

 "한계 돌파!!"

 "한계 돌파!!", "한계 돌파!!"

 "한계 돌파!!", "한계 돌파!!", "한계 돌파!!"

 "한계 돌파!!", "한계 돌파!!", "한계 돌파!!", "한계 돌파!!"

 "한계 돌파!!", "한계 돌파!!", "한계 돌파!!", "한계 돌파!!",
"한계 돌파!!"

 "한계 돌파!!", "한계 돌파!!", "한계 돌파!!", "한계 돌파!!",
"한계 돌파!!", "한계 돌파!!"

 "한계 돌파!!", "한계 돌파!!", "한계 돌파!!", "한계 돌파!!",
"한계 돌파!!", "한계 돌파!!"

 "한계 돌파!!", "한계 돌파!!", "한계 돌파!!", "한계 돌파!!",
"한계 돌파!!", "한계 돌파!!"

 "한계 돌파!!", "한계 돌파!!", "한계 돌파!!", "한계 돌파!!",
"한계 돌파!!", "한계 돌파!!"

 "한계 돌파!!", "한계 돌파!!", "한계 돌파!!", "한계 돌파!!",
"한계 돌파!!", "한계 돌파!!"

 "한계 돌파!!", "한계 돌파!!", "한계 돌파!!", "한계 돌파!!",
"한계 돌파!!", "한계 돌파!!"

 "한계 돌파!!", "한계 돌파!!", "한계 돌파!!", "한계 돌파!!",
"한계 돌파!!", "한계 돌파!!"

 "한계 돌파!!", "한계 돌파!!", "한계 돌파!!", "한계 돌파!!",

"한계 돌파!!", "한계 돌파!!"

　"한계 돌파!!", "한계 돌파!!", "한계 돌파!!", "한계 돌파!!",
"한계 돌파!!", "한계 돌파!!"

　"한계 돌파!!", "한계 돌파!!", "한계 돌파!!", "한계 돌파!!",
"한계 돌파!!", "한계 돌파!!"

　"한계 돌파!!", "한계 돌파!!", "한계 돌파!!", "한계 돌파!!",
"한계 돌파!!", "한계 돌파!!"

　"한계 돌파!!", "한계 돌파!!", "한계 돌파!!", "한계 돌파!!",
"한계 돌파!!", "한계 돌파!!"

　"한계 돌파!!", "한계 돌파!!", "한계 돌파!!", "한계 돌파!!",
"한계 돌파!!", "한계 돌파!!"

　"한계 돌파!!", "한계 돌파!!", "한계 돌파!!", "한계 돌파!!",
"한계 돌파!!", "한계 돌파!!"

　"한계 돌파!!", "한계 돌파!!", "한계 돌파!!", "한계 돌파!!",
"한계 돌파!!", "한계 돌파!!"

　"한계 돌파!!", "한계 돌파!!", "한계 돌파!!", "한계 돌파!!",
"한계 돌파!!", "한계 돌파!!"

　"한계 돌파!!", "한계 돌파!!", "한계 돌파!!", "한계 돌파!!",
"한계 돌파!!", "한계 돌파!!"

　"한계 돌파!!", "한계 돌파!!", "한계 돌파!!", "한계 돌파!!",
"한계 돌파!!", "한계 돌파!!"

　"한계 돌파!!", "한계 돌파!!", "한계 돌파!!", "한계 돌파!!",
"한계 돌파!!", "한계 돌파!!"

　"한계 돌파!!", "한계 돌파!!", "한계 돌파!!", "한계 돌파!!",
"한계 돌파!!", "한계 돌파!!"

"한계 돌파!!", "한계 돌파!!", "한계 돌파!!", "한계 돌파!!", "한계 돌파!!", "한계 돌파!!"

"한계 돌파!!", "한계 돌파!!", "한계 돌파!!", "한계 돌파!!", "한계 돌파!!", "한계 돌파!!"

이것이야말로 하지메가 짠 최후의 강화책.

—인류 총병력 한계 돌파.

혼백에 간섭하고 강제로 『한계 돌파 패궤』에 도달하게 해주는 아티팩트.

그 이름은 『라스트 제레』.

육체를 강화하는 복용형 아티팩트 『치트 메이트』 섭취와 아이코의 혼백 마법을 이용한 군용 상시 혼백 강화, 회복 마법을 걸지 않으면 5분 안에 죽을지도 모르는 극약이었다.

예정보다 훨씬 일찍 작전이 발동되는 바람에 아이코가 요새 위에서 정신없이 허둥대고 있었다.

하지메가 준 로사리오 아티팩트를 가슴 위로 움켜쥐고, 성가대 곁에서 기도하듯 마법을 구사하는 모습은 여신보다 성녀에 가까울까.

뭐가 됐든 총병력의 한계 돌파를 지원하기 위한 전용 아티팩트는 문제없이 효과를 발휘했다.

아이코의 연분홍색 마력이 전장 전체에 거대한 파문을 일으켜, 발동 중인 『라스트 제레』를 표적으로 삼아 한 명 한 명의 혼을 연결하는 데 성공했다.

적을 분단해 자신의 영역으로 끌어들여 극한까지 쇠약과

방해를, 아군은 양날의 검이 될 정도로 강화에 강화를 거듭한다.

작전을 들었을 때는 그 철저함에 가할드뿐 아니라 모든 이의 표정가 굳혔다.

그렇지만 이로써 전장은 마련됐다.

지금까지 쓴 작전은 모두 『신의 사도와 싸울 수 있는 상황을 만든다』라는 최소한의 조건을 충족하기 위함이었다. 지금부터가 진짜 사투의 시작이다.

그렇기에 가할드는 새로 마주한 사도에게 검을 겨누며 인류를 대표해 그 말을 외쳤다.

"인간을, 얕보지 마라!!"

사도의 눈동자가 미세하게 흔들린 것 같았다.

마치 먼 옛날에 같은 말을 듣기라도 한 것처럼.

　—전장 동쪽, 하일리히 왕국군.

　왕국군이 포진한 전장에 용인 부대와 최전선 라이플 부대의 일제 사격을 피한 사도 무리가 날아들었다.

　"역시 대응이 빠르군."

　왕국 기사단 단장이자 이번에 왕국군 군단장으로 취임한 쿠제리 레일이 심각하게 눈을 찌푸렸다.

　사도는 요새와 방벽 위의 공격이 집중되지 않게 분산해 불규칙한 궤도로 날면서, 어차피 어느 시점에선 초중력장에 걸려 떨어진다고 생각했는지 병사들의 머리 위로 아슬아슬한 저공비행을 펼쳤다.

　이렇게 되면 저격포는 몰라도 미사일과 로켓탄은 사용하기 힘들다. 지상에 있는 병사들이 휘말리기 때문이다.

　더군다나 은색 깃털 융단 폭격과 분해 포격으로 지상을 휩쓰는 공격까지 병행했다.

　방패 부대와 장비가 가진 회피 능력으로 버틴 자는 많지만, 그래도 적지 않은 병사들이 한 번 싸워 보지도 못하고 먼지로 변하는 광경에는 이가 갈렸다.

　그래서 그들의 한을 실어 외쳤다.

　"여기 있는 우리가 왕국의 수호자다! 기사여! 병사여! 본분을 다하라!!"

쿠제리의 당당한 목소리에 왕국 용사들이 함성으로 화답했다.

그 직후, 넓게 포진한 왕국군 곳곳으로 은색 유성이 떨어졌다.

지금까지 얻은 정보는 모두 공유됐다.

『신의 사도』라는 존재가 처음 보는 책략에 족족 걸려들며 백 단위로 격퇴당한 건 분노할 사건이자 굴욕. 있어서는 안 될 일이었다.

그래서 전법을 바꿨다. 『신의 사도』는 능력이 전부가 아니라고 증명하기 위해.

"주인님의 명령을 완수합니다."

왕국 병사 한 명이 함성을 내지르며 달려들었다.

은광 일섬. 대검이 두른 마력이 허공에 은색 빛줄기를 그리자 병사는 허리부터 위아래로 절단되고 말았다.

반대쪽에서 동시에 덤벼든 자도 두 번째 대검으로 정확하게 목을 갈랐다.

몰려드는 병사들을 은색 깃털 전방위 공격으로 견제하며, 땅이 갈라지도록 박차며 요새 방향으로 진격했다. 진로상의 장애물을 분해 포격으로 날려 버리고 날아드는 수많은 마법은 은색 날개로 막았다.

"잡았다!"

기사 한 명이 육박했다. 쌍대검은 두 병사가 몸을 분해당하면서도 악착같이 잡아 두고 있었다.

완벽한 타이밍. 그렇게 생각했지만, 사도는 쌍대검을 미련 없이 버리고 오히려 기사 쪽으로 뛰어들었다.

머리 위로 들었던 검은 사도가 너무 가까이 붙은 탓에 칼날 아랫부분이 어깻죽지를 파고드는 데 그쳤다. 그리고 역으로 사도의 수도가 기사의 목을 날려 버렸다.

이어서 달려든 병사는 돌려 차기로 팔과 몸 반쪽을 으스러뜨리고, 다리를 노린 병사의 공격도 은색 날개로 순식간에 떠올라 회피했다.

사도는 그대로 대포알처럼 초저공 비행하며 은색 날개를 분해 칼날처럼 펼쳐 병사들을 쓸어버렸다.

비명이 겹치는 가운데, 땅에 닿을락 말락 날던 사도가 쌍대검을 회수했다.

방어구 덕분에 즉사를 면한 병사들이 죽자 살자 휘두른 공격이 스치며 피가 튀지만, 사도는 눈썹 하나 까딱하지 않고 카운터를 날렸다.

주인님께서 하사하신 육체가 인간에게 상처 입는다.

압도적인 능력으로 유린하지 못하고, 그들처럼 기술을 써가며 진흙탕 싸움으로 승리를 쟁취한다.

원래 사도가 해서는 안 될 행위를 허용케 하는 싸움법.

전심전력. 틀림없이 사도의 모든 능력과 기량을 쏟아낸 전투였다.

【신역】에서 패배하고 복수의 기회도 잃은 마당에, 지상전에서도 예상을 초월한 피해를 입자 더는 물불 가릴 수 없게 됐으리라.

"젠장, 너무 세잖아! 누구는 두 번이나 한계를 뛰어넘었는데!"

"괴물 자식! 적당히 하고 죽어!"

이토록 책략에 책략을 더해도 사실 사람과 사도의 능력은 아직도 3배에서 4배나 차이 났다.

그건 이미 종(種)으로서 넘을 수 없는 벽이었다.

수적 차이로 그 간극을 메우는 것도 사전에 들은 작전이기는 했다.

하지만 실제로 싸우면서 깨달은 사도의 괴물 같은 능력은 상상보다 몇 배는 위험했다. 각지에서 올라오는 사도 격퇴의 함성보다 쓰러져 가는 아군의 비명이 압도적으로 많았다.

그 사실에 왕국 병사들이 욕지거리를 내뱉었다. 가슴에서 올라오는 공포를 조금이라도 잊으려면 그럴 수밖에 없었다.

그러던 그때.

"겁먹지 마라!"

쩌렁쩌렁한 질타가 메아리쳤다.

그곳으로 뛰어든 자는 아름다우면서도 용맹한 기사단장님이었다. 얼마 전 지급되어 아직 숙련자가 많지 않은 갑각의 『공력』으로 허공을 달려왔다.

사도의 찌르는 듯한 시선이 쿠제리를 포착했다. 그 순간, 사도의 두 팔이 빛의 사슬에 감기고 무수한 빛의 검까지 몸에 꽂혔다.

"단장님, 지금입니다!"

코몰드 부단장과 기사단의 정예들이 모든 힘을 쥐어짜서 구사한 포박 마법.

원래는 무의미한 그 마법도 지금의 사도라면 몇 초는 확실하게 묶어 둘 수 있다.

"하아아아압!"

귀를 찢는 기합과 함께 활시위를 당기는 듯한 자세에서 세검을 내지른다.

처음부터 근위 기사단을 목표로 수행하던 쿠제리의 검술은 실내 전투에 맞춰져 있다. 그렇기에 『찌르기』야말로 쿠제리의 기본이자 최강의 수.

그것 하나로 왕녀 전하의 전속 근위대 대장까지 올라온 그녀였다. 한계를 넘은 상태로 날린 필살의 일격은 이미 섬광으로밖에 인식되지 않았다.

"――!"

"빚은 갚았다."

한 치 오차도 없이 쿠제리의 세검이 사도의 『핵』을 뚫었다.

세검을 뽑는 동시에 쿠제리는 확성과 통신 아티팩트를 기동해 낭랑하게 소리쳤다.

"마음을 강하게 먹어라! 우리 뒤에 누가 있는가!"

그 의미를 모르는 자는 없었다.

가족이다. 연인이며 친구며 아이들이다. 머나먼 땅으로 피난을 떠나 자신들의 승리를 믿고 기도해주는 소중한 사람들이다.

"상상해라! 그들이 짓밟히는 모습을! 그걸 보고만 있어야 하는 비극을!"

그건 무엇보다 섬뜩한 공포였다. 신이 만든 괴물 따위보다 훨씬 큰 공포!

그리고 공포도 공포지만, 분노로 영혼이 이글거린다!

"버티고 버티고 또 버텨라!! 그들의— 미래를 위해서!!"

""""""미래를 위해서!!""""""

쿠제리의 고무와 단장이 사도를 해치웠다는 사실이 병사들 사이에서 공포를 걷어냈다.

격전이 더욱 가열한 양상을 띠어 간다.

『멋진 격려였어요, 쿠제리. 제7 부대가 사도 셋의 연계로 발이 묶였어요. 지원해 주세요.』

"예!"

상황을 전해 들은 쿠제리는 부하들에게 지시를 내리고 몸을 돌려 달려 나갔다. 릴리아나의 목소리를 듣고 검을 쥔 손에는 더욱 힘이 들어갔다.

전장에 집중하면서도 사도가 왕궁을 습격했을 때 일이 자꾸만 떠올랐다.

그때, 코스케보다 늦게 현장에 도착한 쿠제리와 기사단은 아무것도 할 수 없었다.

사도가 릴리아나의 동행을 바랐을 때도 그랬다.

릴리아나 본인이 교전을 금했다는 건 변명조차 되지 못한다. 그 명령 자체가 기사와 병사들로는 상황을 타개할 수 없다, 다시 말해 역부족이라고 단정한 결과니까.

분했다. 공경하는 왕녀 전하께서 사지로 가는 모습을 가만히 보고만 있어야 한다니. 너무 큰 무력감에 미쳐 버릴 것 같았다.

부끄럽지만, 무사히 돌아오셨을 때는 안도한 나머지 그 자리에 풀썩 주저앉고 말았다.

그러니까 이건 기적처럼 주어진 기회였다.

마왕보다 더 마왕 같다는 그 청년이 준 기회.

사도 하나를 쓰러뜨려 주인을 빼앗겼던 빚은 갚았다.

그렇다면 지금부터는 증명의 시간이다. 왕국 기사단은 지켜야 할 것을 지킬 수 있다고 증명할 시간.

"두 번은 없다. 단 한 놈도 전하께 보내지 않겠다!"

끓어오르는 마음과 강철 같은 결의를 가슴에 품고, 정예 부대와 함께 아군의 머리 위로 단숨에 전장을 가로지른다.

그리고……

"흥가아아아아아아아아아악!"

"흐악?!"

허무하게 멈춰 서고 말았다. 살짝 귀여운 소리를 내면서.

그건 코몰드 부단장과 기타 부하들도 마찬가지였다. 아니, 오히려 그들이 더 심했다. 잔뜩 겁먹었다. 돌아보니 주변의 다른 병사들도 상황은 같았다.

그럴 만도 하다. 전장에 다른 종류의 괴물이 군림했으니까.

"우후훙~. 얼굴은 예쁘면서 덜렁이구낭♡"

황소 같은 콧김. 온몸에서 피어오르는 수증기. 황당할 정도의 거구와 갑옷을 입었는데도 알 수 있는 비인간적인 근육.

투구 사이로는 극화처럼 음영 짙은 얼굴과 육식동물 같은 눈이 엿보이고, 투구 꼭대기에는 길게 땋은 머리가 새끼줄처럼 나와 있었다. 그리고 그 끝에는 귀여운 핑크 리본까지.

그 혹은 그녀의 발치에는 사도 하나가 흉부가 함몰되고 팔다리가 괴상한 방향으로 꺾인 비참한 상태로 널브러져 있었다.

범접하기 힘든 전의와 위압감을 발산하건만, 왠지 몸은 연체동물처럼 배배 꼬고 있었다.

도무지 이해할 수 없었다. 그런 데다가…….

"자, 다음엔 어떤 아이가 내 열정을 받아주겠니?!"

여성스러운 말을 뇌성 같은 목소리로 외치면서, 「수왕님!」이라는 말이 절로 나오는 표정으로 찡끗 윙크까지.

"히익, 죄송해요!"

자기에게 한 말이 아닌데도 병사 한 명이 울먹이면서 사과했다. 아무도 의문시하지 않았다. 오히려 심정은 이해한다며 고개를 끄덕였다.

그 압도적 존재감은 사도에게도 통하는 모양이었다.

셋이 연계하던 사도 중 둘이 뒤로 슬금슬금 물러나고 있었다.

엄청난 경계심이다. 어쩌면 하지메와 마주했을 때보다 더 경계하는지도 모른다!

그래서일까, 등 뒤로 소리도 없이 나타난 두 거구를 너무 늦게 알아차렸다.

""잡았~당~!""

이쯤 되면 호러다. 사도 둘이 돌아보는 동시에 팔과 몸을 묶어 버리다시피 끌어안는 거한, 아니, 인간의 이치를 초월한 존재(by 하지메)— 미스터 레이디 두 명이었다.

【브룩 마을】옷 가게에 서식하는 크리스타벨 점장의 애제자들은 평범한 사람은 얻을 수 없는 괴력으로 사도 둘에게 베어 허그를 시전했다.

두 사도가 분해 마력을 두른다. 허리가 접히기 전에 적의 육체를 가루로 만들기 위해서.

하지만 갑옷은 튼튼했다. 사도의 몸이 기역 자로 꺾이는 것이 먼저인가, 갑옷이 분해되는 것이 먼저인가. 치킨 게임의 시작이었다.

우세는 역시 이 세계에서 가장 흉악한 마법이었다. ……하지만 이걸 우세라고 해도 좋을까. 그 탓에 사도에게 사소한 비극(?)이 일어나고 말았다.

““──!””

"억지로 옷을 벗기다니, 대·담·하·셩!"

"자극적인 아이는 나두 좋아행♡ 그치만—."

심상치 않은 양의 땀이 사도들의 얼굴에 튀었다. 거기에 더해 미끌미끌하고 윤기가 자르르 흐르는 흉근에 얼굴을 파묻혔다. 미끌, 끈적이라는 효과음이 보일 것만 같았다.

왜일까. 분해 마법이 사라졌다. 그 직후, 우득 소리를 내며 부러지는 사도의 허리. 그리고…….

““후으으으으리야아아아아아아압!””

거기서 이어지는 백 드롭. 끌어안은 채로 허리가 꺾인 사도는 상체가 덜렁거려 얼굴이 땅에 처박혔다. 목이 부러지는 끔찍한 소리도 겹쳤다.

재빨리 몸을 돌린 미스터 레이디 두 명은 코앞에서 날아든 은색 깃털로 순식간에 피투성이가 됐으면서도 회심의 미소를 짓고 손날을 내리꽂았다.

격투기를 쓰는 모험가와 병사를 위해 준비된 『공간 절단』부여 완갑이 사도의 등부터 가슴을 뚫었다.

움찔 경련하는 사도에게서 쑥 뽑힌 커다란 손에는 핵의 파편이 쥐어져 있었다.

피와 땀을 흩뿌리며 「우워어어어어!」라고 승리의 함성을 내지르는 미스터 레이디 둘을 대신해, 크리스타벨 점장이 방금 말했던 「그치만」의 뒷말을 이었다.

"인형 놀이는 취향이 아니거등."

엉덩이를 실룩대면서 고개를 획 돌린다. 충혈된 눈이 병사들 머리 위로 아슬아슬하게 날아가려는 사도를 포착했다.

서로의 눈이 맞았다…….

"큭, 설마 다른 이레귤러가!"

그대로 날아갔으면 됐으련만, 왠지 사도는 그 자리에서 착지해 싸울 자세를 잡았다. 쌍대검을 앞으로 내밀고 X자로 교차한 자세…… 처음 보는 자세였다.

크리스타벨 점장이 이끄는 모험가 유격대.

그중에서도 미스터 레이디 집단은 지금 이 순간에도 각지에서 눈부신 전과를 올리고 있었다.

이것저것 뿌려대고, 여기저기 파묻히고, 열정이니 키스니 하며 비참한 최후를 맞이하고.

각 개체가 겪은 경험들은 모조리 사도 전체에게 공유된다. 지금은 그 정보 공유 능력이 원망스럽다……라고 생각해서 나온 자세인지 아닌지는 모르겠지만, 아무튼.

"나랑 춤출까, 인형 아가씨. 내 근육이 아직 부족하다고 하넹?"

크리스타벨 점장이 양팔을 벌려 가로막는 듯한 자세를 잡았다.

쿠구구구구구구!! 효과음이 글자가 되어 눈에 보이는 건 착시일까.

아무튼 한 가지 확신한 건…….

『저, 전하! 제7 부대는 문제없습니다! 새로운 전황을 알려주십시오!』

『앗, 네!』

이곳에 쿠제리의 힘은 필요 없어 보인다는 것이었다.

―전장 서쪽, 앙카지 공국군.

"싸워라, 싸워! 용맹한 사막의 전사들아! 우리는 신화 속에 있다! 이 전장에서 검을 잡은 모든 전사가 신화의 주인공이다! 우리는 오늘, 역사에 이름을 새긴다!"

란지 포워드 젠겐 공의 고무가 확성되어 전장에 울렸다.

그의 말대로 인류의 존망을 이번 싸움은 후세에 가장 가까운 날 일어난 신화로 기억되리라. 이 전장에 선 자는 모두 그 신화의 등장인물이다.

그런 말을 들으면 전사의 혼이 떨리는 법.

그렇지만 기개만으로 전쟁에 이길 수 있을 만큼 현실은 녹록지 않다.

게다가 그들은 사막의 전사다. 부드럽고 불안정한 모래를 딛고, 뜨거운 열기 속에서 싸우는 법을 익혀 온 자들이다.

평소라면 문제가 되지 않는다. 마인족이나 마물이 상대라면 신경도 쓰지 않았을 것이다.

그렇지만 이번 상대는 사도다.

찰나의 순간, 아주 조그만 차이가 치명적인 결과를 낳는 극한 상황의 전장에서는······.

"란지 님! 예상보다 밀리고 있습니다!"

"좌익의 피해가 심각합니다!"

"아무래도 그류엔에서 나온 적 없는 젊은 전사가 많이 당한 모양입니다."

심복의 보고를 듣고 란지는 이를 갈았다.

그가 바라보는 곳, 전장 곳곳에서 사람이 장난감처럼 허공으로 날아갔다.

승리의 환성도 들리지만, 병력이 줄어드는 속도가 압도적으로 빨랐다.

"다른 군단은 분투하고 있다. 우리가 담당한 서쪽만 무너지면 다른 이들을 볼 면목이 없어."

이 전쟁은 란지에게 은혜를 갚을 기회이기도 했다.

병마에 시달리던 공도를 구해준 하지메 일행의 은혜.

특히 젊은이는 헌신적으로 치료해준 카오리에게 열광에 가까운 은의를 느꼈다. 아들을 필두로 『카오리 님 봉사 부대』라는 요상한 조직이 만들어질 정도였다.

그래서 하다못해 하지메가 남기고 간 동포, 돌아올 장소를 지키는 데 일조하고 싶었는데…….

란지는 머리를 저었다.

"사욕을 부릴 상황이 아니지. 사령관에게 구원 요청을—."

—그럴 필요 없습니다.

"음?!"

"안 돼! 방패 부대! 둘러싸!"

야외인데도 울리는 신비한 목소리가 들린 직후였다.

사도가 전사들을 우르르 날려 버리며 돌격해 왔다. 외팔이었다. 지휘관인 란지를 죽이려고 강행 돌파를 선택한 모양이었다.

란지가 임전 태세로 대비하고, 부관이 고래고래 지시를 내렸다. 사도의 대검이 정확히 란지를 향하고, 은색 빛이 모이더니—.

"우선 한 명."

"응?"

의아한 목소리를 낸 것은, 놀랍게도 사도였다. 그것도 하늘로 날아간 머리.

머리가 사라진 사도의 가슴으로는 무광 처리된 칼날이 튀어나와 있었다. 『핵』을 뚫은 게 확실했다.

잠깐 뜸을 들이고 칼날이 뽑히자 마개가 빠진 것처럼 피가 뿜어져 나왔다.

선혈의 베일 너머에, 그가 있었다.

검은 옷에 복면으로 입을 가리고 고글형 선글라스를 꼈으며 가늘고 예리한 단도— 소태도를 역수로 든 남자. 머리 위에는 털 수북한 토끼 귀가 휘날리고 있었다.

"이 검붉은 세계처럼, 네 피 색깔은 지저분하군······."

소태도에 묻은 선지피를 절도 있게 털어내며 반대쪽 손 중지로 선글라스를 밀어 올린다. 복면에 드러난 굴곡으로 보아 아마 한쪽 입꼬리만 씩 올리고 웃는 듯했다.

은근히 느껴지는 오글거림. 가볍게 하늘을 쳐다보는 모습에서는 「지금 나, 완전 멋져!」라는 환희가 배어 나왔다.

대체 누구냐! 라고는 물을 필요도 없다.

"사도의 머리는 나, 『심연준동의 어둠 사냥귀』 캄반티스 엘파라이트 로델리아 하우리아가 받아 가마."

그렇다, 캄이다. 평범한 토인족 하우리아의 족장, 캄 하우리아다.

모두 저마다의 이유로 경악하고 정신을 놓은 가운데, 다른 사도가 저공비행으로 돌격해 왔다.

하지만 하우리아는 이미 이 전장 전체에서 활개 치는 듯했다.

전사들 사이에서 작은 그림자가 쉭 뛰어올랐다. 청년 전사의 머리를 밟고 더 높이 뛰어올라 소리도 기척도 없이 사도

바로 옆을 지나 위로 올라섰다.

그리고 등에 올라타서 툭.

그것은 정말로 조용한 일격 필살이었다. 『핵』을 꿰뚫리고 목도 잘린 사도가 추락한다.

땅을 미끄러지는 사도의 사체를 서프보드처럼 타며 란지 앞에 우아하게 멈춰선 자는…….

"……당신이라면 이럴 때 이렇게 말할까?『모든 것은 주인님의 뜻대로』라고. 우연이네. 나도 마음은 같거든."

물론 우리 보스는 세상에서 가장 멋진 사람이지만. 그렇게 덧붙이며 그녀는 선글라스를 벗어 사도의 사체를 곁눈질했다.

그리고 란지 쪽으로 시선을 돌리고, 왠지 겁먹고 흠칫거리는 그들에게 말했다.

"외살(外殺)의 네아슈타트름, 보스를 위해서 너희에게 힘을 빌려줄게."

그러면서 다시 선글라스를 척! 입가에는 미소를 훗.

언제나 진심 모드인 토끼 귀 소녀, 네아(10세)였다.

거기에 이어서 전장 여기저기서 사도의 머리가 날아가기 시작했다.

인파 속에서 인파 속으로. 경애하는 보스를 위해 죽기 살기로 단련한 『기적 조작』을, 보스가 준 하우리아 전용 장비로 극한까지 끌어올린 그들의 암살 전법은 기울어가던 전황을 일시적으로 회복시키기에 충분했다.

다만…….

다만, 문제가 있다면…….

"미안하군. 오늘 밤 줄리아가 많이 굶주렸어."

중년 아저씨 하우리아가 소태도를 사랑스럽게 쓰다듬거나.

"이건 네 잘못이야. 또 한 명의 나를 깨워 버렸으니까……."

20대 초반으로 보이는 하우리아 여성이 한쪽 팔로 눈을 가리며 애수에 젖은 미소를 짓거나.

"……이게 세계의 의지구나. 그렇다면 나는 거기에 따를 뿐이야……."

그녀의 여동생으로 보이는 10대 중반의 하우리아가 천명을 짊어진 냉철한 전사라도 되는 양 분위기를 잡거나.

"큭, 또 멋대로! 진정해라, 내 왼팔!"

왠지 괴로워하는 하우리아가 속출했다는 것이다.

무섭다. 이것도 어떻게 보면 종류만 다른 괴물이 아닌가.

잠깐의 자아도취 후, 참수 토끼들은 서로를 돌아보았다.

모두 이곳에서 죽기를 각오했건만, 어째서 이들은 흡족하게 웃고 있는가.

정말로 무섭다. 정체를 알 수 없는 것이 가장 무섭다고 하는데, 이것이 바로 그 경우다.

기분 탓일까, 사도가 짜증이 난 것처럼 보이기도 한다.

이 자식들이 장난치나……라고는 생각하지 않겠지. 감정이 없댔으니까. 하지만 그 눈빛은 확실하게 하우리아를 우선 제거 대상으로 보고 있었다.

그래서 하우리아들은 인파 속으로 사라졌다. 자신들에게

의식이 향했다고 깨달은 순간, 감탄스러울 만큼 미련 없이 후퇴해 버렸다.

"토인족…… 놓치지 않겠습니다."

사도는 하우리아가 사라진 곳으로 돌진했다. 그러면 당연히 진로에 있는 전사들도 반격에 나선다.

결과적으로 발이 묶인 사도는 하우리아를 놓치게 된다.

그래서 당장 급한 적을 처리하느라 하우리아에게 의식을 뗀 순간, 생각을 꿰뚫어 본 것처럼 절묘한 타이밍에 불쑥 나타나 개폼을 잡으며 일격 필살.

『젠젠 공, 그쪽에 원군을 보냈어요. 토인족이긴 하지만, 저는 그들의 실력을 직접 눈으로 봐서 알아요. 걱정하지 마시고―.』

"아, 굳이 말씀하지 않으셔도 압니다."

『그, 그래요……? 그럼 계속해서, 힘내주세요!』

미묘한 분위기가 흘렀다. 흘렀지만……

"동쪽 끝에서 온 전우에게 뒤처지지 마라! 사막의 전사들은 나를 따르라!"

역시 사막 국가를 다스리는 주인답게 능숙한 대처였다. 스스로 앞으로 나서서 이 묘하고 찝찝한 분위기를 불식했다.

공국군은 다시 전세 뒤집기에 들어갔다.

―전장 남쪽, 페어베르겐 전사단.

요새 뒤쪽에 펼쳐진 전장은 지금 어느 곳보다도 특이한 곳이 되어 있었다.

수해였다. 요새부터 남쪽으로 약 100미터 위치를 경계선으로 건너편 1평방 킬로미터 범위에 갑자기 어마어마한 수의 거목이 자라난 것이다.

　평원이었던 곳이 지금은 한정적인 유사 수해로 변했고, 하늘의 이점을 자유롭게 이용할 수 없는 사도에게는 성가시기 짝이 없는 상황이었다.

　왜냐면 이 전장을 맡은 자들은…….

　"훅!"

　수해에서 본실력을 발휘하는 아인족이니까.

　나무를 발판으로 3차원 기동을 하며 사각에서 무시무시한 속도로 칼날을 휘두른다.

　분해 마법으로 반격할 여유도 없어 대검으로 방어. 사도마저 일격에 해치우는 파격적 아티팩트가 대검에 부딪쳐 불길한 소리를 낸다.

　무기가 부러질까 봐 완력으로 떨쳐 내지만, 상대는 표인족 청년 전사. 믿어지지 않는 몸놀림으로 스스로 뛰어올라 순식간에 나무 사이로 사라졌다.

　그러더니 이번엔 반대쪽에서 웅인족이 돌격해 왔다.

　"우워어어어!"

　거대한 핼버드를 대검으로 막지만, 아인 중에서 힘은 으뜸이라는 평판은 거짓이 아니었다.

　사도의 무릎이 살짝 꺾였다. 충격이 전달된 팔이 저려 의도치 않게 큭, 하고 목소리가 새어 나왔다.

대검을 기울여 핼버드를 흘리며 발차기로 웅인족을 날려 버리지만, 갑옷의 방어력에 더해 체중과 지방, 그 안쪽에 들어찬 근육 방벽은 그의 표정을 고통스럽게 일그러뜨릴 뿐 무릎조차 꿇리지 못했다.

'지형을 이용한 불규칙적인 전법…… 그리고 단순하게 강합니다……'

아인은 마력이 없는 대신 신체 능력이 뛰어나다. 사도의 높은 마력 내성으로 속성 마법이 힘을 쓰지 못해 아티팩트를 쓴 근접전이 주를 이루는 이 전쟁에서 그들은 어떻게 보면 가장 큰 위협이었다.

"그렇다면 숲까지 통째로 쓸어버리면 그만."

사도는 은색 날개로 자신을 감싸서 방어하며 분해 포격을 충전했다.

지금 쏠 수 있는 최대 위력으로 포위해 오는 아인 전사들을 수해와 함께 일소한다.

"큿, 포격이다! 대피해! 방패 든 녀석은 버텨!"

대치하던 웅인족— 하우리아 때문에 트라우마가 생겨 정신 안정제를 달고 사는 레긴이 고함쳤다.

주변 나무들 사이에서 부산스러운 소리가 나고 레긴도 쏜살같이 대피해 몸을 숨겼다.

그 직후, 은색 날개가 확 펼쳐지고— 퍽.

사도에게 가벼운 충격이 퍼진다.

"아…… 이 타이밍을 노리고?"

『핵』에 정확히 금속 화살 하나가 박혀 있었다. 궁수를 찾지만, 보이지 않았다. 탐지에도 걸리지 않는다.

그럴 수밖에. 화살을 쏜 자는 400미터나 떨어진 숲속에 있으니까.

급소만 지키는 경갑에 하카마[#1] 같은 전투용 복장을 차려입은 노인— 삼인족 족장 알프레릭 하이피스트. 그가 사도의 의식이 오로지 공격에 집중되는 찰나, 그 완벽한 타이밍을 노리고 나무 사이 바늘구멍 같은 틈으로 저격에 성공한 것이었다.

적의 위치를 정확하게 탐지하고 시각 계열 능력을 일괄적으로 증폭하는 고글과, 신체 능력이 폭증한 상태에서만 쓸 수 있는 아티팩트 강궁이 보조한 덕분이기는 했다.

하지만 다른 궁병이 같은 장비로 같은 일을 할 수 있냐면, 그건 아니다.

페어베르겐 역사를 통틀어도 손에 꼽을 만큼만 존재했던 『신궁의 사수』. 최고의 궁수에게만 주어지는 그 호칭을 가진 알프레릭이기에 비로소 가능한 위업이었다.

『하나 격파…… 아니, 이제 둘이군.』

『훌륭하십니다, 알프레릭 님. 동쪽 5번으로 사도 셋 침입. 몰아넣겠습니다.』

『알겠네, 길 전사장.』

저격 부대 대장으로서 보고하는 사이에도 알프레릭은 사도를 하나 더 격파했다.

#1 하카마 일본의 전통 복장. 아래쪽 통이 넓은 바지.

이상하게 하지메와 인연이 있다는 이유로 전사장으로 발탁된 호인족 길은 「역시 알프레릭 님이 지휘하시는 편이 낫지 않나?」라는 생각을 지울 수 없었다. 저격에 집중하고 싶다는 이유였지만, 사도가 맞으러 간다는 착각이 들 만큼 정밀한 장거리 사격에는 식은땀이 흐를 정도였다.

그러던 그때, 사도 하나가 분해 포격을 발사했다.

역시 아무나 발동을 막아내지는 못했다. 저지하지 못해 발사된 포격은 부채꼴로 숲을 지워 버리고 차마 대피하지 못한 전사들도 먼지로 만들어 버렸다.

순식간에 개활지가 된 전장에서 전사들이 방어 자세를 잡았다. 평지에서도 당연히 싸울 수는 있지만, 유리한 지형이 사라지고 정면으로 맞붙게 되니 얼굴 근육이 저절로 굳었다.

그렇지만 이 전장은 원래 만들어진 것.

요새 옥상의 남쪽. 성가대 뒤에 선 작은 인물이 소리 높여 외쳤다.

"몇 번을 없애든 또 만들면 돼요! ─『수해 현계』!!"

총병력 『한계 돌파』를 혼백 마법으로 지탱하는 자─ 하타야마 아이코.

발동만 하면 로사리오가 자동으로 유지해주므로 아이코 본인에게도 여유가 생긴다.

그러기 위해 새롭게 익힌 마법이 바로 『수해 현계』였다.

아이코 전용으로 만들어진 지휘봉 아티텍트와 천직 『작농사』의 힘을 이용해, 미리 필드에 뿌려 둔 대량의 씨앗을 급성장시키자 분해 포격으로 소멸한 숲이 다시 눈 깜짝할 사이에 복원되었다.

아인 전사의 영역이 사라지지 않는다. 그렇게 판단하여 가지를 밟고 나무 위로 날아가려는 사도가 속출하지만, 그건 그대로 노림수였다.

아이코가 손에 든 보주가 빛났다. 옥상 한쪽에 부유하는 히페리온이 수평 방향으로 기울어 태양광 집속 레이저로 격추할 준비에 들어갔다.

모두의 뒤를 지키는 건 자신이라며 동그란 눈에 의지를 불태운 아이코는······.

"좋아. 이러면 될 거예요······."

조금 시간은 걸렸으나, 마지막 패를 아낌없이 꺼냈다.

"하타야마 아이코의 이름으로 명령합니다! 거짓된 생명이여, 다시 한번 일어나 적을 무찌르세요! ─『의혼(疑魂) 빙의』!!"

아이코에게서 연분홍색 빛줄기들이 유성처럼 날아갔다.

그 빛들은 유사 수해 곳곳에 쓰러진 사도에게 쏟아졌다.

그러자 잠시 후, 『핵』이 부서져 기능이 멈췄을 사도들이 천천히 일어나서 아군일 사도들에게 덤벼들었다.

─혼백 마법 『의혼 빙의』.

자신의 혼백에서 복제 혼백을 만들고 사체에 빙의시켜 조종하는 마법이다.

골렘 아니면 시체에나 쓸 수 있는 마법······. 죽은 자의 혼을 속박해 자기 뜻대로 부리던 나카무라 에리와는 달라도 인간의 도리를 벗어난 마법임은 분명하다.

학생의 모범이 되어야 할 교사로서, 혹은 한 명의 어른으로서 아이들에게 보여줘서는 안 될 방식이다.

하지만 할 수 있다고 깨달은 이상은 주저할 수 없었다.

도의를 지키고 생명을 지키지 못하는 현실은 원치 않으니까.

학생들만 상처 입고, 그것을 바라보기만 하는 상황은 견딜 수 없으니까.

그리고…….

"그 애가 돌아올 때까지, 절대로 질 수 없어요!"

교사의 사명이나 긍지 말고도 아주 조금 개인적인 욕심도 있으니까.

안 되는 줄 알면서도 마음이 이끌리는 그를 위해서, 절대로 질 수 없다.

그리고 아이코의 결의에 찬 말은 바로 옆에 있는 학생들에게도 다 들리고 있었다.

"아하하, 아이 선생님은 이제 숨길 생각도 없네?"

"시즈쿠랑 릴리도 있고, 거기다가……."

마오와 아야코가 은근슬쩍 뒤를 돌아봤다. 거기에는 지시를 내리는 유카가 있었다.

본인은 완강히 부정하지만, 「솔직히…… 그치?」라면서 서로 하고 싶은 말이 있는 얼굴로 눈빛을 교환했다.

"다른 애도 몇 명 수상해. 아니, 위험해 보여."

"나구모 님이라고 부르는 애도 있고, 애완동물이 된다면 개가 좋겠다는 애도 있었어."

"현실에서 하렘을 차리네. 진짜 마왕님이잖아?"

"야, 너희! 수다 그만 떨어! 온다!"

옆에서 묘한 표정을 짓던 켄타로가 소리쳤다.

물론 두 사람은 집중하고 있었다.

후방 지원 담당인 두 사람은 남들이 싸우는데 아직 나설 기회가 없어서 쌓여 가는 긴장을 풀려고 했을 뿐이었다.

그래서 지시가 떨어진 뒤의 행동은 신속했다.

천직 『부여술사』 요시노 마오가 팔에 장착한 작은 가변식 원형 방패를 조작했다.

룰렛처럼 회전하는 중심부를 원하는 위치에 맞추기만 해도 세팅된 마법이 가공할 효과를 발휘하는 마오 전용 아티팩트 였다.

"─『전광의(纏光衣)』, 『강래(剛來)』, 『마장 흙 속성』."

빛의 장벽을 두르는 마법, 신체 능력을 끌어올리는 마법이 요새 아래 평지에 포진한 후방 부대─ 페어베르겐 전사단과 쥬고의 능력을 더욱 상승시키고, 켄타로에게는 흙 속성 마법 효과를 증폭하는 마법이 부여됐다.

동시에 유사 수해의 경계선에서 사도 수십 명이 돌파해 왔다.

발사된 수천 단위의 은색 깃털이 호우처럼 쏟아진다.

"─『성절』!!"

천직이 『치유사』인 아야코는 결계 마법 적성이 그다지 높지 않았다. 하지만 그녀에게 주어진 짧고 흰 금속제 지팡이가 그

적성의 벽을 억지로 뛰어넘게 해줬다.

펼쳐진 결계는 은색 깃털의 위력을 확실하게 줄였고, 전사단이 방패로 방어할 시간을 충분히 벌어줬다.

『성절』이 파괴되고 위력이 약해진 은색 깃털이 쏟아지지만, 전사단에 혼란은 보이지 않았다. 피해도 그다지 크지 않았다.

물론 전부 막지는 못해서 부상자가 다수 발생했다. 그래도……

"─『성전』!!"

한 단어로 발동하는 최상급 대군 회복 마법이 즉석에서 치료를 마친다.

한순간 사도의 눈이 요새 위쪽을 향했다. 마오와 아야코를 본 게 확실했다. 두 사람의 몸이 반사적으로 흠칫 튀었다.

"츠지, 괜찮아. 우리는 이길 수 있어. 리더가 그렇게 말했잖아?"

"노무라…… 응, 그래!"

전장을 똑바로 바라보며 함께 지팡이를 중심으로 마력을 가다듬던 켄타로의 말에 아야코는 어깨에 들어간 힘을 뺐다.

"……이보세요, 두 분. 나도 있거든요?"

""……! 아, 알고 있는데?""

"아~, 아시는구나. 알면 됐어."

마오가 건성으로 손을 휘휘 저었다.

결전에는 용감하게 뛰어든 주제에 서로 고백할 용기는 없는 두 친구를 보고 있자니 한숨밖에 나오지 않았다.

그때, 세 번째로 『천개』가 붕괴하는 소리가 들렸다.

용과 친구가 장렬한 공중전을 펼치지만, 모든 사도의 공중 강습을 막을 수는 없었다. 결국 요새 옥상으로 사도가 내려왔다.

등 뒤로 아이들의 긴장감이 느껴진다.

"드디어 실전이네? 하하, 사서 고생하는 건 내 스타일이 아닌데."

그렇게 능청을 부리면서도 마오의 표정은 날카로웠다.

그리고 아이코에게도 밀리지 않는 강인한 마음으로 친구들의 뒤를 지켜주겠다고 맹세하며 친구와 아래에서 싸우는 전사들에게 계속해서 지원 마법을 걸었다.

그곳에서 남쪽에 위치한 전장.

더는 뒤로 보내지 않겠다며 최후의 보루처럼 버티고 분투하는 페어베르겐 전사단 사이에서 쥬고 **일행**은 혁혁한 전과를 올리고 있었다.

"우오오오오!!"

온몸을 갑옷으로 덮은 거한이 덤프트럭 저리 가라 할 기세로 돌진한다.

낭인족 전사가 목숨을 바쳐 번 한순간의 틈으로 쥬고가 사도를 들이박았다. 쥬고를 막으려던 사도는 땅을 패며 몇 미터나 밀려나지만, 그럼에도 쓰러지지 않고 버텨 냈다.

그리고 미는 힘이 줄어든 순간, 코앞에서 분해 포격을 쏘려는데······.

"차앗!"

"······!"

그것은 높은 곳에서 낮은 곳으로 흐르는 물처럼 자연스러운 한 팔 업어치기였다.

은색 날개로 떠올라 기술에서 벗어날 여유도 없이 한순간에 땅에 메다꽂혔다. 기술의 깔끔함도 깔끔함이지만, 정말로 놀라운 것은 그 위력이었다.

땅이 거미줄 모양으로 갈라져 작은 크레이터가 생길 정도였다. 거기에 갑옷 무릎에 달린 예리한 뿔이 얼굴에 꽂히고 팔도 부러뜨린다.

일련의 동작이 막힘없이 동시에 이루어졌다.

유도가인 쥬고가 이세계에서 갈고닦은 인체 파괴술은 감탄스러울 만큼 실전적으로 승화되었다.

"비키시죠."

그래도 통각이 없는 사도에게는 경상에 불과하며 행동이 제약됐을 뿐이었다.

곧바로 한쪽 손이 분해 포격을 발사한다. 옆구리 아래, 갑옷 방어력이 약한 부위로.

보통은 어깨와 팔이 통째로 날아갈 공격이었다.

하지만 쥬고의 천직은 『중격투가』. 격투 천직 중에서도 직접적인 공격력이 떨어지는 대신 방어력은 타의 추종을 불허한다.

"기동해!"

사도가 눈을 크게 떴다. 팔이 날아가지 않았다. 갑옷의 관절 부분은 분해됐지만, 그곳에 집중한 마력이 시간을 벌어준 것이었다.

방어 계열 기능 『금강』. 그 발전형인 『중금강』. 류타로도 쓰는 기능이지만, 쥬고의 그것은 밀도와 방어력의 차원이 달랐다.

그것이 전용 전신 갑옷 아티팩트의 힘으로 또다시 다른 차원으로 승화됐다. 사도의 분해 포격이라도 능력이 60퍼센트 줄어든 상태로는 돌파하는 데 십수 초는 걸릴 수준이었다.

그래서 유도 특유의 굳히기 기술로 움직이지 못하는 사도의 가슴에 한쪽 팔을 들이밀 여유가 있었다.

갑옷 아래팔 부분에 덧붙인 일점 집중 파괴 장치―『소형 파일 벙커』.

"계속 지고는 못 살아!"

격발과 함께 폭음이 울려 퍼졌다. 사출이 아닌 돌출형 말뚝박기 장치가 공간을 뚫는 능력으로 사도의 흉부를 파쇄했다.

허리를 젖혀 한 번 경련한 사도는 반격도 하지 못하고 그대로 힘을 잃었다.

과묵한 쥬고가 보기 드물게 포효했다.

앞으로 나갔던 말뚝이 철컹 소리를 내며 재장전된다.

"위험해!"

그때, 정면에 있던 묘인족 여전사가 경고한다. 그녀의 시선은 쥬고의 등 뒤를 보고 있었다.

살의의 바람이 불었다. 다른 사도가 급속도로 달려와 대검을 수직으로 내리찍기 직전—.

"카학…… 너는!"

"이거로 두 번째야. 너희 뒤를 잡는 건!"

전혀 탐지하지 못했다. 하우리아의『기척 조작』이 성가시다는 정보를 공유하고 경계했는데도 불구하고.

'아니, 그런 수준이……. 우리가…… 잊고 있었어?'

몸에서 검은 소태도가 뽑혔다. 하우리아의 무기와 아주 닮은 칼. 전법도 비슷하다.

그렇지만『기척 조작』같은 수준의 이야기가 아니었다.

사도는 쓰러지면서 마지막으로 뒤쪽을 응시했다.

그런데 참으로 불가사의하게도…….

'인식이, 안 돼……?!'

있다. 그곳에 있다는 건 알겠다. 보인다. 그런데 얼굴이 똑바로 인식되지 않는다. 존재를 확신할 수 없다. 마치 장막에 비친 모자이크 영상이라도 보는 것처럼.

"덕분에 살았어, 코스케. 어디 있는지는 모르겠지만."

"눈앞에 있다고, 바보야……."

천직『암살자』. 토터스에 소환되기 전부터 아무도 알아주지 않는 남자— 엔도 코스케.

그는 이곳에 와서 그 특성을 완벽하게 살리고 있었다.

지금 코스케가 진심으로 숨으면 존재 자체가 희박해져 경계하든 말든 인식에서 벗어나고 만다.

눈에 보여도 길가의 잡초나 돌멩이를 일일이 의식하지 않는 것과 같다.

아니, 그 이상이라고 봐야 할까? 사도가 아니면 눈앞에서 서서히 칼을 들이대도 위험을 인식하지 못할지도 모른다.

"야, 떠들 시간에 움직여! —『백위취(白威吹)』!!"

거대한 뱀처럼 구불거리는 연기가 전장을 가로질러 쥬고와 코스케 주위를 지키듯 똬리를 틀었다. 협공하려던 사도 둘이 연기 속에 휘말린다.

"그까짓 석화."

통할 리가 없다. 사도의 마법 내성은 약체화되고도 속성 마법을 무효화한다.

그럴 텐데, 연기가 지나친 뒤 남은 것은 예술적인 새하얀 조각상뿐이었다.

"앞으로 우리 친구는 못 건드려!"

석화 연기가 부풀었다. 거대한 백사 네 마리로 보이는 흰 연기가 사도를 추적한다.

사도들은 당연히 피하거나 은색 날개로 날려 버리거나, 그것도 아니면 분해 마력을 둘러 방어하는 수밖에 선택지가 없었다.

어쩔 수 없이 의식이 연기로 향하고, 그렇게 되면…….

"하나 더!"

"크윽, 너는! 대체 뭔가요! 정말로 인간—."

"인간인데 뭐 잘못됐어?!"

알고는 있다. 전력을 다해 숨은 건 자신이다. 전사들 뒤에 숨어서까지 철저하게 암살로 일격 필살을 노렸다.

그렇지만, 그건 그거고 이건 이거다.

이세계의 신이 만든 세상 최악의 적조차 정말로 깨닫지 못하고, 심지어는 인간이 맞는지 의심하는 지경이 되니…….

"어라? 이상하네, 눈에 먼지가 들어갔나……."

아니, 문제는 없다. 오히려 기뻐할 일이다.

봐라, 또 하나 처치하지 않았나. 딱히 필요도 없이 목을 뎅겅 날려 버렸지만, 화풀이는 아니다. 적에게 혼란을 주기 위해서다. 급소만 노리는 게 아니라는 어필이다. 아무튼 그렇다.

그림자조차 보이지 않는 누군가에게 연달아 당하면서 실제로 사도는 주변을 경계하느라 움직임이 느려졌다. 아무튼 이건 다 전략적 행동이다.

어때? 대단하지, 나구모! 나, 『비장의 무기』로 활약하고 있어!

"또 의식에서 벗어나?! 주인님께 보고를!"

"설마 이세계에서 불러온 자 중에 인간이 아닌 존재가 섞여 있는―."

"인간이라고 했잖아?!"

울고 싶은 마음으로 항변하면서도, 등을 맞대고 경계하던 두 사도 옆에서 흐릿하게 나타나 땅을 기다시피 낮은 자세로 소태도 두 자루를 찔러 올린다.

옆구리로 정확히 동시에 『핵』을 뚫린 두 사도가 믿어지지 않는다는 눈으로 쓰러져 갔다.

말 그대로 귀신 같은 암살술에 전사단이 갈채를 보낸다. 물론 친구들도.

"역시 코스케야! 어디 있는지는 모르겠지만!"

"대단하잖아, 코스케! 어디 있는지는 모르겠다만!"

"코스케? 앗, 엔도 말이구나! 어떡해, 지원 마법 안 걸어주고 있었네!"

"어? 사도가 저절로 쓰러지던 게 설마⋯⋯ 엔도, 대단해! 뭐 하는지는 모르겠지만!"

"칭찬하든지 놀리든지 하나만 해주면 안 될까?"

파티 멤버의 극찬에 결국 물방울 하나가 뺨을 타고 흘렀다. 아무래도 비가 내리나 보다. 비구름은 없지만, 아무튼 비다.

'그래도⋯⋯.'

덩치 큰 웅인족 전사 뒤에 몰래 숨어서 사도의 빈틈을 노리면서 잠깐만 감상에 빠졌다. 분명히 이 전장에 서고 싶었을 존경하는 형을 그리며.

'조금은 도움이 된 거겠죠? 멜드 씨.'

그날 자신을 살리려던 희생에도.

장래가 가장 유망하다고 말해준 기대에도.

지금 자신은 분명히 부응하고 있다.

앞으로도 그 모든 것에 의미가 있었다고 증명하겠다. 전쟁에서 살아남아, 머나먼 미래까지.

그렇게 속으로 다짐하며 소태도를 쥔 손에 힘을 넣었다. 코스케의 눈빛에는 그 소태도의 칼날처럼 예리한 빛이 깃들었다.

"후후. 너, 기척 조작 솜씨가 예사롭지 않네?"

요염하면서도 귀여움도 겸비한 여성의 목소리가 귀에 울렸다.

코스케는 처음에 그게 자신을 향한 말이라고 깨닫지 못했다. 당연하다. 사도조차 인식하지 못하는 최고 수준의 은신 중이었다. 자신을 눈치채는 사람이 있을 리 없었다.

그래서 얼굴 옆을 슥 들여다보고, 그 눈이 틀림없이 자신을 보는 중이라고 이해했을 때의 충격이란……

할 말을 잃은 것은 물론이고 심장이 튀어나올 뻔했다.

"역시 보스에게 『비장의 무기』라고 불리는 사람이야. 나는 상대가 안 되겠어."

경의와 친근감으로 가득한 눈동자였다. 머리에는 토끼 귀가 살랑거렸다.

무엇보다 엄청난 미인이었다. 이런 연상 미인이 얼굴을 가까이에서 들여다보는 경험이 있을 리 없는 코스케였다. 얼굴이 아래부터 빨갛게 달아오른다.

그런 코스케에게 토끼 귀 여성이 싱긋이 웃으며 이름을 밝혔다.

"나의 이름은 『질영의 라나인페리나』. 질풍처럼 달리고 그림자처럼 숨어들어 치명적 일격을 선사하는, 하우리아 족에서 제일가는 은신의 명수!"

"어, 어어……"

코스케가 대답인지 우물거림인지 모를 소리를 냈다.

물론 라나는 하우리아라서 그러거나 말거나 개의치 않는다.

"그런데 너를 보니까 이 이름을 쓰기가 부끄러워졌어. 분하지만, 『질영』은 너한테 양보할게. 넌 이름이 뭐야?"

"……엔도 코스케, 요."

이명을 붙이는 것 자체가 부끄럽다고는 말하지 않았다.

예쁜 누나는 좋아하시나요? 코스케의 대답은 하나다.

"그럼 오늘부터 네가 『질영』…… 아니, 나를 뛰어넘었으니까…… 『질아영조(疾牙影爪)의 코스케 E. 어비스게이트』라는 이름을 써도 돼! 정말로 분하지만!"

"아, 아뇨. 사양할—."

따지고 싶은 것이 한두 개가 아니다. 어비스게이트가 대체 뭐냐고 지금 당장 묻고 싶다.

중학교 시절 흑역사들이 파헤쳐지는 기분이니까 그런 언동은 삼가줬으면 좋겠다고도 생각했지만…….

전부 사소한 일이었다. 전부 아무래도 좋아졌다.

"이거 너 줄게!"

그러면서 자기가 쓰던 선글라스를 코스케 얼굴에 손수 살며시 씌워주고, 그 손끝이 코스케의 귀에 닿았다.

"보스가 바라는 미래에서 또 만나. 질아영조의 코스케 E. 어비스게이트!"

마무리로 태양 같은 웃음과 재회를 바라는 말을 건넸다.

코스케는 환상을 보았다. 자기 심장에 칼날이 박히는 환상을.

그리고 확실하게 들었다. 머릿속에서 뭔가가 터지는 소리를.

"……."

그 웃음이 눈부시다.

예쁜 누나가 모태 솔로 사춘기 소년에게 살갑게 스킨십을 한다.

여러 이유가 있지만, 무엇보다 기쁜 점은 사도도 깨닫지 못한 은신 코스케를 대수롭지 않게 찾아준 점이었다.

"라나, 인페리나, 씨…… 멋져……."

전장에서 피어나는 사랑이란 게 정말로 있나 보다.

그 사랑이 지금, 코스케에게 마지막 재능의 벽을 뛰어넘을 힘이 된다!

의식이 전환된다. 힘이 용솟음친다.

끓어오르는 충동으로 선글라스를 꾹 눌러쓰고 입에 씩 미소를 머금는다.

그리고 무의미하게 절도 있는 턴!

"질아영조의 코스케 E. 어비스게이트가 나가신다!!"

그날, 인간의 한계를 자력으로 뛰어넘은 괴물이 이 세계에 또 한 명 탄생했다.

오글거리고 기묘한 언동을 남발하면서.

한편, 요새 옥상에서도.

"대단해……."

한 신전 기사가 감탄을 흘렸다.

대장인 데이비드도 동의할 수밖에 없었다.

자신들의 역할— 성가대 수호를 위해 오레스테스의 『전이 카운터』와 방어에만 집중하느라 그들은 옥상 전체 상황을 지켜볼 수 있었다.

"또 온다! 사이토!"

"흩뿌려라—『극대 남제』!"

한 번은 절망에 빠졌던 사이토 요시키가 유카의 지시에 따라서 우렁찬 기합을 터뜨렸다. 평소에는 거의 감은 것처럼 보이는 실눈을 번쩍 뜨고, 태풍 같은 바람을 두른 신형 스틸레토 아티팩트를 치켜들었다.

천직『풍술사』의 재능을 폭발적으로 끌어올리는 신화급 아티팩트로 인해, 하늘에서 성가대를 향해 고속 낙하하던 사도 네 명이 날아갔다. 그리고 옥상 가장자리에 간신히 착륙한 그 순간—

"그때랑 똑같다고 생각하면 오산이라구! —『국소 집주 동옥』이닷!"

아쿠아마린 구슬을 꿴 것 같은 염주형 팔찌를 찬 팔을 똑바로 뻗고, 나나는 얼음 속성 최상급 마법을 즉발로 시전했다.

심지어 그것은 본래 광범위 섬멸용 마법을 극히 일부분에 집중해 위력을 높인 공격. 비유가 아닌 절대영도에 도달한 냉기가 사도의 아래에서 하늘로 치솟았다.

그리하여 만들어진 것은 거대한 얼음기둥. 왕궁에서 썼던 것과 달리 사도가 움직일 기미는 없었다.

"그대로 깨져. —『쇄(碎)』!"

마력이 담긴 말에 따라서 체내까지 완전히 얼어붙은 사도가 얼음기둥과 함께 깨져 버렸다.

"통한다! 역시 내 환술이 통해! 아츠시! 노보루, 부탁한다!"

"나한테 맡겨!"

"말 안 해도 알아!"

아키토가 펼쳐진 금속제 책을 빛내며 소리쳤다.

천직 『환술사』. 시야나 인식에 작용하는 아키토의 환술은 마왕성에서 봤을 때와는 큰 차이를 보였다.

사도 둘이 서로 칼을 맞댄 채 힘 싸움을 벌이고 있었다. 그 사실을 깨닫고 눈을 크게 뜬 직후, 두 사도 뒤에서 아츠시와 노보루가 달려들었다.

"같은 수가 계속 통할 줄 아시나요?"

"알 바냐!"

사도의 은색 날개가 아츠시의 쌍곡도를 막아 냈다. 『공간 절단』이 효과를 발휘해 은색 날개를 찢으려고 하나, 사도는 바로 돌아보며 쌍대검을 휘둘렀다.

"으오오오오오오!"

"이 정도인가요……."

접전. 접전이다. 천직 『곡도사』의 재능이 완전히 각성한 것처럼 곡도 두 자루와 쌍검 두 자루가 엄청난 속도로 검격을 나누고 있었다.

"으랏차차차아!"

한편, 노보루도 천직 『전부사(戰斧士)』의 재능을 유감없이 발휘해, 초중량 무기를 고속 회전시켜 원심력까지 위력으로 변환한 맹공을 펼치는 중이었다.

왕궁에서 쪽도 못 쓰고 나가떨어졌을 때와는 파워도 스피드도 수준이 달랐다. 사도가 잠깐이나마 방어에 집중해야 할 정도였다.

거기에 이어지는 엄호 공격.

두 사람이 맞붙은 사도에게로 나이프가 각각 한 자루씩 초고속으로 날아간다.

두 사도가 은색 깃털로 막으려고 하지만, 나이프가 아래로 훅 꺾이며 격추에 실패했다.

마법적인 궤적 변경이 아니라 야구의 변화구처럼 순수한 기술이었기 때문에 파악하지 못한 것이다.

나이프는 사도의 다리에 꽂혔다. 여기에도 『공간 절단』이 부여되어 살상력은 흉악한 수준이었다. 하지만 급소가 아니라면 사도에게는 모기에 물린 것과 다를 바 없었다.

하지만 그 생각도 금방 뒤집히고 말았다.

"중력 마법!"

한쪽 무릎이 털썩 꺾였다. 두 사도가 함께.

당연히 그 치명적인 허점을 아츠시와 노보루는 놓치지 않았다.

""하앗!""

목소리가 겹치며 곡도와 전투 도끼가 어깻죽지부터 가슴까지 단번에 파고들었다.

"나이스 어시스트! 소노베!"

"역시 리더라니깐!"

"칭찬은 전쟁 끝나고 들을게! 타에코! 나카노! 그쪽은—"

유카는 아츠시와 노보루 쪽은 보지도 않고 한쪽 손만 뻗었다. 그러자 사도에게 꽂혔던 나이프 두 자루가 눈 깜짝할 사이에 그녀 손에 돌아갔다.

"캬하하하핫! 불타라, 불타! ─『집속 창처어어언』!!"

"유카~! 나카노가 맛이 갔어! 같이 못 있겠어~!"

천직 『화염술사』 신지가 불 속성 최상급 마법을 압축하여 사도를 은색 날개 고치 속에 가둬 놓고 있었다.

반격으로 은색 깃털이 날아들지만, 공포에 분노에 긴장이 뒤죽박죽으로 섞여 감정이 포화 상태에 이른 신지는 뇌에 구멍이라도 났는지 피하려고도 하지 않았다.

통통한 체격에 고급 로브를 걸친 탓일까. 메이스 형태의 마법 지팡이를 휘두르며 낄낄대는 모습은 재능만 뛰어나고 머리는 나쁜, 악질 귀족의 방종한 자식을 연상케 했다.

어쨌든 상태가 그 모양인지라 타에코가 대신 채찍으로 은색 깃털을 전부 막아주고 있었다.

『보물고』를 활용해 수 킬로미터까지 늘어나며 자유자재로 갈라지고, 공간을 찢을 수도 있는 신형 아티팩트였다. 공중에 무수한 촉수가 흐느적대는 듯한 광경에 다른 학생들이 눈살을 살짝 찌푸리지만, 놀라운 솜씨라는 점에는 누구도 이견이 없었다.

"허락할게! 타에코, 두들겨 패서 제정신으로 돌려놔!"

유카는 고함치면서 나이프를 던졌다. 포물선을 그린 나이프는 사도의 등으로 날아갔고, 그 직후에 다시 유카의 손으로 돌아갔다.

제아무리 고치처럼 몸을 감싸도 날갯죽지까지 감싸지는 못했다. 나이프는 그곳을 파고든 것이다.

"―『충파』!"

체내로 침입한 나이프가 마력 충격파를 터뜨린다. 『핵』까지 닿지는 않았나 보지만, 몸 안쪽부터 폭발이 일어난 사도는 방어 자세를 풀고 말았다.

그때를 노리고 당연히 푸른 불길이 날아든다. 타에코에게 채찍질을 당해 살짝 볼을 붉히며 제정신으로 돌아온 신지는 화염을 창 모양으로 만들어 이번에야말로 『핵』을 파괴했다.

사도 넷 격파. 누계로는 이미 열 명째.

방금 끝장낸 네 명 전에 이미 학생들은 사도 여섯 명을 격파한 상태였다.

이러니까 신전 기사들이 넋을 놓고 감탄할 수밖에.

하지만 상황이 조금씩 변하기 시작했다.

『뮤……. 유카 언니! 루우랑 친구들만으로는 더 막기 힘들어!』

뮤의 생체 골렘들은 지상에서 날아오는 사도를 중력장으로 떨어뜨리고 압도적 화력을 퍼부으며 저지하고 있었다.

하지만 시간이 흐를수록 전선을 돌파하는 사도가 늘어났고, 더는 감당할 수 없는 수준이 이른 모양이었다.

『괜찮아, 뮤. 가능한 만큼만 막아주면 돼!』

말하는 사이에 데몬 레인저의 맹공을 뚫은 사도들이 차례차례 옥상으로 올라왔다. 기분 탓일지 모르지만, 험악한 표정으로 성가대를 노려보는 느낌이었다.

"시작한다! 서로 커버하는 거 잊지 마!"

양손에 열 자루씩, 부채 모양으로 나이프를 쥐었다. 지금은 신대 마법을 부여하고 100자루까지 늘어난 그것을 옆으로 휩쓸다시피 투척한다.

대체 어떻게 던지면 그런 식으로 날아가는 것일까.

저마다 다른 궤적을 그리며 날아간 나이프는 당연하게도 쌍대검에 맞아 튕겨 나갔다. 하지만 다른 학생들이 반격에 나설 잠깐의 시간을 벌기에는 충분했다.

다른 개체가 보복처럼 믿어지지 않는 수의 은빛 깃털을 날렸다.

"못 보내!"

던지고 던지고 또 던진다. 양팔에 찬 금속제 방어구 겸 나이프 홀스터에 부여된 『보물고』로 허공에 연이어 나이프를 소환하고는, 잔상만 보일 속도로 낚아채서 춤추듯 회전하며 투척한다.

그것들이 전부 정밀하게 은색 깃털을 격추해, 적의 탄막을 투척 나이프 탄막으로 무력화한다.

투척 나이프가 모자랄 일은 없다.

불러들이기 기능으로 돌아오는 나이프까지 이용해 다시 격추. 잡자마자 즉시 던지고, 다시 불러들이고의 연속.

그것은 상식으로는 이해가 되지 않을 수평 방향 저글링이었다.

아니면 검격 결계에 빗대어 투척 나이프 결계라고 불러야 할까?

"우리도 있다고!"

"소노베! 혼자 다 맡을 필요 없어! 나도 막을 테니까!"

"구속할게! 유카! 우선순위가 있으면 지시해줘!"

"유카! 필요하면 말해! 나도 앞으로 나갈게!"

전투에 익숙하지 않은 학생 아홉 명도 친구들의 분투에 자극받아 투지를 불태웠다.

전투 경험이 없다시피 한 그들도 이세계에서 소환된 초인적 재능을 갖춘 자들이었다.

천직 『저격수』인 남학생은 본래 활을 이용한 원거리 공격이 특기지만, 지금 그 손에는 라이플이 들려 있었다. 저격이라는 점에서는 활이나 총이나 마찬가지다. 아군을 피해 정확하게 적을 노린다.

천직 『방패술사』인 학생은 사도의 공격을 교묘하게 받아넘기며 전열이 유효타를 넣을 수 있게 지원했고, 천직 『수술사』와 『뇌술사』인 여학생 두 명도 연계하여 사도의 진격을 저지했다.

그밖에도 포박 마법의 천재인 천직 『봉박사』 여학생이 빛의 사슬과 검으로 발을 묶고, 불 속성 중에서도 폭파 계열 마법에 특출한 재능을 갖춘 『발파사』 남학생이 접근하는 사도를 폭격으로 날려 버렸다.

근접 전투 직업—『마법 검사』, 『철퇴사』, 『권사』 학생들은 조금 주눅 들어 있지만, 신전 기사와 협력하면서 시간은 벌어줄 수 있었다.

모두 하나같이 필사적인 표정이었다. 끊임없이 밀려오는 적과 맞서면서도 마음이 꺾일 기미는 없었다.

그 근본적인 원인은 역시 마왕성에서 하지메가 한 말과 보여준 태도였으리라.

그건 단순한 연설이 아니었다.

알맹이가 없는 선동이 아니었다.

설령 본인이 단순한 선동이었다고 말해도 학생들에게는 이미 그 의도가 무엇이었는지는 상관이 없었다.

왜냐면 다들 하지메를 보고 있었으니까.

팔 하나와 눈 하나를 잃고, 인상은 고사하고 머리색까지 변해 버린 모습.

그것만으로도 얼마나 처절한 경험을 했을지 짐작도 가지 않았다. 마왕성에서 통곡하던 모습에는 보는 사람도 가슴이 찢어지는 기분이었다.

적에게는 손가락 하나 대지 못한 채, 살아 있는 게 신기할 만큼 다치고 사랑하는 연인까지 잃었다.

그런데도 일어섰다.

그리고 전부 때려 부수고 기필코 고향으로 돌아가겠다고 흔들림 없이 선언했다.

그 모습은 좌절한 이들에게 너무나도 강렬한 인상을 남겼다. 공포와 절망으로 차갑게 굳은 마음이 한순간에 세찬 불길로 가득 찬 것처럼 뜨거워졌다.

그때 틀림없이 혼에 불이 붙었다. 깨지고 갈라졌던 마음이 달구어 두들겨졌다.

그리고 진정으로 이해했다.

집으로 돌아가고 싶다는 소망. 친구를 죽게 내버려 두지 않겠다는 마음.

단지 그것만을 위해, 사람은 때로 사력을 다해서 싸워야 한다는 것을.

하지메가 그렇게 했듯이.

"반드시, 우리 집 음식을 대접할 거야!"

여러 번 목숨을 구해준 얄미운 그를, 답례로 부모님이 하시는 양식점에 초대한다.

거기에는 하지메가 이 세계에서 만난 소중한 사람들도 빠져선 안 된다.

물론 같은 반 아이들도 함께.

그렇게 이 세계에서 경험한 모든 것을 웃으면서 이야기하면 된다.

일상, 그가 바라는 일상.

그 미래에 도달하는 것이 유카의 소망. 그가 자신을 봐주지 않아도 상관없다. 그저 그의 일상 속에 자신도 있을 수 있다면 그건 무척 멋진 일일 테니까.

"그러니까, 빨리 돌아와!"

뇌가 터질 만큼 집중하며 나이프 100자루로 난무하는 가운데, 『천개』가 네 번째로 붕괴했다.

분해 포격이 쏟아진다. 신전 기사들이 대응하지만, 이번 표적은 성가대만이 아니었다. 당연하게도 사도 또한 전법을 바꾸어 덤볐다.

"이크! 하늘 주의! 노리고 있어!"

분해 포격이 학생들에게 분산해 발사됐다.

일단 분해 포격 대응책은 전원에게, 그것도 전투 스타일에 맞춰 지급됐다. 예를 들어 유카는 나이프를 서로 와이어로 연결해 『전이 카운터』를 펼치는 방어용 투척 나이프를 가졌다.

하지만 사도와 격렬한 전투를 펼치는 와중이라 대응은 쉽지 않았다. 허점을 노린 사도의 공격에 부상자가 속출했다.

유카도 은색 깃털에 한쪽 팔에 구멍이 나고 말았다.

상황이 그러니 전투 경험이 부족한 아홉 학생은 버텨 낼 재간이 없었다.

대부분은 신전 기사들이 보호해 줬지만, 혼자 떨어져 있던 여학생 한 명은 다리에 중상을 입고 말았다. 고통에 찬 표정으로 몸을 웅크리고 있었다.

아무도 금방 달려갈 수 없는 상황에서 사도 하나가 육박했다. 마무리를 지으려고 대검을 치켜든다.

"—아."

눈이 커진 여학생의 시야에…….

"홋…… 내가 왔노라!"

뭔가가 끼어들었다. 들어 올렸던 사도의 팔이 대검과 함께 공중을 날았다. 가슴에도 칼날이 튀어나와 있었다.

"엔도, 나이스!"

모골이 송연해지는 기분이었던 유카가 찬사를 보냈다. 그녀 말대로, 여학생은 구한 건 코스케였다.

"훗, 리더. 앞으로 나를 『질아영조의 코스케 E. 어비스게이트』라고 불러주게나!"

코스케가 아닐지도 모른다……. 왠지 선글라스를 올려 쓰며 쓸데없이 절도 있게 턴을 도는 것이…….

"아이 선생님! 엔도한테 혼백 마법 좀 써주세요!"

"엔도! 너 어쩌다가! 이게 전쟁터에서 생기는 PTSD의 무서움!"

제정신으로 되돌리는 혼백 마법이 코스케에게 빤짝 빛났다.

"훗, 나는 정상이니라. 오히려 아주 상태가 좋지!"

고쳐지지 않았다. 그리고 그 말은 전혀 다른 곳에서 울리고 있었다.

"에, 엔도? 어, 뭐야? 두 명? 코스케 맞아?"

아츠시가 혼란에 빠졌다. 자신과 싸우던 사도가 어느새 목이 잘리고 『핵』도 꿰뚫렸는데, 그 뒤에도 코스케가 있었다.

"나는 심연에서 온 어둠의 귀족. 심연은 어디에나 존재한다. 훗, 다시 말해, 그렇게 됐다."

"뭐가 그렇게 돼?"

전혀 이해할 수 없었다. 이해하지 못한 채, 뒤에서 다가온 사도에게 머리부터 가랑이까지 양단되는 두 번째 코스케. 모두 얼굴에서 핏기가 가셨다. 하지만 양단된 코스케가 퐁, 하며 코믹한 소리를 내면서 사라졌다.

그리고…….

"훗, 그건 잔상이다."

아무리 봐도 잔상이 아니었지만, 아무 일도 없었던 것처럼 사도 뒤에 나타난 코스케는 또다시 두 명으로 분열했다. 그리고 인상을 찌푸린 사도의 머리와 『핵』을 두 코스케가 동시에 절단했다.

사도들이 행동을 멈췄다. 경계하는 것이 여실히 느껴졌다.

"뭐, 뭐가 어떻게 된 거야?"

유카의 어리벙벙한 목소리에 답한 것은 남쪽 전장을 보던 켄타로였다.

"코스케는 신경 쓰지 마! 뭔가 분신 능력? 같은 게 각성했나 봐! 저 보기 안쓰러운 언동은…… 아마 무슨 대가겠지!"

"훗, 나는 심연에 각성했노라―."

"어쨌든 전부 코스케 맞으니까 괜찮아!"

"훗."

의미 모를 개폼을 잡는 지금 상태가 어딜 봐서 괜찮은지 모르겠다. 살아남아도 제정신으로 돌아오는 순간 정신이 죽어버릴 것 같은데…….

좌우지간 새로운 능력을 얻었다는 것을 이해하고 다들 신경 끄기로 했다.

"……결과는 바뀌지 않습니다. 당신들은 멸망을 피할 수 없어요."

뒤이어 십수 명, 옥상으로 새로운 사도가 올라왔다.

"아무리 발버둥 쳐도 조금씩 종말로 다가서는 거지요."

확실히 지금 학생들은 부상자가 대부분이었다. 연합군도 선전하고는 있지만, 이미 사상자가 다수를 차지했다. 이렇게 돌파해 오는 사도의 수도 늘어나고 있었다.

손발 끝부분부터 야금야금 갉아 먹히는 듯한 싸움인 것은 누가 봐도 자명했다.

"그래도 발버둥 칠 거야."

팔로 피를 철철 흘리고 격통으로 얼굴을 찡그리면서도 유카는 당당하게 가슴을 폈다.

더는 아까처럼 싸우지 못한다.

그래도 한 손에 쥔 나이프를 들이밀었다.

거기에 따르듯 아츠시와 나나, 다른 아이들도 전투 태세에 돌입했다. 누구 하나 절망에 사로잡히지 않았다.

그 사실에 사도가 얼굴을 살짝 찌푸린 것처럼 보였다.

유카는 씩 웃고는…….

"그리고, 잊은 거 아냐?"

"……?"

의아하게 바라보는 사도에게, 추가타를 먹이듯 한껏 밝은 말투로 말했다.

"우리에게는, 세상에서 제일 무서운 성녀님이 있어."

그 직후였다. 흑은색으로 반짝이는 기이하고도 아름다운 빛이 지상을 비춘 것은.

사도가 눈을 크게 떴다.

"이제부터 시작이야!"

그들이 바라보는 곳에는 기세등등하게 외치며 **양손으로** 나이프를 든 유카가 있었다.

　은색 빛과 색색의 섬광이 난무하는 전장의 하늘.

　지구인에게는 SF영화에 나오는 우주 전쟁이 따로 없었다.

　그 실상은 분해 포격과 『용의 포효』가 어지럽게 오가는 처절한 공중전이었다.

　수많은 용과 날개 달린 발키리가 격전을 펼치는 광경은 신화의 한 페이지를 연상케 한다.

　그중에서도 유달리 거대하며 용맹한 비룡이 노성을 질렀다.

　『여럿이 함께 마력을 모으는 자들을 우선해서 쳐라! 「천개」의 부담을 조금이라도 줄여야 한다!』

　용인족의 역할은 바로 그것. 아울러 『천개』가 부서진 뒤 지상으로 향하는 공격을 조금이라도 줄이고, 지상으로 내려가는 적의 지원군을 가급적 줄이는 것도 그들의 목적이었다.

　공중전이 격화될수록 사도는 용인들을 우선 타격해야 한다.

　"아둘 클라루스! 설마 살아 있었다니!"

　과거에 싸웠던 사도와는 다른 개체일 것이다. 하지만 말살 명령이 내려진 자를 죽이지 못했다는 사실은 사도 전체의 수치가 틀림없었다.

　실패를 바로잡으려는 분해 포격이 아둘에게 날아들었다.

　『그렇다. 비극에서 눈을 돌리고, 수치를 감내해 살아남았다! 오늘 네놈들을 멸하기 위하여!』

고개를 젖히고 가슴을 부풀려, 쏜다.

비룡 아들 클라루스의 『용의 포효』.

천년을 산 고룡이자 옛 용왕이 쏜 선홍색 섬광이 분해 마법을 정면에서 맞받아친다.

원래는 싸움도 되지 않고 밀렸을 것이다. 적어도 500년 전에는 그랬다.

하지만 지금은 다르다.

두 가지 섬광이 공중에서 충돌해 어마어마한 충격을 퍼뜨렸다. 비등한 힘 싸움은 한순간뿐이었다.

그럴 리 없건만, 브레스가 분해 포격을 삼켜 나갔다.

"이 정도로 끌어올렸나요!"

『이 정도로 끌어올려 주더군. 마왕의 선물은!』

용의 거구를 덮은 것은 강인한 비늘만이 아니었다. 모든 용인에게도 『용화 전용 장비』가 지급됐다.

기본 성능은 연합군 병사에게 지급된 것과 같지만, 거기에 더해 브레스의 위력을 폭증시키는 승화 마법이 부여됐다.

전원 라스트 제레로 『한계 돌파』 상태인 것은 말할 필요도 없다.

지금 브레스의 위력은 평소의 십수 배. 옛 용왕 아들의 브레스라면 산 하나를 날려 버릴 위력에 이르렀다.

그 극한까지 압축된 고위력 브레스를 분해하려면 수십 초 이상이 걸린다. 그리고 전장에서 그 시간을 느긋하게 기다려 주는 사람은 없다.

『가능하다면 신에게 전해라. 때가 됐다고. 네놈의 최후가 왔 노라고!』

대답은 없었다. 그 전에 선홍색 브레스가 사도를 집어삼켜 작열하는 불길로 소각해 버렸으니까.

『족장님!』

다른 개체가 브레스를 쏜 직후, 아둘을 노린 포격이 날아든다.

그것을 젊은 남색 빙룡 리스타스가 얼음 방패와 자신의 몸 으로 막았다.

치명상도 각오했지만, 날아간 것은 어디까지나 용의 비늘까 지. 갑옷이 위력을 대부분 감쇄한 덕이었다.

『고맙구나, 리스타스.』

아둘이 다시 브레스를 쏴서 조금 늦은 카운터로 사도를 처 치했다.

『……아닙니다. 그 꼬마의 장비 덕에 목숨을 건졌군요…….』

굉장히 불만스러워 보였다. 온몸으로 인정할 수 없어! 라고 말하고 있다.

하지만 전장을 보면 일목요연하다.

날개용 장비에 부여된 중력 마법은 비행 능력을 다른 차원 으로 승화시켜 전투기 같은 공중전을 가능케 했고, 발톱과 꼬 리 장비에 부여된 공간 절단 기능은 사도의 육체를 손쉽게 찢 어발겼다.

약해졌다고는 해도 용인들과 싸우는 사도의 수는 자신들의 약 두 배였다.

그만한 병력 차가 나는데도 아직 낙오한 용인이 적은 이유는 누가 봐도 아티팩트 덕분이었다.

『크큭. 그 긴밀한 사이를 보고도 아직 티오를 포기하지 못했나. 사나이 마음도 복잡하군.』

『저, 저는 딱히……..』

그의 불만이 하지메에 대한 질투 때문이란 것을 아둘은 알고 있었다.

하지만 할아버지로서, 손녀의 추태를 보고도 미련을 버리지 못하는 리스타스에게는 고마움마저 느꼈다.

『어, 어쨌든! 장비와 공주님에 관한 일은 별개입니다! 저는 아직 그 꼬마를 인정할 수 없어요!』

리스타스는 그렇게 뻗대면서 하늘을 날아갔다. 그리고 화풀이처럼 사도의 뒤를 추적하며 브레스를 난사했다.

『아둘 님! 한가로이 담소를 나누실 때가 아니에요!』

쪽빛에 야리야리한 용이 곁으로 다가왔다. 티오의 시종이자 제2의 어머니 벤리였다.

『허허, 그저 시간만 축낸 건 아니라네.』

사실이었다. 슬슬 『천개』가 한계를 맞이한다고 예상하고 힘을 비축한 것이었다.

체공하는 아둘의 위로 화염 고리가 떠올랐다.

심장처럼 두근두근 맥박치는 소리와 함께 고리가 더욱 밝게 빛났다.

몇몇 사도가 위험하다고 판단해 달려들지만, 벤리가 몸을 던져 시간을 벌었다.

그리하여 『천개』가 부서지는 순간.

『돌아라, 뜨겁게 빛나는 고리여. 선홍빛 멸망을 초래하라.
―「비양의 섬륜」.』

그것은 극도로 변칙적인 브레스였다. 극한까지 압축된 작열
섬광을 고리 모양으로 회전시켜 절단력을 급증시키는 기술.

용왕만 다룰 수 있는 최고 난이도의 전방위 브레스가 지금
이 순간, 해방됐다.

선홍색 고리가 순식간에 폭발하듯 부풀어 오른다. 진로에
있는 사도가 모조리 절단되고, 절단면으로 겁화가 파고들어
빠르게 육체가 탄화된다.

『……전부 막지는 못했나.』

『머릿수가 워낙 많으니 별수 없지요. 지금은 지상의 사람들
을 믿고, 우리는 우리가 할 일을 합시다.』

『물론 그래야지.』

낙하 강습하려던 사도와 지상으로 포격을 쏘려던 사도들의
대부분을 태워 죽였지만, 적지 않은 수의 공격과 사도가 지상
에 닿고 말았다.

병력 차이가 뼈아프다. 전부는 막을 수 없다. 머릿수로 지고
들어가는 전장에서 사도를 상대로 선전하는 것 자체가 말도
안 되는 업적이지만, 안타까운 마음은 어쩔 수가 없었다.

속이 타는 아둘에게 벤리는 쓴웃음을 지으며 엉뚱한 방향
으로 고개를 돌렸다.

『괜찮아요, 아둘 님. 그 사람이 있잖아요.』

그녀가 바라본 곳에는 이 전장의 최강자가 천의무봉이라는 말을 체현하고 있었다.

용인족이 싸우는 곳에서 조금 떨어진 하늘에 은색 빛이 섞인 검은 섬광이 뻗어나갔다.

빛줄기는 눈 깜짝할 사이에 예각으로 꺾이며 기하학 문양을 그려냈다.

"너무, 빨라!"

사도의 입으로 신음이 흘러나온다. 몸은 이미 『핵』과 함께 절단되었다.

흑은색 섬광이 하늘에 궤적을 그릴 때마다 진로에 있던 사도가 거의 반응도 하지 못한 채 토막 나는 광경은 이미 현실이라고 생각하기 어려울 정도였다.

""""이제 작작하고!""""

세 사도가 직선상에 겹쳤다. 둘은 양단되었지만, 그 희생 덕분에 세 번째 사도가 연속 절단을 일시적으로 막는 데 성공했다.

교차한 쌍대검에 막대한 충격이 퍼지며 엄청난 속도로 밀려나면서도 사도는 습격자를 험악한 눈으로 쏘아봤다.

"시라사키, 카오리!!"

검은 머리칼, 검은 전투복, 등에는 검정과 은색이 섞인 날개. 타천사라는 말이 어울리는 모습이었다.

마왕을 섬기는 발키리— 시라사키 카오리.

그녀가 바로 천에 가까운 사도를 하늘에 묶어 둔 흑은색 섬광의 정체. 천의무봉으로 하늘을 누비며 사도마저 압도하는 자였다.

"이걸로, 딱 100명!"

"――!"

말도 나오지 않았다. 멈춰 세울 수도 없었다. 칼을 맞댄 상태에서 한순간 힘을 빼는가 싶더니, 그 직후 사도의 양팔이 허공으로 날아갔고 『핵』도 뚫려 있었다.

과정을 알 수 없었다. 능력이 격감했다고는 하나, 본디 초월적 존재였던 사도가 검을 휘두르는 동작조차 인식할 수 없었다. 그저 결과만 나타날 뿐이었다.

말 그대로 『정신을 차리니 당해 있었다』라는 상태였다.

카오리가 찔렀던 검을 옆으로 휘둘렀다. 기능이 정지한 사도는 저항 없이 관성에 따라 날아갔다. 선혈이 꼬리를 그리며 뒤따르고, 카오리는 대검에 묻은 피를 털어냈다.

그리고 다시⋯⋯.

"막으―"

"―『신속』."

그 무엇도 쫓아올 수 없는 세계로 돌입한다.

막으라고 말하려고 했을까. 입 밖으로 꺼내지 않아도 의사소통이 가능할 텐데 지휘관 사도가 카오리에게 비교적 가까운 곳에 있던 개체에게 언성을 높인 것은 그만큼 필사적이라는 증거가 아닐까.

뭐가 됐건, 결과는 변하지 않는다.

즉시 반응해 카오리를 막으려던 사도 몇 명은 스스로 와이어에 전력 질주한 것처럼 몸이 토막 나 흩어졌다.

—카오리류 신재생 마법 『신속』.

사도를 일방적으로 압도하게 해주는 카오리의 비밀 무기 중 하나.

재생 마법의 진수 『시간에 간섭하는 힘』으로 행동과 현상에 걸리는 시간을 단축하는 마법이다. 공격이 상대에게 닿는 시간을 단축하면 신속의 일격이 되고, 이동 시간을 단축하면 공간 전이로 보이는 속도로 이동할 수 있다.

사도도 그 원리는 알아챈 모양이었다.

"인간에게 허용된 범위를 넘어섰습니다."

"『한계 돌파』와 본인의 승화 마법을 함께 쓰지 않으면 실전에서 다루지 못할 영역이겠죠."

"얼마나 많은 마력을 소비하나요? 앞으로 몇 번이나 쓸 수 있겠나요?"

사도들이 창화하듯 지적했다.

모두 맞는 말이었다.

더불어 대응도 빨랐다. 공간을 초월하는 게 아니라 실제로 이동한다면 공역 전체를 폭격하기로 작전을 바꾼 것이다.

사도 천 명이 날리는 은색 깃털. 표적을 정하지 않고 무작위로 휩쓰는 분해 포격.

거기에 더해 은색 깃털로 만든 무수한 마법진이 최상급 뇌격과 창염으로 공간을 메웠다.

아군 오사가 없다는 점은 역시나 사도다웠다.

정보 공유가 가능한 군체라서 어느 정도 고속으로 전투를 하면서도 모든 개체가 완벽하게 위치를 잡았다.

"시라사키 카오리. 당신은 여기서 반드시 제거하겠습니다."

사도는 무슨 짓을 해서라도 카오리를 막아야 했다.

그러지 않으면 지상에서 난전을 펼치는 사도들을 당장 각개 격파하러 갈 것이다. 반대로 지상 부대가 성가대를 제거하면 카오리도 격파할 수 있다.

"우연이네. 나도 같은 마음이야. 더는 지상으로 못 가."

카오리도 하나라도 많은 사도를 묶어 두고 싶었다.

지금도 연합군은 살얼음을 걷듯 위험천만한 싸움을 이어가고 있었다. 이곳의 사도 천 명이 지상으로 내려가면 전황이 단번에 기울어 버린다.

하나, 열, 쉰, 백—.

절단된 사도의 살점과 피가 억수처럼 땅으로 쏟아졌다.

한편, 난사된 섬멸 마법이 하늘을 불과 번개의 바다로 바꾸었고, 은색 탄막과 섬광이 공간을 채웠다.

그러는 사이에도 사도는 카오리를 잡으려고 희생을 마다하지 않고 카운터를 노렸다.

"야아아아아아앗!"

"하아아아아아압!"

사투로 부르기에 부족함이 없는 처절한 공중전. 둘은 어느 샌가 함성을 지르고 있었다.

여력을 남기지 않는, 진정한 전심전력의 혈투였다.

사도에게는 악몽이 따로 없으리라.

언제나 한 사도를 쓰러뜨리려고 수많은 전사가 손을 잡아 덤볐다.

그런데 지금은 어떤가.

자신들이 단 한 명의 신적을 치려고 사력을 다하고 있다.

긍지가, 『신의 사도』라는 존재 의의가 흔들리는 느낌마저 들었다.

'……아뇨, 딱 한 명 있었죠. 우리를—.'

평소라면 절대 그럴 리 없건만, 한순간 회상에 빠진 것은 카오리의 흔들림 없는 눈동자를 봤기 때문일까.

머나먼 옛날, 딱 한 번 자신들을 완전히 능가한 존재가 있었다. 그녀와는 닮은 구석을 찾기 힘든데도 눈 깊은 곳에서 느껴지는 강철처럼 굳은 의지만은 아주 흡사했다.

"한계를 맞이했나요?"

마침내 카오리가 멈췄다. 팔다리에서는 피를 뚝뚝 떨어뜨리고 아름다운 얼굴에는 살이 짓무른 화상 자국까지 있었다. 포화 공격이 조금씩이지만 확실하게 카오리에게 피해를 축적하고 있었던 것이다.

무엇보다 마력이 한계에 달했을 것이다. 단순한 재생 마법이라면 몰라도 『시간 간섭』에 해당하는 마법을 이토록 연속으로 쓰면 아무리 방대한 마력을 지녔어도 버티지 못한다. 사도처럼 【신역】에서 무한한 마력을 공급받지 않는 인간이 지금까지 버틴 것이 오히려 이상하다.

"우리를 상대로 잘 싸운 편입니다."

이 단기간에 300명이 넘는 사도가 격파됐다. 있을 수 없는 일이었다.

양팔을 늘어뜨리고 밭은 숨을 몰아쉬는 카오리에게 사도는 냉철한 눈빛을 보냈다.

"하지만 여기서 끝입니다. 그만 포기하시죠."

비극과 절망은 악랄한 신의 애호품. 그리고 그것을 헌상하는 게 사도의 역할.

"인간들의 『한계 돌파』가 끊기는 것도 시간문제입니다. 하타야마 아이코가 혼백 마법으로 지탱하나 보지만, 본래 평범한 인간의 혼으로는 견딜 수 없는 힘이니까요."

가령 성가대를 제거할 수 없어도 이제 곧 연합군은 자멸한다.

사도는 무자비하고 비정한 현실을 상기시켜줬다.

하지만 카오리가 보여준 것은 절망에 일그러진 얼굴이 아닌, 이보다 더 환할 수 없는 웃음이었다.

"후후, 절망시키고 싶어서 안달이 나나 봐? 미안해서 어떡해. 내 사전에 포기란 말은 없어."

"……지상이 안 보이나요? 시간이 갈수록 더 빠르게 사망자가 불어나고 있습니다. 부상자는 말할 것도 없지요. 사람은 팔다리 하나만 잃어도 제대로 싸우지 못합니다. 당신 한 명이 강해 봤자 의미는 없습니다."

설마 자기가 노력하면 결과가 바뀔 줄 아는가.

그렇게 생각한다면 아무리 강해도 전쟁을 홀로 좌우할 수 없다는 사실을 알려주겠다. 그런 의지가 느껴지는 사도의 말에 카오리는— 숨을 후, 뱉었다.

"세 가지나 착각하고 있어."

"착각?"

사도는 의아하게 여겼지만, 곧 그 눈이 커졌다.

그도 그럴 것이…….

"먹고 늘어나렴. —『회화(廻禍)의 마검』."

<small>아니마 에른테</small>

카오리에게서 심상치 않은 양의 마력이 흘러넘쳤으니까.

카오리가 가진 쌍대검 중 하나, 흑색 대검이 기이한 빛을 내뿜었다. 마력은 그 흑색 대검에서 흘러나오는 것처럼 보였다. 그 마력의 질에 사도의 감각이 반응했다.

"……! 설마, 우리의 마력을?!"

"마왕성에서 싸웠을 때와는 다른 대검이었는데, 이상하게 생각하지 않았어?"

사도의 추측은 맞았다.

—회화의 마검『아니마 에른테』.

카오리의 특기인 회복 마법 중 하나. 마력을 타인에게 양도하는 마법을 진화시킨 마검. 승화, 중력, 혼백, 변성 마법을 조합하여 명중한 상대에게서 마력을 빼앗아 저장하고, 심지어 사용자에게 환원하는 능력이 있다.

"착각 두 번째. 나는 아직 한참 더 싸울 수 있어. —『성인』 발동."

마법을 사용한 기운도 느껴지지 않는데 유에의『자동 재생』도 저리 가라 할 속도와 회복량으로 카오리의 상처가 아물어 갔다.

당황하는 사도들은 카오리를 응시하고 깨달았다. 어느샌가 가슴에 흑은색 마법진이 떠올라 있다는 것을.

"그건……."

"내 재생 마법이야. 마력이 있는 한 항상 육체도 장비도 복원해줘."

누구를 참고했는지는 굳이 말할 필요도 없다.

진수를 깨우친 재생 마법 사용자라면 유사 불사신이 되지 못할 이유가 없다. 그리고 연적이자 동경의 대상이기도 한 그녀를 쭉 봐 왔으니까.

"……왜 지금 발동했죠? 처음부터 썼으면 그런 상처를 입을 필요도 없었을 텐데요."

자신들을 해치우면 해치울수록 마력이 회복되어『신속』과 『성인』을 마음껏 사용할 수 있다. 그러면 또 사도들을 해치울 수 있고 마력이 회복된다.

굳이 의문을 입에 담은 이유는 전술을 근본적으로 재검토 하기 위함일까?

여느 때보다 유달리 딱딱해진 무표정에서는 오히려 사도들의 급박함이 느껴졌다.

그런 사도들에게 카오리는 무자비하게 선고했다.

"힘들어하면 이렇게 멈춰주지 않을까 싶어서."

"무슨—."

"착각 세 번째. 『한계 돌파』 시간제한이니 사상자니…… 누구한테 하는 소리야?"

카오리치고는 드물게 자신감과 당당함이 넘치는 웃음을 지었다.

백색 대검을 역수로 든다. 칼끝이 지상으로 향한다.

마침 『천개』가 파괴된 타이밍에 백색 대검이 찬란한 빛을 발했다.

"깨어나서 지켜줘. —『복음의 성검^{벨 렉시온}』."

흑은색 물방울이 한 방울, 칼끝에서 지상으로 떨어졌다.

그것은 연합군 한가운데, 지상 수 미터 위치에 도달한 순간 방대한 빛을 뿜었다. 흑은색 파동이 순식간에 연합군 전체를 집어삼켰다.

그러자, 그 직후.

부상자가 언제 그랬냐는 듯 치유되는 광경이 펴져 나갔다. 팔다리 결손부터 방어구까지 복원되고, 무릎을 꿇었던 이와 엎드려 죽음을 기다릴 뿐인 이들도 일어섰다.

심지어 믿어지지 않게…….

이미 숨이 끊겼던 병사들까지 차례차례 일어나고 있었다.

"군단 규모의…… 부활……."

뚝뚝 끊어진 말이 사도의 경악이 얼마나 강한지 알려줬다.

죽음을 실감하고 의식이 끊겼던 이들은 신기하게 상처 부위에 손을 대고, 완치된 사실에 어리둥절하고 있었다.

그들에게 전우들이 울음과 웃음이 뒤섞인 얼굴로 달려오자 비로소 자기 몸에 일어난 기적을 이해한 모양이었다.

환성이 폭발했다.

개전 당시의 함성보다 더 힘차게, 희망과 투지가 차오른 사람들의 목소리가 하늘마저 흔들었다.

"아무리 육체를 바꿔도, 최전선에서 싸우더라도─ 나는 시라사키 카오리. 『치유사』 천직을 가진 마왕 파티의 『회복 담당』이야."

역수로 든 백색 성검을 다시 바로 잡고, 보란 듯이 칼끝을 들이밀었다.

─복음의 성검 『벨 렉시온』.

카오리의 재생 마법과 혼백 마법을 강력하게 보조하며, 아군만 선별해 초광범위로 회복하는 치유 능력에 특화한 검. 극한까지 능력을 올린 상태에서 막대한 마력만 주어진다면, 군단 규모라도 10분 내의 죽음까지 회복할 수 있다.

육체 대부분을 잃은 자들까지 되살릴 수는 없지만, 사도가 지적한 『한계 돌파』 시간제한도 카오리와 아이코가 연계하면 이야기가 달라진다.

마력을 빼앗는 마검에 아군을 치유하는 성검.

그야말로 『치유사』인 카오리에게 어울리는 쌍대검이었다.

"그래도…… 그래도 당신들은 이길 수 없습니다. 주인님의 결정은 절대적입니다. 결코 뒤집을 수 없는 이 세계의 섭리입니다."

그 말은 본심일까. 왠지 자신을 설득하는 말처럼 들린다면 착각일까.

자세를 잡고 흑은색 날개를 한 차례 퍼덕인다.

카오리는 칼날 같은 눈빛으로 사도를 보고 조용히 답했다.

"사람은 멸망하지 않아. 어떤 세계든 똑같아. 단 혼자서, 별다른 힘도 없는 남자애가 나락 밑바닥에서 기어 올라온 것처럼, 사람은 역경에 짓눌려도 반드시 활로를 찾아내. 사람이란 건, 멸망하는 법을 몰라. 살고 싶다고, 다른 사람을 지키고 싶다고 생각하는 사람이 한 명이라도 있는 한, 그 의지가 『절대』라는 개념을 비틀어 버리니까."

사도와 카오리의 시선이 아주 잠깐 교차했다.

전장의 굉음이 사라진 것 같은 착각이 들었다. 폭풍전야와 같은 기류가 두 사람 사이를 흘렀다.

"……지벤트."

"……?"

"뜻은 『일곱 번째』. 제 식별 번호이자 이 전장에서 유일한 한 자릿수 개체입니다."

"그게…… 왜?"

왜 이름을 밝히는가. 본인도 정확하게는 알지 못했다.

다만 왠지 이름을 말하지 않고는 견딜 수 없었다.

『신의 발키리』라는 긍지가 그러도록 시킨 것이다.

"신의 『절대성』을 증명하는 자의 이름입니다!"

지벤트가 제자리에서 쌍대검을 휘두르고 은색 날개를 찬란히 빛냈다.

무엇을 느꼈는지 카오리도 마력을 분출하며 마음을 담아 외쳤다.

"그렇다면 그 『절대성』을 비틀어줄게!"

『마왕의 발키리』로서 긍지를 걸고.

다음 순간, 지벤트가 이끄는 사도 대군과 카오리는 다시 격전에 몸을 던졌다.

춤춘다. 두 세력의 발키리가 서로의 긍지를 가슴에 품고 사투를 펼친다.

사도들은 방어 위주로 빈틈을 찾는 방식으로 전법을 바꾼 모양이었다.

카오리는 확실하게 하나씩 격파하며 계속해서 지상으로 대규모 회복을 시전했다.

그렇게 얼마나 오랜 시간이 지났을까.

검붉은 세계는 태양의 흔적도 보이지 않아 시간 감각이 없었다.

『천개』 부활 시간은 눈에 띄게 길어졌다. 교환할 부품이 있어도 수리하는 연성사들이 한계에 다다랐을 것이다.

병사들에게 지급된 개인용 탄환은 진작에 소진됐고, 벽 위의 대형 무기도 몇 개는 기능을 정지했다.

회복이 늦어 부활하지 못한 병사도 많아졌다.

이제 승패의 저울이 어느 쪽으로 기운다 한들 이상할 게 없었다.

외줄 타기 같은 전쟁에서 모두 죽기 살기로 싸움을 이어갔다.

【신역】으로 진입한 하지메 일행이, 연합군 병사들은 『여신의 검』이 전부 끝내주리라고 믿고 사력을 다했다.

그러던 그때였다.

저울을 기울일지도 모를 사태가 벌어진 것은.

처음에 깨달은 사람은 릴리아나였다.

"……응? 뭐죠, 저건……?"

전장 전체를 비추는 외부 영상 속, 붕괴한 【신산】 산기슭에서 이변을 발견했다.

검은 독기, 아니, 진창 같은 점액……일까?

영봉의 잔해, 왕도를 집어삼켰던 막대한 양의 토석 사이에서 토양 액상화가 일어난 것처럼 검은 무언가가 스며 나왔다.

그 직후.

─우오오오오오오오오오오오오.

정신을 뒤흔드는 것 같은 소름 돋는 절규가 울려 퍼졌다.

그 소리 때문에 연합군 병사들도 알아차렸다. 형용하기 힘든 오한이 몰려와 소스라치듯 【신산】을 돌아봤다.

시커먼 오물이 화산이 터지듯 뿜어져 나왔다. 그리고 지상으로 다시 떨어진 그것은 급속도로 뭉쳐 공중에서 하나의 형태를 이뤘다.

굉장히 눈에 익은 모습이었다. 카오리에게는.

"설마…… 악식?"

그렇다. 클리오네 같은 형상의 거대 점체 생물. 【메르지네 해저 유적】에서 하지메 일행을 위기로 몰아넣은 태고의 괴물과 몹시 흡사했다.

경악하여 무심결에 멈춰 버린 카오리에게 지벤트가 미세한 억양이 느껴지는 목소리로 말했다.

"역시 살아 있었나요. 예상보다 부활이 늦었지만…… 괜찮습니다. 주인님의 수집품 중 하나로서 역할을 수행하십시오."

마치 이때를 기다렸다는 듯한 말이었다.

카오리가 놀라서 지벤트를 본 직후, 검은 악식이 움직이기 시작했다. 온몸에서 헤아릴 수 없는 수의 촉수가 사방으로 뻗어나갔다.

그것들은 잔해에 꽂히자마자 두근두근 맥박치듯 뭔가를 내보내기 시작했다.

"저것의 명칭은 『악모(惡母)』. 육체 일부를 다른 생물에 동화시켜 지배하에 두는 태고의 생물입니다. 저 능력은 대상의 생사를 불문하죠."

"그건…… 설마!"

악식이 다른 생물을 먹어 자가 증식하는 괴물이라면 악모는 자신을 먹여 다른 생물을 증식시키는 괴물.

한 번 일체화한 세포는 대상의 성질로 귀속되고 자신의 부피가 줄어드는 제약이 있지만, 그것도 마력을 바치게 하면 복원 가능하다. 그리고 침식된 대상은 생전 모습과 능력을 가지면서도 악모에게 충실한 자식이 된다. 망가진 시체조차 자기 세포로 결함을 보충하여 부활한다.

그 끔찍한 능력이 현실로 모습을 드러냈다. 잔해를 날려 버리며 죽었던 마물들이 포효했다.

마물 군단의 2차 공세가 산사태처럼 연합군에게로 쏟아져 내렸다.

"쓰읍, 이 판국에 적 지원군? 까짓거 덤비라고 하고 싶지만……하, 돌겠네."

적의 피와 자신의 피로 새빨갛게 칠갑한 가할드도 식은땀이 흐르는 기분이었다.

거기에 엎친 데 덮친 격. 나쁜 소식이 함께 들어왔다.

몇십 번째인지 모를 『천개』 파괴와 함께 결국 연성사들이 한계를 맞이하고 말았다.

저울이 기운다. 인류의 패망 쪽으로.

『각 군 지휘관에게 전달합니다! 사단 규모 병력을 북쪽에 배치해주세요! 여기서 마물까지 난전에 끼어들면……. 반드시 막아야 해요!』

여유가 없는 릴리아나의 지시가 전파됐다.

가할드는 즉시 지시를 내렸다. 왕국군과 공국군에게도 즉각적인 움직임이 보였다.

하지만 지금 싸우는 자는 사도.

그들에게 등을 보이는 진형 변경은 너무나도 큰 허점이었다. 그 결과, 사도로 인한 피해가 단번에 확대됐다.

"사람들이!"

"당신이 가면 우리는 전 병력으로 성가대를 칠 겁니다!"

무심코 마물 군단을 막으러 갈 뻔한 카오리에게 지벤트가 날카롭게 견제구를 던졌다. 카오리는 어금니를 깨물며 제자리에 멈췄다.

멈출 수밖에 없었다. 설령 『신속』을 써도 마물 군단을 어느 정도 격파하고 돌아올 때까지 성가대가 절대로 버티지 못한다. 사도 500명이 추가로 『천개』가 없는 요새 옥상으로 돌격할 테니까.

당연히 다시 살릴 수는 있다. 하지만 그럴 여유를 줄까? 성가가 멈춘 순간 사도들은 바로 본래 힘을 되찾을 텐데?

하늘에서도 땅울림이 느껴졌다. 흙먼지가 벽처럼 펼쳐져 밀려왔다.

만에 육박하는 마물의 포효가 병사들의 정신을 몰아세웠다.

심지어 악모를 해치우지 않는 한 마물은 시시각각 부활한다. 지금도 후속 부대가 산비탈로 흘러넘치고 있었다.

악모의 한계치는 알 수 없지만, 『신산 파괴』당시 【신역】에서 쏟아진 마물의 수가 천만에 이른다는 사실을 생각하면……

인류 연합군의 최대 이점인 수적 우세가 뒤집히고 만다.

그것은 절망적인 미래다.

『제, 제가 할게요!』

통신기로 아이코의 목소리가 울렸다.

전장의 하늘로 히페리온 한 기가 날아갔다. 다른 여섯 기는 내포한 태양열을 소진했지만, 딱 한 기는 만일의 사태에 대비해 아껴 뒀던 것이었다. 한 발밖에 쏘지 못해서 대군을 쓸어버리지는 못하지만, 악모는 처치할 수 있다.

사정거리 안으로 갈 수만 있다면.

"그렇게 둔한 기계로!"

히페리온은 원래 움직이며 싸우는 병기가 아니다. 거점 방어용 병기다.

그래서 쉽게 따라잡혔고, 분해 포격에 격추됐다.

"말했을 텐데요. 신의 뜻은 『절대적』이라고!"

"아직 방법은 있어! 너희를 해치우고 괴물도 해치우면 돼!"

"할 수 있다면 해 보시죠!"

『신속』을 발동한다. 숨길 수 없는 초조함을 얼굴에 드러내며 맹공을 펼치는 카오리를 상대로, 사도들은 방어와 회피에 전념해 마력 흡수 효율을 조금이라도 낮추려고 한다.

카오리가 틈을 엿보고 악모에게 분해 포격을 쐈다.

하지만 멀다. 거리가 너무 멀다. 지금 카오리가 전력으로 쏘면 닿을 수 있고 처치할 수도 있겠지만, 그러려면 충분한 충전 시간과 저격할 시간이 필요하다.

당연히 사도들이 그걸 기다려줄 리 없다.

'부족해. 하나만 더! 저 괴물을 해치울 수단이 하나만 더 있으면!'

눈이 핑핑 돌 정도로 머리를 굴리지만, 상황을 뒤집을 방법이 떠오르지 않았다.

마물 군단과 연합군의 거리는 어림잡아 1킬로미터.

무서운 속도로 줄어드는 그 거리가 전선 붕괴의 카운트다운처럼 보였다.

'제발! 다들 버텨줘!'

결국 기도할 수밖에 없었다.

그리고 마침내, 『그녀』가 나타났다.

『―「괴겁」.』

대지가 사라졌다. 마물과 함께.

그런 착각이 들 만큼 순식간에, 대지가 정확히 정사각형으로 함몰됐다. 1킬로미터 평방은 되어 보이는 거대한 구멍이었다. 마물이었던 것들의 잔해가 그 바닥을 검붉게 적시고 있었다.

"중력…… 마법?"

유에가 쓰는 것을 본 적은 있었다. 하지만 유에일 리 없었다. 그럼 누가?

단말마 비명조차 지를 수 없는 압도적 파괴력. 그것을 본 연합군이, 심지어 가할드조차도 어안이 벙벙하여 넋을 놓은 가운데, 카오리의 의문에 지벤트가 답했다.

진저리와 전율이 섞인 목소리로.

"밀레디 라이센!"

"그리고 보니……."

카오리가 사전에 들었던 지원군을 떠올린 것과, 괴물과 연합군 사이의 공간에 스파크가 일어난 것은 동시였다.

공간이 휘고 일그러지며 거대한 『게이트』가 출현했다. 거기서 저벅저벅 땅을 밟고 행군해 온 것은 기사 골렘 400기.

그리고 마지막으로는 기사왕이라는 명칭이 어울릴 20미터 크기의 거대 골렘이 나타났다.

그 어깨에는 스마일 가면에 로브를 걸친, 유난히 땅딸막한 미니 골렘이 타고 있었다.

『위기의 순간 나타난다네~♪ 초절정 천재 미소녀 마법사! 밀레디이이~, 등☆장!!』

굳이 연합군 쪽으로 돌아본 뒤, 오른손을 허리에 대고 한 쪽 발을 휙 올리며 옆으로 눕힌 V사인을 눈가에 곁들여 찡긋 윙크. 혀 빼물기도 빼먹지 않는다.

그렇다. 【라이센 대미궁】의 창설자이자 먼 옛날 신에게 도전한 조직 『해방자』의 리더, 언젠가 신을 타도할 자가 나타나리라 믿고 영원에 가까운 시간을 기다린 자, 밀레디 라이센이었다.

전장의 시간이 멈췄다. 사도들조차도.

단, 그 이유는 완전히 달랐다. 연합군은 저게 대체 뭐냐는 당혹감 때문에. 사도들은 그 벌레 씹은 표정이 심리를 대변해 주고 있었다.

『다들 놀라긴~. 최고의 타이밍이었지♪ 역시 밀레디! 눈치 있는 멋진 여자! 연합군 여러분~, 반하지는 말·라·구♡』

쓸데없이 울리고 굉장히 신경을 거스르는 목소리였다. 뾰로롱♪이라는 효과음이 들리는 기분이었다.

모두 입을 다물지 못한 채 마음속으로 생각했다.

—열받네, 라고.

신 타도를 제외하고 다시 한번 인류의 마음이 하나가 된 순간이었다.

밀레디가 기사 골렘들에게 후속 마물 부대를 상대하라고 명령한 뒤 카오리가 있는 곳까지 날아왔다.

성격은 이 모양이라도 믿음직한 지원군의 등장에 카오리의 표정이 대번에 밝아졌다.

"밀레디 씨! 저는 카오리라고 해요! 저 괴물을—."

"으헉, 사도 얼굴에 착한 느낌이 나니까 밀레디 씨 뇌에 인지 부조화가!"

"아니, 저기요, 그런 소리 할 때가 아니고요! 밀레디 씨한테—."

"싫어! 밀레디 씨 말고 친밀감을 담아서 『밀레딩』이라고 불러주지 않으면 안 해!"

카오리는 생각했다.

"아, 시아 말이 맞았구나. 진짜 짜증 나네."

생각만 하지 않고 그만 정색하고 본심을 말해 버렸다. 뒤쪽으로 한냐가 나올 분위기다.

밀레디가 「앗, 이건 좀 상처받는데……」라며 스마일 가면으로 시무룩한 분위기를 연출하는데…….

"밀레디 라이센! 과거의 망령이 이제 와서!"

사도가 움직였다. 분해 포격이 전방위에서 날아든다.

카오리가 얼른 감싸려고 하나, 그럴 필요는 없었다.

"—『화천』."

주먹 크기의 중력 구슬이 무수히 출현했다. 카오리와 밀레디 주위를 위성처럼 돌며 모든 분해 포격을 굴절시키고, 심지어는 다른 사도에게 카운터로 이용했다.

"아이참, 밀레디를 방해하면 용서 안 해! 흥이야, 흥! 나중에 벌받아야 하니까 가만히 기다려. ─『흑천궁』."

무서운 것은 그 괴리였다.

시종일관 장난스러운 태도인데도 주문을 외는 한순간만 목소리의 온도가 절대영도로 떨어진다.

그리고 그 결과도 무자비하며 상상을 초월했다.

밀레디에게서 창궁색 마력이 터져 나온 직후, 멀리 떨어진 곳에 있던 악모의 머리 위에 검은 별이 나타났다.

주변의 바람이 회오리처럼 휘돈다. 만뢰와 같은 스파크가 튄다.

만물을 삼켜 소멸시키는 중력 마법의 오의 앞에서는 태고의 괴물이라도 감히 저항하지 못했다.

검게 소용돌이치는 흉성은 일대의 잔해와 공기까지 가차 없이 빨아들이면서 범위 안에 있던 마물들을 모조리 집어삼켰다.

『좋아! 이제 남은 건…… 3천 마리 정도인가? 우리 골렘들이 최전선에 설 테니까 연합군 여러분~! 힘내시라구☆』

통신기라도 쓴 것처럼 연합군 전체에 경쾌한 목소리가 퍼졌다.

『저, 저분은 「여신의 검」이 부른 지원군이에요! 미래를 쟁취하는 건 우리입니다!』

타이밍을 맞춰 릴리아나가 단언한 덕분에 어리둥절함과 본능적 짜증 사이에 서 있던 연합군은 정신을 차리고 환성을 질렀다.

어쩐지 만 단위의 마물에 고대 괴물까지 손쉽게 물리친다 싶었다며 납득했다.

그동안에도 기사왕은 몰려오는 마물을 쓸어버렸고, 기사 골렘들도 연합군 쪽으로 밀려드는 마물을 시원시원하게 줄여 나갔다.

압도적인 힘이었다. 전투 중인데도 안도의 숨을 내쉬는 병사가 보일 정도로.

하지만 실상은 조금 달랐다.

『미안, 카오리.』

"네?"

사도의 포격을 계속해서 굴절시키는 밀레디가 몰래 염화로 말을 걸었다. 카오리가 놀라서 눈을 돌리자 가면 위의 눈썹이 정말로 미안한 듯 팔자로 기울어 있었다.

『오래는 못 싸워. 그래서 정말 필요할 때까지 힘을 아꼈어. 힘내는 모습은 지켜봤지만…… 바로 오지 못해서 미안.』

사도에게는 들려주고 싶지 않은 내용이리라.

과거에 어떤 싸움이 있었는지 모르지만, 사도들은 명백하게 밀레디를 경계하고 있었다.

카오리에게 필적할 정도로.

밀레디 앞에서 정신을 팔면 눈 깜짝할 사이에 당한다고 뼛속 깊숙이 각인된 것처럼.

카오리는 밀레디와 등을 맞대면서 미소 지었다.

"충분해요. 와줘서 고마워요, 밀레디 씨—."

"밀레딩."

분위기 깬다. 카오리는 즉시 정색하고 말없이 다시 날아갔다.

밀레디의 엄호 덕분에 조금 전보다 훨씬 싸우기 쉬웠다. 전투 초기와 같은 속도로 격추 수가 늘어났다.

그 모습을 본 밀레디는…….

"메르 언니, 언니 마법을 계승한 아이는 우리보다 훨씬 강한가 봐."

진심에서 우러나는 기쁨을 곱씹으며 중얼거렸다.

밀레디의 참전으로 승패의 저울은 다시 균형을 찾았다.

아니, 미세하게 인류 연합군 쪽으로 기울었다고 봐야 할까?

사도들은 카오리의 일방적인 공세를 막지 못했고, 성가대에도 종이 한 장 차이로 공격이 닿지 않았다. 이세계에서 소환된 자들의 분전역투는 철벽의 방어를 자랑했고, 분신 능력을 얻은 코스케는 시간이 지날수록 지치기는커녕 강해지기만 했다.

전투가 시작된 직후에는 5천 가까이 있던 사도가 이제는 5분의 1도 남지 않았다.

카오리와 싸우는 사도는 드디어 두 자릿수까지 떨어졌고, 지벤트 본인도 팔다리를 하나씩 잃은 만신창이 상태였다.

그런 그때, 사도들에게 충격적인 정보가 공유됐다.

"……시아 하우리아. 티오 클라루스……."

갑자기 멈춰서 경악하는 지벤트와 그 입에서 흘러나온 이름 때문에 카오리도 행동을 멈췄다.

"에르스트조차, 이길 수 없다고?"

그 말대로 방금 【신역】에서 『백금의 사도』로 화한 『첫 번째^{에르스트} 사도』를 포함한 최상위 다섯 개체가 시아에게 전멸하고, 프리드와 마물 군단까지 티오에게 괴멸당했다.

"시아랑 티오가 이겼구나!"

"오호, 익숙한 개체명이야. 그 녀석도 드디어 죽었구나! 역시 토인족의 영웅이야! 너희 지금 기분이 어때~?"

기쁜 소식에 카오리와 밀레디의 목소리가 한껏 들떴다.

하지만 그 환희는 곧 사라졌다.

"......주어진 병력으로 주인님의 바람을 이루는 것은 이미 불가능하다고 판단합니다. 시라사키 카오리, 기뻐하십시오. 당신은 우리의 긍지를 꺾었습니다."

잔잔한 목소리였다. 그렇지만 이제는 의심의 여지 없이 감정이 묻어나는 목소리였다.

불길한 예감이 머릿속 경종을 울렸다.

긴장하는 카오리와 밀레디에게 지벤트는 가면 같은 얼굴을 보여줬다. 그것은 무표정이라기보다 궁지에 몰려 얼어붙은 듯한 얼굴이었다.

"뭘 하려고?"

"주인님께 기도하는 겁니다."

신이 만든 존재면서 신의 명령을 이루지 못했다고 도움을 바란다.

그것은 사도가 스스로 존재 의의를 부정하는 최악의 선택이었다.

"……위험해! 카오리! 막아!"

밀레디가 경고하지만, 이미 늦었다.

하늘의 균열─【신문】이 폭발적인 은빛을 뿜었다.

거기서 흘러넘친 것은 사도─5천.

사력을 다해 싸운 상대의 병력과 같은 수가 다시 출현한 것이다.

본래 지구를 침략할 때 첨병으로 쓸 계획이었던 예비군.

그것들은 분해 마법을 두르고 밀집해 하나의 형상을 이루었다.

개체끼리 분해 마법을 하나의 복합 마법으로 발동한 데다가, 이전 방추 진형과 닮았으면서도 비교가 되지 않게 거대하고 밀도가 높은 진형이었다.

그것은 비유하자면 하늘에 나타난 거대한 『신의 창』이었다.

등줄기로 오한이 퍼졌다. 핏기가 가셨다. 저건 위험하다고 연합군뿐 아니라 카오리와 밀레디까지 전율했다.

"큿, 못 보내!!"

『전군에 알립니다! 하늘에 나타난 적 증원군을 집중 공격! 무슨 일이 있어도 막아야 해요!!』

카오리가 튀어 나간 동시에 릴리아나의 비명 같은 명령도 울려 퍼졌다.

방해하려는 지벤트 무리를 밀레디가 견제하고, 대공 병기가 모두 『신창』 격추에 총력을 퍼붓는다.

아둘과 용인들도 싸우던 사도들에게 공격당해도 반격하지

않고 전력을 다한 브레스를 『신창』으로 총집중했다.

하지만 새롭게 투입된 사도들은 【신역】에 있는 동안 충전을 최대치로 마치고 나왔다. 은색으로 빛나는 거대한 『신창』은—멈추지 않는다!

"막아 내겠어! —『극천 성절』!!"

진로에 끼어들어 쌍대검을 교차해 장벽을 한 곳에 집중했다. 건틀릿에 부여한 『공간 차단』 기능이 장벽에 추가되어 그 어느 때보다도 견고함을 발휘했다.

밀레디도 지벤트 무리를 견제하면서 오의 『흑천궁』을 사용했다.

'이거로 마지막이려나?'

『신창』의 옆구리에 크게 구멍이 나고 뒤따르던 사도도 속속 빨려 들어갔다.

하지만 그래도 『신창』의 기세는 멈출 줄 몰랐다.

카오리의 『성절』에 직격한 『신창』. 재생 마법도 써서 장벽이 소멸할 때마다 재생하지만…….

"안, 돼…… 도망쳐어어어—!!"

분쇄된다. 여파에 떠밀려 직격은 면했지만, 카오리의 몸 오른쪽 절반이 날아갔다.

그리고 신창이 떨어졌다.

성가대의 결계에 꽂혀 몇 초 막아 내는가 싶더니, 허무하게 뚫렸다.

은색 빛이 요새를 중심으로 연합군을 비췄다.

요새 절반이 소멸했다. 무력한 성가대의 절반도 사라졌다.

카오리의 장벽으로 미미하게 진로가 어긋났고 유카가 한발 앞서 대피를 지시한 덕분에 전멸은 면했지만 피해는 막대했다.

무엇보다 성가가 멎었다. 멎고 말았다.

사도들을 묶던 족쇄가 끊겼다.

『신의 사도』가, 신이 만든 괴물이 그 본연의 능력을 발휘한다.

전장 각지에서 은색 빛이 치솟은 직후, 피바람이 휘몰아쳤다.

병사들의 몸이 토막 나서 난무했다. 순식간에 시산혈해가 펼쳐졌다.

하늘이 떠나가라 울리던 용맹한 함성이 단순한 비명으로 바뀌어 갔다.

"임시방편이지만—『다중 붕진』."

창궁색 마력을 방출한 밀레디가 얼마 남지 않은 힘을 쥐어짜서 중력 반전 마법을 행사했다. 표적 선별은 은색 마력을 찾으면 되므로 간단했다. 하지만 그 수가 너무 많았다. 상당히 무리했는지 가면에 금이 갔다.

하지만 결과는 명불허전. 다음 순간, 사도 대부분이 일제히 하늘로 떠밀려 날아갔다. 몸을 가누지 못한 사도들이 순간적으로 600미터 이상 지상에서 떨어졌다.

그 수가 약 4천.

그곳으로 지벤트가 이끄는 사도들과 용인족과 싸우던 사도들까지 합류했다.

"이제 끝내죠."

지벤트가 대검을 치켜들었다. 하늘에 있는 모든 사도가 호응해 머리 위로 멸망의 빛을 만들어 냈다.

『천개』는 없고 사도는 본래 힘을 되찾았다.

4천 줄기의 분해 포격을 쏘면 결과 따위 불 보듯 뻔한 것.

지상에서 대공 공격을 퍼붓고 용인이 브레스로 필사적으로 저항하지만, 온전한 사도의 방어력은 가공할 수준이라 효과는 미미했다.

늦었다.

모두 하늘을 올려다보고 하늘을 메우는 수천의 은광을 망연히 바라봤고―.

'아껴 두고 싶었지만…… 여기인가? **나를 사용할 곳은**.'

밀레디가 남몰래 최후의 결단을 내리려던 그때.

"그렇겐 안 돼, 절대로!!"

한쪽 팔을 재생한 카오리가 전장 전체로 기백을 떨쳤다.

연합군을 감싸듯 앞으로 나와 체공하며 두 팔을 들었다.

"―『극대 성절』!!"

전군을 감쌀 정도로 거대한 연보라색 장벽이 발동했다.

그 장벽은 변성 마법으로 변한 흑은색도, 사도의 은색도 아니라 카오리 본연의 마력색을 띠고 있었다.

마력의 색은 영혼의 색이다. 그 말인즉, 카오리의 혼을 건 수호 장벽이라는 뜻이다.

"사라지세요."

유사 한계 돌파 상태인 사도 4천 명이 전력으로 쏘는 분해 포격.

은색으로 빛나는 멸망의 호우가 쏟아진다.

폭발적인 소리. 그리고 폭발적인 빛.

세계가 그 두 가지로 채워졌다.

"윽, ㅇㅇㅇㅇㅇㅇㅇㅇㅇ으아아아아아아악!!"

카오리가 절규를 터뜨렸다.

혜성을 받아내기라도 한 듯한 충격과 압력. 흑은색 날개가 깜빡거리고 서서히 고도가 떨어진다.

"―『절상』!『신속』!『극천 해……방』!!"

소멸하려면 장벽을 『신속』으로 『복원』하고, 이미 자신에게 건 승화 마법의 극치를 덧씌운다.

세 가지 신대 마법을 추가로, 동시에 시전한다. 심지어 그중 하나는 진수의 경지.

몸에 구멍이 뚫린 것처럼 마력이 새어나갔다. 악문 이가 깨지고 뇌가 과열이라도 됐는지 피눈물까지 흘렸다.

『전원 장벽을 펼쳐라! 저 소녀가 혼자 짊어지게 두지 마라!』

아둘이 노성으로 호통쳤다. 용인들이 조금이라도 부담을 덜어주려고 카오리의 장벽에 겹치도록 장벽을 전개해 갔다.

"네 확고한 의지에 경의를 표할게. ―『절화』!!"

밀레디도 얼마 남지 않은 힘을 쥐어짜서 포격을 삼키는 중력 소용돌이를 만들어 냈다.

지상에 있는 사람들도 마음은 하나였다.

"노래해! 노래를 불러! 살아 있는 한 계속 불러!"

운 좋게 살아남은 시몬 교황과 성가대 십수 명이 다친 몸을 일으켜 조금이라도 사도의 힘을 저해하려고 목이 찢어지게 노래 불렀다.

『풍작의 여신의 이름으로 부탁드릴게요! 여러분의 마력을 저 사람에게 나눠주세요!』

혼백 마법을 통한 마력 강제 양도. 로사리오로 모든 병사의 혼백을 선별한 아이코가 병사들에게 마력을 나눠달라고 부탁했다. 본인이 저항하면 사용하기 어려운 마법이지만, 거부하는 자는 단 한 명도 없었다.

아이코에게로 모이는 전군의, 그리고 학생들의 마력을 필사적으로 모아서 카오리에게 보냈다.

아인 전사들이 지상에 남은 사도에게서 말 그대로 고기 방패가 되어 아이코와 성가대를 지켰다.

몇 초일까, 아니면 몇 분일까.

영원처럼 느껴지는 굉음과 섬광의 세계가 마침내 끝을 고했다.

"허억허억, 버텼, 어……."

연보라색 장벽도 사라져 가는 가운데, 카오리가 숨이 끊어질 듯 중얼거렸다.

날개가 명멸하며 몸이 땅으로 떨어진다. 그것을 밀레디가 날아와서 받아줬다.

"잘했어, 카오리! 너는 정말 대단해!"

"밀레, 디 씨……."

척 보기에도 극도로 피폐해졌다. 아니, 쇠약해졌다고 해야 할까? 혼이 비명을 지르고 있었다.

그것은 용인과 병사들, 그리고 아이코와 학생들도 마찬가지였다.

모두 사력을 다했다.

그리고.

다시 수많은 은색 빛이 번쩍였다.

이번에는 수십 명씩 모여서 작은 태양 같은 빛들을 여럿 만들어 냈다.

"신의 뜻은 『절대적』— 그렇게 말했죠?"

지벤트의 선고는 신기하게도 모든 사람의 귀에 들렸다.

마력을 회복할 시간은 없다. 다음번은 막을 수 없다.

그건 뒤집을 수 없는 사실이었다.

절망과 체념이 사람들의 가슴속에 차올랐다. 하지만 이번에도 역시나……

카오리가 거친 숨을 쉬면서 서서히 두 손을 들었다.

그것은 『절대로 포기하지 않는다』라는 무엇보다 확실한 의사 표명이었다.

그 고결함에 감동받지 않는 자는 없었다.

그 아름다움에 숨죽이지 않는 자는 없었다.

그래서 모든 이의 눈에 다시 불꽃이 일었다. 필요하다면 영혼마저 바치겠다는 결의의 불길이었다.

"1초라도 더 살아남아 주겠어!"

그건 단순한 발버둥이 아니었다. 신뢰가 담긴 말이었다.

1초 더 미래에는 사랑하는 그가 모든 것을 끝내줄지도 모르니까.

아니, 분명히 끝내준다. 그렇게 믿는다.

그러니까 죽음의 문턱에 서도 단 0.1초도 포기할 수 없다!

시야 전체가 은색으로 뒤덮였다.

전개한 장벽은 단순한 유리처럼 약했다.

하지만 1초. 분명하게 받아냈다. 미래를 붙잡았다.

"……후후, 그것 봐. 이럴 줄 알았어!"

카오리가 사랑과 무한한 신뢰가 묻어나는 황홀한 표정을 지었다.

그녀의 눈에 보인 것은 안개처럼 흩어지는 은색 빛과 힘이 빠진 사도 무리였다.

"말도 안 돼……. 우리에게 마력을 보내지 못할 정도로 싸움이?"

지벤트가 놀란 눈으로 하늘을 올려다봤다.

그리고 잠시 후, 카오리를 내려다봤다. 의기양양하게 빛나는 눈동자와 눈이 맞은 지벤트는 아랫입술을 깨물었고, 힘을 잃어 땅으로 떨어졌다.

지벤트를 따라서 다른 사도들도 줄이 끊긴 꼭두각시처럼 우수수 떨어진다.

지상에 남았던 사도도 마찬가지였다.

벽과 천장 절반이 무너진 사령부에서는 구석으로 내몰린 릴리아나와 그녀를 등으로 감싼 마지막 한 사람— 전속 시녀이자 호위무사인 헬리나가 고통스러운 표정으로 단검을 빼 들고 있었다.

두 사람 앞에는 사도가 있었다. 마무리를 지으려고 대검을 치켜든 자세 그대로 정지한 사도가.

호흡이 흐트러지고 가슴으로 피를 흘리면서도 다가간 헬리나가 가볍게 떠밀자 사도는 저항 없이 뒤로 쓰러졌다.

"공주님."

돌아본 헬리나가 맥이 풀린 것처럼 웃어 보이자, 릴리아나는 왈칵 샘솟는 감정을 삼킨 채 아직 기능이 살아 있는 일부 외부 영상을 봤다.

병사들 앞에서도 사도들이 완전히 정지해 있었다.

무슨 일이 일어났는지 확신한 릴리아나는 한 번 심호흡한 뒤, 전체 통신용 보주에 손을 올렸다.

『사령부에서 전군에 알립니다.』

떨어지는 사도, 눈앞에서 움직이지 않는 사도. 마물 무리도 어느샌가 뿔뿔이 도망치기 시작했다.

누구나 만신창이에 기진맥진하여 상황을 똑바로 판단하지 못하는 가운데, 릴리아나의 목소리를 듣고 고개를 들었다.

『우리의—.』

릴리아나의 목소리는 틀림없이 승리 선언이었다.

암묵적으로 눈치챈 이들은 모두 떨리는 마음으로 그 말을 듣기 위해 귀를 기울였다.

하지만 들려온 말은—.

『이건, 아니, 잠깐. 저건 대체…… 설마 신역인가?』

가장 먼저 말을 꺼낸 사람은 아둘이었다.

그가 바라보는 곳, 하늘 전체가 폭풍우 치는 바다처럼 요동치고 있었다.

공간이 만화경처럼 일그러지거나 금이 갔고, 거기로 난생본 적도 없는 이계의 광경이 비쳤다. 공기가 진동하고 삐걱대는 듯한 불길한 소리까지 들렸다.

세계 멸망의 서곡 같은 현상에 모두 말을 꺼내지 못했다.

"하지메, 유에, 다들……."

감동도 잠깐일 뿐. 카오리의 표정이 근심으로 흐려졌다. 【신역】에 이상 사태가 발생한 것은 분명했다. 당장 붕괴할 것처럼도 보였다.

카오리는 극도로 쇠약해져 당장에라도 끊길 것만 같은 의식을 필사적으로 붙잡으면서 눈에 힘을 줬다. 데리러 가기 위해. 미쳐 날뛰는 공간 속으로 뛰어들기 위해.

"괜찮아~!"

"밀레디 씨?"

작은 금속 손이 다정하게 카오리의 머리를 쓰다듬어 제지했다.

"고마워, 카오리. 네가 힘써 준 덕분에 나는 마지막 수단을 아껴 둘 수 있었어."

"마지막, 수단이요?"

밀레디는 그것이 무엇인지 언급하지 않고 찡긋 윙크를 보냈다.

"쟤들은 나한테 맡겨♪ 전 세계가 천년만년 사랑해 온 이 밀레디한테☆"

그러고는 카오리 대신 하늘로 날아갔다.

카오리는 그녀를 막을 수 없었다.

장난스러운 말과 태도와 상반되는, 압도될 정도의 각오와 마음을 느꼈으니까.

무엇보다 울고 싶어질 정도의 자애를 느꼈으니까.

그러니까 몸에서 힘을 뺐다.

"부탁, 할게요…… 밀레디 씨."

카오리는 처음 약속대로 하지메 일행이 돌아오리라 믿고 기다리기로 했다.

그리고 그 마음은, 마른침을 삼키며 하늘을 올려다보는 이 전장의 모든 사람이 마찬가지였다.

누구 하나 예외 없이 붕괴하는 천공의 세계를 지켜봤다.

승리 선언이 울릴 것을 기도하며.

백금색 빛기둥에 휩싸이고 시아와 티오의 말에 힘입어 전이한 극채색 공간.

그곳에서 빠져나오자 눈에 보이는 온통 새하얬다.

거리감을 전혀 알 수 없었다.

어디가 천장이고 어디가 벽인지도 알 수 없을뿐더러 바닥도 발에 닿는 감촉은 있으나, 눈으로 보는 순간 바닥의 존재 자체를 인식할 수 없었다.

그야말로 【신의 옥좌】라고 불러도 손색이 없는 공간에서⋯⋯.

"잘 왔어, 내 영역의 최심부에. 환영하마."

미치도록 갈구하던 목소리가 메아리처럼 울렸다.

기억보다 조금 낮지만, 잘못 들을 리 없는 목소리. 세상에서 가장 사랑하는 연인의 가련한 목소리였다.

하지만 같은 이유로, 반사적으로 올라온 환희를 홍수처럼 뒤덮어 버리고 자기 몸마저 불태워 버릴 듯한 분노가 가슴속에서 휘몰아쳤다.

사랑하는 이의 목소리에서 숨길 수 없을 만큼 썩어빠진 인격의 단편이 느껴졌다.

청량한 물속에 섞인 오물처럼 역한 혐오감마저 들었다.

피가 끓는 감각을 강철의 의지로 억눌렀다. 냉정해지라고 이성의 엉덩이를 걷어차며 분노의 불길을 절대영도의 살의로 바꿨다.

잠시 후.

하지메는 천천히 시선을 올렸다.

정면에 이 공간의 유일한 건조물이 있었다.

높이가 10미터쯤 되는 피라미드 같은 제단이었다. 역시나 순백색이며 자세히 보지 않으면 주변 배경과 분간이 되지 않았다.

그 정상에 딱 한 점, 검정이 있었다.

"어떤가? 육체를 장악한 겸 조금 성장시켜 봤지. 신에게 어울리는 아름다움이라고 생각하지 않나?"

『경국지색』이라는 말을 형상화한 듯한 존재가 옥좌에 앉아 있었다.

검은 드레스를 입은 사랑하는 흡혈 공주— 어른으로 성장한 유에였다.

금색으로 반짝이며 찰랑거리는 머리카락도, 요염한 분위기도, 전체적으로 가느다란 몸매도 그대로였다.

다만, 미모에서 앳된 느낌이 빠지고 가슴이 크게 파인 드레스로는 풍만한 계곡이 보였다. 깊은 옆트임으로 뻗은 다리는 각선미를 유지한 채로 육감적인 느낌을 더했다.

희고 매끄러운 어깨가 드러난 것도 굉장히 선정적이었다.

미쳐 버릴 것이다. 지금 그녀를 보면 성별을 불문하고 누구나 그 매력에 사로잡힐 게 분명하다. 눈길이라도 주면 그것만으로 이성을 잃고 짐승으로 전락하리라. 혹은 신앙심을 가지고 엎드리거나.

그 정도로 현실에서 동떨어진 『아름다움』이었다.

물론 하지메는 반응하지 않지만.

옥좌에서 거만하게 다리를 꼬고 턱을 괸 채 엷은 미소를 보내는 존재에게 그저 역겹다는 식으로 내뱉었다.

"못 봐주겠군. 내면이 따라주지 않으면 이렇게까지 추해지나."

통렬한 일침에도 유에— 그 육체를 빼앗은 이세계의 신 에히트르주에는 희열에 젖은 표정을 더 흉하게 일그러뜨렸다.

"크크, 느껴져. 네 분노가. 숨겨도 소용없다. 네 마음속 따위 훤히 들여다보고 있다."

"보면 아는 걸 뭐 대단한 척 떠들어? 충고하겠는데, 너는 그냥 입을 열지 마. 말할수록 수준 떨어지는 게 드러나니까."

시원시원한 독설이었다. 얼굴을 찌푸리지도 언성을 높이지도 않고 담담하게 받아친 말은 감정적인 욕설이 아니라 단순한 본심이라고 잘 알 수 있었다.

그래서 에히트르주에의 표정이 살며시 무너졌다. 입가에 띤 웃음이 사라졌다.

"에히트르주에의 이름으로 명한다. —『엎드려라』."

마왕성에서 하지메 일행을 비참하게 괴롭혔던 강제 명령— 『신언』.

그저 말만으로 상대방을 무조건 신의 뜻에 따르도록 하는 마법이 다시 행사됐다.

하지메의 몸이 휘청거렸다.

울려 퍼진 것은 신의 비웃음이 아닌 작렬음—.

"……『신언』을 무력화해?"

에히트르주에의 눈앞에서 총알 한 발이 장벽에 막혀 파문을 일으켰다.

"내 앞에서 그거만 몇 번 썼냐? 싸구려 마술만 반복하니까 지겨워."

돈나의 총구를 겨누는 하지메를 보며 에히트르주에가 눈을 가늘게 떴다. 눈에 웃음기는 없지만, 여전히 여유롭게 턱을 괸 채 유혹하듯 반대쪽 손을 뻗었다.

그러자 돈나&슈라크와 『보물고』 등 하지메가 가진 아티팩트 주위 공간이 녹아내리듯 휘었다.

『신언』과 함께 마왕성에서 본 『게이트』 없는 전이, 혹은 직접적인 파괴의 힘이 작용한 것 같았다.

하지만 결과는 역시나 마찬가지. 짝, 하며 뭔가 쪼개지는 소리와 함께 공간이 원상태로 돌아왔다.

당연히 아티팩트는 하지메의 수중에 그대로 남았다. 상처하나 없이.

"……오호라. 대책 없이 찾아오지는 않았군."

"오히려 그냥 왔다고 생각하는 게 멍청이지."

"오만하다, 이레귤러. 『신언』이나 『천재(天在)』를 막았다고 해서 나의—"

"쫑알쫑알 말이 많아, 이 자식은."

"……."

신의 말을 어디서 개가 짖냐는 듯 무시하고 뛰어올랐다. 에히트르주에를 내려다볼 수 있게 조금 위쪽에서 『공력』을 사용해 허공에 섰다.

목뼈를 뚝뚝 꺾으며 슈라크를 뽑고 어깨에 짊어지듯 툭툭 두드렸다.

그리고 만 명의 피를 빤 요도처럼 서슬 퍼런 눈빛과 말로…….

"유에는 돌려받는다. 너는 죽인다. 그거면 끝이야."

결정 사항만 전달했다.

마치 에히트르주에의 모든 것이 무가치하다고 단언하듯.

정말 누구 말마따나, 신을 앞에 두고 기가 찰 정도로 오만 불손한 태도였다.

"좋다."

에히트르주에가 일어섰다.

언제까지 그런 태도로 나올 수 있는지 지켜보겠다고, 우리에 갇힌 동물을 괴롭히며 희열을 느끼는 인격 파탄자처럼 사악한 표정을 지었다.

"이 세계에서 즐기는 마지막 유희다. 내가 친히 놀아주마."

막대한 압박감이 발산됐다. 물리적인 압력마저 느껴지는 그것이 햇빛처럼 퍼져 나와 백금색 마력과 함께 새하얀 공간을 집어삼켰다.

에히트르주에의 몸이 둥실 떠올랐다.

두 손을 가볍게 펼치자 풍성한 금발을 찰랑거리며 검은 드레스의 옷자락이 펄럭였다.

하지메와 같은 높이까지 오자마자 아래쪽 제단이 갑자기 멀어졌다. 마치 둘이 성큼 뛰어오른 것처럼.

하지만 실상은 반대였다. 땅이 멀어졌다. 공간이 확장된 것이었다.

그렇게 된 이유는 금방 밝혀졌다.

백금색 마력광이 급격하게 집중되어 에히트르주에의 등 뒤에서 원을 그렸다.

삼중 후광.

그것을 펼치기 위해서였다. 바깥 고리의 지름은 100미터는 될 듯했다. 기하학무늬와 무수한 마법진이 겹친 예술적인 삼중 고리형 거대 마법진이었다.

손가락을 튕기자 후광에서 무수한 광탄이 생겨났다.

은하를 수놓은 별들처럼, 거기서 발하는 압박감은 어마어마했다. 하나하나가 지형마저 바꿀 파괴력을 품었음을 감각적으로 알 수 있었다.

백금색으로 찬란히 빛나는 삼중 후광을 등에 업고 무수한 별을 거느린 에히트르주에가 그 중심에서 유유히 미소 지었다.

성장한 유에의 아름다움 덕분에 그 모습은 폭력적일 만큼 신성했다.

내면의 추악함을 모른다면 확실히 『신』이라고 부를 만한 위용이었다.

그에 비해 하지메는…….

"간 보고 자시고 할 것도 없어. 전력으로 간다. ─『한계 돌파 패궤』."

상반되게 흉악했다.

선혈보다 짙은 진홍색 마력이 솟구쳤다. 휘몰아치는 마력 폭풍 속에서 하지메의 외눈까지 레드 스피넬처럼 빛났다.

다섯 배로 오른 능력이 무시무시한 압박감을 낳고, 백금색 신성을 밀어냈다. 새하얀 공간이 두 가지 색으로 나뉘어 서로를 덮어씌우려고 다투었다.

진홍색 폭풍 한복판에 거만하게 선 하지메 뒤에 무수한 십자가가 출현했다.

—신형 다각 공격기『크로스 벨트』.

검은 기체에 진홍색 문양. 크로스 비트보다 훨씬 작지만, 하나하나가 엄청난 양의 마력을 둘렀다. 여러 신대 마법이 부여됐다는 증거였다.

기존의 크로스 비트에 비해 현격한 성능 차이를 자랑하는 그것이 무려 천 기.

가지런히 정렬한 모습은 흡사 마왕이 도륙한 적들의 묘비 같았다.

너도 이 묘지에 들어올 거라고 무언으로 선언하는 하지메의 불길한 기운은 확실히 신을 죽이려는 괴물에 어울렸다.

휘황찬란한 백금색 삼중 후광과 반짝이는 별들.

폭력적으로 휘몰아치는 진홍색 폭풍과 불길한 검은 십자가들.

신과 나락의 괴물.

양자가 발하는 힘에 공간이 비명을 지르고, 휜다.

에히트르주에가 입꼬리를 끌어올리며 웃고 한 손을 들었다. 하지메가 들어온 극채색 베일이 사라지고 퇴로가 닫혔다.

개전 선언은 신이 맡았다.

"자, 유희의 시작이다. 우선은 춤춰 보아라!"

손가락까지 우아하게 팔을 내렸다.

파멸의 광성이 유성우로 변했다. 공간을 가득 채우는 광성 탄막은 장엄하기까지 했다.

"죽을 때까지 혼자 놀아."

한없이 싸늘한 음성을 호령 삼아 천 기의 크로스 벨트가 일제히 회전해 총구를 전방으로 겨눴다. 스파크는 한순간뿐. 굉음이 터진다.

전자 가속한 탄환이 천 줄기 섬광으로 변해 허공을 찢었다.

발사된 탄환은 모두 『공간 작렬탄(에어리어 버스트 불릿)』.

백금색 유성우와 진홍색 탄환이 공간 전체를 메웠다.

그것들이 두 진영 중간 지점에서 격돌하거나 자폭하며 발생하는 파괴력은 압권이라는 말로밖에 표현할 수 없었다.

포악한 충격파와 굉음이 퍼지고, 폭발로 인한 빛은 작은 항성이라도 탄생한 듯한 착각을 일으켰다.

하지만 그런 공격 따위 인사에 불과했다.

삼중 후광에서는 끊임없이 유성우가 태어났고, 크로스 벨트도 미친 듯이 특수탄을 토해 냈다.

"이 정도도 버티지 못한다면 흥이 깨지지."

에히트르주에가 즐겁게 말하며 다시 손가락을 탁 튕겼다.

삼중 후광에서 새로운 위협이 태어났다.

수면에서 빠져나오듯 나타난 것은 빛으로 구성된 인간형 실루엣이었다. 쌍대검과 날개를 가진 모습을 보면 무엇을 모방했는지는 일목요연했다.

"능력은 사도와 비슷하다. 싱겁게 끝나지 않길 바라지."

광성 탄막은 그대로 유지하며 헤아릴 수 없을 만큼 빛의 사도를 내보냈다. 당연히 수에 한도는 없으리라. 방출과 동시에 또 생성된다.

"누구한테 하는 소리야? 물량전은 연성사의 전문 분야라고."

『보물고』 반지를 낀 오른손을 들었다. 진홍색 마력이 강렬한 섬광이 되어 부풀어 올랐다.

그 섬광 속에 뛰어든 빛의 사도들이 하지메에게 곧장 돌격하는 일은 당연히 없었다.

─키이이이잉!!

금속이 서로 마찰하는 불협화음이 울려 퍼졌다.

동시에 섬광 속에서 빛의 사도가 튕겨 날아갔다.

"……흠. 골렘 군단인가?"

에히트르주에의 말대로 섬광이 허공으로 사그라든 후 모습을 드러낸 것은 금속 골렘 무리였다.

단, 에히트르주에가 고개를 갸웃거린 것이 이해될 만큼 그것들은 이질적이었다.

여러 신대 마법이 부여됐다고 알 수 있는 심상치 않은 기운도 기운이지만, 모두 중화기로 완전 무장하고 명백히 자율적으로 행동하고 있었다.

중거리 공격도 근접 전투도 높은 수준으로 수행하고 비행 능력도 뛰어난, 사자의 육체에 수리의 머리와 날개를 가진 범용 모델 그리폰— 600기.

고위력 원거리 포대 모델 베헤모스— 200기.

비행과 속도에 특화한 모델 야타가라스— 200기.

마법과 병기를 결합한 하이브리드 생체 골렘. 고통도 피로도 모르는 마왕의 살육 군단 총 천 기. 그 이름은—.

—하지메 전용 1인 군대『그림 리퍼즈』.
<small>원 맨 아미</small>

에히트르주에와 하지메의 호령은 동시에 떨어졌다.

"빛의 사도야, 추한 인조 마물들을 소탕하라!"

"사신들, 꼭두각시를 사냥해."

그 직후, 빛의 사도가 빛의 꼬리를 끌면서 돌격했고, 금속 그리폰과 야타가라스가 맞받아치러 날아갔다.

그리폰은 잔상을 끌며 고속 이동하는 빛의 사도를 정면에서 공격하고 등에 있는 슬라이드식 개폐구를 열었다.

그러자 총 6천 발의 연필형 미사일이 발사됐다.

공간 제압용 대폭격이 맹렬히 진격하던 빛의 사도를 일시적으로 멈춰 세웠다.

그 틈에 중력 조작과 연소 가루를 이용한 제트 추진으로 고속 이동하는 야타가라스가 빠르게 접근했다.

그리고 빛의 사도를 공격할 최상의 위치에 도착하자마자 벌컥 열린 부리 안쪽으로 총구를 내밀고 레일건 한 발을 쐈다.

한 곳에는 머무르지 않는다. 그대로 머리 위로 상승해 이번에는 내장된 『보물고』에서 집속탄을 호우처럼 퍼부었다.

빛의 사도 일부가 폭격 지역에서 탈출한다. 그것을 기다린 것처럼 그리폰 부대가 달려들었다.

부리와 날개, 그리고 발톱에 『공간 절단』을 발동하며 입 안의 샷건을 연사한다. 몸속까지 떨리는 무거운 발포음과 함께 한 알 한 알이 다단 마력 충격파를 일으키는 산탄이 빛의 사도에게 명중했다.

보통 사도와 빛의 사도의 차이는 『핵』의 유무와 육체 강도 같았다.

관통 특화 『철갑탄』으로 『핵』을 뚫지 않아도 빛으로 구성된 육체에는 마력 충격파가 먹히는지 일부 사도들이 흩어져 사라졌다.

그 대신 삼중 후광이 있는 한 이것들은 무한대로 쏟아져 나오리라.

실제로 순식간에 수백 기가 추가로 생성됐다.

그곳으로 가공할 지대공 공격이 발사됐다.

지구의 전차보다 두 배는 큰 거구— 베헤모스의 등에서 총 네 문의 개틀링 레일건이 포효하고 있었다. 옆구리 부분에는 6연발 미사일이 좌우 두 문씩, 입에는 120밀리미터 전자 가속 포탄, 아울러 두 뿔이 빨갛게 달아오르는가 싶더니 태양광 집속 레이저까지 쏘아 댔다.

지구식 표현을 빌리자면 스폰킬일까? 삼중 후광에서 광성과 빛의 사도가 나타나는 족족 공격을 퍼부었다.

당연히 그 중심에 있는 에히트르주에에게도 폭풍 같은 공격이 쏟아지지만⋯⋯.

"이렇게 나오나. 즐겁게 해주는군."

신경 쓰는 기색도 없었다. 모든 공격은 에히트르주에에게서 일정 거리를 두고 보이지 않는 벽에 막힌 것처럼 정지하고 말았다.

에히트르주에의 시선은 연이어 사라지는 빛의 사도와 패배를 깨달은 순간 자폭하여 최소한 동귀어진을 노리는 그림 리퍼즈만을 보고 있었다.

"얼마나 많은 신대 마법을 넣었는지 원. 인간의 소행이라고는 생각하기 힘들어. 한계 돌파의 특수 파생『진장』⋯⋯ 오랫동안 보지 못했는데 신대 마법과 결합하면 이토록 발전할 수 있나. 아니, 이세계의 지식도 적잖게 들어간 덕이겠지. 대단히 흥미로ㅡ."

"쉴 새 없이 나불거리네. 대화에 굶주렸냐?"

에히트르주에의 생각을 돈나&슈라크의 총격으로 끊었다.

유성우와 크로스 벨트 탄막, 빛의 사도와 그림 리퍼즈의 충돌로 폭발과 폭력만이 존재하는 공간을 진홍색 섬광이 가로지른다.

총성은 두 발. 섬광도 두 줄기. 그러나 날아간 것은 열두 발의『철갑탄』이었다.

여섯 발씩 일직선으로 늘어선 초정밀 사격은, 믿기 힘들게도 전투 구역을 그냥 지나쳤다. 난잡하게 뒤섞인 두 진영의 병력을 빠져나가고, 폭격과 충격 사이마저 빠져나가 어처구니없게도 에히트르주에의 가슴과 이마로 정확하게 날아갔다.

1밀리미터의 오차도 없는 물리적인 동일 위치 다단 사격.

그 신기와 특별한 탄두에는 신의 장벽조차 버티지 못했다.

파아아아앙! 깨지는 소리가 울려 퍼지고 마탄이 신에게 직격한다—.

"내 장벽을 부수다니! 심지어 연인의 급소를 주저 없이 노리는 그 악독함…… 정말로 즐겁게 해주는구나, 이레귤러!"

역시 타격은 없었다.

어느샌가 에히트르주에 주위에는 검게 소용돌이치는 구체들이 떠 있었다.

중력 마법 『화천』이었다. 유에가 쓸 때보다 훨씬 작아 어린아이 주먹만 하면서도 효과는 몇 배나 높아 보였다. 더불어 발동 속도도 비정상적으로 빨랐다.

장벽이 파괴된 뒤에 발동했는데도, 그 짧은 거리에서 전자 가속된 탄환의 궤도를 완벽하게 틀어 버렸다.

그 사실에 하지메의 표정이 살짝 험악해졌다. 반비례하여 에히트르주에의 표정은 희열로 일그러졌다. 공방이 역전된다.

"—『사진 진천』."

사방에서 덮쳐드는 공간 진동 마법. 충격을 온전히 중심부로 전달하는 극한의 파괴 마법이 하지메를 으스러뜨리려고 발동한다.

"두 번이나 맞아주겠냐!"

마안석에 부여한 기능, 공간 이상을 재빠르게 탐지하는 능력이 빛을 발했다.

『진천』의 범위는 어차피 한정돼 있어서 크로스 벨트 스무 기를 끌고 미리 위험 범위에서 벗어났다.

"─『화천』."

초중력장이 하지메의 머리 위에 발생하지만, 땅으로 떨어지지 않는다.

하지메의 목깃으로 튀어나온 목걸이. 거기에 걸린 일곱 반지 중 하나가 한순간 반짝였다.

─방어용 아티팩트 『수호의 반지(탤리즈먼)』.

일곱 가지 신대 마법에 속하는 마법을 무력화 내지 경감하는 아티팩트였다.

지금도 주위 중력 이상을 『중력 탤리즈먼』으로 중화하고 있었다.

그 사실을 간파한 것일까.

"─『진천』, 『충혼』, 『멸괴』…… 『간파』."

에히트르주에가 연속으로 신대 마법을 행사했다.

광범위 공간 폭쇄, 혼백을 직접 타격하는 충격파, 아티팩트 원격 파괴, 거기에 승화 마법의 진수 중 하나인 『정보 간파』까지.

그 모든 것이 『공간』, 『혼백』, 『생성』, 『승화』 탤리즈먼이 빛남과 동시에 중화되고 경감되고 저지됐다.

"허어…… 대단해. 그렇다면 방식을 조금 바꿔 볼까."

하지메의 등줄기로 오한이 퍼졌다.

눈앞에, 아니, 상하좌우에 후방에도 백금색 소용돌이가 나타났다. 거기서 발사된 수많은 광성이 전방위에서 몰려든다.

"이 정도쯤!"

크로스 벨트가 4기 1조로 정면 외에 직사각형 장벽을 펼쳤다.

신기능은 와이어로 연결할 필요가 없으며 장벽과 결계의 형태를 자유롭게 결정한다. 빛나는 타워 실드 모양의 공간 차단 장벽이 펼쳐진 동시에 하지메는 허공에서 새로운 병기를 꺼냈다.

언뜻 보면 개틀링 레일건 『메체라이』와 비슷했다. 하지만 기존의 메체라이와는 크기가 달랐다. 최소 세 배 크기다.

—초대형 전자 가속식 개틀링포 『메체라이 데자스트르』.

쉽게 말하면 메체라이를 여섯 개 묶어서 하나의 병기로 만든 개틀링 포였다. 그래서 위력은 단순히 여섯 배. 쏟아내는 탄환의 수도 여섯 배. 분당 7만 2천 발의 연사력을 가진 괴물 중의 괴물이었다.

부웅!! 공기가 파열하는 듯한 이상한 소리가 울렸다.

순식간에 탄피가 폭우처럼 쏟아지고 탄환은 탁류가 되었다.

정면에서 몰려오는 백금색 소용돌이를 쓸어버리고 사선에 있던 빛의 사도까지 가루 내며 에히트르주에에게로 날아간다.

"굉장하군. 그럼 나도 한 단계 높여 볼까."

백금색 소용돌이가 에히트르주에 양옆에 생겼다. 하지만 이번 소용돌이는 공격을 토하지 않고 삼키는 용도 같았다.

진홍색 탁류가 양단된 것처럼 두 줄기로 갈라졌다. 두 백금색 소용돌이로 유도되듯 깔끔하게 에히트르주에를 피해서 빨려 들어갔다.

『절화』라면 허용량을 초과해서 터뜨려 버릴 위력이지만, 같은 성질이라도 백금색 소용돌이는 질적으로 다른 모양이었다.

"……이것도 안 통하나."

대열에서 크로스 벨트를 몇 기 불러들여 주변을 둘러싼 백금색 소용돌이를 뒤에서 공격시켰다. 역시 『공간 작렬탄』은 유효한지 소용돌이가 풍선 터지듯 사라졌다.

크로스 벨트가 진형을 바꿨다. 하지메를 중심으로 엉성한 구체 진형을 이루고, 사방팔방에서 날아드는 광성 탄막을 격추한다.

"하지만 무적은 아니야. 부술 수 있다면 파괴력을 높이면 그만이지."

수를 수로 대항하기 위한 개틀링을 『보물고』에 집어넣고, 대신 88밀리미터 전자 가속식 저격포 『슈라겐 A·A』를 꺼냈다.

지구에서 사용하면 전함 옆구리에도 쉽사리 바람구멍을 낼 그것이 일직선으로 에히트르주에에게 날아간다.

탄속, 탄두 중량, 위력. 모든 것이 개인 화기의 영역을 아득히 넘어섰다. 백금색 소용돌이로도 빨아들이지 못할 무지막지한 파괴력이었다.

그렇건만…….

"그런데 이레귤러야. 알브헤이트를 어떻게 쓰러뜨렸지? 다 죽어 가던 너에게 패할 만큼 놈의 신성은 낮지 않을 터인데."

에히트르주에는 잡담을 하기 시작했다.

최강급 화력 앞에서도 여유는 사라지지 않았고, 실제로 닿지도 않았다.

에히트르주에 앞에 5중 장벽이 펼쳐졌다. 보이지 않는 벽이 아니었다. 백금색으로 빛나는 가시화된 장벽이었다.

포탄은 장벽을 네 장까지 깨뜨렸지만, 마지막 한 장에는 금만 내고 위력을 잃고 말았다.

하지만 하지메의 투지는 눈곱만큼도 줄어들지 않았다.

"하, 그 속물이 신? 웃기지 마. 꼴사납게 목숨 구걸하면서 어이없게 뒤졌어."

어디까지나 얕잡아보며 다음 수단을 꺼냈다.

어느샌가 에히트르주에의 뒤쪽으로 돌아간 오레스테스의 『게이트』를 전개하고 슈라겐 A·A를 옆으로 쐈다.

짝을 이루는 오레스테스 『게이트』를 통해서 에히트르주에 뒤에서 공간 도약 포격이 날아든다.

물론 그사이에는 삼중 후광이 있었다. 어쩌면 먼저 그것을 파괴할 수 있을지도 모른다는 생각에서였다. 본인을 노리지 않는다면 방어도 약간이나마 늦을지 모른다.

"어이없게, 말이지. 후후, 숨겨도 소용없어. —개념 마법이 발현했지?"

방어할 필요도 없었나 보다

삼중 후광은 건재했다. 한순간 노이즈가 발생한 것처럼 깜빡였지만, 파괴는커녕 관통되지도 않았다. 후광 자체가 강력한 방어벽 같았다.

그것을 되갚아주듯 에히트르주에의 손이 서서히 앞으로 움직였다.

삼중 후광에서 초대형 레이저가 발사됐다. 한 눈으로 봐도 알 수 있었다. 백금색이지만, 그것이 『분해 포격』이라고.

공간을 가르듯 옆으로 휩쓴 공격이 적지 않은 그림 리퍼즈와 크로스 벨트를 가루로 만들었다.

하지메는 공중으로 뛰어올라서 공격을 피했다. 그리고 크로스 벨트의 구체 방어진에 생긴 구멍을 뚫고 날아든 유성우와 빛의 사도를 처리하려고 슈라겐 A·A를 미사일&로켓 런처 『아그니 오르칸』으로 교체한 찰나—.

"——?!"

허공에서 벼락이 떨어졌다. 극한까지 집중, 압축된 벼락은 거의 전기로 이루어진 창이었다. 구태여 이름을 붙인다면 신이 쏜 벼락 창—『뇌신창』.

전조 없는 공간 도약 공격. 마안과 감지 계열 기능, 그리고 『순광』으로 폭발적으로 상승한 지각 능력을 가지고도 반응하지 못한 근거리 뇌속 공격이 사각을 찔렀다.

가까스로 아그니 오르칸을 방패로 쓴 것만으로도 충분히 초인적 반응 속도였다.

그래도 무기 파괴와 유폭까지는 피할 수 없었지만.

"크윽!"

자기도 모르게 이 사이로 신음이 흘러나왔다. 퍼뜩 손을 낮지만, 고화력 미사일을 여러 발 탑재한 무기가 코앞에서 유폭을 일으켰으니 그 파괴력은 무시무시했다. 엎친 데 덮친 격으로 『뇌신창』도 압축됐던 에너지를 해방해 뇌격을 흩뿌렸다. 그 위력 또한 막강했다.

『금강』과 금속 갑옷보다 튼튼한 코트의 방어력을 뚫고 기어코 대미지가 들어왔다.

'……역시 숨겨 둔 패가 더 있나.'

주변을 최대한 경계하며 숨 돌릴 새도 없이 허공을 달렸다. 멈추면 포화 공격의 표적이 될 뿐이다.

"개념은…… 『멸신』인가? 알만하다. 그게 네가 믿는 비장의 무기며 희망. 꽁꽁 숨겨 놓고 호시탐탐 필살의 순간을 노리고 있지?"

삼중 후광의 공격 패턴이 변했다.

백금색 분해 포격이 여러 곳에서 발사되어 끊임없이, 무작위로 공간을 찢어발겼다.

일부 광성이 거대화했다. 투명도가 높아 하늘에 뜬 거품처럼 보이는 그것들이 빈 공간을 메우듯 퍼져 나가는 상황이 은근히 거슬렸다.

더 문제는 그림 리퍼즈에 닿은 순간 폭발한다는 것이었다.

일반 크기 광성이 탄환이라면 거품은 폭탄에 비유해야 할까.

게다가 광성 자체도 불규칙하게 움직이기 시작했다.

순백색 공간에 난무하는 백금색 별들과 그 사이를 번개처럼 달려 나가는 진홍 섬광. 옆에서 본다면 마음을 빼앗길 수밖에 없는 절경이었다.

"그러면 흡혈 공주와 나를 떼어 놓고, 내 혼백만 죽여 사랑하는 여자를 구할 수 있다고 믿는 거지? 크크."

비웃는 에히트르주에의 머리 위에 오레스테스 『게이트』를 통해 크로스 벨트가 전이해 왔다.

돈나&슈라크의 초정밀 사격이 폭풍우 치는 바다처럼 거친 전장을 빠져나와 날아드는 가운데, 위쪽에서도 일제 사격이 쏟아졌다.

에히트르주에가 팔을 한 번 휘두른다. 손을 흔들듯이.

그것만으로 전이한 크로스 벨트가 하나도 남김없이 두 동강 났다.

보이지 않는 칼날, 공간 절단이었다. 크로스 벨트는 떨어지기 직전에 자폭해 내장된 탄환을 세열 수류탄처럼 흩뿌리지만, 그것마저 에히트르주에 앞쪽 공간에서 튕겨 나갔다.

돈나&슈라크의 총격도 이번에는 백금색 소용돌이를 이용한 전이로 고스란히 되돌아왔다.

─역시 강하다.

하지메는 솔직하게 평가했다.

마법 발동 속도, 규모, 위력, 어느 것을 놓고 봐도 유에를 가볍게 뛰어넘었다. 하지메가 아니라면 단 몇 초도 버틸 자가 없으리라. 그마저도 장난기가 그득해 아직 여력이 있어 보였다. 실로 악몽에나 나올 법한 존재였다.

하지메는 한순간 뭔가 생각하는 모습을 보이더니, 한숨을 쉬고 대답했다.

"……거기까지 파악했나. 뭐, 숨길 생각도 없어. 자신 있으면 시험해 보시지. 내 비장의 무기에 견딜 수 있는지."

"크크크, 전제부터 잘못됐건만, 잘도 떠드는군. 참으로 우스꽝스러워."

에히트르주에가 진심으로 웃겨서 참을 수 없다는 듯 비웃었다.

굳이 공격을 멈추면서까지 그 악랄함을 유감없이 발휘해 하지메의 정신을 괴롭히려고 한다.

"제법 감미로운 소리였어."

"엉?"

"흡혈 공주─ 유에라고 했나. 네 여자의 비명은 꿀처럼 달콤했지."

"……."

하지메의 표정이 싹 사라졌다.

"육체의 주도권을 빼앗겨 혼백밖에 남지 않았으면서도 용케 저항했어. 나에게는 보였지. 혼이 끝자락부터 사라져 가는 공포에 떨며, 그 고통에 비명을 지르는 모습이……. 마지막 말은 『하지메, 미안해』였던가? 후후후."

"……."

"너는 늦었어, 이레귤러. 희망 따위 처음부터 있지도 않았던 거야! 하핫, 흐하하하하!"

에히트르주에가 폭소했다.

하지만 바닥없는 악의를 앞에 두고도 하지메는 흔들리지 않았다.

표면상으로는 어디까지나 냉철하게, 표정을 지우고 슈라겐 A·A를 재소환해 쐈다.

그것을 대수롭지 않게 백금색 다중 장벽으로 막은 에히트르주에는 흥이 식은 표정을 지었다.

"반응이 싱겁구나. 사랑하는 여자가 아니었나? 왜 꺾이지 않지?"

"반대로 물어보자. 왜 네 말을 믿을 거라고 생각하지? 자기가 신이라고 착각하는 머저리의 말을."

적의 말을 무작정 믿는 인간이 어딨냐며 하지메는 코웃음 쳤다.

에히트르주에가 뭔가를 살피듯 눈을 가늘게 떴다. 폭언보다 하지메가 신성을 부정한 것이 마음에 걸린 모양이었다. 감정적으로 내뱉은 욕이 아니라 본심이라고 깨달았기 때문이다.

"착각이라니, 특이한 말을 하는군. 큰소리치고도 아직 내 몸에 한 번 닿지도 못했으면서. 이것이 신과 인간의 차이임을 모르겠는가?"

"알지. 너는 신이 아니야."

대쪽 같은 대답이었다. 에히트르주에는 놀라면서도 흥미롭게 되물었다.

"오호…… 무엇을 근거로 그리 말하지?"

"간단해. 네 지각은 나락 아래에 있던 유에를, 그리고 이 대룩 밖에 숨어 있던 용인족을 알아차리지 못했어. 세계의 창조주라고 하기에는 너무 무능하잖아? 그리고 무엇보다……."

하지메는 진실을 추구하는 연구자의 눈으로 말을 이었다.

"너는 육체라는 그릇을 필요로 해. 강림하거나 이세계로 넘어가는 데도 그릇이 필요하다면서. 그게 답이야. 너는 본래 육체를 가져야 하는 존재라는 뜻이지."

그 말인즉, 혼백만으로 존재하는 상태는 본인이 원해서 그런 게 아니라는 뜻.

아마 【신역】은 연명을 위한 영역이 아닐까.

그렇다면 에히트르주에라는 존재는 초월적 힘을 가지기는 했으나…….

"너는 인간이야."

하지만 그 힘은 토터스에 사는 존재와는 너무나도 동떨어져 있었다.

그리고 『이세계에서 소환한다』라는 발상은 우연히 이세계의 존재를 알기라도 한 게 아니라면 보통은 떠올리지 못하며, 그 지각 능력의 한계는 유에와 티오가 증명한 바 있다.

"우리처럼 이세계에서 온 인간."

【신역】의 이공간에서 본 다양한 문명이 전부 과거 토터스에서 발전한 것일까? 그렇게 생각하기에는 너무 이질적인 세계도 섞여 있었다.

그래서 하지메는 그렇게 결론을 내렸다.

그 추측을 에히트르주에는 박수로 칭찬했다. 그리고…….

"그걸 알아차린 사람은 네가 처음이야. 다만, 하나만 정정하지."

불경함을 순수한 힘으로 바로 잡았다.

"크억?!"

에히트르주에에게서 막대한 힘이 분출했다. 백금색 마력이 충격을 동반하여 퍼졌고, 최전선에 있던 그림 리퍼즈가 순식간에 박살 나고 말았다.

하지메조차 얼굴을 감싸며 수십 미터나 후방으로 날아갔다.

그런데도 불구하고, 그건 공격조차 아니었다. 단순히 존재의 격이 높아진 여파에 지나지 않는다고 하지메는 금방 이해했다.

'그래, 쓸 수 있겠지. 승화 마법, 아니면 한계 돌파인가……'

삼중 후광이 더 거대해지고 강한 빛을 내뿜었다. 천지가 흔들리는 것 같은 압박감은 까마득히 높은 태산을 마주한 기분이었다.

그런데다가 에히트르주에가 서서히 손을 들자…….

허공에 천둥이 울리고 푸른 불길이 터졌다.

폭풍이 휘몰아치고, 공기가 얼어붙고, 흰 연기가 회오리쳤다.

하지메에게는 익숙한 광경. 하지만 거기에 집중된 힘의 크기는 과거에 본 그것을 아득히 능가했다.

삼중 후광에서 태어난 다섯 마리 천룡.

유에가 만든 중력 마법과 최상급 마법을 복합한 흉악하며 아름다운 유린의 화신.

그 천룡들이 **검붉은 두 눈으로** 하지메를 노려봤다.

"큿, 마물화인가."

하지메의 마안석이 『천룡』 내부에서 맥동하는 검붉은 광석을 확인했다. 마석이었다.

변성 마법과 혼백 마법까지 복합해 『마룡』과 같은 모습으로 승화시킨 모양이었다.

"신앙심을 존재 승화의 힘으로 바꾸는 비의. 그것은 틀림없이 나에게 신성을 부여했다. 그러니까—"

에히트르주에를 중심으로 『오천의 마룡』이 똬리를 튼다.

삼중 후광을 짊어지고 흉악한 용을 거느린 여신의 모습은 너무나도 아름다워, 지구에서 말하던 미의 여신조차 이름을 내밀지 못할 정도였다.

신화의 한 페이지에 나올 신성함을 발하며 에히트르주에는 선언했다.

"나는 신이다."

그 직후, 『오천의 마룡』이 일제히 포효했다.

소름 끼치는 명확한 살의를 느꼈다.

삼중 후광도 공격을 재개했다. 유성우와 섬광, 그리고 빛의 사도가 다시 범람한다.

그림 리퍼즈와 크로스 벨트는 확실히 줄었는데 상대방의 물량은 무한. 게다가 전보다 위력과 속도와 물량까지 배로 늘었다.

천하의 하지메도 식은땀이 흘렀다. 얼굴 근육도 뻣뻣해졌다.

'처음부터 각오는 했었어.'

가볍게 어깨를 움츠리고 한 번 심호흡했다. 지금이 중요한 때다. 방심하지 않고 대비한다.

그에 비해 에히트르주에는 끝까지 우아하게, 하지만 내면의 추악함은 숨기지 않고 희미하게 웃었다.

"나의 기원을 알아낸 상이다. 잠깐 옛날이야기를 들려주마. 끝나기 전에 죽지는 마라."

"누가 물었냐."

하지메는 무시하고 슈라겐 A·A를 쐈다.

파직! 거의 동시에 메마른 파열음이 나고 『뇌룡』이 모습을 감췄다. 그 거체를 한 줄기 번개로 바꾸어 이동한 것이다. 찰나의 시간 뒤 나타난 곳은 하지메의 바로 옆.

"내 고향은 마법 기술이 발전한 세계였어. 자연 현상을 전부 장악하고 별 자체를 관리했지. 어떤가, 조금은 문명 수준이 상상이 가나?"

이제 88밀리미터 포탄은 장벽을 두 장밖에 깨지 못했다. 곧바로 돈나로 동일 위치를 정밀 사격하지만, 역시나 현저히 견고해진 장벽에 막혀 버렸다.

한편, 바로 옆으로 접근한 『뇌룡』이 뇌성으로 포효하며 달려들지만, 하지메는 크로스 벨트로 사각 결계를 펼쳐 이를 방어했다.

'윽, 탤리즈먼으로도 전부 중화되지 않아!'

아가리에 펼쳐진 중력장 때문에 결계가 불길한 소리를 냈다. 압축된 뇌격 폭풍은 막았지만, 이대로 가면 10초도 견디지 못하고 『중력 탤리즈먼』은 과부하로 파손될 것이다.

건 스핀으로 순식간에 공중 리로드를 마치고 『뇌룡』의 마석을 찾아 방아쇠를 당긴다. ―그런데 그 직전, 다시 가벼운 파직 소리를 내며 『뇌룡』이 사라졌다.

'빨라!'

숨 돌릴 틈도 없었다. 『마룡』이 서로 완벽한 태그를 선보였다. 위쪽에서 『창룡』이 폭발하는 포효를 내지르며 떨어졌다.

"하지만 과도하게 발전한 세계가 멸망으로 다가서는 건 필연이지. 내가 있던 세계도 예외는 아니었어."

순백의 세계가 갑자기 다른 세계로 변했다. 재생 마법으로 공간 전체에 과거시 마법을 투영한 모양이었다. 우주의 허공에 서 있는 기분이었다. 에히트르주에가 바라보는 곳에서는 한 별이 이상하리만큼 빛나고 있었다.

하지만 하지메에게 그걸 신경 쓸 여유는 없었다.

고속 이동으로 허공을 달리며 『창룡』에게 슈라겐 A·A를 조준했다.

레일 캐넌의 속도와 위력은 아무리 『마룡』이라도 대응할 수 없다. 하지만 방아쇠를 당기기 직전, 수 미터 옆에서 『뇌신창』이 날아들었다.

슈라겐 A·A의 방아쇠를 당긴 것과 『뇌신창』이 포신에 직격한 것은 거의 동시였다.

포탄은 발사됐다. 하지만 조준은 미세하게 어긋나고 말았다. 진홍색 섬광은『창룡』의 절반을 날려 버리는 데 그쳤다.

즉시 거대한 불길을 피우며 복원한『창룡』에 반해, 슈라겐 A·A는 아그니 오르칸과 같은 말로를 맞이했다.

"세상의 이치에 도달해 버린 거야. 신대 마법— 나의 세계에서 쓰던 말로는『이법술(理法術)』. 세계의 근간에 간섭하는 기술은 우리의 지적 호기심을 끝없이 자극했어. 그리고—."

에히트르주에는 어깨를 으쓱였다. 후회하는 기색도 없이, 장난감을 망가뜨린 어린아이 같은 표정으로 시선을 떨어뜨렸다.

아래에선 도망치는 사람들이 보였다. 공간이 휘고, 대지가 붕괴하고, 갈라진 땅으로 정체불명의 입자가 분출하더니 갑자기 무작위로 사람들이 죽어 나갔다. 지옥이었다.

그 머리 위로『남룡』이 지나가고 위쪽에 있는 하지메에게 브레스를 쐈다.

뒤에서는『석룡』이, 왼쪽에서는『빙룡』이 달려든다.

퍼뜩 오레스테스『게이트』를 써서『남룡』의 브레스를 방어하려고 했다. 하지만 그것을 예측한 것처럼 오레스테스가 돌연 얼어붙었다.

"좌표 공격인가!"

『빙룡』의 동결 능력은 정확한 위치를 지정할 수 있나 보다. 『게이트』가 기능하지 않고 수천수만의 바람 칼날이 오레스테스를 난도하며 하지메를 집어삼켰다.

"쳇!"

무심코 혀를 차면서도 크로스 벨트 결계로 간신히 방어했다.

동시에 베헤모스 몇 기에게 빛의 사도 대신 『마룡』을 공격시켜 조금이라도 공격 밀도를 낮추려고 시도했다.

더불어 야타가라스도 에히트르주에의 위쪽에서 집속탄 융단 폭격을 가하지만, 유성우에게 격추되어 반짝이는 입자를 뿌리는 데 그쳤다.

에히트르주에의 표정에는 귀찮다는 감정조차 떠오르지 않았다.

옛날이야기에 푹 빠졌는지, 추억의 앨범이라도 보는 것처럼 차례차례 투영되는 과거의 공간을 그리운 눈길로 바라보았다.

"세계의 이치 자체가 붕괴했어. 인류에게는 별과 함께 멸망하는 길밖에 남지 않았지. ……일부 『도달자』 외에는."

이야기가 이어지는 와중에도 하지메는 사각 결계를 이중, 삼중으로 펼쳐 반쯤 농성 상태로 『마룡』에 대항했다. 크로스벨트의 모든 총탄을 쏟아내면서 오레스테스를 이용해 결계 안팎으로 공간 도약 사격을 퍼붓는다.

다섯 방향에서 뇌격, 창염, 빙설, 풍인, 연기 브레스가 집중 포화로 닥쳐들었다.

『석룡』과 『빙룡』에게 베헤모스의 대공 공격이 날아가 마법으로 구성된 육체를 날려 버리지만, 역시 마석을 파괴하지 않는 한 소멸하지 않는 듯했다.

그러나 공격의 압박은 줄었다. 복원하는 족족 몸이 날아가서 움직임이 둔해진 두 마리를 노린다.

그 순간, 등에 오한이 들었다. 얼른 시선을 돌리자 눈앞에 푸르스름한 불덩어리가 날아들고 있었고…….

소름이 끼쳤다. 위험하다고 본능이 경종을 때렸다. 깨닫는 게 치명적으로 늦었다.

주먹 크기의 창염이 그대로 결계를 통과했다.

"크아아아아아아아아앗?!"

이 순간, 하지메의 입에서 결국 절규가 터져 나왔다.

어쩔 수 없었다. 왜냐하면 그건…….

'유에의,『신벌의 불』!!'

어떤 장애물도 통과해 지정한 혼백 소유자만 불사르는, 혼백 마법과 최상급 불 속성 마법을 복합한 오의 중 하나니까.

하지만 같은 신대 마법인『공간 차단 결계』까지 통과해 육체뿐 아니라 코트와 장비까지 불태우다니…….

비슷하지만 엄연히 다른 상위 호환 마법―『신염(神焰)』이라고 불러야 할까.

버티지 못하고 결계를 풀어 신의 불꽃에서 도망쳤다. 모든 힘을 다해『마충파』를 날려 몸에 붙은 창염과 사방에서 날아오는 맹공을 날려 버렸다. 하지만 이미 피해는 막대했다.

심각한 화상은 물론이고 혼백까지 조금 불타서 정신이 아찔해지는 격통에 시달렸다. 마력의 총량도 줄었다. 회복 속도도 떨어진 느낌이었다.

당연히 그 틈을『마룡』이 노리지만, 주인의 위기를 느낀 그림 리퍼즈가 날아와 자기 육체를 방패로 세웠다. 그들은 산산조각이 나면서도 끝내 주인을 지켜 냈다.

그 사이에 하지메는 오른손 뱅글에 마력을 불어넣었다. 재생 마법과 혼백 마법을 부여한 회복용 신형 아티팩트—『회생의 팔찌』였다. 원조의 기술에는 미치지 못해도 눈에 보이는 속도로 상처가 아물어 갔다.

"도달자— 신대 마법의 진수를 다룰 수 있는 개인을 말하지. 그래, 우리만은 이세계로 대피해 멸망을 피할 수 있었어."

"세계를 파괴한 원인이 뭘 잘했다고 떠들어!"

영상이 아름다운 자연경관과 흰옷을 입고 얘기를 나누는 집단을 비췄다. 에히트르주에는 그것을 바라보면서 선택받은 자처럼 가슴을 폈다.

하지메는 반사적으로 비꼬면서 흉악하게 인상을 썼다. 어금니를 드러낸 짐승 같은 표정이었다.

소환된 것은 오른손에 메체라이 데자스트르, 왼손에 고리와 십자가를 합친 형태의 병기— 태양광 집속 레이저 『히페리온』.

지상에서 사도를 격추한 히페리온보다 훨씬 작은, 개인 화기 버전이었다. 공격 횟수와 범위는 크게 못 미치지만, 열량만은 동등했다.

개틀링 레일건으로 『창룡』과 『남룡』을 견제하며 크로스 벨트를 넓게 전개해 『뇌룡』을 공격하도록 명령했다.

그리고 히페리온은 베헤모스의 공격으로 몸이 흩어져 복원 중이던 『빙룡』을 조준했다.

"작작 하고 좀 꺼져."

태양빛이 『빙룡』을 삼켰다. 절대영도의 마룡일지라도 태양에는 이길 수 없었다. 육체와 함께 마석이 단번에 소멸했다.

그 와중, 베헤모스의 엄호를 성가시게 여겼는지, 『석룡』이 빠르게 내려왔다.

흰 연기를 뿌려 순식간에 수십 기를 석화하고, 이어서 근처에 있던 한 기를 덥석 물었다.

그렇지만 그게 패착이었다. 태양의 열량을 모은 것은 히페리온만이 아니었으니까. 석화해 가던 베헤모스의 뿔이 스파크를 일으킨 직후, 자폭했다.

그렇게 소형 태양이 탄생했다. 『보물고』가 붕괴하고 내포한 열량이 단번에 해방된다. 이 자폭 공격에는 『석룡』도 버티지 못하고 순식간에 소멸했다.

하지만 아니나 다를까.

『뇌신창』이 날아들었다. 이번에는 전방위에서 서른 개가.

대형 병기 두 개를 들고 피하기는 아무래도 힘들었다. 예상한 공격이었지만, 직격과 유폭을 피하는 것만으로도 벅찼다.

히페리온과 메체라이 데자스트르에 뇌격이 고슴도치처럼 꽂히고, 폭발했다.

"이 세계는 원시적이었어. 강대한 생물이 판쳤고 인류에게는 문명의 흔적조차 보이지 않았어. 이해가 가나? 인간이 자연 따위를 두려워하며 살고 있었단 말이다!"

동료 의식이 있는지, 『마룡』 두 마리를 격파하자 『뇌룡』이 분노한 것처럼 포효했다. 터지다시피 사라지더니 말 그대로 번개처럼 하지메에게 육박한다.

"기다렸어."

하지메는 크로스 벨트 결계를 폈다. 몸을 지키기 위해서가 아니었다. 자신과 적을 함께 가두기 위해서였다. 크로스 벨트 열두 기가 전개한 정이십면체 결계 안에서 하지메와 『뇌룡』이 격돌했다.

순간적으로 꺼낸 가변식 대형 방패 아이디온으로 『뇌룡』의 입을 틀어막으며 결계 가장자리까지 밀려났다. 그리고 자신만 아슬아슬하게 통과하도록 결계를 풀어 탈출하고 아이디온을 마개 삼아 『뇌룡』을 안에 가뒀다.

구멍을 닫는 동시에 결계 범위도 단숨에 축소시키며 탈출 직전에 남기고 온 『공간 왜곡 폭탄』 수십 발을 일제히 폭파했다.

미친 듯이 뒤틀리는 공간에 휘말린 『뇌룡』의 말로는 설명이 필요 없으리라.

"이세계의 인류라도 용서할 수 없었어. 그래서 우리는 인류를 이끌기로 했다. 우리가 지도자가 되어 괴물들을 제거하고 인류를 번영시키기로 한 거지. 한 번은 실패했지만, 그렇기에 우리보다 신세계를 올바르게 이끌 수 있는 자는 없을 테니까. 그렇지 않나?"

구역질이 날 정도로 자기중심적이고, 이해할 수 없을 정도로 어리석기 짝이 없는 생각이었다.

왜냐하면 과거 영상에 보이는 사람들은 분명히 원시적이지만, 괴물들과 공존하고 있었으니까.

자연과 인류의 조화를 부순 것은 누구인가. 이걸 보면 누구나 알 수 있다.

그런 속마음을 입 밖으로 꺼내기 전에 『남룡』이 하지메를 삼켰다.

"……?! 바람과 동화했나!"

마법으로 구성된 육체를 스스로 해체해 눈에 보이지 않는 바람이 된 것이다. 그리고 『뇌룡』에 대처한 직후의 하지메를 사각에서 덮쳤다.

정신이 들었을 때는 이미 『남룡』의 몸속이었다. 수백 수천의 고밀도 바람 칼날이 난도하고 바람 구슬이 난타해 온다.

안간힘을 다해 『금강』을 사용하지만, 바람 칼날은 하나하나가 명검에 버금가는 절삭력을 지녔고 구슬은 거의 총알이었다.

마력 방벽을 뚫은 구슬은 코트를 강렬하게 두드렸고, 칼날은 코트가 막아주지 못하는 손발을 닥치는 대로 베었다.

"이, 까짓, 거어어어엇!"

치명상만 피한 부상을 『회생의 팔찌』에 맡기고, 매서운 기백과 함께 전자 가속식 개틀링 파일 벙커를 꺼냈다.

고문에 가까운 폭력의 폭풍 속에서 자신의 피바람에 휩싸이면서도 이를 악물고 방아쇠를 당긴다.

사정거리는 모든 병기 중 가장 짧다. 하지만 이미 몸속이다. 그렇다면 이 병기가 지금 가진 병기 중에서 가장 큰 위력을 발휘한다.

거대한 칠흑빛 말뚝이 믿어지지 않는 속도로 연사된다. 고작 폭풍 정도로는 멈추지 않는다.

그건 마치 용의 몸속을 찢는 듯한 광경이었다.

『남룡』이 흩어지며 마지막 한 마리가 푸른 폭염을 흩뿌리며 포효했다.

"……그걸 이해하지 못하는 자도 있었지. 인류 중에서도, 우리 중에서도."

제거했으리라. 이 자기애로 똘똘 뭉친 신은 자신의 이상에 따르지 않는 것들을 모조리.

영상을 보면 알 수 있었다. 이 자는 자기 뜻에 반하면 동포조차 살해해 왔다.

"그로부터 수천 년, 이 세계는 빠르게 발전했다. 그 무렵부터였던가, 내 이상에 찬동하던 자들이 영원한 생명을 스스로 버리기 시작한 건. ……『이만하면 충분하잖나』. 대체 뭐가 충분하단 말인가? 그대로 계속 발전하면 옛 영광과 번영을 되찾을 수 있거늘!"

이해하지 못할 우매함을 규탄하듯 에히트르주에의 목소리가 거칠어졌다. 거기서 이 신을 자칭하는 자의 어리석음이 어디서 기인하는지 보인 것 같았다.

『남룡』 안에서 튀어나온 하지메의 시야 한쪽에서 에히트르주에가 손가락을 튕기는 모습이 보였다.

그것은 화풀이였을까. 하지메의 몸이 앞으로 쓰러지다시피 확 꺾였다. 백금색으로 빛나는 블록이 개틀링 파일 벙커를 붙잡고 있었다. 공간을 고정하는 구속 마법이었다. 『공간 탤리즈먼』이 과부하로 금이 갔다.

지금까지와는 비교가 안 되는 효과였다. 과거를 회상하던 에히트르주에의 혼이 떨리기 때문일까.

　'위험해!'

　하지메의 표정에 초조함이 떠올랐다. 공간 고정은 바로 중화되어 효력이 약해졌지만, 한순간 정지했다는 점이 치명적이었다.

　전방위 공간 폭쇄. 『사진 진천』에 더해 이번에는 상하에서도. 위력 자체도 『대진천』 수준.

　한순간 의식이 끊겼다. 온몸의 뼈가 위험신호를 보내고 몇 곳에서 치명적인 소리가 났다.

　쿨럭 토한 심상치 않은 양의 피가 부서진 『공간 탤리즈먼』 잔해와 함께 땅으로 떨어졌다. 『회생의 팔찌』를 계속 발동해도 회복 속도가 따라오지 못했다.

　"최후의 한 명이 된 후로 얼마나 세월이 지났을 때지? 이제는 기억이 안 나지만, 어느 날, 나를 숭배하는 자들과 아름다운 도시에서 행복을 누리는 인류를 보다가 문득 그런 생각이 들더군. ―부숴 버리자고."

　하지메는 지금 막 으스러질 뻔한 육체를 채찍질해 필사적으로 『공력』 발판에 섰다. 눈, 코, 귀, 『남룡』에 찢긴 자잘한 상처에서 피가 흐르고 거친 호흡에 어깨가 들썩거렸다.

　인간보단 짐승에 가까운 안광으로 에히트르주에를 노려보지만, 정작 본인은 붕괴하는 도시와 사람들의 아비규환을 황홀한 얼굴로 내려다보고 있었다.

유에의 미모 때문에 보통 사람이라면 알아서는 안 될 금단의 영역을 엿보는 기분이 들었겠지만, 하지메는 속이 뒤집어지는 기분이 들 뿐이었다.

"네가 이해할까? 이 세상은 망가질 때 비로소 진정한 아름다움을 드러내. 거기서 얻는 쾌락은 무엇과도 비견할 수 없어. 수천 년 지키고 이끌어 왔던 것을 몽땅 짓밟을 때의 쾌락은 얼마나 감미롭던지. 백성이 지르는 비명, 나에게 구원을 바라는 절규…… 지금도 그것만은 확실하게 기억나."

딱, 손가락을 튕긴다.

하지메는 직감에 따라 몸을 날렸다. 『뇌신창』을 예상했기 때문이었다.

하지만 아니었다. 공간 도약 공격은 맞지만, 대상은 따로 있었다. 시야 한쪽 구석에 담아 두던 『창룡』이 사라졌다.

온몸의 땀구멍이 열리는 기분이었다. 뒤에서 맹렬한 열기와 인력이 느껴졌다. 돌아볼 필요도 없이 『창룡』이 거대한 아가리를 벌리고 있다고 알 수 있었다.

회피할 수 없었다. 몸이 즉각 반응하지 않았다.

할 수 있는 일은 아슬아슬하게 불러들인 크로스 벨트로 사각 결계 한 장을 치는 것뿐이었다.

거대한 턱이 하지메를 물었다. 시야가 푸른색으로 뒤덮였다.

"얼마나 오랜 시간을 살았는지는 잊었어도 그때 모든 것이 붕괴하던 열락은 잊지 못했어. 그래서 마음먹었지. 이 세계를 내 유희의 무대로 삼자고."

에히트르주에의 시선이 마침내 과거에서 현재로 돌아왔다.

작열하는 푸른 불길에 휩싸인 하지메를 깔보듯 미소 지어 보였다.

닿은 것을 모두 잿더미로 바꾸는 극한까지 압축된 창염이 크로스 벨트 자체를 융해시킨다. 탈출하려고 해도 단순한 무 는 힘과 『중력 탤리즈먼』으로도 중화하지 못한 중력장에 묶여 꼼짝하지 못했다. 게다가…….

"크으으으으!!"

꽉 깨문 이 사이로 고통에 찬 소리가 새어 나왔다. 놀랍게 도 『창룡』의 불은 조금이지만 공간 차단 결계를 비집고 들어 오고 있었다.

어느새 부여했단 말인가. 『신염』에는 미치지 못해도 투과 능 력이 추가됐다.

『회생의 팔찌』를 집중적으로 노려 녹아내린 금속이 손목을 지졌다.

비지땀을 흘리면서도 격통을 투지로 찍어 누른 하지메는 돈 나의 총알을 교체했다.

어떤 마력도 튕겨내는 성질을 가진 봉인석. 시아의 장비를 만드느라 대부분을 써서 얼마 남지 않았지만, 그 봉인석을 코 팅한 몇 안 되는 탄환.

—특수탄 『대마탄』.
_{안티 매직 불릿}

방아쇠를 당긴다. 한순간 풀린 결계를 빠져나가 일반탄이라 면 1초도 버티지 못하고 녹았을 푸른 불바다를 가로지른 대

마탄은 정확히 『창룡』의 심장을 꿰뚫었다.

산산조각 깨지는 마석과 동시에 푸른 불길도 흩어졌다.

"그래. 모든 건 내 놀이도구야, 이레귤러."

에히트르주에에게서 벌써 몇 번이나 들었던 불길한 소리가 났다. 손가락을 튕기는 소리였다.

아나 다를까, 흩어져 사라져가던 창염이 생물처럼 움직여 크로스 벨트 네 기 안으로 쑥 침입했다. 그 직후.

"크악!"

하지메의 짧은 비명과 함께 요란한 폭발이 일었다.

『신염』의 잔불과 유폭의 충격이 하지메를 더욱 몰아세웠다.

하지메는 작은 밀폐 용기, 앰플을 소환했다. 떨리는 손으로 앰플 끝을 따서 내용물을 마시려고 하는데, 『뇌신창』이 정확하게 그 손을 찔렀다.

"젠장, 마지막 신수를!"

하지메가 벌레 씹은 표정으로 언성을 높였다.

그 말을 들은 에히트르주에의 입꼬리가 올라갔다. 그러더니……

"마인과 아인이 무엇인 줄 아나?"

그런 질문이 하지메 바로 뒤에서, 귓가에서 들려왔다.

전율과 혐오감에 몸을 떨면서도 의수 팔꿈치 부분을 격발했다. 산탄이 발사되고, 그 충격으로 고속 회전해 돈나의 총구를 겨눴다.

하지만 거긴 아무도 없었다. 대신 왼쪽에서 어떤 기운을 감지했다.

시야 한쪽에 비친 에히트르주에의 손이 개틀링 파일 벙커를 가볍게 쓰다듬었다. 그 순간, 마지막 고화력 병기가 먼지가 되어 사라졌다.

접촉한 상태에서는 『생성 탤리즈먼』이 가호를 발휘할 시간도 없는 것 같았다.

"쳇!"

혀를 차고 돈나를 발포하지만, 진홍색 섬광은 허무하게 허공을 가를 뿐.

에히트르주에는 다시 하지메의 등 뒤에 나타나 있었다. 삼중 후광 중 가장 작은 하나만을 등지고, 한 손에 빛을 응축한 듯한 대검을 쥐고서.

'『게이트』 없이 전이— 천재! 역시 본인도 이동할 수 있나!'

『뇌신창』이나 『창룡』이 이동하는 모습을 직접 봐서 당연히 예상은 했다. 하지만 순간적으로 이루어진 공간 전이는 상상 이상으로 무서운 힘이었다.

미친 듯이 경고를 보내는 본능에 따라서 힘껏 앞으로 몸을 날렸다. 의수 격발까지 이용해 순식간에 빛의 대검이 닿지 않을 거리로 이탈하는데……

"으윽?!"

등 쪽 어깻죽지부터 옆구리까지 격통이 일었다.

몸을 돌리자 피가 나선을 그리며 튀었다. 베였다. 거리도 『금강』도 무시하고, 코트와 함께 등을 벤 것이다.

에히트르주에가 든 빛의 대검이 파문을 일으키는 공간 너머로 반쯤 사라졌고, 끝부분이 멀찍이 떨어진 곳에 나와 있었다.

칼끝이 줄어들며 파문 너머로 사라진다. 에히트르주에의 손에는 어느새 원상태로 돌아온 대검이 들려 있었다.

자유자재로 늘어나고 공간 도약에 사물까지 통과하는 마법검. 그야말로 신의 검—『대신검』이었다.

"신이 묻는다. 답해라, 이레귤러."

고통에 신음하면서도 질문을 무시하고 크로스 벨트와 그림 리퍼즈로 에히트르주에를 공격했다.

유성우와 빛의 사도에게서 등을 보이는 행위에 당연히 격추되는 기체도 많았지만, 효율이고 나발이고 따질 상황이 아니었다.

에히트르주에는 전방위에서 쇄도하는 병기가 성가신 듯 눈살을 좁히며 천천히 한 손으로 허공을 그었다.

그 순간, 하지메와 에히트르주에가 있는 곳만 피해서 공간이 무수히 **어긋났다.** 마치 거울을 깨 버린 것처럼.

공간 마법『천단』— 공간을 무수히 찢어 단절시키는 마법이었다.

하지만 천으로 나눈다는 이름과 달리, 만을 가볍게 뛰어넘는 단층은 유성우와 빛의 사도까지 말려드는 광대한 범위를 절대 절단 영역으로 바꾸어 그림 리퍼즈를 단 일격에 전멸시켰다. 크로스 벨트도 하지메 바로 근처에 대기하던 네 기 말고는 전부 산산이 조각났다.

영상이 끝나고 새하얗게 돌아온 공간이 크로스 벨트와 그림 리퍼즈가 폭발한 불길로 붉게 물들었다.

한편, 저 멀리 떨어진 2단, 3단째 후광에서는 아무 일도 없었던 것처럼 광성과 빛의 사도가 태어나고 있었다.

에히트르주에는 피로한 기색이 전혀 없었다. 호흡조차 빨라지지 않았다.

그 여유작작한 표정은 하지메를 아무런 위협으로도 느끼지 않는다는 사실을 잘 보여줬다.

그에 비하여 하지메는 이미 만신창이였다.

금속 갑옷보다 튼튼한 검정 코트는 걸레짝이 되었고, 옷은 피를 흠뻑 빨아들여 무겁게 늘어졌다. 피를 뒤집어쓴 것처럼 선혈로 물든 백발이 안쓰러울 정도였다. 뺨을 타고 흐른 피는 피눈물 같았다.

애초에 『싸움』을 하고 있던 것은 하지메뿐일지도 모른다.

그 사실에 이를 갈면서도 조금이라도 회복하려고 문답에 응했다.

"후우후우, 윽…… 원주민…… 아니야?"

"틀렸어. 마인과 아인은 인간과 마물을 합친 생물. 참된 의미로 나의 창조물이다."

"……왜 그딴 짓을…… 아니, 대충 알겠군. 그릇을 만들려는 실험의 산물인가."

"오오, 이해력이 좋구나. 정답이다."

에히트르주에는 대신검을 대충 휘두르며 즐겁게 미소 지었다.

에히트르주에가 말하길, 자신의 본래 육체는 온갖 마법 기술을 적용해도 영겁의 시간에는 거스르지 못했다고 한다.

그리고 신앙을 존재 승화의 힘으로 바꾸어 강대해진 혼백은 그릇이 될 육체를 쉽게 찾을 수 없었다. 그래서 창조하기로 한 것이다.

아인은 육체 강도를 중시하고 마인은 마소 친화성을 중시한 결과였다. 그 과정에서 헤아릴 수 없는 수의 인체 실험을 반복했다.

"용인과 흡혈귀는 나쁘지 않은 결과를 보여줬지. 하지만 그래도 부족했어. 특히 용인은 가망이 안 보여서 도중에 포기했다. ……고결하다고 자처하는 종족이 박해와 배신 끝에 멸종하는 여흥은 제법 재미있었지만 말이야."

에히트르주에는 사소한 실수를 창피하게 여기는 표정으로 어깨를 으쓱했다.

티오나 용인들의 고뇌와 비탄을 생각하면 살의밖에 느껴지지 않았다.

끓어오르는 분노를 억누르는 하지메를 힐끗 보고 에히트르주에는 비릿하게 웃으며 또 말을 이어갔다.

"간혹 알브헤이트나 해방자처럼 신의 그릇이 될 적성을 가진 자도 있었지……."

"적성……."

"먼 옛날, 위대한 지식을 전파한 이들의 자손. 그중에서 격세 유전으로 힘을 발현한 자들이다. 내 혼을 담아도 버틸 수 있었어. 얼마 가지 않아서 망가지지만."

"그래서…… 신역에서 기다렸나? 세계를…… 큭, 가지고 놀면서……?"

"그래! 그리고 찾았지! 300년 전에, 마침내!"

에히트르주에는 자신을 보라는 듯 두 팔을 벌리고 희색을 띠었다.

하지메는 비웃었다. 콧방귀를 뀌면서.

"흡혈귀…… 나라가, 끝내 멸망한 건…… 화풀이냐? 소중한 『신의 아이』를…… 죽였다고, 생각해서……?"

역시 신이라고 부를 수 없는 얼간이라고 욕하며 돈나&슈라크를 겨눴다.

하지메는 끝까지 불손한 태도를 고치지 않지만, 에히트르주에는 태연하게 미소 지으며 한 손을 가슴에 올렸다.

그 감사 표현이 하지메를 비꼬는 행동이란 것은 오물처럼 끈적한 웃음이 증명했다.

"다시 한번 감사하마, 이레귤러. 나의 그릇을 찾아주고 이토록 즐겁게 해주다니, 참으로 훌륭하다. 상으로 마지막은 내 손으로 친히 보내주마."

"할 수 있으면 해 보든가."

강한 척하는 하지메를 비웃고, 잠시 후, 에히트르주에가 사라졌다.

하지메는 겨눴던 돈나&슈라크를 그대로 연사했다. 발사된 섬광은 총구 앞에 소환된 오레스테스를 통해 등 뒤에 출현했다.

예상대로 에히트르주에는 거기 있었다.

경험을 통한 예측이었다. 전이 직후라는 완벽한 타이밍. 일부러 총알이 퍼지도록 쏴서 뒤늦게 피하려고 해 봤자 사선에선 벗어날 수 없다.

하지만 에히트르주에에게 초조함은 전혀 보이지 않았다. 놀라지도 않았다.

팔이 흐릿해졌다. 아름다운 백금색 검선이 허공에 겹겹이 떠올랐다. 그러자 탄환은 둘로 쪼개져 에히트르주에의 뒤로 지나가 버렸다.

지근거리에서 여러 발의 레일건을 눈으로 보고 베는 믿어지지 않는 묘기.

이미 동체 시력과 반사 신경의 문제가 아니다. 아무리 신체 능력이 좋아도 물리적으로 가능할 리 없다.

그렇다면 답은 하나다. 그것을 가능케 하는 기술을 하지메는 알고 있다.

"신속인가!"

"흠, 그렇게 이름 지었나. 좋다, 나도 그렇게 부르마."

돌아본 하지메는 입술을 파르르 떨면서도 크로스 벨트 네 기로 산탄을 쐈다. 구슬 한 알 한 알이 막강한 충격파를 터뜨리는 특별 제작품이다.

하지만 직격하기 직전, 소리도 전조도 없이 에히트르주에가 사라졌다.

직감에 따라서 『공력』 발판을 없애고 낙하한 하지메 위로 거대한 가위 같은 **검선 두 줄기**가 교차했다.

"쌍대검! 어디서 본 검술이다 싶더니 역시나!"

"놀랄 일도 아니지. 사도가 쓰는 검술을 주인이 못 쓸 이유가 없지 않나."

마법만이 아니었다. 자신은 유에가 힘들어하는 근접 전투조차 신의 경지에 도달했다고 과시하듯 에히트르주에가 돌진했다.

틀린 말은 아니었다. 아니, 그 이상이었다.

검격의 폭풍이 순식간에 시야를 가득 채웠다. 『순광』을 쓴 하지메의 눈으로도 『선』으로밖에 보이지 않는 속도였다.

심지어 그것이 모두 방어를 무시하는 투과 공격이었다.

"우오오오오오오!"

의수 격발로 몸을 계속 날리며 『공력』과 『축지』 연발로 짧게 짧게 위치를 바꿨다.

그 와중에도 크로스 벨트 네 기의 파상 공세로 견제하지만, 에히트르주에는 잔상조차 남기지 않는 연속 이동으로 피하며 쫓아왔다.

얼굴에는 여유로운 미소가 떠올라 있었다. 하지메가 오레스테스로 공간 도약&정밀 사격이라는 절기(絶技)로 대항해도 보란 듯이 총알을 베어 넘겼다.

그리고 한순간이라고도 부를 수 없는 틈을 노려…….

"이런! 또 장비가 줄었구나!"

레이저처럼 초고속으로 늘어난 대신검이 크로스 벨트를 한

기 베고, 하는 김에 칼끝으로 공간을 넘어 하지메의 어깨를 썰었다.

"어떠냐, 이레귤러! 사지를 하나씩 절단하듯 믿었던 아티팩트를 빼앗기는 기분이! 물량전에서 패하고 이제는 근접 전투마저 압도당하는 기분이!"

"절망이라도 하라고? 절망적인 건 네 머리통이겠지!"

부아가 치밀게도 유성우와 빛의 사도 군단은 끼어들지 않았다. 하지메와 에히트르주에의 싸움을 구경하는 투기장처럼 구형으로 둘러싸서 서서히 주변을 맴돌 뿐이었다.

상황을 보면 분명히 절망적이었다.

몸은 비명을 지르고 공격은 닿지 않으며, 시시각각 피해는 축적되어 간다.

"아티팩트가 앞으로 몇 개나 남았지? 아니면 이미 다 소비했나? 그렇지 않다면 전부 다 꺼내 보아라! 전부 짓밟아 흐려지지 않는 너의 얼굴을 절망으로 덧씌워주마!"

"크윽!"

신음하는 사이에 날아든 검선은 열 줄기.

하지메는 그걸 거의 감으로 피했다. 하지만 방어할 수 없어 완벽하게 대처하지는 못했고 몸 여기저기에 얕은 상처가 생겼다.

결국 모든 오레스테스도 파괴되어 파편과 선혈이 난무하는 가운데, 하지메는 발악하듯 대량의 수류탄을 허공에 소환했다.

마력 충격파로 주변을 날려 버리는 광범위 폭격이었다.

에히트르주에는 자신에게 닿을 수류탄만 골라서 벴다. 상처는커녕 위협도 주지 못했다.

아무것도 없는 곳에서 폭발이 발생하고 연기가 퍼졌다.

하지만 시야를 가리는 효과는 기대할 수 없었다.

하지메의 이동에 맞춰서 에히트르주에가 연기 너머에서 나타났다가 사라지고, 다시 다른 곳에서 나타났다가 사라졌다. 마치 신기루처럼.

신출귀몰한 연속 이동과 거기서 펼쳐지는 신속 검격은 거의 전방위 동시 참격이나 다름없었다.

이를 악물며 하지메는 필사적으로 에히트르주에의 움직임을 포착하려고 하나…….

따라갈 수 없다.

장기 박보처럼 길이 하나씩 막히며 외통수로 몰려간다.

"왜 그러지? 『멸신』을 쓰지 않나? 기도하면서 쓰면 운 좋게 내 몸에 닿을지도 모르는데?"

"좀, 닥쳐!"

이제는 기백밖에 남지 않았다. 에히트르주에의 도발을 받아치는 말도 단순해져 간다. 눈은 피를 너무 흘린 탓인지, 아니면 계속 발동한 『한계 돌파』 때문인지, 묘하게 초점이 어긋나며 흐릿해져 갔다.

"흠. 새로운 아티팩트를 꺼내지도 않고 몸은 부서지기 직전…… 때가 되었나."

에히트르주에가 손가락을 튕겼다. 거기서 태어난 것은 『뇌신창』 스무 발.

고통을 주려는 것처럼 일정한 간격을 두고 번개가 날아든다. 하지만 어이가 없게도 하지메는 가까스로 피하거나 정밀 사격으로 마법의 『핵』을 파괴하면서 치명상만은 면하고 있었다.

무서울 정도의 생존 본능이었다.

하지만 저항도 딱 거기까지였다.

크로스 벨트를 조종할 여력이 없어 직격을 허락하고 말았다. 크로스 벨트가 안쪽부터 파열해 폭발하고 『뇌신창』도 내포하던 막대한 에너지를 해방했다.

"으아아아아아아아아아아아악!"

필설로 다 형용할 수 없는 충격에 하지메는 절규와 연기를 남기며 날아갔다.

바닥에 충돌해 몇 번이나 튕긴 뒤에야 하지메는 겨우 멈췄다.

엎드려서 꼼짝도 하지 않는 하지메를 중심으로 빠르게 피 웅덩이가 고였다. 찢어진 상처는 다 셀 수도 없고 살은 중증 화상으로 짓물렀다. 일부분은 검게 탄화되기도 했다. 처참한 몰골은 언뜻 보면 살아 있다고 믿기 어려운 수준이었다.

비참하게 땅에 엎드린 하지메 앞으로 에히트르주에가 소리도 없이 내려왔다.

이걸로 끝이냐며, 장난감을 빼앗긴 아이 같은 표정으로 대신검 한 자루를 치켜든다.

그 눈앞에서 하지메의 손가락이 움찔 움직였다.

"허어."

에히트르주에가 무심결에 감탄했다. 그사이에도 하지메는

몸을 움직였고, 뚝뚝 떨어지는 피로 흰 바닥을 더럽히며 상체를 일으켰다.

"신의 힘을 뼈저리게 느끼고도 일어서려고 하는가."

"몇 번이든…… 말해, 주마. 너는…… 신이 아냐. 오히려 지금, 쿨럭…… 지상에서 싸우는…… 『사람』보다도…… 약해."

"말은 잘하는군. 너마저도 이 꼴이거늘."

이 지경까지 이르러서도 설전을 벌일 생각이냐며 에히트르주에는 혀를 찼다.

확실히 입은커녕 심장도 당장 멈춰 버릴 법한 상태였다.

발악. 용맹하게 싸운 자가 할 짓이 아니라고, 보기 추하다고 생각해도 어쩔 수 없었다. 하지만 하지메는 멈추지 않았다. 입에 고인 피를 토하면서도 말을 쥐어짰다.

"……물론, 그 힘은…… 위협적이야. 나락을…… 나온 뒤로, 이렇게 죽음이…… 가깝게 느껴진 적은…… 없어."

"지리멸렬하군. 이해가—."

"하지만, 그뿐이야."

그 말에는 신의 허를 찌르는 패기가 있었다.

몽롱한 눈 안쪽으로 불꽃이 엿보였다. 의지의 불꽃이, 아직 꺼지지 않았다. 마음은 여전히 꺾이지 않았다.

그 사실을 보여주듯 말에 힘이 실렸다.

"너한테는, 사람을…… 압도하는 의지가 없어. 그래서 내 마음은, 결의는…… 흔들리질 않아. —네가 무섭다는 생각이 전혀 안 들어."

"……그리 믿고 싶겠지."

에히트르주에가 흥이 깨진 표정을 지었다.

반면, 하지메는 조금 전 에히트르주에처럼 먼 곳을 보는 눈으로 과거를 떠올렸다. 이 세계에서 만난 굳센 사람들의 이야기를, 이 절체절명의 상황에 어울리지 않게 부드러운 목소리로 들려줬다.

"나는…… 알아. 최약체 종족이면서, 마음 하나로…… 인외마경에 도전하는 녀석을."

질질 짜면서도 『함께 있고 싶다』고, 오로지 그 소원을 이루기 위해서 필사적으로 달려온 토인족 소녀.

"……절망을, 맛봤으면서…… 꺾이지 않고, 마음을 관철한 녀석을."

아무도 믿지 않아도 홀로 희망을 버리지 않았다. 사랑한 남자를 찾아 헤매고, 힘이 부족하다면 육체를 바꿔서까지 곁에 있기를 바란 일편단심의 소녀.

"동료를 위해…… 지키기 위해…… 자기 몸을 방패로 쓸 줄 아는 녀석을."

대체 몇 번이나 도움을 받았던가. 평소에는 장난만 치면서 막상 중요할 때는 누구보다 의협심을 발휘하는, 총명하고 다정다감한 용인.

"죽음의 문턱에서도…… 친구를 가장 먼저, 생각하는 녀석을."

언제나 타인만 우선하고, 사실은 싸움을 싫어하면서 친구를 위해 최전선에 서는 지나치게 상냥한 소녀.

"세계가, 변해도…… 자신의 약한 마음을 깨닫고도, 신념을 굽히지 않는 녀석을."

망설이고, 두려워하고, 고뇌하고, 상처 입고……. 그래도 자신이 정한 신념을 버리지 않는다. 앞으로 달려가기만 하는 하지메에게 멈춰 서서 돌아보는 법을 알려준 은사.

"아무런 힘도 없는 어린애면서, 멍청한 아버지를 막겠다고 몸을 던지는 아이를."

아직 네 살밖에 안 됐는데 납치되고도 포기하지 않고, 폭주한 나락의 괴물 앞에서 한 발자국도 물러서지 않고 마음을 전달하는 아이.

그리고…….

"몸을 빼앗기고도, 아직도 계속 싸우는 녀석을."

믿는다. 그렇게 믿는다. 그녀의 강한 마음을.

하지메의 눈빛, 아무런 저항도 못 하고 압도당해 빈사 상태에 빠진 『사람』의 눈빛이 신을 꿰뚫는다.

에히트르주에는 눈치채지 못했다.

잔잔한 수면처럼 조용하고, 강철보다 강하며, 빠져들 것처럼 깊은 의지가 깃든 눈빛에, 그 말로 표현하기 힘든 박력에, 자신이 위축되어 한 발자국 물러섰다는 사실을.

"나락의 괴물에게도 끝없는 살의와 생존 본능이 있어. 그런데 너한테는 아무것도 없어. 텅 비었다고. 분명 네가 동료와 함께 쌓아온 것을 부쉈을 때부터 너한텐 아무것도 안 남았어."

하지메가 똑바로 일어섰다. 휘청거리지도 않고 패기를 내보이며. 그 손은 돈나&슈라크를 꿋꿋이 움켜쥐고 있었다.

"네 이야기는 다 들었어. 요컨대 과거에서 아무것도 배우지 못하고 동료의 마음도 깨닫지 못했다. 자업자득으로 빠진 고독에 버티지 못하고 발작을 일으켰다……. 그냥 이기적이고 생각 없는 꼬맹이였다는 말이잖아?"

에히트르주에의 동료가 이만하면 충분하다고 말한 이유는 문명을 꽃피운 인류에게 자신들의 인도는 필요 없다고 생각했기 때문이리라.

그리고 같은 비극을 반복하지 않으려면 손을 떼야 한다고, 신과 같은 삶이 아니라 같은 인간으로서 살고 죽어야 한다고.

그렇게 에히트르주에를 타이르려고 했던 게 아닐까.

그 마음을 무시하고, 때로는 폭력으로 제거했다.

영원한 삶과 과거의 영광. 그것만이 에히트르주에의 전부.

그래서 누구와도 공감하지 못하고 고독에 삼켜져 미쳐 버렸다.

결국 에히트르주에라는 존재는 아무리 오랜 시간을 살아도, 아무리 강대한 존재가 되어도 끝까지 『유치함』에서 벗어나지 못한 것이다.

그래서…….

"……훗, 그렇게 도발해 내 정신을 흔들 심산인가? 비장의 무기를 쓰지 못하면 끝이니까. 눈물겨운 노력이야. 하지만 지금 상태로는 절대로 『멸신』을 맞히지 못할 테지."

하지메의 말뜻도 이해하지 못했다.

먼 옛날, 동료의 마음을 이해하지 못한 것처럼.

하지메가 한 발을 빼고 살짝 자세를 낮췄다. 파트너인 돈나&슈라크를 쥐고서 싸움에 대비한다.

"그렇지."

조용한 긍정의 말.

하지만 그 직후…….

"지금 상태로는 말이야!!"

하지메에게서 방대한 마력이 치솟았다.

『한계 돌파 패궤』에 더해 다섯 배로 상승한 능력. 하지메를 중심으로 거대한 회오리가 휘몰아쳤다. 충격파를 동반한 진홍색 폭풍이었다.

수직 상공에 위치한 유성우와 빛의 사도가 휘말려 사라졌다. 가까운 곳에 있던 적들도 충격의 해일에 쓸려나가 흩어졌다.

에히트르주에조차 무심결에 후방으로 전이해 거리를 둘 정도로 상궤를 벗어난 힘의 격류가 공간을 압박했다.

"뭐냐, 이건. 이 상승량은……."

에히트르주에가 처음으로 표정을 굳혔다.

그 의식의 허점으로 하지메가 파고든다. 아니, 사라졌다.

그리고 다시 나타난 곳은 에히트르주에의 등 뒤.

그건 틀림없이 신의 지각을 넘어선 이동 속도였다.

돈나가 작렬하는 것과 에히트르주에가 『천재』를 발동한 것은 동시였다.

하지만 전이한 에히트르주에는 곧 눈을 크게 떴다.

"뭣?!"

하지메가 순간적으로 눈앞에 출현했기 때문에.

의심의 여지 없는 전이였다. 결코 단순한 고속 이동이 아니었다.

"네놈이 『천재』를?!"

"순간 전이가 신의 전유물인 줄 알았냐?"

돈나로 퀵 드로 6연발. 자동 회피, 궤도 보정 능력이 붙은 『생체탄』이었다.
리빙 불릿

"읏."

베어 버리려고 하나, 『신속』을 발동한 시각이 순간적으로 탄환의 궤도 변화를 확인했다. 격추는 불가능하다고 판단하고 즉시 쌍대신검을 방패로 삼았다.

충격이 퍼졌다. 에히트르주에의 몸이 후방으로 밀려났다.

후퇴를 강요당했다.

그 사실에 불쾌감이 치밀지만, 공세는 아직 끝나지 않았다.

하지메가 다시 뒤로 전이해 성가신 궤도 변화탄을 발사했다.

"간파했다. 위치를 전환하는 아티팩트인가!"

에히트르주에는 똑똑히 봤다.

바닥에 뿌려진 탄피 하나가 사라지는 동시에 그 자리에 하지메가 나타나는 것을.

정답이었다.

꼭 탄두만 아티팩트로 만들라는 법은 없다. 쏜 후에 버려지는 탄피도 금속이긴 매한가지니까.

『쌍전이협』─ 공간 마법과 승화 마법을 부여해 기점과 탄피
익스체인지 케이스

의 위치를 바꾸는 아티팩트. 기점은 의수 어깨에 내장된 보주였다.

에히트르주에가 비상했다. 전장을 다시 공중으로 되돌리려고.

바닥에는 다 헤아리기도 아득해지는 탄피가 떨어져 있었다. 어느 것이 전이용 탄피인지 판별하기 어렵고, 어쩌면 전부일 수도 있었다. 그렇다면 어디로든 전이할 수 있다는 뜻이다.

하지만 그 생각은 조금 안일했다.

하지메가 슈라크의 방아쇠를 당겼다. 탄환이 에히트르주에를 스치다시피 뒤로 날아간 찰나, 하지메는 그곳으로 전이했다.

『쌍전이탄』— 발사한 탄환과 자신의 위치를 바꾼 것이다.

등으로 돈나의 총구를 겨누고 다시 생체탄을 쐈다.

에히트르주에는 그것을 『신속』으로 피하고, 간격을 무시하는 대신검을 횡으로 휘둘렀다.

늘어난 칼날이 하지메의 몸을 상하로 두 동강 내고— 그런 하지메의 몸을 찢고 진홍색 카운터가 날아왔다.

"환영? 신의 눈을 속이려 드는가!"

하지메가 놓은 다음 수는 또다시 도망이었다. 측면으로 전이한 에히트르주에의 시야에 둘로 나뉜 하지메의 몸이 흐릿하게 허공으로 녹아드는 모습이 보였다.

그 뒤에는 당연히 동강 나지 않은 하지메가 있었다.

연속해서 공간 도약 참격을 날린다.

하지만 공격은 전부 하지메를 그냥 통과해 버렸다.

목을 벤 하지메가 일렁거리며 사라지더니 수십 센티미터 뒤에서 무사한 모습으로 나타났다. 팔이 잘린 하지메가 똑같이 흩어지고 얕은 상처만 입은 팔이 보였다.

─의수 내장 보주형 아티팩트 『환상 투영주(고스트 플레이)』.

혼백 마법으로 이용한 영체 투사 마법이다. 어디까지나 혼의 형태를 영상으로 비춰 본체에 겹치는 방식이지만, 기척이나 마력은 본인과 조금도 차이가 나지 않는다.

거기다가 때로는 나뭇잎처럼 흔들리는가 싶더니 번개처럼 날렵하게 움직이고, 쌍전이탄으로 단거리 전이까지 섞어 사용하니 신의 눈으로도 오인할 수밖에 없었다. 베여 사라지는 건 모두 잔영뿐.

더불어 어느샌가 탄피가 공중을 뒤덮고 있었다.

중력 마법도 부여한 것이었다. 무중력 공간에 들어오기라도 한 양 하늘의 별만큼 많은 탄피가 떠올라 있었다. 당연히 전이는 어디로든 가능했다.

"이놈, 이 상황까지 와서 아직도 새로운 수작을!"

살짝 흥분이 섞인 에히트르주에의 목소리가 메아리쳤다.

절체절명의 상황까지 내몰렸으면서 지금까지 패를 아껴 뒀으리라고는 신도 예상하지 못한 모양이었다.

설령 마음속에 비책이 있었다고 하더라도 언제 죽어도 이상하지 않을 상황에서 패를 꺼내지 않는 담력은 이미 인간의 영역을 초월했다고밖에 설명할 수 없었다.

그 강인한 의지, 아니, 이미 악귀의 집념에 가까운 정신력에 에히트르주에는 미약한 전율을 느끼고 떨었다.

"우오오오오오오!!"

그 악귀가 함성을 내질렀다. 공세에 나서는 얼굴은 가히 악마의 형상이었다.

에히트르주에의 재현일까. 여러 곳에 편재하는 것처럼 종횡무진 순간 전이를 반복하며 전방위로 사격했다.

"결과는 같다! 무의미한 발버둥이라고 깨달아라!"

에히트르주에도 『천재』와 『신속』을 함께 사용해 초고속 전투의 세계로 돌입했다.

백금색 참격이 허공에 무수한 궤적을 그리고, 진홍색 섬광이 피처럼 튄다.

조금 전과는 달리 일방적인 싸움은 되지 않았다.

말 그대로 신역의 전투라고 부르기에 알맞은 응수였다.

"큿, 신속을 무효화…… 나의 움직임까지 읽어? 정보 간섭…… 그 마안이군!"

『재생 탤리즈먼』에는 과거 상처를 재생하는 마법 『괴각』을 막는 능력 외에도 아워 크리스털 조각을 넣어 뒀다. 하지메 주위에서는 시간 간섭이 방해받는다.

물론 가까이 다가가지 않으면 『신속』 이동에는 문제가 없다. 하지만 참격은? 닿지 않으면 의미가 없다. 그래서 하지메를 중심으로 일정 범위에 들어간 순간 에히트르주에의 『신속』이 해제되고 말았다.

더군다나 하지메가 에히트르주에의 검술 자체에 익숙해지기 시작했다.

마안석에 부여한 승화 마법 『정보 간파』와 기능 『예측』을 연계해 『전술 예측』이라는 능력을 새롭게 마안석에 추가한 것이었다.

시아의 『미래시』에는 미치지 못해도 마안은 에히트르주에의 행동을 예측해 한발 앞서 투영했다.

지금까지 쭉 에히트르주에의 힘과 기술을 해석한 성과가 겨우 빛을 발하기 시작했다.

진정한 총력전. 모든 수단을 구사해 다시 한번 신에게 발톱을 드러낸다!

의식의 틈을 찌르고, 호흡을 읽어 타이밍과 거리를 벌리고, 일부러 기운을 흐트러뜨려 환상 투영주의 효과를 높인다. 전이와 검술의 버릇, 감각의 예민함까지 이용해 미래 위치에 카운터를 날린다.

그건 이미 절기를 넘은 신기— 아니, 나락의 괴물에게 어울리는 호칭이라면 『마기』라고 불러야 할까.

에히트르주에의 공격은 점점 맞지 않는데 하지메의 공격은 조금씩, 하지만 확실하게 신의 육체로 다가갔다.

에히트르주에를 보면 서서히 짜증이 치민다는 것을 잘 알 수 있었다.

기어코 대기하던 유성우와 빛의 사도를 움직인 것이 비등한 싸움이 되었다는 분명한 증거였다.

그것들이 쌍전이협 일부를 날려 버리는 바람에 전이에 한순간 차질이 생겼다.

"흐핫! 잡았다!"

에히트르주에가 희색을 띠며 대신검 한 자루를 휘둘렀다.

회피할 여유는 없고 방어는 불가능해야 했다.

깡, 하고 쇳소리가 울렸다.

"뭐야?!"

튀어나온 목소리에는 명확한 경악이 담겼다.

그럴 만도 했다. 하지메의 육체 외에는 모든 사물을 통과할 대신검이 슈라크에 막혔으니까.

즉시 두 번째 대신검까지 휘두르지만, 역시 돈나에 막히고 말았다.

에히트르주에가 자기도 모르게 순간 전이로 거리를 벌렸다.

"……왜지. 왜 막혔지?"

"연성했을 뿐이야."

대신검의 투과는 혼백 마법을 이용한 능력으로, 선택한 혼의 소유자만 노릴 수 있다.

그렇다면 무기에 혼백을 부여하면 그만이다. 생체 골렘에도 사용한 『유사 혼백 복제』로. 그러면 대신검은 무기를 공격 대상으로 인식한다.

그 사실을 에히트르주에가 깨달았을 때는 하지메가 측면에 출현해 있었다.

『신속』이 방해받는 감각.

두 총구가 심장과 머리를 겨눴다. 순간 전이로 도망치지는 않았다. 신의 자존심이 받아치기를 선택했다.

돈나&슈라크는 눈속임인 줄도 모르고.

총구를 주시하던 에히트르주에는 그것이 발포도 하지 않고 스륵 움직인 사실에 허를 찔렸다. 그 직후, 강렬한 충격이 복부를 덮쳤다.

"크헉."

저절로 신음이 새어 나왔다. 더불어 몸이 기역 자로 꺾여 수십 미터나 날아갔다.

돌려 차기였다. 자칭 신을 따라잡을 정도로 강화된 하지메의 발차기는 이미 파일 벙커에 필적하는 파괴력을 품었다.

그러나 레일 캐넌조차 막는 신의 장벽 앞에서 직격은 불가능했다. 그저 힘에 밀렸을 뿐. 분명히 그래야 하는데…….

"이건…….."

"아무래도 통했나 보군."

에히트르주에가 놀라서 하지메를 봤다. 그 입에서 피가 한 줄기 흘러내렸다.

단순한 발차기가 신의 장벽을 넘어서 타격을 준 것이었다.

현실을 믿지 못하는 에히트르주에의 의식이 진홍색 파문을 퍼뜨리는 하지메의 부츠를 주목했다.

"설마…… 전투 중에 내 장벽을 해석했나!"

그 정도가 아니었다. 신의 장벽은 여러 신대 마법을 복합한 절대 방벽이었다.

그것을 단순한 파괴력으로 뚫는 게 아니라면 당연히 그 이상의 대항용 신대 마법이 필요하다.

그것을 해내고야 말았다. 대항용 아티팩트를 즉석에서 창조한 것이다.

이것이야말로 하지메의 진가. 천직 『연성사』가 도달하는 극한의 경지.

—한계 돌파 특수 파생 『진장』.

역사상으로도 한 손에 꼽을 만큼만 존재했으며, 그중에서도 모든 신대 마법을 익힌 『진장』은 하지메 단 한 명뿐이었다.

신대 마법 즉석 부여라는 신의 권능에도 밀리지 않는 기술을 체득한 자는 이전에도 없었고 분명 앞으로도 없으리라.

연성사의 전문 분야는 물량전? 아니다. 그건 일부에 지나지 않는다.

대응력— 연성사의 진가는 바로 거기에 있다.

그것을 증명하듯 돈나&슈라크의 실린더 안에서 스파크가 튀었다.

"신벽 관통탄. 일단 그렇게 부를까."

지금 막 생성된 탄환은 신의 장벽을 뚫을 수 있다. 단 한 발로.

이제부터 쏘는 탄환은 모두 마탄이다. 모두 장벽을 관통하여 신에게 도달한다.

그렇다면 『멸신』을 간단하게 맞힐 수 있다는 뜻이다.

그 사실을 깨달은 에히트르주에는 충동적으로 몸을 뺐고, 그런 자신의 행동에 버들눈썹을 치켜올렸다. 유에의 미모를 분노로 망가뜨리며 고함쳤다.

"이레귤러!! 새로운 아티팩트에 그 힘까지! 네놈이 감히 힘을 아껴?!"

『진장』의 힘만이 아니었다. 신체 능력도 월등히 높아졌다. 발차기로 신의 몸에 상처를 주는 건 단순한 강화로는 설명할 길이 없다.

『패궤』는 『한계 돌파』의 최종 파생이며, 생명을 대가로 하는 힘이 아닌 한 이 이상 가는 강화 기능은 존재하지 않는다. 처음 싸웠을 때와 비교해서 열 배 이상 강화된다는 건 말이 안 된다.

이 사실이 시사하는 바는 명확하다. 싸우기 직전에 쓴 건 『패궤』가 아니었고 『전력으로 간다』라는 말도 거짓말이었다는 것이다.

"적이 하는 말을 믿어? 순진한 놈일세."

하지메는 어이가 없다는 투로 툭 내뱉고 공세에 나섰다.

실제로 그건 『패궤』가 아니었다. 연합군에게 지급한 한계 돌파용 아티팩트가 본인에게 없을 리 있는가.

그렇다. 『라스트 제레』였다. 물론 『치트 메이트』도 복용했다.

그 상태로 『패궤』를 발동해 강제적 상승효과로 한계의 한계를 뛰어넘은 것이었다.

하지메는 신에게 필적하는 어처구니없는 신체 능력으로 극한의 전투를 펼쳤다.

세상의 정점이 펼치는 싸움에는 유성우와 빛의 사도조차 개입하지 못했다.

하지메가 전이와 고속 이동을 이용해 항상 근접 거리에서

건 카타를 구사하는 탓에 에히트르주에도 어쩔 수 없이 근접 전투에 주력했다.

그래서 눈치챘다.

"네놈, 그 상처……."

하지메의 상처가 아물었다는 것을. 수많은 상처와 중증 화상까지 사라졌고 호흡은 안정됐으며 고통에 일그러진 표정도 보이지 않았다.

새로운 재생 마법 아티팩트라도 썼는가. 아니다, 그런 징후는 없었다.

그렇다면 이 급격한 회복을 설명할 방법은 하나밖에 없다.

"마지막 신수라는 것도 허언이었나!"

"수중의 신수는 마지막이었어."

마지막 두 개 중 하나는 이미 위장 속에 있었을 뿐이다. 캡슐에 넣어서 미리 삼켜 둔 것이다. 그게 마침내 녹아서 하지메를 치료하고 있었다.

대신검 두 자루와 권총 두 자루로 힘 싸움을 벌이며, 격정을 억누르느라 눈가가 경련하는 에히트르주에가 물었다.

"왜 이제야?"

"그야 확실하게 속이려고. 나는 네 힘을 과소평가하지 않았거든."

단 하나뿐인 『멸신』.

유에의 몸을 완전히 장악한 에히트르주에가 어떤 힘을 가졌는지 모르는 이상, 확실하게 일격을 먹이기 위해서는 아직 보지 못한 패를 꺼내게 하고, 경우에 따라서는 대항책을 만들어 둘 필요가 있었다.

에히트르주에가 장난으로 하지메에게 하던 짓을, 이유는 다르지만 하지메 또한 하고 있었던 셈이다.

상상을 웃도는 에히트르주에의 힘에 하지메조차 사신의 낫이 목에 들어온 기분이었지만, 대량의 아티팩트와 고통을 대가로 그의 능력과 전술을 확인할 수 있었다. 자신의 패는 아껴 둔 채로.

"그럼 정말로 과소평가하지 않았는지, 진정한 신의 위광으로 확인해 보마!"

자신까지 말려드는 전방위 공간 폭쇄. 신에게 어울리지 않게 제 살을 깎는 공격이었다.

하지메는 순간적으로 막대한 마력을 방출한 『마충파』로 상쇄하며 대형 방패 아이디온도 저리 가라 할 두께가 된 『금강』으로 버티지만, 일시적으로 정지할 수밖에 없었다.

그 틈에 에히트르주에가 『천재』를 써서 후광 중심으로 돌아갔다.

그 직후, 백금색 빛이 터졌다. 삼중 후광이 내뿜은 폭발적인 빛이었다.

이어서 삼중 후광이 맥동하며 거대해지기 시작했다. 순식간에 지름 천 미터를 넘더니 2단과 3단 고리가 반대 방향으로 회전했다.

유성우와 빛의 사도가 하지메에게 몰려들어 계속해서 발을 묶는 가운데, 에히트르주에가 낭랑하게 선언했다.

"이것이 바로 신의 위광. 내 동포조차 저항하지 못한 파멸의 빛. 도망갈 곳은 없다, 이레귤러!!"

시야 전체가 백금색으로 물들었다.

지름 1킬로미터를 넘는 무식한 규모의 섬광이 계속해서 공간을 포화시키듯 퍼져 나갔다.

산사태라는 표현은 적절하지 않다. 거대한 해일로도 부족하다.

놀이판 자체를 뒤엎어버리는 것 같은 그 빛은 말 그대로 신위(神威)의 구현이었다.

하지만 파멸의 빛 앞에서 하지메는 흥분한 야수처럼 웃었다.

"그렇다면 정면 돌파지."

살의와 전의를 집중해, 뛰어든다. 스스로 빛의 대격류 속으로.

진홍색 섬광이 되어 허공을 가로지르며 마지막까지 아껴 둔 신형 아티팩트를 꺼냈다.

그건 거대한 돌격창이었다. 단, 표면은 드릴처럼 나선형으로 고속 회전하고, 중간부터는 우산처럼 펼쳐져 있었다.

─천공(穿孔) 돌격창『라오벤쉬름』.

봉인석 대부분을 써서 코팅하고, 내부의 고밀도 복합 금속에 일곱 가지 신대 마법을 전부 사용한 공격형 방벽이나 다름없는 아티팩트. 마법, 물체를 가리지 않고 모든 것을 갈아버려 소멸시키는 능력을 가졌다.

"으아아아아아아아아아아아아!!"

봉인석 코팅이 순식간에 사라져 갔다. 재생 마법이 복원하지만, 척력과 공간 차단으로 경감해도 따라가지 못했다.

여파만으로도 몸이 부서질 것 같았다. 나았던 상처가 다시 벌어져 선혈이 튄다. 내장이 비명을 지르고 함성과 함께 피가래를 토한다.

뼈가 으스러지고 살이 찢어지고 피부가 문드러진다.

하지만 하지메는 절규하면서도 진격을 멈추지 않았다.

앞으로 나아간다. 한순간도 멈춰 서지 않는다!

압도적인 힘을 꺾고 부조리를 부조리로 찍어 누른다!

지금까지 그렇게 해 왔듯이 모든 장애물을 찢어발긴다!

"내놔, 그 힘!!"

변화가 찾아왔다. 라오벤쉬름이 백금색으로 빛났다. 그리고……

"이럴 리가? 이건 신의 힘이다! 그걸 흡수했단 말이냐?!"

혼백 마법과 변성 마법을 이용한 유사 마물화. 라오벤쉬름은 사실 생체 골렘이기도 했다.

그 역할은 마지막에 강력한 기술을 쓸 에히트르주에의 힘을 먹어 치우는 것. 파멸의 빛을 갈아버리면서도 여파에 깃든 힘을 흡수하고 있었다.

그 힘을 승화 마법으로 해석해 돌격창 자체에 부여했다.

이것이야말로 하지메의 마법과 기능의 집대성이라고 부를 만한 기법.

—수탈 연성.

상대의 공격을 받으면서 그대로 빨아들여 아티팩트로 바꾸는 기술이었다.

본래 불가능한 경지일 테지만, 하지메라면 가능하다. 단순히 『진장』에 도달하고 두 번의 한계 돌파를 했기 때문만은 아니다.

아티팩트 창조자. 그것은 즉, 『생성 마법』 사용자.

다른 마법에는 전혀 적성이 없어도 이것만은 달랐다.

희대의 연성사에게 물려받은 최초의 신대 마법. 연성 마법을 위해 존재하는 것이나 다름없는 그 마법은 하지메가 천부적 재능을 발휘할 수 있는 유일무이한 마법이니까.

지금, 『진정한 신위』가 『진정한 신위』로 되돌아온다.

"──!"

파멸의 빛이 상쇄된다. 폭발하는 빛의 틈새로 보인 하지메의 안광에 에히트르주에는 숨이 멎는 기분이었다. 직접 들은 것은 아닌데도 확실하게 전해졌다.

잡았다, 라고.

그건 무의식적 행동이었다. 뼛속까지 파고드는 살의에 온몸의 털이 곤두선 에히트르주에가 도주에 모든 힘을 쏟아부었다.

일단 『천재』를 발동해 다짜고짜 거리를 벌리려고 한다.

하지만 이제 와서 하지메가 그걸 용납할 리 없었다.

라오벤쉬름을 중력 제어로 돌격시키며 돈나&슈라크를 연사했다.

그 직후, 에히트르주에의 주변 공간이 격렬하게 물결쳤다.

─특수탄 『공간 왜곡 영역 형성탄』.

공격력은 거의 없다. 다만, 넓은 범위의 공간을 불안정하게 만들뿐. 하지만 『천재』가 정밀하고 섬세한 제어를 요구하는 점은 이미 분석했다. 발동을 방해하려면 이것만으로 충분했다.

그리고 에히트르주에는 지금 『신속』도 즉시 쓰지 못할 것이다.

―특수탄 『지연 영역 형성탄』.

아워 크리스털을 조정해서 사용한 특수 탄두 때문에.

"―큭! 또 아티팩트인가!"

불만이 튀어나왔다. 일그러진 신의 얼굴이 잘 보였다.

하지메는 라오벤쉬름 자루를 차서 발리스타처럼 발사했다.

에히트르주에를 스쳐 지나간 라오벤쉬름이 후방에 있는 삼중 후광에 격돌해, 꽂혔다.

삼중 후광이 명멸했다. 무의식적으로 돌아본 에히트르주에의 눈앞에서 일부가 깨져 사라지고 『진정한 신위』가 멎었다.

나락의 괴물이 신의 위광을 돌파한 것이다.

에히트르주에가 퍼뜩 시선을 정면으로 돌렸다. 소름 끼칠 만큼 형형한 안광이 그를 뚫어지게 보고 있었다.

이제 여유는 없었다. 에히트르주에는 반사적으로 쌍대신검을 휘둘렀다. 장난 따위 치지 않고 전력으로. 초조함을 얼굴에 내비치며 필사적으로.

그리고 그것들이 모두 허공을 갈랐다.

"환, 영?!"

잘게 썰린 하지메가 사라졌다. 에히트르주에의 눈이 점차 커진다.

당연하다. **인식을 어긋나게 하는 수준의 환영**이라고 감안하고 베었으니까.

그런데 왜 본체가 몇 미터나 뒤에 있는가.

그 답은 사라진 환영의 중심에 뜬, 조그만 푸른 수정 인형이 보여주고 있었다.

—신형 아티팩트『환상 인형_{고스트 돌}』.

영체를 투영하는 환상 투영주의 보조 아티팩트였다.

그것을 앞세운 것이라고 깨달았을 때는 이미 늦었다.

"으아아아아아아아!!"

넋을 놓은 한순간이 치명적이었다.

우렁찬 기합을 내지르며 하지메가 의수를 뻗어 육박했다.

금속으로 된 다섯 손가락이 늘어나고 퍼졌다. 마치 거대한 해골의 손처럼.

그 손바닥이 에히트르주에를 후려쳤다.

둘은 그대로 붕괴하던 후광을 깨부수며 날아가 혜성처럼 바닥에 낙하했다.

손가락이 갈고리발톱처럼 에히트르주에를 붙잡았다. 안쪽에서 스파이크까지 튀어나와 상반신 전체를 두 팔과 함께 아이언 메이든처럼 구속했다.

연이어 손바닥 안쪽으로 공간 고정과 혼백에 가하는 충격파까지 발동했다.

"인간, 따위가! 놔라!"

"닥치고 죽어!"

에히트르주에는 퍼뜩 마법을 쓰려고 하지만, 그 순간, 밀착된 의수에서 막대한 마력— 의수에 재탑재한 마력포『글렌첸』에서 순수 마력 포격이 발사됐다. 체내 마력을 휘저어 버리자 에히트르주에도 순간적으로 마법을 발동할 수 없었다.

그리하여.

순백색 공간이 진동하며 굉음이 울려 퍼졌다.

운석처럼 추락한 하지메와 에히르트주에. 쌍방 모두 충격에 몸이 저려 잠시 움직이지 못했으나, 그래도 먼저 움직인 자는 공격자인 하지메였다.

마운트 자세로 에히르트주에를 붙잡아 둔 채, 돈나를 들었다. 공중에 심상치 않은 기운이 나타났다. 창궁색 오라를 두른 탄환 한 발이었다.

—특수탄『멸신의 탄환』.

해방자 밀레디에게 물려받은『멸신의 단검』을 압축해 가공한 탄환. 신의 혼백만 선별해 멸하는 진정한 의미의 마탄.

의수의 손아귀에서 에히트르주에가 떠는 것이 느껴졌다. 하지메를 노려보던 눈에 두려움이 잔물결처럼 퍼졌다.

건 스핀. 장전 완료.

그것을 의수 손가락 사이로 에히트르주에의 가슴에 들이밀었다.

"체크메이트다. 홧술 마시다가 만들어졌다는『멸신』, 어디 한번 먹어 봐."

"잠까—."

한 발의 총성이 귀가 먹먹하도록 메아리쳤다.

마침내 비장의 무기가 신의 육체에 꽂혔다.

에히트르주에의 몸이 움찔 튀었다. 약한 신음과 함께 힘이 빠지고 눈이 감겼다.

뒤쪽 상공에서 삼중 후광이 풍화하듯 사르르 무너져 갔다.

정적이 순백색 공간을 메웠다.

감겼던 눈꺼풀이 긴 속눈썹과 함께 떨렸다.

그리고 천천히 뜬 홍옥색 눈동자에는 만신창이인 하지메가 비쳤고…….

"안타깝게 됐구나. 이레귤러."

"——!"

그 직후, 의수가 산산이 부서지고 하지메는 피를 뿜으며 튕겨 나갔다.

꾕음.

순백색 공간에 있는 유일한 건조물. 옥좌가 놓인 피라미드 한쪽이 붕괴한다.

그 중심에 묻힌 하지메가 쿨럭 피를 토했다. 얼굴은 고통으로 일그러졌고 신음 같은 목소리가 흘러나왔다.

잠시 후, 금속 파편이 바닥에 우수수 떨어졌다.

의수였다. 산산이 부서진 하지메의 왼팔이 참혹한 몰골로 변했다.

"윽, 으으!!"

하지메는 말도 없이 기개만으로 돈나를 들었다.

이마에서 흐른 피가 눈에 들어가서 앞이 제대로 보이지 않았다. 마치 적색경보가 켜진 것처럼.

그 붉은 시야 속에서 에히트르주에가 중력이 느껴지지 않게 둥실 일어나는 모습이 보였다. 이명이 심각한 귀로 희미하게 손가락 튕기는 소리가 들렸다.

그 직후, 돈나를 든 오른손에 강렬한 충격이 퍼졌다.

격통과 함께 파트너가 손아귀에서 빠져나가는 게 느껴졌다.

시야에 엉뚱한 방향으로 꺾인 다섯 손가락과 공중으로 빙글빙글 날아간 돈나가 백금색 빛에 휩싸여 소멸하는 광경이 보였다.

동시에 챙, 하고 작은 쇳소리가 들렸다. 아마 오른손이 부서지며 빠졌을 『보물고』가 바닥을 굴러가고 있었다.

"대단해. 대단하다, 이레귤러. 기어코 나에게 비장의 무기를 맞혔구나. 칭찬하마. 물론 비장의 무기가 꼭 필승의 무기냐고 묻는다면, 아니라고 답하겠지만."

"……."

에히트르주에가 유유히 실웃음을 지으며 걸어왔다.

보통은 날 리 없는 발소리를 저벅저벅 크게 내는 것은 죽음의 카운트다운을 들려주려는 속셈인가.

그 손에는 보란 듯이 목걸이가 쥐어져 있었다.

탤리즈먼을 건 목걸이였다. 하지메를 날릴 때 빼앗은 모양이었다. 일부러 잘 보이게 움켜쥐어서 백금색 빛과 함께 소멸시켰다.

한 발자국, 또 한 발자국 다가올 때마다 가호를 잃은 아티팩트가 소멸해 갔다. 의수 잔해도, 『천재』로 불러들인 슈라크와 라오벤쉬름도, 멀리 떨어졌던 아이디온도, 수없이 흩뿌려진 탄피도.

예외 없이 백금색 빛에 휩싸여 깡그리 소멸해 갔다.

"이상한가? 『멸신』을 맞았는데 내가 왜 멀쩡할까. 크크."

"……."

에히트르주에는 하지메를 어릿광대처럼 내려다보며 희열에 잠겼다.

하지메는 답하지 않았다.

말할 여유도 없는지 축 늘어진 채로 잔해에 몸을 파묻고 있었다.

힘없이 뜬 눈으로 에히트르주에를 보지만, 멍한 눈길에서는 전의가 느껴지지 않았다. 당장에라도 감길 것 같았다.

그런 산송장 같은 하지메가 어지간히 마음에 들었는지, 에히트르주에는 조금 전 초조하던 모습이 다 뭐였나 싶을 만큼 신이 나서 떠들었다.

"몇천 년 전이었다면 통했을지 모르지. 하지만 그사이에도 존재 승화의 비의는 이어졌다. 그렇다면 나의 신격이 『멸신』이라는 개념 따위로 어찌할 수 없는 경지에 도달한 것은 필연이 아니겠나."

"……."

에히트르주에가 하지메의 눈앞에서 멈췄다.

그만큼 격전을 벌이고도 생채기 하나 없이 새하얀 다리가 서서히 올라갔다.

"물론 확신은 없었어. 무엇보다 『자동 재생』이 있다고 해도 신의 육체에 상처를 입히다니, 용서할 수 없는 불경이다. 그렇기에 맞아줄 생각은 없었건만……."

콰득, 소리가 났다. 에히트르주에의 발이 『보물고』를 짓밟은 소리였다. 빛줄기가 새고, 살짝 들었던 다리가 다시 바닥에 닿았다.

"자랑스러워해도 좋다, 이레귤러. 신이 초조함을 느꼈어. 전무후무한 쾌거야."

"……."

마안석을 제외한 모든 아티팩트를 잃은 하지메를, 에히트르주에가 거만하게 내려다봤다.

근처에서 보면 알 수 있을 것이다. 유쾌하게 웃고 있지만, 그 눈동자만은 웃음기가 없다는 것을.

에히트르주에는 격분해 있었다. 인간 따위에게 한 방 먹었다는 사실에. 초조함과 공포를 느꼈다는 사실에. 지금까지 느낀 적 없는 굴욕에 온몸이 떨리는 것을 신의 자존심으로 참고 있었다.

그런 에히트르주에에게 하지메는 이번에도 아무 대답도 하지 않았다.

왼눈은 이미 감겼다. 안대 안쪽의 마안은 살짝 뜨고 있지만, 겉으로 봐선 알 수 없었다. 그래서 말없이 미동도 하지 않는 모습은 이미 숨이 끊어진 것처럼도 보였다.

죽기에는 아직 이르다.

자신이 받은 굴욕을 몇 배로 돌려주지 않으면 분이 풀리지 않는다.

유치하고 사악한 신이 추악하게 얼굴을 일그러뜨려 웃었다.

하지메 앞에 무릎 꿇고 눈높이를 맞췄다.

우아한 손가락으로 하지메의 넓적다리를 쓱 훑고는…….

"ㅡ윽."

손끝에서 날아온 빛구슬이 하지메의 넓적다리에 구멍을 냈다. 뼈까지 부서져 하지메의 몸이 움찔 경련했다. 말 그대로 바람구멍을 뚫는 행위는 반대쪽 다리에도 이어졌고 하지메 입에서 고통스러운 소리가 흘러나왔다.

고문이나 다름없는 행위로 한 번 더 하지메의 저항력을 빼앗은 에히트르주에는 피에 젖은 손끝을 하지메의 턱에 댔다.

강제로 고개를 들어 올리고, 분노를 숨기며 요염하게 미소 짓더니 입맞춤이라도 할 것처럼 얼굴을 가까이 붙였다.

그리고 놀리듯이 입술 앞에서 고개를 돌렸다. 반쯤 안기다시피 밀착한 에히트르주에가 하지메의 귓가에 달콤하고, 천박하고, 진창처럼 끈적거리는 목소리로 속삭였다.

"너에게 소중한 것들은 모두 내가 직접 부숴주마. 함께 신역으로 침입한 동료도, 지상에서 저항하는 동포도, 고향의 가족도, 전부 짓밟고 농락해 아비규환 속에서 울부짖게 해주지."

"······."

반응은 없었다. 감정의 발로도 보이지 않았다. 정말로 빈 껍데기처럼 마음이 다른 곳에 가 있는 듯했다.

에히트르주에에게는 재미없는 반응이었다. 울부짖으며 용서를 구하기를 바랐다.

스스로 무릎 꿇고 애원하기를 바랐다. 소중한 것을 부수지 말아 달라고.

그래야만 티끌만큼이라도 신의 분노를 가라앉힐 수 있었다.

그래서 하지메의 아킬레스건을, 최대의 약점을 찔렀다.

그것이 가장 큰 강점이자 하지메가 절대로 꺾이지 않게 받쳐주는 마음의 지주라고 이해하지 못하고.

"그래도 안심하도록. 이 멋진 흡혈 공주의 육체만은 소중하게 다뤄주마. 나의 귀중한 그릇이니까 구석구석까지, 원하는 대로, 부드럽게 말이야."

세상에서 가장 사랑하는 여자를 자기 사유물처럼 다룬다.

그 참기 힘든 말에…… 마침내 하지메가 반응했다.

에히트르주에게는, 그렇게 보였다.

순전한 착각이었다. 하지메는 지금까지 한 헛소리를 귓등으로도 듣지 않았다. 하지만 사랑하는 연인을 찾듯 천천히 가슴으로 손을 뻗는 모습에 에히트르주에는 가학심이 채워진 표정을 지었고—

"드디어…… 찾았다."

"응?"

들릴락 말락 한 혼잣말. 갈라져서 알아듣기 힘들고 의미도 알 수 없었다.

그러나 그건 틀림없이 비탄에 젖은 말이리라.

그래서 에히트르주에는 마침내 꺾인 남자의 감미로운 절망을 맛보기 위해 입가로 귀를 가져갔다.

그리고 들었다. 하지메의 가장 큰 무기이자 유일한 재능을 가리키는 말을.

"—『연성』."

무엇을?

에히트르주에가 눈을 찌푸리고 의아하게 물으려고 했으나, 그러지 못했다.

왜냐하면…….

"──? 으, 아악, 크학?!"

돌연 에히트르주에의 가슴에서 무수한 칼날이 튀어나왔으니까.

안쪽에서 살을 찢고 침봉처럼 튀어나온 피투성이 칼날.

그것이 순식간에 몸 전체 곳곳에서 튀어나왔고, 맞닿은 검끼리 결합해 에히트르주에의 몸을 참혹하게 구속했다.

이해할 수 없는 사태에 신의 사고도 잠시 멈추고 말았다. 그 정도로 이 기습은 충격적이었다.

그로 인하여 생긴 허점은 불과 수 초.

하지만 천금 같은 수 초였다. 이 순간이야말로 하지메가 고대하며 노리던 **진짜** 승부처니까.

"─『연성』!"

재차 자신의 재능을 외쳤다. 단지 금속을 가공할 뿐인 마법을.

지금 이곳에 있는 금속은 얼핏 보면 에히트르주에의 몸에서 나온 칼뿐이었다. 『멸신』조차 통하지 않는 상대를 어떻게 할 수 있을 리 없다.

하지만 하지메의 부서진 오른손─ 마력 직접 조작을 통해 움직인 그것이 닿은 곳은…… 자신의 배였다.

그 직후, 진홍 스파크가 튀면서 피에 젖은 칼날이 하지메의 배에서 튀어나왔다.

"뭐라고?!"

에히트르주에의 표정이 일변하고 동요를 숨기지 못했다.

하지메가 위장에 금속 덩어리를 숨겼기 때문도 아니고, 그 것이 배를 뚫고 나왔기 때문도 아니었다.

그 칼날에서 혼이 압도될 정도의 무서운 중압감을 느꼈기 때문에.

등에 소름이 끼치고 본능이 도망치라고 소리쳐댔다.

착각할 리 없었다. 그건 틀림없이 방금 느낀 것과 같은— 개념 마법의 기운.

"——!"

바로『천재』를 발동하려고 했다.

하지만 혈관을 타고 온몸을 찢는 미세한 칼날들로 생각과 마법 사용을 방해받았다. 『재생 마법』조차 지속적인 피해를 완치하지 못했다.

설상가상으로 두 다리에서 나온 칼날이 바닥에 박힌 쐐기 가 되어 물리적인 도주마저 막아 버렸다.

그래서 칼날이 닿았다.

투명한 청백색 광석— 신결정으로 만든 작디작은 나이프. 붉은 피와 선명한 진홍색 마력광으로 번뜩이는 그것이 에히 트르주에의 가슴에 꽂혔다.

"크아아아아아아아, 아아아아아악?!"

단말마 같은 비명이 울려 퍼졌다.

여유도 없고 체면도 차리지 않으며, 평정을 완전히 잃은 고 통스러운 외침.

작은 나이프에 찔렸다고는 믿을 수 없는 초조함과 고통이 퍼졌다.

죽을힘을 다해 칼날 구속을 백금색 빛으로 소멸시키고, 휘청휘청 뒤로 물러나 머리를 쥐어뜯으며 몸부림쳤다.

그 직후, 맥동으로 공기가 떨렸다.

두근, 두근. 점차 크고 힘차게 울리는 그것은 각성의 징조.

육체의 본디 소유자가 외치는 의지의 함성.

"이럴 리가, 흡혈 공주는 완전히 소멸했을 텐데!"

사라져 가는 혼을 똑똑히 봤다. 비명과 절망을 느꼈다.

그런데 이건 어떻게 된 일인가? 당혹스러움을 고스란히 담아 언성을 높였다. 시시각각 힘이 강해지고 자신의 혼을 밀어내는 듯한 감각에 격렬한 불안감이 엄습했다.

그 의문에 하지메가 답했다. 아직 일어나지도 못하면서 입가에 희색과 겁 없는 웃음을 띠면서.

아주 간결하게. 마치 상식을 논하듯.

"유에가 한 수 위였다. 단지 그뿐이잖아?"

"──."

속았다. 그렇게 이해한 에히트르주에는 할 말을 잃었다.

유에는 육체를 빼앗겨 혼백만 남은 존재가 되면서까지 신을 속인 것이다.

필사적으로 저항하는 척하며 처음부터 신의 강대한 혼백 내부에 숨는 데 주력했으리라.

언젠가 반드시 도와주러 온다고 믿으며.

어쩌면 에히트르주에가 들었던 비명도 연기였을지도 모른다.

"그런가…… 이 나이프는!"

가슴에 꽂힌 나이프를 뽑아 충혈된 눈으로 노려보며 소멸시켰다.

정답이다, 라며 하지메는 오른손을 내밀어 스파크를 일으켰다.

"『멸신의 탄환』은 네 혼백을 흔들고 유에의 혼백을 각성시킨다. 『혈맹의 칼날』은 네 간섭을 끊고 유에에게 힘을 준다."

개념 마법 『멸신』— 오로지 에히트르주에의 혼백을 소멸시키기 위해서 태어난 마법이었다.

하지만 하지메는 밀레디에게 이 힘을 받으면서도 그녀의 충고를 곧이곧대로 믿지는 않았다.

그래서 신에게만 영향을 주는 특성만 믿고 유에의 혼백과 신의 혼백을 확실하게 구별하는 데 이용한 것이다.

계속 침묵하던 이유는 숨은 유에의 혼백을 마안으로 확인하기 위해서였다.

진짜 비장의 무기는 유에의 혼백에 직접 닿지 않으면 진가를 발휘하지 못하니까.

—소도형 개념 아티팩트 『혈맹의 칼날』.

이것이야말로 위장에 구체 형태로 숨겨 뒀던 진정한 비수. 부여한 개념은……

—유에의 혼백에 간섭을 금한다.
　　　　　내 여자한테 손대지 마

사랑하는 연인을 빼앗긴 괴물이 극한의 분노와 증오로 낳은 개념 마법이었다.

에히트르주에가 얼마나 육체 주도권을 빼앗으려고 해도 소용이 없었다.

이 세상에 태어난 새로운 개념이 그것을 저지한다.

유에의 혼백으로 뻗는 신의 마수는 하나같이 튕겨 나갔고, 육체를 채우는 신의 혼백은 이물질로 인식되어 공격받았다. 마치 특효약이 병원체를 제거하려는 것처럼.

"이걸! 처음부터, 노렸던 거냐?!"

"압도적 물량으로 밀어붙일 수 있으면 그건 그거대로 좋았 겠지. 하지만 내가 사랑하는 사람의 목숨이 달린 일이야. 두 번째, 세 번째 대책을 준비하는 게 당연하잖아?"

휘몰아치는 백금색 마력이 조금씩 황금색으로 돌아갔다.

맥동이 격렬하고 힘차질수록 에히트르주에는 고통스러운 낯빛이 되어갔고, 몸의 제어권도 더 빠르게 잃어 갔다.

이건 내 몸이라고, 닿아도 되는 사람은 하지메뿐이라고, 그런 무언의 의지가 신의 혼백을 두들겨댔다.

에히트르주에는 자기 안에서 봤다.

암흑 속에 황금색 빛이 나타나는 광경을.

아름다운 흡혈 공주가 완전하게 각성하는 모습을!

감겼던 눈이 조용히 열렸다. 빛나는 홍옥색 눈동자에는 오 로지 신뢰와 사랑만이 있었다. 신 따위 안중에 없고 그저 사 랑하는 파트너만 비추고 있었다.

그게 무엇보다 확실한 증거였다.

지금 이 순간을 기다렸음을.

말을 나누지 못하고 멀리 떨어져 있어도 하지메와 유에는 서로 해야 할 일을 완벽하게 알고 있었다고 증명됐다.

에히트르주에는 생각했다.

그때, 유에의 몸을 빼앗기는 했으나 저항을 받고 하지메를 놓아준 그때부터, 어쩌면 자신은 이 둘의 인연이라는 손바닥 위에서 놀아난 게 아닐까 하고.

이루 말할 수 없는 불쾌감이 들었다. 두 사람의 관계에서 자신을 위협하는 치명적인 무언가를 느끼고, 그것을 떨쳐 내려는 듯 소리쳤다.

"깔보지 마라, 흡혈 공주! 이 육체는 내 것이다! 후환은 남기지 않겠다! 네놈의 혼, 이번에야말로 짓뭉개주마! 그다음은 너다, 이레귤러!! 이 정도 개념은 내 힘 앞에서—."

"그렇겠지."

그 한마디가 너무나도 가벼워서.

그래서 예상했다는 것처럼 들리는 말에 불길함을 느껴 에히트르주에는 말을 멈추고 말았다.

그리고 깨달았다.

"—뭐, 야?"

그 시선이 향한 곳에서 아직 서지도 못하는 하지메가 떨리는 오른손을 내밀고 있었다.

자신을 향해 뻗은 손을 보고 에히트르주에의 얼굴이 숨길 수 없이 굳었다.

믿기 힘들게도, 믿고 싶지 않게도, 그 꽉 쥔 주먹 안에서 또 새로운 개념 마법의 기운이 감돌고 있었다.

하지메가 손을 폈다. 거기 있는 건 한 발의 탄환이었다. 피투성이인 것을 보아 또 몸속에서 꺼낸 듯했다.

"이, 이제 와서, 그딴 걸로! 아티팩트도 없이!"

유에의 혼과 다투느라 몸을 제어할 수 없는 에히트르주에는 초조함을 느끼면서도 비웃듯 소리쳤다.

하지메는 움직이지 않았다. 칼날도 닿지 않을 거리였다. 탄환만 있어 봤자 무의미하다는 건 자명한 사실.

하지만 정말로 의미가 없다면 보여주지도 않았다.

세 번째. 하지메는 자신이 자랑하는 최고의 마법을 외었다.

"―『연성』."

진홍색 빛이 파문을 일으켰다. 그러자 반짝이는 바람이 하지메의 손으로 모여들어 서서히 작은 형태를 이루어 갔다.

"……금속, 입자?"

에히트르주에가 어리둥절하게 중얼거렸다. 정확히 그 말 그대로였다.

"유에를 확실하게 되찾으려면 최소 세 가지 공정이 필요하다고 생각했지. ……말했을 거야. 확실하게 성공하기 위해서라고."

"설마, 그 싸움 도중에…… 그럼 이것도 처음부터 노리고……"

왜 크로스 벨트와 그림 리퍼즈는 참격으로 공격받았을 때조차 산산이 폭발하는가.

물론 자폭으로 최후의 일격을 가한다는 목적도 있기는 했다. 하지만 그건 사실 눈속임이었다. 진짜 목적은 끊임없이 광범위로 살포하기 위해서.

연성 마법으로 눈에 보이지 않고 허공에 날릴 정도로 미세하게 분해한 금속 입자를.

야타가라스 중에서는 싸우는 척하며 살포만 하는 개체도 있었다.

물량전만으로 이길 수 없을 거라고 예상하여 준비한 두 번째 계획이었다.

즉, 유일한 비장의 무기인 『멸신』을 맞히려고 사력을 다하는 척하면서 사실은 연성 재료가 될 금속 입자를 몰래 살포해 에히트르주에를 체내에서 공격, 구속하는 작전이었다.

머리 위에서 **격추당하도록 유도한** 크로스 벨트가 금속 입자를 뿌렸을 때, 에히트르주에는 자기도 모르는 사이에 그것을 흡입했다. 그걸 확인한 시점에서 이 작전은 통한다고 판단해 실행에 옮겼다.

더군다나 만약을 위해서 의수로 구속했을 때도 스파이크로 금속 입자가 다량 포함된 액체를 직접 주입했다.

그리고 하나 더.

—연성 마법 최종 파생 기능 『집중 연성』.

본래 연성 마법은 접촉이 발동 조건인데도, 넓게 퍼진 금속 입자를 모아서 『연성』할 수 있었던 이유가 이것이었다. 마왕성에서 각성한 연성 마법의 극의 『상상 구성』과 함께 획득한 기능이었다.

효과는 단순하다. 접촉하지 않고 주변의 금속을 모아 연성한다. 단지 그것뿐.

정말로 흔해빠진 직업에 어울리는 심심한 능력이었다.

하지만 그 흔해빠진 기술이 하지메의 목숨을 쭉 이어왔다. 나락의 괴물이 괴물이 될 수 있었던 이유였다.

그렇다면 그 오의가 신의 목을 물어뜯은 것도 분명히 필연일 것이다.

하지메의 입이 악마 같은 곡선을 그렸다. 마치 초승달처럼.

"물량전에서 압도했다. 근접전에서 격이 다르다고 보여줬다. 비장의 무기에 당하고도 이겨냈다. 아티팩트를 전부 파괴했다. 그래서—."

—이겼다고 생각했지?

신이 경악했다. 감정을 감추지도 못했다.

까딱 잘못하면 즉사했을 외줄 타기 같은 전투가, 사실은 포석이었고……

마지막에 무방비하게 다가간 것도 생각을 유도한 결과고……

설마 사랑하는 연인의 몸을 내부에서 갈기갈기 찢어 놓는 게 진짜 작전이었다니…….

미쳤다. 인간의 정신으로 할 수 있는 행동을 넘어섰다.

그렇게 생각한 탓에, 생각하고만 탓에, 동요한 정신이 또 육체 주도권 싸움에서 밀려 결국 하지메를 막지 못했다.

집중 연성이 금속 입자에서 만들어 낸 것은 보잘것없는 단발식 총이었다.

하지만 그거면 충분하다.

장전된 탄환은 마지막 쐐기가 될 일격. 에히트르주에의 숨통을 끊을 이빨.

"에잇, 또 방해를!"

에히트르주에는 필사적으로 도망가려고 하지만, 몸은 움직이지 않았다.

마법을 쓰려고 하면 갑자기 맥박이 격해져 방해했다.

마치 하지메의 일격을 엄호하는 것처럼. 아니, 분명히 그런 의도도.

—하지메.

목소리가 들렸다. 무서울 게 없다는 말투에 하지메 또한 겁없이 웃으며 진홍색 스파크를 내뿜었다.

그리고……

"내놔. 그 여자는 피 한 방울, 머리카락 한 올, 영혼 한 조각까지 전부 내 거야."

진홍 섬광이 필사적으로 무슨 말을 외치는 에히트르주에를 뚫었다.

발사된 것은 『혈맹의 탄환』. 『칼날』과 같은 소재. 그래서 효과도 보장됐다.

아슬아슬한 주도권 싸움의 형세를 한쪽으로 기울이기에는 충분하고도 남을 일격이었다.

"——!!"

말이 되지 못한 외침. 그것은 에히트르주에가 지른 비명일까, 아니면 유에가 지른 힘찬 함성일까.

그 직후, 황금색 빛이 폭발했다.

백금색 빛보다 훨씬 화려하고 따뜻한 색. 하지메를 감싸듯 비추고 참을 수 없이 애절한 감정을 전해 온다. 의심의 여지가 없는, 가장 사랑하는 이의 빛.

빛의 격류 속, 유에의 몸에서 그림자 같은 것이 쓸려나가듯 떨어졌다.

한 번 묵념하듯 눈을 감는다.

깊이 호흡한다.

선명한 홍옥색 눈동자가 똑바로 사랑하는 이를 바라봤다.

그리고 환하게 피어난 커다란 꽃처럼, 혹은 먹구름을 걷어내고 얼굴을 드러낸 태양처럼, 찬란한 빛을 발하는 행복한 웃음을 지어 보였다.

유에였다. 틀림없이 자신을 되찾은 유에였다.

둥실 떠올라 하지메 곁으로 다가온다.

하지메와 비슷할 만큼 피투성이지만, 그런 건 오히려 그녀의 아름다움을 돋보이게 할 뿐이다.

어른의 매력을 갖추고 풍성한 금발을 나부끼며, 안아주듯이 혹은 안아주기를 바라듯이 두 팔을 벌리고 뛰어든다.

그 모습을, 그때의 감격을 어떻게 표현하면 좋을까.

천언만어를 쓴다 한들 정확히 표현할 수 없으리라.

하지메는 그저 사랑으로 가득한 표정으로 다정하게 눈웃음 짓고 한쪽 팔을 내밀었다.

가슴으로 나뭇잎보다 부드럽게 유에의 몸이 포개졌다.

자리에 앉아 하지메의 목에 얼굴을 파묻고 있는 힘껏 끌어안았다.

하지메도 팔을 둘러서 유에를 마주 안았다.

부상의 통증 따위는 떨어져 있던 때의 고통에 비하면 아무것도 아니었다.

만감이 교차한다는 게 이런 뜻인가.

유에가 살짝 얼굴을 떨어뜨렸다. 이마와 이마를 딱 대고 두 손을 하지메의 볼에 가져갔다.

코앞에서 본 눈동자는 어떤 열기와 물기를 머금었고, 여린 연분홍빛 입술에서 흘러나오는 숨결은 화상을 입을 만큼 뜨거웠다.

하지메는 장밋빛으로 물든 유에의 볼에 살며시 손을 올리며, 듣는 이의 가슴을 옥죌 만큼 사랑이 느껴지는 목소리로 말을 전했다.

"데리러 왔어, 나의 흡혈 공주."

"……응, 믿고 있었어. 나의 마왕님."

서로의 장난스러운 호칭에 피식 미소를 흘렸다.

입맞춤은 자연스러웠다. 서로에게 닿기만 할 뿐인, 하지만 최대한 마음을 담은 다정한 입맞춤. 피 맛이 나는 건 웃어넘기자. 유에의 작은 혀가 하지메의 입술에 묻은 피를 날름 핥았다.

그러던 그때였다.

사랑을 확인하는 두 사람을 다시 찢어 놓으려고, 맹렬한 살

기와 함께 방대한 빛의 격류가 쏟아졌다.

유에가 반사적으로 상반신만 돌리며 한 손을 뻗고 『성절』을 전개했다.

거기에 은백색 빛의 포격이 직격했다.

"……으."

유에가 나직하게 신음을 흘렸다. 미간에 힘이 들어간다.

에히트르주에의 혼백을 쫓아내느라 유에는 상당히 많은 힘을 소모했다. 금방 공간 차단 장벽을 펼치지 못할 정도로.

삼중 후광으로 쏘던 포격에 비하면 하늘과 땅 차이라지만, 파멸의 포격을 『성절』로 막아낸 건 요행이었다.

신대급 마법을 다시 쓸 만한 여력은 없었다. 하지메는 만신 창이로 몸도 가누지 못했다.

하지만 이번에는 자신이 하지메를 지키겠다고, 한 발짝도 물러서지 않겠다는 의지로 『성절』을 끊임없이 발동했다.

그때, 광기와 분노로 뒤범벅된 저주 같은 말이 울렸다.

『죽어라, 죽어, 죽어, 죽여 버리겠어, 이레귤러!!』

장벽 너머, 빛의 포격이 발사되는 기점.

그곳에는 빛의 사도처럼 빛 자체로 구성된 인간의 형상이 떠 있었다.

그런 모습이 되고 음성까지 다르지만, 어떻게 모를 수 있을까. 존재 자체에서 흘러나오는 저열함은 숨길 수가 없는데.

그 빛의 인간은 틀림없이 에히트르주에였다.

『여기는 신역이다. 혼백만 남아도 피폐해진 네놈들을 압도하는 것쯤은 일도 아니다! 흡혈 공주가 보는 앞에서 죽이고 다시 한번 그 육체를 빼앗아주마!』

에히트르주에의 거친 음성이 공간 전체에 메아리처럼 울렸다.

하지만 그 격정에 반해 투과 공격이나 공간 도약 공격은 쓰지 않았다. 아마『멸신』이 아예 효과가 없진 않았나 보다.

유에의 혼백과 벌인 육체 쟁탈전은 물론이고,『혈맹의 칼날』과『탄환』도 상상 이상으로 그 힘을 빼놓았을 것이다.

그러나 은백색 포격은 파멸의 빛이라고 부르기에 충분했다.

신의 진노를 반영한 것처럼 포격은 위력을 높여 갔다. 벌써『성절』에는 쩍쩍 금이 가기 시작했다.

『절망해라! 마지막 수단도 나를 멸하지는 못했다! 이젠 무슨 짓을 해도 무의미하다!』

은백색 빛이 팽창했다. 유에가 필사적으로 마력을 쏟아부어『성절』을 복원하지만, 금이 가는 속도가 서서히 빨라졌다.

……에히트르주에도 생각하지 못했으리라.

옛 신들을 포함해 역사상 한 손으로 꼽을 정도밖에 발현하지 못한 개념 마법이, 세계에 새로운 이치를 만들어 내는 법칙의 기술이…….

"누가 그게, 마지막 수단이래?"

『……뭐라고?』

아직 하나 더 남았을 거라고는.

신이 얕본 것은 괴물이 흡혈 공주를 생각하는 마음이었다.

"유에."

"……응."

척하면 척. 자세한 작전은 몰라도 유에는 하지메가 무엇을 바라는지 손바닥을 들여다보듯 알 수 있었다. 그래서 그 이상의 말은 필요하지 않았다.

일어나서 하지메의 방패가 되도록 포격과 마주한다. 양손을 내밀고 힘을 모아 『성절』을 가능한 한 앞쪽에 내세운다. 여파가 최소화되도록 각도를 조절해 공격을 위로 흘려보내면서 『성절』 일부를 해제한다.

그곳으로 둑이 터진 것처럼 금속 입자가 밀려들었다. 스파크가 일어나는 하지메의 손바닥 위에 모인 금속 입자는 곧 한 발의 탄환으로 변했다.

하지메는 이를 까득 깨물었다. 그리고 뱉은 것은 봉인석을 코팅하여 숨겼던 돌조각. 마지막 개념 마법.

—모든 존재를 부정한다.
　　　　전부 사라져 버려라

마왕성에서 유에를 빼앗기고 절망한 하지메가 낳은 개념.

사슬이 붕괴하면서 사라진 줄 알았던 그것을, 하지메는 집중 연성으로 새끼손가락 손톱만큼이라도 확보해 어금니에 넣어 둔 것이다.

『혈맹의 칼날 탄환』은 어디까지나 유에를 구하기 위한 무기. 신을 해치우기에는 부족하다고 예상했었으니까.

지금까지 본 것 중 가장 흉악한 존재감을 발하는 어금니를 『연성』으로 탄환과 조합한다.

"알브헤이트가 어떻게 죽었는지 물었지? 진실을 말해주지.

그놈은 그냥 이성을 잃은 내 폭주에 말려들었을 뿐이야. 『멸신』 같은 개념을 내가 만들 수 있을 리 없잖아?"

『네, 네놈이!』

신의 착각을 바로 잡는다.

알브헤이트도, 그리고 에히트르주에도 세계를 멸망으로 이끄는 신이라서 죽는 게 아니다.

나구모 하지메의 역린을 건드렸다.

신을 멸하는 이유는 단지 그뿐이다.

설령 신이 아니라 동네 건달이 했어도 결과는 똑같다.

신의 자존심에 침을 뱉는 말에 에히트르주에는 굴욕이 목구멍까지 차올라 말문이 막혔다.

폭풍우 치는 바다처럼 요동치는 감정이 당장에라도 불구대천의 적을 말살하라고 들끓었다.

하지만 자신을 향한 개념이 얼마나 흉악한지 알아챈 본능은 당장 도망치라고 호소했다.

그 상반되어 충돌하는 감정과 본능이 치명적인 고민을 낳았다.

"체크메이트다, 잔챙이."

대담하게 웃는 입에 문 탄환을 툭 뱉어 장전하고, 방아쇠를 당긴다.

『존재 부정의 탄환』이 진홍색 섬광이 되어 발사됐다.

은백색 포격이 저항 없이 뚫렸다. 미미한 감속조차 없었다.

에히트르주에는 이 지경에 이르러 다시 초조함을 드러내며 피하려고 하지만…….

"유에의 이름으로 명한다. —『움직이지 마』!!"

『뭐라고?!』

구해주기를 기다릴 뿐인 연약한 공주님이 될 생각은 없다. 유에는 혼백이 되었을 때 그저 숨어 있지만은 않았다.

쭉 몰래 느끼고 있었다. 신이 사용하는 마법의 구성, 마력의 흐름과 그 효과를.

전란의 시대에 10대의 나이로 최강자 반열에 오른 마법의 천재였다. 그 수준은 신의 그릇이 될 정도. 심지어 육체는 실제로 마법을 쓰고 있었다.

그렇다면 신의 마법이라도 어느 정도는 따라 해 볼 만하다.

마력 고갈로 블랙아웃될 것 같은 정신을 의지의 힘으로 두들겨 깨우고, 사력을 다해 발동한 신의 마법 중 하나—『신언』이 대상을 구속했다.

『나는, 나는 신이란 말이다!! 이레귤러어어어—!!』

얼굴이 없어도 알 수 있었다. 에히트르주에가 지금 공포로 얼굴이 일그러졌다는 것쯤은.

묘하게 시간이 느리게 흐르는 세계에서 진홍색 멸망이 다가왔다.

에히트르주에는 분명히 들었다.

영원하리라 믿어 의심치 않았던 자신의 길이 허망하게 무너져 내리는 소리를.

이게 현실일 리 없다며 아무리 부정해도.

자신은 신이라고, 절대적 존재라고 부르짖어도.

무정하게, 비정하게, 무자비하게, 부조리하게 나락의 괴물이 내지른 살의의 포효는 이 세계의 모든 것을 파괴한다. 그것이 현실이었다.

그렇기에…….

『——!!』

진홍 섬광은 은백색 격류를 가르고 파멸의 미래와 함께—미친 신을 꿰뚫었다.

은백색 격류가 안개처럼 흩어졌다.

에히트르주에는 가슴에 휑하니 구멍이 뚫렸고, 믿어지지 않는다는 듯 그곳으로 손을 가져갔다.

그 구멍을 중심으로 빛의 육체가 무너져 갔다. 『앗』, 『아』라고 갈라진 목소리를 흘리며 붕괴를 멈추려고 하지만…….

『……말도 안 돼……. 이럴 수는…… 없어…….』

마지막으로 머리만 남은 에히트르주에가 하지메와 유에를 본 것 같은 기분이 들었다.

그리고 한 번 더 『이럴 수는……』이라고 중얼거리며 인간 형상의 빛은 허공으로 녹아들듯 사라졌다.

『성절』의 빛이 흩어지고 유에가 맥이 풀린 것처럼 풀썩 주저앉았다.

하지메도 작은 총을 천천히 내렸다.

정적에 휩싸인다.

하지메와 유에의 조금 빨라진 숨소리 말고는 아무런 소리도 나지 않는 순백색 공간.

유에는 미소를 띠고 고개만 돌려 하지메를 봤다.

눈이 마주친 하지메도 마주 웃어 보이고—.

"유에!"

하지메의 초조한 경고가 퍼졌다.

유에가 퍼뜩 시선을 돌린 것과 이 세계의 소리라고 생각할 수 없는 기괴한 절규가 울려 퍼진 것은 동시였다.

—으아아아아아아아아아아!!

눈에 보이지 않는 충격이 성난 파도처럼 두 사람을 덮쳤다.

유에는 저항도 하지 못하고 하지메의 가슴으로 날아갔다. 하지메는 바로 유에를 팔로 안아서 몸을 돌리고 자기 몸으로 충격을 막아냈다.

굉음이 울려 퍼졌다.

하지메가 반쯤 묻혀 있던 제단이 통째로 산산조각 나는 소리였다.

충격파와 제단에 껴서 압살당하지 않은 것은 요행이지만, 어마어마한 충격파를 직격으로 맞았다는 사실에는 변함이 없었다.

유에를 감싸 안은 하지메는 제단 잔해와 함께 폭풍에 농락당하는 나뭇잎처럼 날아갔고, 바닥에 몇 번 부딪친 뒤에야 겨우 멈췄다.

"윽, 쿨럭, 유에……."

"……응, 하, 지메!"

입으로 토한 피를 뿌리면서도 유에의 안위부터 살폈다.

감싼 덕분에 별다른 상처는 없지만, 유에도 충격으로 숨이 막히는 모양이었다.

두 사람이 손을 잡고 서로 받쳐주며 간신히 상체를 일으켰다.

그리고 주위를 돌아본 뒤, 얼굴이 굳었다.

"잠깐, 이거 뭐야……?"

"……신역이…… 무너지고 있어?"

순백색 공간이 뒤틀리고 있었다. 곳곳에 금이 가거나 휘고 불안정하게 흔들렸다. 이 이상한 공간 너머에서는 【신역】의 다양한 이계가 비치고 사라지기를 반복했다.

그 원인은 명확했다.

—으으아아아아어으으.

왜곡된 공간에서 분출한 새카만 독기가 한곳으로 흘러들어 소용돌이쳤다.

그리고 독기에 섞여 뛰어든 마물과 사도가 빨려들어 우득, 콰직, 절퍽…… 뼈와 뼈가 갈리고 살과 살이 뭉개지는 소름 끼치는 소리가 울렸다.

정신을 휘젓는 비명은 그 중심부에서 들려왔다.

"신의…… 말로인가."

"……응."

뚝뚝 끊기는 말이 메아리처럼 퍼졌다.

—죽기…… 싫어, 죽, 기…… 싫……어.

—왜…… 충분……하, 다는…… 모르…….

―영, 원……을…… 모두…….

―신…… 나, 는…… 신, 이다…… 그런, 데…… 왜…….

―잘못……됐을, 리……가, 내가…….

―복, 종…… 부서져…… 부, 숴…….

―봐, 라…… 나, 를…… 외쳐, 라…… 나, 에게…… 나를!

―안, 돼…… 죽기…… 싫, 어!

그 말은 생에 대한 집착이자 타인을 향한 원념이며, 치기 어린 지배욕, 자기 긍정과 자기애의 발로, 변명의 여지가 없는 단순한 화풀이였다.

하지만 죽기 싫다는 마음, 고독해져 전부 부숴 버리고 싶다는 마음만은…….

정말로 인정하고 싶지 않고 진심으로 혐오스럽지만, 하지메는 이해할 수 있었다.

나락 밑바닥에서 타인 따위 알 바 아니라고 변심하고, 마물의 피와 살을 먹으면서까지 살려고 발버둥 쳤다.

유에를 빼앗겼을 때는 극한의 파괴라는 개념을 낳을 만큼 폭주했다.

"……저건 어쩌면 너희를 만나지 못한, 나―"

나일지도 모른다. 그렇게 중얼거리려던 하지메의 입술을 유에의 검지가 부드럽게 눌러서 막았다.

그리고 조용히 고개를 젓고 속삭이는 목소리로 다정하게 반박했다.

"……저건 하지메랑 달라. 저것도 분명 생각해주는 사람은 있었어. 손을 내밀어야 했을 사람도, 손을 내밀어준 사람도. 그걸 거들떠보지도 않은 결과가 저거야."

유에의 홍옥색 눈동자에 자애가 떠오르고 손이 보물을 만지는 것처럼 하지메의 볼을 쓰다듬었다.

"······지금까지 하지메가 걸어온 길. 그게 하지메의 전부야."

마음이 얼어붙어도 유에가 도움을 청하는 목소리를 들었다.

이 세계가 어떻게 되든 상관없다고 말하면서 결국 많은 사람을 도와줬다.

그렇게 걸어온 길이 마왕성에서 하지메의 폭주를 막았다.

그러니까 비슷해 보여도 전혀 다르다고.

그러니까 내 하지메를 비하하지 말라고.

그렇게 전했다. 그리고 전해졌다.

"······유에가 그렇게 말한다면, 그런 거겠지."

"······응."

절체절명의 상황인데 무슨 감상에 빠져 있느냐고, 여기까지 와서 말해줘야 아는 거냐고 자조하는 하지메에게 유에는 부드럽게 미소를 지었다.

그 직후, 독기가 파열하듯 튀었다.

아직 소용돌이치는 독기에 휩싸여 있지만, 전모는 확실하게 보였다.

"진짜 괴물이군."

"······응. 불쌍할 지경이야."

거기 있는 것은 살덩어리였다. 여러 살과 뼈와 가죽을 아무렇게나 버무려 반죽하고, 거기에 팔다리를 여러 개 꽂은 꿈틀대는 살덩이.

촉수들까지 꾸물대는 꼴이 징그럽기 짝이 없었다.

그저 존재하기만 해도 인간의 정신을 오염시키는 모독적이고 역겨운 모습.

에히트르주에의 의지는 느껴지지 않았다. 마찬가지로 이성도.

『존재 부정의 탄환』은 분명히 치명상을 줬을 것이다. 그래도 사라지지 않은 건 영원한 삶과 지배와 유린을 포기할 수 없다는 그자의 집념, 아니, 망집 때문이리라.

그 에히트르주에였던 것이 다시 절규했다.

—키이이아아아아아악!!

그러자 폭풍이 휘몰아쳤다. 검은 독기가 회오리치고, 보이지 않는 충격파가 살덩이를 중심으로 퍼져 나왔다.

하지메와 유에는 퍼뜩 몸을 숙였으나, 다시 떠밀려 날아갔다.

고통에 신음하면서도 잡은 손만은 절대로 놓지 않았다.

서로 뒤엉키며 바닥을 구르고 다시 서로 지탱해 몸을 일으켰다.

"유에, 피를 빨아."

"……하지만."

"괜찮아."

유에는 망설였다. 하지메는 괜찮다고 하지만, 괜찮을 리가 없었다. 이미 치사량에 가깝거나, 어쩌면 그 이상의 피를 흘렸을지도 몰랐다.

배에 난 상처와 두 다리의 상처도 아직 아물지 않았다. 근육을 수축해 출혈을 막고 있지만, 언제 출혈 과다로 심장이 멎어도 이상하지 않을 상태였다.

아직 의식을 유지하며 머리를 굴릴 수 있는 이유는 오로지 괴물이라고 불릴 정도의 강인한 육체 덕분이었다.

그래도 정말로 아슬아슬한 상태다. 여기서 피를 빨면 마지막 생명선까지 끊을지도 모른다.

멀리서 다시 살덩이가 소름 돋게 울부짖었다.

그때마다 공간은 격렬하게 왜곡되고 충격파가 순백색 세계를 파괴해 갔다.

게다가 촉수가 먹잇감을 찾듯 꾸물대는 모습도 보였다.

이대로 가면 가만히 있어도 죽을 건 뻔했다. 그래도 망설이는 유에게 하지메는 웃어 보였다.

그건 언제나 유에의 가슴을 뛰게 하는 대담무쌍한 웃음이었다.

송곳니를 드러내고 눈을 흉악하게 번뜩여 아군에게는 절대적인 믿음을, 적에게는 트라우마로 남을 전율을 주는 얼굴. 흡혈 공주를 포로로 만든 악마의 웃음.

"내가 이 사태를 예상하지 못했을 거라고 생각해?"

"하지메……."

"그야 비장의 무기는 전부 썼어. **나는** 말이지."

유에는 더 이상 아무 말도 하지 않았다.

아아, 정말로, 내가 사랑한 사람은 이 얼마나…… 악마 같은가. 설레는 가슴을 안고 고개를 끄덕였다.

더는 망설이지 않고, 하지메가 자신을 끌어안은 팔의 감촉을 느끼며 목에 얼굴을 묻었다.

흘러드는 피가 조금씩 유에의 마력을 회복시킨다. 다음 순간, 심장이 뛰었다. 지금까지 느낀 적 없는 고동이 고막 안쪽에서 울렸다.

『혈맹 계약』— 자신이 정한 유일한 상대에게서 흡혈하면『혈력 변환』효과가 강해지는 기능, 때문만은 아니었다. 그것을 훨씬 능가하는 속도로 회복되어 갔다.

—유에 전용 강화 아티팩트『나구모 하지메』.

더 정확하게 말하면 혈중 철분이었다. 승화 마법과 혼백 마법, 거기다가 치트 메이트 성분까지 들어간 철분이 혈관을 타고 하지메의 몸을 흐르고 있었다.

자신이 아티팩트를 잃고 유에가 피폐해졌으며,『존재 부정의 탄환』으로도 죽이지 못했을 때를 예상해 자기 자신을 유에 전용 아티팩트로 완성한 것이었다.

"……으응."

너무나도 감미로워 유에는 자기도 모르게 신음을 흘렸다.

그 소리에 반응한 것은 아니겠지만, 살덩이에게서 무수한 촉수가 눈으로 포착하기 어려운 속도로 날아들었다. 그 날카로운 끝에 맞으면 일격에 몸이 꿰뚫릴 것이다.

하지메의 목에서 입을 뗀 유에가 한 손으로 허공을 그었다. 그 순간, 눈앞의 공간이 엿가락처럼 휘며 이계로 가는 구멍

이 열렸다. 쇄도하는 촉수가 모두 그 공간 너머로 추방당하고
말았다.

『게이트』를 이용한 『추방 방어』지만, 마력 소비는 극히 소량
이었다. 유에는 이 불안정한 공간 자체를 이용한 것이다.

힘 소모를 억제하면서 하지메를 지킨 유에는 다시 시선을
돌렸다.

하지메의 눈 초점이 미묘하게 어긋났다. 지금 흡혈로 역시
나 한계에 달한 모양이었다. 얼굴에서는 핏기가 빠졌고 당장
에라도 눈꺼풀과 함께 의식이 닫힐 것 같았다. 상처에 정신을
집중해서 통증으로 간신히 의식을 붙잡아 두는 상태였다.

유에는 급히 재생 마법을 쓰려고 했다. 하지만 하지메의 눈
을 보고 멈췄다.

괜한 마력을 쓰지 말라고 주장하고 있었다.

지금 당장 고쳐주고 싶은 충동을 필사적으로 참으며 유에
는 하지메의 몸을 지탱했다.

갈라진 목소리, 하지만 체념과는 거리가 먼 힘을 품은 목소
리가 들렸다.

"웬만한…… 공격은, 안 통해……."

"……응. 방금 일격을 넘어설 개념 마법이 필요해."

하지메의 의도를 파악하고 공간 간섭으로 몸을 지키며 말
을 이어갔다.

하지메는 만족스럽게 살포시 미소 지으며 고개를 끄덕였다.

"……그래도, 나 혼자서는 마력이 부족해."

"변성, 마법을…… 나한테—."

"……! 하지메를 권속으로, 흡혈귀로 만들라고? 내 피를 빨아서 회복할 수 있게?"

뒤통수를 맞은 기분이었다. 생각도 하지 못한 방법이었으니까.

하지만 불가능하다고는…… 하지 않았다. 빠르게 계산을 마친 머리가 가능하다고 알려줬다.

당연하다. 티오조차 다른 생물을 권속으로 바꾸는 마법을 얻었다. 그건 하지메의 아티팩트가 보조한 덕분이지만, 유에의 재능이라면 자력으로 상식을 뛰어넘는다.

이미 티오가 유사한 힘을 얻었다는 사실을 모르는 유에의 입장에서는 대체 어디까지 내다본 거냐며, 감탄을 넘어서 어이가 없을 정도였다.

하지만 기쁘기도 했다. 기쁘지 않을 리 없었다.

왜냐면 이 작전은 유에라면 할 수 있다는 절대적인 믿음이 바탕에 깔려 있으니까.

이에 부응하지 않으면 하지메의 여자라고 할 수 없다. 유에의 입에도 대담무쌍한 웃음이 떠올랐다.

"……아티팩트 재료는?"

"내, 눈."

유에의 눈이 커졌다. 아주 자연스럽게 의식에서 벗어나도록, 안대에 인식 방해 마법이 걸렸다는 사실을 지금에야 깨달았다. 냉정한 상태라면 몰라도 굴욕과 분노, 그리고 가학심으로 흥분한 에히트르주에가 놓친 것도 이해할 수 있었다.

하지메의 지시에 따라서 유에의 가느다란 손가락이 안대를 벗기고 하지메의 오른쪽 눈에 닿았다. 그리고 단숨에 푹 쑤셔 넣었다.

하지메에게서 작은 신음이 흘러나오지만, 유에는 입을 꾹 다물고 주저 없이 눈알을 뽑았다. 작은 청백색 수정구— 마안석을 손에 쥔다.

"유에…… 부탁, 할게."

"……응. 맡겨줘."

그렇게 변성 의식이 시작됐다.

황금빛이 하지메를 감싸고 몸속으로 침투해 갔다.

격렬한 공격을 공간 간섭으로 막으며, 변성 마법과 혼백 마법, 승화 마법을 복합한 최고 난이도 마법을 구사하는 경천동지할 기술.

완전한 흡혈귀가 될 필요는 없다. 최소한만, 흡혈 능력만 갖추면 된다. 하지만 그것마저도 신의 영역, 초월자의 행위다.

에히트르주에의 살덩이가 촉수 공격으로는 끝내기 어렵다고 본능적으로 파악했는지, 우둔한 몸뚱이를 끌고 천천히 다가오는 것이 느껴졌다. 그건 틀림없이 죽음의 카운트다운이었다.

너무 집중한 나머지 방어가 허술해져 촉수 몇 개가 몸을 스쳤다.

하지만 그런 극한의 상태에서도 나락의 괴물이 사랑하는 파트너, 흡혈 공주는 완벽하게 바람에 부응했다.

"유, 에!"

"······응. 이리 와, 하지메."

하지메의 송곳니가 늘어나고 눈동자가 홍옥색으로 빛났다. 조금만 힘을 줘도 부러질 것 같은 유에의 목에, 물어뜯다시피 이빨을 찔러 넣었다.

"······으응, 앗."

신역의 마법은 성공했다. 하지메의 목이 울릴 때마다 눈에 띄게 마력이 회복되어 갔다.

그럴 상황이 아닌 줄 알면서도 유에의 입에서는 달콤하고 뜨거운 숨결과 신음이 흘러나왔고 머릿속이 멍해졌다. 이대로 계속하고 싶다는 생각이 머리를 스쳤다.

하지만 동시에 냉정한 이성이 지적했다.

'부족해······.'

그렇다, 부족했다.

『존재 부정』을 넘어선 개념 마법을 만들기에는 너무나도 부족했다.

하지메에게 줄 수 있는 혈액이 곧 한계에 달한다고 직감으로 알 수 있었다. 유에 자신의 마력도 흡혈귀화 마법으로 꽤나 줄어들었다.

이대로는 안 된다······. 그런 초조함이 밀려오지만······.

"괜찮아. 너한테 바친 아티팩트가 이 정도일 리 없잖아?"

목에서 떨어진 하지메의 자신감 넘치는 목소리를 듣자니, 스스로 생각해도 참 단순하다고 웃음이 나올 만큼 마음이 놓였다.

그런 유에의 입술에 하지메가 자기 입술을 포갰다. 정분을 나누려는 것이 아니었다.

진짜 마지막 작전을 위해서였다.

유에가 흘리는 신음을 무시하고 송곳니로 서로의 입술에 상처를 냈다.

흘러나온 피를 서로 탐하듯이 나누었다.

그 직후, 그게 왔다.

쿠웅!! 엄청난 기세로 마력이 팽창한 것이다.

유에에게서 고갈 직전이었던 마력이 솟구치며 황금빛이 회오리쳤다. 동시에 하지메에게서도 막대한 마력이 터져 나왔다.

두 사람을 중심으로 하늘을 찌르는 듯한, 아니, 실제로【신역】을 꿰뚫고 하늘로 올라가는 마력 격류가 휘몰아쳤다.

황금과 진홍이 두 사람의 관계를 보여주듯 얽히고 섞여 혼연일체로 미쳐 날뛰었다.

―유사 무한 마력 생성법『연리의 약속』.

사실 유에가 체내에 흡입한 금속 입자는 하지메의 혈액 속 철분과 섞인 뒤『혈력 변환』으로 이용될 경우만 발동하는 아티팩트였다. 혈력 변환 후 잃은 피의 힘을 복원하는 효과가 있다. 상호 간에 피를 교환한다면 이론상 무한으로 힘이 회복된다.

즉, 현재 상황에서 키스를 계속하면 마력이 무한정 생성된다는 뜻이다.

"……아앙."

부풀어 오르는 힘과 사랑하는 이와 피를 나누는 기쁨에 유에가 신음하며 몸을 떨었다.

하지메도 마찬가지였다. 품에 안은 흡혈 공주가 사랑스러워서 견딜 수 없다는 듯 피 맛이 나는 키스를 이어갔다.

에히트르주에의 말로가 이제 코앞까지 다가왔다.

—으워어아아아아아!!

물리적인 충격을 동반한 절규와 촉수로 덤벼들었다.

그 공격에 유에는 눈도 돌리지 않고 『추방 방어』를 해제했다.

이제는 필요 없으니까.

실제로 진홍과 황금의 마력 격류가 방벽이 되어 모든 공격을 튕겨내 버렸다.

부풀어 오른 마력은 이제 공간을 압궤할지도 모를 수준이었다. 역사상으로도 유례가 없는 공전절후의 마력량이었다.

하지메와 유에의 입술이 천천히 떨어졌다. 그래도 눈빛은 여전히 서로를 놓아주지 않는다.

상황에 어울리지 않는 달콤한 분위기지만, 방해할 수 있는 자는 이 세상 어디에도 없었다.

두 사람은 몸을 붙인 채 살포시 손을 포갰다. 그런 둘 사이에는 신결정으로 만든 마안석과 보잘것없는 총이 있었다.

그리고 외친다. 하지메 비장의 무기이자 흔해빠진 기술을.

"—『연성』!!"

그 직후, 진홍과 황금색 빛이 녹아 태양이 태어난 것 같은 빛의 폭발을 일으켰다. 그 아름답고 힘찬 빛에 살덩이는 몸부림치며 뒤로 물러났다.

빛이 집약되어 갔다.

그 너머에는 조그만 총을 함께 잡고 겨누는 하지메와 유에가 있었다.

피폐해져 떨리는 하지메의 팔을 유에가 손으로 받쳐주며 조준을 맞췄다.

몸 상태와 달리 유난히도 맑은 눈동자가 살덩이 괴물, 에히트르주에를 바라보고 있었다.

진홍과 황금 스파크가 튄다.

모든 것을 끝내기 위한 필살의 탄환이 자기 차례만을 기다리며 으르렁댄다.

거기에 담긴 것은 틀림없이, 이전 그 어떤 마법보다도 강대한 개념 마법.

—키이이이이이이이이이이이이이이익!!

에히트르주에가 미친 듯이 촉수를 휘둘렀다. 자신을 향한 파멸적 기운을 본능으로 느낀 모양이었다.

하지만 그런 무모한 공격이 이제 와서 둘에게 통할 리 없었다.

"남자한테 키스로 승리를 안겨준다. 히로인 같은데, 유에?"

"……응. 마지막에는 반드시 승리를 쟁취한다. 히어로 같아."

농담을 주고받으며 방아쇠에 걸린 손가락에 살며시 힘을 주고……

"그건 그렇고, 저거한테 해줄 말은 하나뿐이야."

"……응."

호흡을 하나로 맞춰 그 주문을 왼다.
""—모든 죄과는 죄인에게 돌아간다.""

^{사람 잘못 건드렸어, 망할 자식아}

탄환과 함께 쏘아 보낸 그것은 인과응보의 말이었다.

감히 내 몸을 써서 하지메를 다치게 했다는, 백번 찢어 죽여도 모자랄 격렬한 분노. 하지메의 감정이라면 더 말할 것도 없다.

서로를 끔찍이도 아끼는 두 사람이었다. 사랑하는 이를 괴롭힌 분노는 감정의 극치에 달했으리라.

그리고 분명 그 개념은 먼 옛날부터 신의 유희로 짓밟혔던 사람들의 마음을 대변하는 말일 것이다.

방아쇠가 당겨졌다.

신을 죽이는 것치고는 가벼운 작렬음. 허공을 가르는 한 줄기 섬광은 가늘었다.

하지만 거기 담긴 개념은 역대 최강의 『멸신』.

영원에 가까운 시간, 타인에게 주던 고통과 피해를 그대로 돌려주는 개념이 에히트르주에에게 인과응보의 인벌(人罰)을 내린다.

잠깐의 정지와 정적.

살덩이를 뚫은 진홍색 잔영이 사라졌다. 탄환이 꿰뚫은 곳에서 오물 같은 검은 피가 꿀렁 쏟아졌다. 살덩이가 무너져 내린다.

그리고 잠시 후.

—키이, 악, 으아, 끄아아아아아아아!!

생물이 내는 소리라고는 믿을 수 없는 단말마가 울려 퍼졌다.

새카만 독기가 섞인 은백색 마력이 하늘을 찔렀다. 【신역】을 뚫고 눈에 익은 검붉은 하늘까지 뚫었다.

신의 악행이 불러온 고통과 실해는 어느 정도인가. 만약 수치로 표현한다면 천문학적 숫자가 될 그것이 한순간에 오롯이 자신을 파고들었다.

지옥불에 떨어진다 한들 이보다 더할 수 없으리라.

울려 퍼지는 비명은 그 고통을 전해주기에 충분했다.

소리가 그친 후, 그곳에는 아무것도 남지 않았다.

그것이 에히트르주에의, 이 세계 신의— 최후였다.

신을 죽인 초라한 총이 바스러졌다.

두 사람은 잠시 정적과 서로에게 몸을 맡겼다.

손이 이어진 감촉에 행복을 느끼다가, 이내 서로를 바라보며 부드럽게 풀어진 웃음을 지었다.

"아차, 여운에 잠길 때가, 아니……지."

"……응. 하지메, 설 수 있겠어?"

"……쳇, 다리가…… 몸 자체가, 제대로 안 움직여. 유에, 넌?"

"……앉아 있는 게…… 한계야."

창조주를 잃으면서 【신역】이 본격적으로 붕괴하기 시작했다.

진동이 시시각각 커지고 순백색 공간에 무수한 금과 구멍이 생기고 있었다.

그런데 두 사람 중 누구 하나 제대로 움직일 수 없었다. 신을 죽인 뒤에 진짜 위기가 찾아왔다며 허탈하게 웃을 수밖에 없었다.

"미안, 유에……. 사실은, 에히트를 죽인 뒤에…… 회복되길 기다렸다가, 입자나…… 최악의 경우 뼈라도 써서…… 게이트 키를 만들려고…… 했는데……."

"……응. 그럴 시간 없어 보여."

『연리의 약속』도 쓸 수 없었다. 금속 입자와 혈중 철분도 연속된 부하에 버티지 못했는지 효력을 잃고 말았다. 애초에 혼백까지 쇠약해진 두 사람은 어차피 마력이 있어도 바로 신대 마법을 쓸 수 있는 상태가 아니었다. 십중팔구 정신을 잃었을 것이다.

아무리 빈틈없이 대비해도 사람은 전지전능하지 않으니까.

결국 지금 가장 필요한 『회복할 시간』을 벌 수 없었다.

가속도가 붙은 것처럼 무너져 가는 세계에서 하지메는 벌레를 씹다 못해 삼킨 표정을 지었다. 그래도 아직 절망만은 하지 않았다.

"여기까지 와서…… 끝나는 건…… 인정 못 해. 기어서라도, 돌아가고 말겠어."

"……응!"

하지메와 유에는 서로 어깨를 부축하며, 붕괴하는 순백색 세계를 말 그대로 기어가는 속도로 나아갔다.

목표는 지상을 비추는 순백색 공간의 끝자락.

거대한 크레바스 같은 균열을 피하고 큰 구멍을 우회해 느

릿느릿하게 한 걸음씩 전진했다. 지금까지 두 사람이 그래왔
듯이.

붕괴한 바닥의 끝에 도착했다.

아래쪽은 아무리 봐도 생물이 살아서 지나갈 수 없을 만큼
공간이 왜곡되어 있었다. 맨몸으로 뛰어들면 무사하지 못하리
라고 본능이 말해줬다.

지상과 살아남은 연합군이 보이는데도.

분명 저곳에는 카오리와 여러 소중한 사람들이 있을 텐데도.

그곳이 한없이 멀어 보였다.

완전히 붕괴하기 직전까지 회복을 기다리면 아티팩트나 마
법으로 조금이라도 몸을 보호할 수 있지 않을까. 치킨 게임
같은 조마조마한 긴장감이 가슴을 조여든다.

하지만 현실은 잔혹하다. 더는 도망칠 곳도 없다. 붕괴는 점
점 빨라지고, 빛조차 빨아들인 듯한 새까만 허무가 다가오고
있다.

"……유에."

"……응?"

"사랑해."

"응, 나도…… 사랑해."

역시 회복하기엔 늦었다. 그러면 반대로 각오할 수밖에 없
었다.

지금 서 있는 바닥에도 금이 가는 와중에 두 사람은 침착
하게 웃으며 키스를 나눴다.

그리고 이판사판 도박에 나서려고 지상을 비추는 공간 왜곡으로 뛰어들려는데—.

"잠까아아안!! 완벽한 타이밍에 나타나는 공전절후 초절정 천재 미소녀 마법사~! 밀레디 라이센~☆ 등장♪ 나를 불러낸 건 누굴까? 너희야?"

뭔가 나왔다.

"".......""

하지메와 유에는 자기도 모르게 눈만 깜빡였다. 마치 정숙한 장례식장에서 관을 박차고 피에로가 튀어나온 것처럼.

그런 두 사람에게 개의치 않고 난입자는 눈살이 찌푸려질 만큼 흥분조로 속사포 같은 입을 나불댔다.

"뭐야뭐야뭐야~. 기껏 밀레디 씨가 도와주러 왔는데 반응이 너무 썰렁하잖아! 뜨거운 박수로 맞이하라고! 밀레디 운다? 어흑흑, 힐끔힐끔한다?"

"……거 되게 시끄럽네."

"……응. 100퍼센트 밀레디."

이 깐족거림을 보면 신분 증명도 필요 없다. 두 사람은 눈앞에서 스마일 가면 골렘이 V사인 윙크로 뾰로롱 별을 날리는 광경을 현실이라고 받아들였다.

그리고 어느샌가 한정된 범위지만 붕괴가 멈췄다는 사실을 깨달았다.

"이거…… 네가 한 거야?"

"후훗, 그렇지. 해방자 리더 밀레디한테 이 정도는 식은 죽 먹기란 말씀! 찬양하고 싶으면 허락해줄게♪ 앞으로 몇 분도 못 버티겠지만."

"……설마, 탈출할 수 있어?"

"물론이지~! 이미 토끼 친구랑 용 친구도 지상으로 던지고 왔어. 이제 너희뿐이야! 역시 나야! 능력 있는 여자! 자, 박수 박수!"

무슨 원리인지 밀레디는 스마일 가면을 빠짝빠짝 빛내며 자화자찬했다. 하지만 짜증 나는 말투와는 별개로 지금만은 진심으로 감탄스럽고 고마울 따름이었다. ……참을 수 없이 분한 마음도 들었지만.

그러나 애매하게 웃던 두 사람의 표정이 다음 말과 함께 무너져 내렸다.

"자, 이거 『저급 계월의 화살』. 마지막 하나야. 이런 불안정한 공간이 아니면 제대로 쓸 수 없는 물건이지만, 여기서 탈출하기에는 충분해. 그리고 서비스로 회복약도 줄게! 그 정도면 화살을 발동할 순 있겠지? 그거 마시고 둘이서 빨랑 고! 고! 나머진 이 누나한테 맡기시라~♪"

"……너는? 같이 안 가?"

던져준 『저급 계월의 화살』을 유에가 받은 뒤, 하지메가 물었다. 마치 밀레디만 이 붕괴하는 공간에 남겠다는 말로 들렸기 때문이었다.

그리고 그 생각이 맞았나 보다.

"응, 남을 거야~. 이런 해로운 공간은 남겨 두면 안 돼. 지상도 분명히 말려들 거야. 내가 처리할게."

"⋯⋯꼭, 여기서 죽겠다는 말처럼 들리는데."

회복약 덕분에 아티팩트를 발동할 만큼 마력이 회복된 하지메가 제법 또박또박해진 말투로 물었다.

밀레디는 거기에 새침하게 대답했다.

"응. 나는 여기서 퇴장이야. 밀레디 씨의 인생 최후, 최고의 마법으로 신역을 압축해서 분리수거 하는 거야! 이런 곳은 있으면 안 되니까. 처음부터 이럴 예정이었어."

원래는 【신역】과 함께 신을 처치할 최종 수단. 요컨대 자폭이었다.

하지만 신이 건재했다면 그것도 어려웠으리라. 그래서 밀레디의 말투에는 감사하는 마음이 묻어 있었다.

"자기희생? 안 어울리게. 그보다―."

죽음을 전제로 하는 말투가 마음에 들지 않아서 하지메는 반사적으로 반론하려고 했다.

그 순간, 작은 골렘에 겹쳐 금발벽안에 14, 15살 정도 되는 아름다운 소녀가 나타났다. 유체 투영이었다.

인간이었을 적 밀레디가 장난스러운 말투와 달리 굉장히 만족스럽게, 그런데도 가슴이 떨릴 만큼 다정한 표정으로 하지메와 유에를 바라봤다.

"자기만족이지. 동료와, 소중한 사람들과 나눈 약속―『나뻔 신을 쓰러뜨리고 세계를 구하자!'라는 동화 같고 바보 같지만, 진심으로 나눈 약속을 지키고 싶을 뿐이야~."

밀레디의 시선이 허공을 바라봤다. 후회와 오싹할 만큼 강한 의지가 담긴 창궁색 눈동자가 먼 과거를 보고 있었다.

"나는 세계도 사람들도 못 구했어. 미래의 누군가한테 맡길 수밖에 없었지. ……쭉, 쭉 이날만 기다렸어. 지금 이곳에서 사람들을 위해 모든 힘을 쏟아붓는 것. 그게 지금까지 내가 살아온 이유야."

밀레디가 혼잣말처럼 하는 말을 하지메와 유에는 조용히 들었다.

밀레디는 안일한 자기희생에 도취된 것이 아니니까. 자신들은 상상도 하지 못할 옛날부터 가슴에 간직했던 마음을 마침내 지금 이루려고 한다는 것을 알았으니까.

그런 두 사람을 보고 밀레디는 더욱 상냥하게 눈웃음쳤다.

"고마워, 나구모 하지메랑 유에. 우리 숙원을 이뤄줘서. 우리 마법을 올바르게 써줘서."

그 감사의 말에 하지메와 유에는 신비한 감동을 느꼈다. 이제 말릴 생각은 추호도 없었다. 그저 그녀의 마지막 여정을 지켜볼 수 있다는 사실에 기쁨마저 느꼈다.

그래서 자연스럽게 누그러진 표정으로 대답했다.

"……밀레디, 고마워. 당신 마법이 가장 도움이 됐어. 내가 밀레디 라이센의 후계라고 자랑스럽게 말할게."

"……헤헤. 좋아! 밀레디 씨가 인정해줄게!"

"『네가 바라는 대로 살면 돼. 네 선택이, 분명 이 세계에 가장 좋을 테니까』 너는 그렇게 말했지? 내 선택이 최선이었다고 생각해?"

"물론! 그 망할 자식은 저세상까지 날아가 버렸고, 나는 여기 있어. 이 닳고 닳은 찌꺼기 같은 생명을 맹세한 대로 사람들을 위해 쓸 수 있어. 너희 덕분에…… 드디어 안심하고 친구들을 보러 갈 수 있어."

분명 육체가 있었다면 밀레디의 눈가로 눈물이 흘러넘쳤을 것이다. 그 모습이 자연히 떠오를 만큼, 밀레디의 말에는 만감이 담겨 있었다.

"자, 준비해. 슬슬 붕괴를 막는 것도 힘들어. 너희는 기다려주는 사람들에게 돌아가야지. 나도 나를 기다려주는 사람들한테 갈 거니까."

정지했던 공간이 다시 진동하기 시작했다.

휘청거리면서도 회복약 덕분에 간신히 일어선 하지메와 유에는 유에가 쥔 『저급 계월의 화살』을 발동하며 똑바로 밀레디를 바라봤다.

그리고 진심을 담아 말했다.

"밀레디 라이센. 당신에게 경의를 표할게. 억만년을 거치고도 한 치 흔들림 없는 그 의지는 틀림없이 천하제일이야."

오스카 오르크스.

나이즈 그류엔.

메일 메르지네.

라우스 번.

류티리스 하르치나.

반드르 슈네.

대미궁 창설자, 밀레디와 함께한 위대한 해방자들의 이름을 하나씩 입에 담으며.

하지메는 한 손을 가슴에 대고 고개 숙였다.

"당신의 소중한 사람들과 함께, 절대로 잊지 않을게."

유에도 마찬가지로 최대한의 경의를 담아 말했다.

"……당신들이 발버둥 쳤던 과거 중에서 의미 없는 일은 하나도 없었어. 반드시 후세에 전할게."

밀레디는 잠시 말문이 막혔다.

생각지도 않게 쭉 원하던 보물을 선물 받은 표정이었다.

"아, 어…… 에, 에이, 왜 그래~! 뭔가, 괜히, 아무 말도 못 하겠잖아! 그런 소리 들으면! 자, 정말로 시간 다 됐어! 빨리 돌아가, 빨리!"

감격에 겨워 횡설수설하는 자신이 부끄러웠는지, 밀레디는 쑥스러워하며 고개를 돌리고 손을 휘휘 저었다.

바닥의 균열이 커졌다. 붕괴가 다시 시작됐다.

하지메와 유에는 눈을 맞추려고 하지 않는 밀레디에게 살포시 웃어 보이며 등을 돌렸다. 아래쪽의 왜곡된 공간 너머로 지상을 확인하고, 두 사람은 고개를 끄덕였다.

그리고…….

"갈게, 세계의 수호자."

"······안녕, 세계의 수호자."

입을 맞춘 것도 아닌데 둘은 자연스럽게 그 이름을 부르며 지상으로 뛰어내렸다.

그 뒤에 남은 밀레디는 두 사람이 있었던 곳을 잠깐 바라보았고······.

"세계의 수호자라······. 부끄럽네. 마지막 순간에 그러는 건 치사해. ······보답받았다고, 생각해 버렸잖아."

낯간지럽게 웃었다.

그 직후, 창궁색 마력이 분출했다. 가면에 금이 가고 금속 몸체가 분해되는 것처럼 끝부분부터 사라져 갔다.

일곱 해방자가 총력을 다해 리더를 위해서 만든 조그만 골렘을 중심으로 어마어마한 스파크가 튀며 검게 소용돌이치는 흉성이 태어났다.

바로 그때, 문득 인기척을 느낀 기분이 들어 밀레디가 고개를 들었다.

아, 하고 목소리가 흘러나왔다.

거기에는, 아무리 시간이 지나도 잊히지 않는 소중한 사람들이 있었다.

"다들······."

말은 돌아오지 않았다. 다만, 잘했다고 칭찬하듯, 혹은 자랑스럽게 모여서 미소 지을 뿐.

죽음을 앞두고 본다는 주마등, 아니면 그냥 헛것일까.

정체가 무엇이든, 아무래도 상관없다.

"뭐야, 마중 나왔어? 에헤헤, 그럼 그 말을 해 볼까? 드디어 해 볼까!"

부풀어 오른 흥성이 주변 일대를 집어삼킨다. 순백색 공간도, 수많은 이계도, 허무 같은 공간도 전부. 블랙홀처럼.

골렘 자체도 흔적도 없이 사라져 가는 가운데, 밀레디의 혼은 천진난만의 표본 같은 표정으로 소리쳤다.

영원에 가까운 혼자만의 여행을 끝낼 말, 쭉 하고 싶었던 그 말을.

"얘들아! 나 왔어어어~!!"

다음 순간, 순백색 공간은 소리도 없이 소멸했다.

검붉은 세계가 뒤집혀 있었다.

하늘에 나타난 반전 세계는 그런 표현이 전혀 어색하지 않았다. 수많은 이계가 사람들 머리 위를 뒤덮었고 뒤틀린 공간과 함께 무너져 갔다.

공기는 끊임없이 진동했다. 천둥 같은 소리와 함께 공간에 금이 가고, 그 균열이 서서히 퍼져 나갔다. 점차 상공으로, 점차 동서남북으로, 점차 지상으로.

세계가 무너진다.

그래서 그토록 맹위를 떨치던 사도 군단이 은색 비가 되어 땅으로 떨어져도 누구 하나 환성을 지르지 않았다. 기도하듯 마른침을 삼키며 하늘을 올려다봤다.

"아아, 신이시여……."

누가 그렇게 중얼거렸다.

신의 진실을 아는 사람은 적었다. 일반 병사 중에서는 아무도 없으리라.

결전을 앞두고 혼란에 빠뜨리지 않으려고 하지메와 릴리아나를 필두로 각국 상층부가 합의해 내린 조치였다. 그래서 대다수 사람의 머릿속에는 올바른 신과 악한 신이 존재한다.

그러니 그들이 믿는 신에게 의지하고 싶은 마음은 당연했다.

그런 그때, 귀여우면서도 늠름한 목소리가 울렸다.

의지할 필요는 없다고, 믿을 사람은 따로 있다고 주장하듯이.

사람들에게 다가서서 함께 사선을 넘은 『풍작의 여신』— 하타야마 아이코였다.

『여러분, 절망할 필요는 없습니다! 그 사람이, 지금도 악한 신과 싸우고 있을 거예요! 사도가 떨어진 것도, 신역이 부서진 것도, 악한 신이 괴로워하는 증거예요! 붕괴도 반드시 멈춰주겠죠! 그러니까 기도해요! 그 사람의 승리를! 사람의 승리를! 자, 목소리를 모아서! 우리의 의지를 보여줍시다!』

전장이 쥐 죽은 듯 고요해졌다.

아이코의 말은 하지메가 준비해준 선동 문구가 아니었다.

순수하게 아이코 본인의 마음에서 우러난 외침이었다.

하지메 일행이 무사히 승리하리라, 그리고 세계를 구원하리라고 믿는 아이코의 의지를 나타내는 말.

그래서일까. 자연스럽게 마음으로 스며드는 것은.

처음으로 답한 사람은 릴리아나였다.

『승리를!』

아티팩트로 확성한 총사령관의 목소리가 전장에 메아리쳤다.

이어서 만신창이라고 느껴지지 않는 패기와 함께 가할드가 호응했다.

『승리를!』

연이어 쿠제리가, 란지가, 알프레릭이, 캄이, 아둘이, 시몬이, 그리고 유카가 배에 힘을 주고 외쳤다.

ᒥᒥᒥᒥᒥᒥ승리를!!ᒧᒧᒧᒧᒧᒧ

연합군 병사들의 마음에 다시 용기의 불꽃이 타올랐다.

승리를!! 승리를!! 승리를!! 승리를!! 승리를!! 승리를!! 승리를!! 승리를!! 승리를!! 승리를!! 승리를!! 승리를!! 승리를!! 승리를!! 승리를!! 승리를!!

전장에 승리의 대합창이 울려 퍼졌다. 수많은 군화가 대지를 흔들었다.

천상 세계에 닿도록, 『사람』의 의지가 암흑을 거두는 태양처럼 솟아올랐다.

인간, 아인, 이세계인을 불문하고 자신들과 천상 세계에서 싸우는 이들의 승리를 믿으며 구령을 복창했다. 그 목소리가 짜 놓은 것처럼 하나로 모였다.

그런 가운데 한 명, 합창에 동참하지 않고 오로지 하늘을 바라보는 검은 천사가 있었다.

마력 고갈로 당장에라도 추락할 것 같은 카오리였다.

조금이라도 하늘 가까이에서 하지메 일행의 귀환을 기다리

고 싶어, 느린 속도로 명멸하는 흑은색 날개를 어렵사리 제어
하며 꿋꿋이 【신역】을 바라보고 있었다.

그러던 때였다. 카오리의 얼굴에 희색이 돌았다.

머나먼 상공, 수천 미터나 위라서 보통 사람은 보지 못할
것을 똑똑히 보았다.

요동치는 공간 일부가 말리며 구멍이 생기고, 거기로 사람
이 튀어나오는 것을.

감속할 기미도 없이 떨어지는 사람에게서……

"아아아앗?!"

"으어어어어~?!"

참으로 맥 빠지는 비명이 들렸다.

"시아, 티오!"

그건 분명히 토끼 귀가 푸다닥 날리는 시아와 엉망이 된 옷
이 돌풍에 날려 적나라한 모습을 드러낸 티오였다.

그 위에는 스카이 보드를 탄 시즈쿠, 스즈, 류타로, 그리고
코우키가 허둥지둥 쫓아오는 모습도 보였다.

네 명이 필사적으로 쫓는 상황과 초조한 표정으로 알아차
렸다. 아, 위기구나, 라고.

흑은색 날개를 퍼덕였다. 반응이 둔한 몸을 채찍질해서 포
탄처럼 가속했다. 정확히 상대 속도를 맞추며 낙하지점으로
끼어들어 간신히 두 사람의 팔을 잡았다.

"시아, 티오! 어서 와!"

"카오리 씨! 다녀왔어요!"

"고맙구나, 카오리. 그리고, 다녀왔다."

셋이 얼싸안으며 서로가 무사함을 기뻐했다.

두 명이나 안고서 체공할 여유는 없어서 연합군과 거리를 둔 곳으로 활공해 내려왔다.

시아와 티오가 안도의 숨을 내쉬고 카오리와 함께 풀썩 주저앉았다.

조금 늦게 시즈쿠와 아이들도 내려왔다.

"카오리!"

"시즈쿠!"

스카이 보드에서 뛰어내린 시즈쿠가 카오리에게 와락 안겼다. 카오리도 눈시울을 눈물로 적시며 시즈쿠를 안아줬다. 거기로 다른 아이들도 다가왔다.

"카오링~! 우리 왔어!"

"스즈! ……어서 와!"

순간적으로 에리가 없는 의미를 짐작하고 입을 다물었으나, 안겨드는 스즈를 반갑게 받아줬다. 세 명은 서로의 마음을 생각해주며 강하게 끌어안았다.

"야, 너도 무사해 보이네?"

"류타로도. 다들 무사해서 다행이야……."

류타로의 말에 마음속 깊이 안도하는 표정을 보이고, 거북하게 뒤쪽에 선 코우키에게 가슴속 근심이 걷힌 것처럼 밝게 웃어 보였다.

"코우키도 무사해서 기뻐."

"……응, 나도. 전부 다, 진심으로 미안해. 다 내 잘못이야. 그리고…… 고마워."

마왕성에서 카오리를 공격한 터라 말을 걸어주지 않으리라 각오하던 코우키는 눈가에 눈물방울을 맺으며 고개를 숙였다.

다른 아이들처럼 자신을 포기하지 않아 줘서 그저 감사할 뿐이었다. 물론 더 이상 혼자만의 착각에도 빠지지 않는다.

그런 코우키에게 고개를 끄덕인 뒤, 카오리는 하늘을 올려다봤다. 그리고 뭔가를 찾듯이 여기저기를 살폈다. 누군가를 찾고 있다는 걸 누구나 알 수 있었다.

"카오리 씨…… 하지메 씨랑 유에 씨는 같이 안 왔어요."

"하지만 걱정하지 말거라. 필요해서 도중에 갈라졌을 뿐이야. 주인님과 유에도 필시 돌아올 게야."

시아와 티오도 유에와 하지메의 귀환을 믿으며 하늘을 봤다.

"그리고 밀레디 씨가 데리러 갔어요……."

그렇게 말하는 시아의 옆얼굴에는 약간의 쓸쓸함이 떠올라 있었다.

밀레디에게 『저급 계월의 화살』을 받았을 때의 일이다.

당연히 함께 심층으로 가겠다고 주장하는 시아와 티오에게 밀레디는 『저급 계월의 화살』은 수량이 제한되어 있고 한 번 쓰면 파손되는 데다가, 한 명이 지날 크기의 『게이트』를 짧은 시간 여는 게 고작이라고 설명했다. 그래서 이계를 건널 때 너무 많이 소비하면 최악의 경우 탈출할 사람을 골라야 하는 사태가 발생한다며 둘을 말렸다.

그래도 시아와 티오가 좀처럼 물러서지 않자 밀레디는 하지메와 유에를 자기에게 맡겨달라고 부탁했다. 그때 밀레디가 보여준 분위기 앞에서 두 사람은 더 이상 고집을 피울 수 없었다.

왜냐면 눈치챘으니까.

아, 이 사람은 돌아올 생각이 없다. 자기 몸을 던져 세계와 하지메를 구하기로 각오했다, 라고.

"그래 보여도 대단한 사람이니까요, 괜찮아요!"

"시아…… 응, 그래. 그리고 그 둘이 함께라면."

"그래. 그 둘은 실패란 말을 모르니까."

카오리는 스즈와 시즈쿠에게서 살짝 몸을 떼고 다시 조용히 하늘을 봤다.

시아와 티오도, 그리고 아이들도 똑같이 하늘을 우러러봤다. 붕괴하는 【신역】을 노려보듯이. 무사히 돌아오기를 기원하면서.

연합군 쪽에서도 목이 쉬어라 승리의 기도가 울려 퍼지고 있었다.

그렇게 얼마나 시간이 지났을까.

영원하게 느껴지는 몇 분 후.

그 일이 벌어졌다.

"앗."

무심결에 목소리를 낸 사람은 카오리였다.

진홍과 황금이 섞인 빛기둥이 갑자기 【신역】을 뚫고 하늘을 찔렀다.

잘 아는 마력인데도 아군의 간담마저 서늘해지는 마력 격류와 거기 담긴 강대한 의지의 너울에 전장의 함성이 뚝 그쳤다.

모두 압도되거나 매료된 것처럼 나선을 그리며 하늘로 오르는 두 마력에 눈길을 사로잡혔다.

"하지메 씨! 유에 씨!"

시아가 외쳤다. 환희에 넘치는 목소리로.

그 직후, 진홍과 황금색 마력이 역재생처럼 모이기 시작했다.

그리고.

세계에 울리는 단말마 비명.

직접 고막에 닿지는 않지만, 전 세계에 사는 모든 사람이 들었다.

동시에 이번에는 은백색에 시커먼 독기 섞인 섬광이 치솟았다.

근거는 없지만, 누구나 확신했다. 저건 신에게서 흘러나온 피라고.

곧 탁한 은백색 빛도 허공으로 사라지고 세계에 정적이 돌아왔다.

어떻게 된 것일까. 모두 긴장하여 침을 삼키는 가운데, 붕괴하던 천상 세계가 갑자기 중심부를 향해 수축되어 갔다.

마치 무언가에 빨려 들어가는 것처럼, 혹은 압축이라도 하는 것처럼.

그 후, 한 점으로 모인 천상 세계가 흩어졌다.

소리는 없었다.

충격도 없었다.

마냥 조용하게, 선명한 일곱 색깔 파문이 몇 겹이나 겹쳤다.

낮의 햇빛의 색, 아침놀의 색, 푸르른 달빛의 색, 싱싱한 어린잎의 색, 힘찬 대지의 색, 고요한 어둠을 담은 색, 그리고 모든 것을 감싸는 드넓은 창공의 색.

그 아름다운 파문은 어디까지고 퍼져나갔고, 곧 검붉게 물든 세계 자체를 덧칠해 갔다.

세계가 색을 되찾는다.

그건 눈물이 날 만큼 장엄하며 아름다운 광경이었다.

"아아…… 신이시여."

누군가가 중얼거렸다.

다만, 그건 이미 구원을 바라는 목소리가 아니었다.

그 가슴속을 채운 것은 신화의 목격자가 되었다는 사실에 대한 감사와 벅차오르는 감동이었으니까.

일곱 색깔 파문은 조금씩 기세가 약해졌으나, 사라지지는 않고 조용히 눈물 흘리는 사람들을 지켜보듯 일곱 색 오로라가 되어 하늘에 머물렀다.

"하지메…… 유에……."

그런 가운데, 악문 이 사이에서 흘러나온 듯한 목소리가 들렸다. 카오리가 피를 흘릴 정도로 주먹을 꽉 쥐며 소멸한 【신역】을 노려보고 있었다.

"하지메……."

"……나구모."

"젠장. 그 자식, 뭐 하는 거야!"

"나구모!"

시즈쿠, 스즈, 류타로, 코우키가 이를 꽉 깨물며 심각한 눈길로 하늘을 주시했다.

검붉은 세계가 완전히 사라졌다.

태양이 본연의 빛으로 세계를 비추기 시작했다.

하지만 아무리 기다려도 찾는 사람은 보이지 않았다.

세계가 올바른 모습으로 돌아와도 전장조차 아직 침묵을 유지했다.

요새 옥상에서 유카가 떨리는 목소리로 말했다.

"뭐, 하는 거야…… 빨리 좀 돌아와!"

코스케와 캄이 제대로 서지도 못하는 상태에서도 소리쳤다.

"장난치지 마, 나구모! 어서 돌아와!"

"보스! 아직 아무것도 해드리지 못했습니다!"

사령부에서 손끝이 새하얗게 질리도록 깍지를 낀 릴리아나가 기도했다.

"이런 마무리는 절대로 인정할 수 없어요. 부탁이니까 나와 주세요."

그리고 요새 옥상 끝에서 연합군을 고무하던 아이코도.

"나구모, 안 돼요. 돌아온다고 약속했잖아요. 약속은 지켜야죠. 어기면, 절대로 용서 안 할 거예요……."

눈물이 흐르는 것을 필사적으로 참으며 애써 강하게 말했다.

그렇게 드문드문 사람들의 마음속에, 그리고 코우키와 류타로, 스즈의 마음에도 「두 사람은 이미……」라는 비통한 체념이 고개를 들고—.

"괜찮아요!!"

목이 찢어지도록 단언하는 외침이 울려 퍼졌다. 꽤 떨어져 있는데도 연합군 전체에 전해지지 않았을까 싶을 정도로.

사람들이 놀라서 시선을 돌렸다.

시아가 토끼 귀를 꼿꼿이 세우고 허리를 쭉 펴서 위풍당당하게 섰다.

하늘에서 눈을 떼지 않고 확신에 찬 목소리로 말한다.

"누가 뭐라고 하든, 무슨 일이 생기든! 하지메 씨와 유에 씨가 함께 있으면 무조오오건 괜찮아요! 같이 있는 한 두 사람은 무적이에요!"

그러니까 이 정도 고난은 웃어넘기며 돌아온다.

한 치의 의심도 없는 신뢰가 불안에 사로잡혔던 이들의 마음을 바로 세웠다.

마법이라도 부린 것처럼 믿음이 세계로 퍼져나갔다.

"……후후, 맞아. 오히려 어디선가 또 둘만의 세계에 빠졌을지도 몰라."

"그거 말 되는구먼. 우리 같은 건 금방 잊어버리지."

"가장 사랑하는 사람과 감동의 재회를 나누면, 그럴 만도 해."

카오리에 이어서 티오와 시즈쿠도 쓴웃음을 참을 수 없었다. 그 대화에 다른 아이들의 표정에서도 근심이 걷혔다.

그 직후였다.

그들의 말이 옳았다고 증명이라도 하듯…….

"아…… 후후, 봐요!"

시아가 가리킨 곳에서 진홍색 파문이 퍼진 것은.

하늘에 걸린 일곱 색 오로라 사이에 작은 구멍이 열렸다.

"엇?!"

"……으응."

거기서 튀어나온 것은 찰싹 밀착한 두 사람. 말할 필요도 없겠지만, 하지메와 유에였다.

하지메는 한쪽 팔로 유에를 끌어안았고, 유에도 하지메의 목에 팔을 두르고 꽉 매달려 있었다.

둘은 웅웅 울리는 바람 소리를 느끼며 추락하고 있었다. 높이로 보아 40초면 지상에 떨어질 것 같았다.

멀리 연합군이 보였다. 이대로 가면 수 킬로미터 떨어진 초원에 떨어질 듯했다.

"유에, 날 수 있겠어?"

"……아니. 화살을 발동하느라 다 썼어."

"하긴, 그렇지. 조금 거칠 테니까 단단히 잡아."

"……응. 잡고 있을래. 절대로 안 놓쳐."

"……."

낙하산 없는 스카이다이빙 중인데 유에의 눈동자는 하지메밖에 보고 있지 않았다. 코앞에서 고혹적인 웃음을 지으며 입맛까지 다신다.

크흠, 하고 헛기침했다. 하지메는 빨라지는 고동을 무시하고 진홍색 마력을 희미하게 둘렀다. 한쪽 팔이 없어서 균형을 잡기 힘들지만, 어떻게든 자세를 제어했다.

"쓸 수 있는 횟수는…… 죽기 살기로 하면 열 번인가."

구석에 눌어붙은 찌꺼기 같은 마력으로는 『공력』 발판도 몇 번 쓰지 못한다.

그걸로 고도 8천 미터의 스카이다이빙에서 생환해야 한다.

"뭐, 유에와 함께라면 나쁘진 않지."

"……쪽."

볼에 입을 맞췄다. 풍압으로 몸을 가누기도 힘든 상황에서 용케 그런다며 웃음이 나왔다.

하지메가 실패할 거라고는 눈곱만큼도 생각하지 않으리라.

그렇다면 믿음에 부응해야 남자 아니겠는가. 그런 기백으로 하지메는 마력에 집중했다.

몸을 빙글 돌려서 공중에 파문을 퍼뜨리자 순식간에 발판이 만들어졌다. 바로 부서졌지만, 낙하 속도는 확실하게 줄었다. 그것을 반복한다. 지상까지 거리와 속도를 계산하면서.

서서히 고도를 낮추며 퍼지는 진홍 파문을 보고 연합군도 깨달은 모양이었다.

잔물결 같은 웅성거림이 퍼지고, 잠시 후.

감동에 벅차오른 목소리가 울렸다. 가녀린 총사령관님이었다.

『우, 우리가, 이겼어요!!』

드디어 들려온, 그토록 듣고 싶었던 대망의 선언.

그 순간.

—우오오오오오오오오오오오오오오오오!!

전장에, 아니, 신이 없는 새로운 세계에 사람들의 환성이 폭발적으로 울려 퍼졌다.

신세계의 탄생을 알리는 첫 울음소리에 호응한 것처럼, 하늘을 덮는 일곱 색깔 오로라에서 반짝이는 빛 입자가 떨어졌다.

거기에 광채를 되찾은 햇빛이 반사되어 다이아몬드더스트처럼 세상이 반짝였다. 그건 마치 신세계에 내려진 축복 같았다.

빛의 샤워가 쏟아지는 가운데, 마지막 파문을 차고 성공적으로 감속한 하지메가 유에를 안은 채 땅으로 내려왔다.

그래도 두 다리에 난 상처는 다 낫지 않았고, 『공력』을 써서 남은 마력까지 텅텅 비어 버렸다. 몸도 심하게 쇠약해져 도저히 버틸 수 없었다.

그 결과, 유에를 안은 채 뒤로 벌러덩 넘어가고 말았다.

"하하, 폼이 안 사네."

하지메는 꼼짝도 하지 않는 몸을 눕혀 어색하게 웃었다. 하지만 그 표정에는 한 점 그늘도 없었다.

계속 팔에 안겨 있던 유에는 하지메 위에 올라타서 몸을 찰싹 밀착시켰다.

그리고 코끝이 닿을 만한 거리에서 천천히 고개를 저었다.

"……멋있었어. 최고로."

"그래?"

"……응. 하지메, 고마워. 사랑해."

유에는 녹아내릴 듯 감미로운 미소를 보여주고는, 부드럽고 달콤한 입술을 하지메의 입술 위에 포갰다.

움직이지 못하는 하지메를 원하는 만큼, 원하는 대로 탐닉한다.

물론 몸이 움직여도 유에가 원한다면 하지메는 저항할 수 없겠지만. 아마도, 아니, 분명히 그럴 생각조차 들지 않았을 테니까.

끝날 줄 모르는 입맞춤은 연합군의 환성마저 닿지 않는 둘만의 세계를 만들었다.

하지만 그런 두 사람도 무시할 수 없는 소리가 들렸다.

"아앗! 봐요, 역시 자기들끼리 즐기고 있잖아요! ……응? 유에 씨?!"

"어, 어른이 됐어어어어?! 이젠 몸까지 키워서 하지메를 덮치고 있어?!"

"이럴 수가! 주인님이 무저항…… 아주 뻑 갔구먼."

"윽, 어, 엄청난 성숙미……. 그래도 물러설 순 없어! 여자는 무조건 돌격이야!"

시아, 카오리, 티오, 시즈쿠였다.

그 뒤에서 스즈와 류타로, 코우키도 달려오고 있었다.

앞선 네 사람은 감동의 재회에 어울리지 않게 시끌벅적 떠들며 하지메와 유에에게 뛰어들었다.

유에가 키스를 멈추고 몸을 일으키고, 하지메는 눈만 돌려 함께 웃었다.

"어, 왔냐? 다녀왔어."

"……응. 다녀왔어."

""""""어서 와!"""""

환희와 친애로 넘쳐흐르는 마중 인사가 상쾌한 바람을 타고 초원으로 퍼져 나갔다.

올려다본 하늘에는 다이아몬드더스트.

주변에는 봄볕처럼 따스한 웃음꽃을 피운 소중한 사람들.

멀리서 하지메의 이름을 부르며 달려오는 수많은 사람들.

자신을 감싸는 따스함과 밀려오는 성취감, 그리고 만족감으로 온전히 채워진 마음.

하지메는 웃었다.

그건 대담함과 부드러움이 섞인 듯한, 한마디로 표현할 수 없는 신기한 감정이 드러난 웃음…….

그 웃음에 유에와 동료들이 심장을 부여잡으며 몸부림치는 가운데.

하지메는 편안한 피로감에 몸을 맡기고 조용히 눈을 감았다.

신화 대전.

사람들이 자연스럽게 이름 붙인, 세계의 운명을 건 결전으로부터 한 달이 지났다.

오늘도 【하일리히 왕국】 왕도가 존재한 곳에서는 활기찬 소리가 들려왔다.

주로 들리는 소리는 장인 기질 다분한 고함이었다. 지시, 기합, 호명이 어지럽게 뒤섞이고, 사이사이에 담소나 싸우는 소리도 들렸다.

눈을 돌리면 알록달록한 빛이 지상을 수놓고 목재와 석재가 하늘을 날아다녔다.

복구의 소리와 광경이었다.

검과 마법의 판타지 세계다운 광경이라 할 수 있겠다.

왕도는 전투 시작과 동시에 신산을 파괴하며 토사와 잔해 아래 매몰됐지만, 놀랍게도 이미 토사와 잔해는 모두 제거됐고 일부 구역에서는 건축이 시작됐다.

신화 대전에 참가하지 못한 전 세계의 비전투원— 특히 기술공들이 총동원되어 복구를 도왔기 때문이었다.

종족, 국가의 울타리를 넘어선 선의의 협력이었다.

사실 사령부가 전장을 확인할 때 쓴 외부 모니터 아티팩트는 왕도 백성의 피난처였던 제도나 각국 주요 도시에도 설치되어 있었다.

모든 사람이 인류 존속을 건 싸움을 지켜볼 수 있도록 학생들이 소집 임무를 갔을 때 설치한 것이었다.

그래서 이 세계의 많은 사람이 그 결사의 전투를 보고 있었다.

신화의 목격자가 된 것이다.

어찌 감명받지 않겠는가. 자신도 뭐라도 하고 싶다고, 그 누가 생각하지 않겠는가.

결전 뒤, 각지에 설치된 『게이트』가 다시 열리고 왕도 앞 대초원은 많은 사람이 재회와 승리를 축하하는 소리로 가득 찼다.

그리고 돌아오지 못하게 된 영웅들, 흙과 돌무더기에 묻힌 왕도를 보고 적어도 전후 복구에 힘쓰겠다고 다짐했다.

그 의지와 인력은 막대하여, 이 속도라면 반년 안에 얼추 원래 모습을 되찾을 거라는 예측이 나올 정도였다.

그런 복구 현장의 최전선으로, 신화 대전의 최전선이었던 곳이 사용되고 있었다.

전투의 흉터가 심각했던 대초원은 말끔히 평탄화됐고, 임시 주택도 다수 건설되어 복구 관계자가 불편 없이 지낼 환경이 조성되었다.

그들을 지원할 목적으로 상인도 많이 모였으며 음식점과 잡화점도 잇달아 들어섰다. 만약 상인들이 아예 왕도에 자리를 잡는다면 도시 확장이 필요할지도 모를 정도였다.

그렇게 된다면 분명 【신산】을 등에 업었던 시절보다 더 활기차고 멋진 도시로 거듭나리라.

그리고 그 초원에는 임시 『하일리히 왕궁』도 있었다.

창문이나 출입구를 늘려서 수복 겸 주거 편의성을 높인 개조 요새였다.

사령부였던 곳에서는 책상 앞에 앉은 소녀가 끙끙 앓는 소리를 내고 있었다.

젊은 나이에 인류 연합군 사령관을 맡으며 반쯤 전설의 인물이 되어가는【하일리히 왕국】왕녀, 릴리아나 S. B. 하일리히였다.

"릴리, 너무 고민하면 머리 빠진다?"

"불길한 소리 하지 마세욧!"

서류와 씨름하던 릴리아나가 고개를 홱 들었다.

왼쪽 벽 책상에서 서류 정리를 돕던 유카가 한심하게 바라보고 있었다. 오른쪽 벽에서는 아이코도 쓴웃음을 지었다.

"뭘 고민해? 오고 싶은 사람이 있으면 오라고 해."

"이미 포화 상태라구요!"

활기를 띠고 복구 속도가 빨라지는 건 좋지만, 뭐든 과하면 좋지 않다.

선의의 협력자가 너무 많아서 인원 파악 및 배치, 복구 최전선 마을(가칭)의 확장에 어려움을 겪고 있었다. 『마을』이 『도시』로 발전할 속도로 규모가 불어나는 탓이었다.

당연히 행정 업무에는【하일리히 왕국】에서 정치를 하던 귀족과 문관들도 참여하여 힘써주고 있었다.

하지만 릴리아나는 살아 있는 전설이 될 정도의 인기인.

원래는 전례 없이 다양한 인재가 모인 곳에서 이토록 원활하게 일이 진행될 리 없다.

릴리아나가 진두지휘를 맡고 결정을 내리기 때문에 다들 순순히 따르는 것이었다.

유카와 아이코가 돕는 이유도, 물론 릴리아나를 돕고 싶다는 순수한 마음도 있지만, 『풍작과 승리의 여신』과 그 제자들의 리더가 함께 있으면 무슨 일이든 원만하게 해결되기 때문이었다.

"너무 그러지 말고, 릴리 씨도 진정하세요. 노무라 그룹이 확장 공사를 해주고 있으니까 괜찮을 거예요."

"아이코 씨…… 그건 그거대로 무서워요. 이 속도로 가면 최종적으로 왕도의 크기가 다섯 배로 커진다구요. 복구한 뒤에 그걸 통치하는 건 우리예요, 우리."

"……그, 그리고 보니! 시몬 씨는 언제쯤 돌아올까요!"

"아이 선생님, 말 돌리는 게 너무 노골적이잖아요……."

이번에는 유카가 쓴웃음을 지었다.

찌푸린 눈 아래로 진한 다크서클이 생긴 릴리아나는 결사의 전투를 헤쳐나온 탓인지 열네 살이라고 믿기 어려운 관록이 붙었다. 아이코가 햄스터처럼 바들거리며 시선과 화제를 돌리려고 해도 어쩔 수 없었다. 열 살 이상 연하를 상대로 그래도 되냐는 생각은 하지 말자.

물론 그런 햄스터 아이코를 흐뭇하게 생각하는 사람도 많았다.

릴리아나도 독기, 보다는 어깨에 들어간 힘을 빼고 의자에
몸을 묻었다. 등받이에서 작게 끼익 소리가 났다.

"당분간은 돌아오시지 않겠죠. 신화와 해방자의 진실을 세
계에 전하는 역할이 있으니까요. ……물론 교황 성하께서 직
접 하시지는 않지만."

교황 시몬은 어찌어찌 살아남았다. 방심하면 금방 탈출해
서 거리를 나다니는 펑키 할아버지는 여전히 교회 관계자의
골칫거리이자, 백성의 경악과 사랑을 한 몸으로 받고 있었다.

"그래도 앞으로 변해 갈 교회의 상징 같은 분이죠?"

아이코의 말에 이의는 없었다.

절대적인 신앙과 가치관을 강요하는 교회는 이제 없다.

신앙은 백성을 위해서 존재한다.

교회는 백성의 정신적 지주가 되어주면 족하다.

사람은 자유로운 의사를 가지고 살아간다.

신은 아무것도 하지 않으셔도 된다. 그저 사람들의 삶과 그
들이 내리는 결정을 지켜봐 주시면 된다.

구원이 필요하면 사람이 구하자.

도움이 필요하면 사람이 돕자.

그 선의의 최전선에 서는 자가 바로 성직자다. 우리 성교(聖
敎) 교회다.

교회의 방침에는 크나큰 격변이 있었다.

시몬 교황은 전쟁의 혼란이 수습될 무렵, 신생 성교 교회의 방침, 새로운 교의의 근간이 되는 신조를 발표했다.

당연히 처음에는 백성들 사이에 혼란과 당혹감이 퍼졌다.

심지어 인간 세계에 강림한 신으로 여겨지던 교황이 길거리에서 아무렇지 않게 말을 걸어오는 데다가 노점에서 꼬치구이를 사 먹고, 그걸 부하에게 들키자마자 노인답지 않은 속도로 도주하는 모습이 잇달아 목격됐다.

그 때문에 자기 눈과 머리가 이상해졌다고 의심해 치료원으로 달려가는 사람이 속출했지만…….

"아이코 씨 말씀대로 그런 교황 성하만이 할 수 있는 일도 있겠죠. 굳어 버린 가치관을 바꾸는 건 물론이고…… 신화와 해방자의 진실을 알리는 것도요."

"진실이라……."

유카가 의미심장하게, 뭐라고 말하지 못할 묘한 표정을 지었다.

하지메가 초안을 짜고 릴리아나가 처음 퍼뜨린 선신과 악신이라는 페이크 스토리.

교회의 방침을 변경하면서 이 스토리에 새로운 살이 붙었다.

그건 바로, 해방자였다.

"네, 진실이잖아요? 신의 진명은 에히쿠리버레이. 그를 봉인하고 이 세계의 신으로 둔갑한 악신은 에히트르주에. 그리고 그 악신을 타도하려고 모인 자들을 해방자라고 한다……."

"하지만 힘이 미치지 못했던 그들은 『반역자』라는 오명을 쓴다. 그래도 그들은 포기하지 않고 후세에 힘을 맡기기 위해서 대미궁을 창설했다. 그 리더가 우리가 궁지에 빠졌을 때 달려와준 밀레디 라이센이다. 맞죠?"

아이코가 뒷말을 이어받고 유카와 똑같은 표정을 보였다.

새침하게 반응하는 사람은 릴리아나뿐이었다.

"사람들을 내몰 뿐인 진실은 필요 없어요. 설령 거짓말이라도 그게 사람들의 마음을 구원하고 불필요한 싸움을 막는다면 좋은 일 아닌가요?"

이 왕녀님, 정치력까지 생겼네, 라며 유카와 아이코는 서로를 보면서 피식 웃었다.

그것을 못 본 척한 릴리아나는 식은 홍차를 마시며 말을 이었다.

"게다가 완전히 거짓말은 아니에요. 밀레디 씨가 구해준 건 사실이잖아요."

하지메에게 이야기는 들었다. 【신역】에서 마지막에 무슨 일이 있었는지.

"악신 최후의 저항. 세계를 저승길 길동무로 삼으려는 붕괴를 자기 몸과 맞바꿔 저지했다. 틀림없이 구세주 중 한 명이에요."

밀레디 라이센.

인간의 육신을 버리고 무기체 몸이 되어서까지, 영원에 가까운 시간을 홀로 지내면서까지 사람들의 미래를 생각했던 최후의 해방자.

인류를 향한 그녀의 헌신은 그 누구도 의심하지 않았다.

아이코와 시몬이 연설하면서 설명한 덕분이기도 하지만, 무엇보다 사람들이 자기 눈으로 봤기 때문이었다.

악신이 검붉게 물들인 세계를 걷어낸 일곱 색깔의 장엄한 빛을.

그것이 붕괴를 막고 아름다운 세계를 되찾아주는 광경도.

의심의 여지가 있을 리 없었다.

이미 연설 중에 사용한 호칭 『세계의 수호자』는 사람들 사이에 침투했고, 『반역자』라는 오명에서는 완전히 벗어났다고 볼 수 있었다.

또한, 역사가들은 이미 이번 신화 대전을 역사에 남기고자 집필에 들어갔고, 기존 역사서를 개정하면서 해방자들의 진실도 싣기 시작했다.

밀레디 일행이 걸어온 궤적과 분투, 그 고귀한 희생은 마침내 역사의 어둠에서 햇빛 아래로 나오게 됐다.

참고로 에히쿠리버레이라는 이름은 『일곱 해방자』라는 의미를 담은 조어였다.

악신이 선신의 이름을 사칭했다는 설정이면 에히트르주에의 이름이 남는다.

신앙심을 존재 승화의 힘으로 바꾸는 비의는 에히트르주에와 【신역】과 함께 사라졌겠지만, 만일의 사태에 대비하고 싶다.

……라는 명목을 내세웠지만, 에히트르주에를 해방하기 위해 싸웠다고 후세에 전해지면 열받지 않겠냐고 배려한 결과였다.

물론 배려한 사람은 이 완전히 진짜도 가짜도 아닌 미묘한 커버스토리를 고안한 모 백발 안대였다.

　사소한 감사 표시라고 할 수 있겠다.

　"교회 최상부와 각 지부의 사교 자리도 성가대 생존자분들이 부임했어요. 예전 상층부는 하지메 씨를 타도하려고 총본산에 모였다가 아이코 씨한테 폭살당해서—."

　"윽."

　"……죄송해요. 아이코 씨와 티오 씨가 영광스러운 순교의 길로 이끌어주셔서 이의를 제기하는 사람은 거의 없어요."

　"성가대는 시몬 씨처럼 총본산에서 사실상 추방됐던 사람들이라고 했지?"

　"네. 그러니까 앞으로는 특별히 문제없이 우리가 주장하는 『이 진실』이 역사가 될 거예요."

　선동도 하고 허실도 이용하며, 그것이 생각대로 풀리자 흣하고 음흉한 웃음을 보이는 열네 살 왕녀님. 그 얼굴을 보고 유카는 비통한 표정을 지었다.

　"릴리…… 너 변했어."

　"무슨 뜻이에요!"

　"나구모를 닮아간다고."

　"그건…… 사랑하면 닮는다는 건가요! 아이, 부끄럽잖아요!"

　"부끄러워하지 마, 비꼬는 거야. 아니, 충고야."

　유카는 조금 전 릴리아나만큼 눈살을 찌푸렸다.

　빨간 볼에 두 손을 대고 꼼지락거리는 릴리아나에게는 들리지 않는 모양이지만. 그때, 의자가 덜커덩 넘어가는 소리가 났다.

"그, 그래요! 닮아간다뇨…… 릴리 씨는 아직 열네 살이에요! 절도 있게 행동하셔야죠!"

"……! 뭐죠, 나는 되고 너는 안 된다는 건가요! 하지메 씨랑 그런 짓까지 해 놓으시고!"

"앗, 아, 아아아, 안 했거든요?!"

"거짓말이라고 얼굴에 쓰여 있어요! 왕녀의 관찰력을 무시하지 마시죠! 선생님이면서 거짓말을 하다니, 그러면서 진실 얘기를 할 때는 절 이상하게 쳐다보신 건가요!"

"그, 그그그, 그건— 그거고! 이건 이거예요!"

"와, 안 되니까 안면몰수하네!"

릴리아나와 아이코가 새끼고양이처럼 싸웠다. 같은 선동 동료이기 때문일까. 두 사람 모두 평소에는 거의 하지 않는 말다툼을 했다. 사이가 좋다는 반증이라고 볼 수 있겠다.

아무튼 그건 그렇고…….

"……흐응. 아이 선생님, 역시 걔랑 그런 짓 했구나."

"소, 소노베?!"

눈을 홱 돌렸다. 유카가 왼고개를 틀고 있었다. 손가락으로 머리카락을 빙빙 꼬고 한쪽 발로 바닥을 탁탁 두드리면서. 굉장히 기분이 안 좋아 보였다.

"아, 그게요, 지금 그건……."

"됐어요. 저랑 상관도 없는걸요, 뭘. 애초에 다 아는 얘기고. 유에 씨가 정실 선언한 것도 그거죠? 유에 씨가 인정한 사람이란 뜻이라면서요. 티오 씨나 카오리는 오히려 받아주라고 유에 씨가 설득했다죠? 그중에 아이 선생님도 들어 있고요? 축하드려요."

"……네."

아무 말도 할 수 없다……. 아이 선생님은 노골적으로 눈을 피하면서 모깃소리로 대답할 뿐이었다.

사실 요 한 달 사이에 하지메와의 관계가 확실시된 사람이 몇 명 있다.

그 과정을 설명하면 이렇다.

유에는 떨어져 있던 반동으로 당분간 하지메에게 찰거머리처럼 달라붙어 지냈다. 비유가 아니라 정말로 한시도 떨어지지 않았다.

하지메도 아워 크리스털을 쓴 준비 기간까지 고려하면 실질적으로 한 달 가까이 떨어져 있었던 터라 그런 유에를 귀찮아할 리 없었다.

필연적으로 두 사람의 잠자리도 뜨겁게, 정말 뜨겁게 달아올랐다.

상황이 이러니 이미 연인으로 인정받은 시아는 물론이거니와 카오리와 티오라고 언제까지나 양보만 할 수는 없는 법. 하지메를 독점하는 유에에게 결투를 신청하면서까지 항의했고, 기어이 하지메에게 울면서 호소하는 판국까지 이르렀다.

그 감정의 변동 폭이 어지간히도 컸는지, 조금 진정된 유에는 진지하게 고민했다. 일본에 간 뒤의 거취를.

당연히 하지메 집안에 들어갈 예정이다. 연인 혹은 미래의 아내로서.

물론 시아는 데리고 간다. 함께 살 수 있게 부탁할 생각이다.

그럼 티오는?

카오리는 그래도 자기 집이 있으니까 문제없지만, 티오는 어디에 살아야 하는가. 토터스에 두고 가는가? 같이 살 수 있다면 아직 『소중한 동료』로 취급해야 할까. 하지메 부모님에게 그렇게 설명해야 하나?

결론— 그건 너무하다. 아무리 답도 없는 마조 변태 드래곤이라도 그것까지 기뻐할 수는 없으리라. 슬픈 짐승이 되어 버릴지도 모른다.

그러므로 미래의 밝은 가족 계획을 위해서 유에는 자신이 『특별』한 『정실』이라고 선언한 뒤, 하지메와 상담하여 티오를 받아들이기로 했다.

원래부터 티오에게는 시아와 같은 수준으로 신뢰와 호감이 있었으니까 거부감은 없었다. 소중한 가족이 늘어났다고 기뻐할 수 있었다.

그리고 본인이 말하길, 굉장히 석연치 않지만, 그 감정을 카오리에게도 느낀다며 같은 결론을 내렸다.

여기까지 오면 뭐…… 이제 오는 사람 막지 않겠다는 마인드다. 하지메를 진심으로 좋아하는 사람, 아이코와 릴리아나도 받아주기로 했다. 하지메가 허락하느냐 마느냐가 관건이지만…….

아무튼 그리하여 티오와 카오리는 원래 그렇다 쳐도, 아이코와 릴리아나까지 한 달 사이에 이 가혹한 애정 전선에 뛰어든 것이다.

참고로 릴리아나는 왕녀라는 입장과 연령을 고려해 건전하고 바람직한 이성 교제에 머물러 있었다.

그런 그때, 열어 뒀던 집무실 문으로 사람이 들어왔다.

"우리 유카는 왜 이렇게 심술이 나셨을까?"

"화풀이하면 안 되지. 빨리 솔직해지지 않으면 이 기회를 놓칠걸?"

"그럼 자업자득 아냐?"

"아이참, 셋 다 너무 놀리지 마!"

나나와 타에코, 그리고 마오와 아야코였다.

복구 작업에 협력하던 그녀들은 손에 요깃거리가 담긴 쟁반을 들고 있었다. 어느샌가 점심시간이 됐나 보다.

"글쎄, 나는 나구모한테 아무런 감정도 없다니까!"

"""아, 네~."""

몇 번이나 반복된 대화이기 때문일까, 아이들은 몹시 건성으로 반응했다. 아야코만 어색하게 웃고 있지만…… 그건 유카와 닮은꼴이기 때문이리라. 연애를 못 한다는 의미에서. 츤데레와 숙맥이라는 차이는 있지만.

"그건 그렇고 아이 선생님은 안심해도 돼."

"네?"

나나가 음식을 나눠주며 히죽 웃었다.

"일본에 돌아가도 교사와 학생의 금단의 사랑은 아무한테도 말 안 할게!"

"우리 반 전체의 비밀이야!"

"어제도 즐거운 밤 보내셨나요?"

금단이라는 단어. 타에코의 엄지척. 마오의 질문. 그것들이 모두 아이코의 뇌에 직격탄을 날렸다.

몇 초 정지한 뒤, 새빨개진 얼굴을 양손으로 덮고 쌩하니 도망친다.

이런 곳에 더는 못 있어! 라며 입구로 달리지만…….

"—아."

"흐엥?"

문밖 바로 옆에 복구 지원을 나갔던 남학생들— 아츠시, 노보루, 아키토, 쥬고, 켄타로, 그리고 코우키가 있었다.

선두에 선 아츠시와 눈이 맞았다. 무지막지 어색한 침묵이 흘렀다.

"우, 우리도 지킬게요, 비밀."

"으아아아아아아앙!"

아이 선생님은 얼굴을 확 덮으며 방으로 돌아왔다. 그러고는 방구석에서 무릎을 끌어안고 마음의 창을 닫아 버렸다. 자기혐오와 수치심의 늪에 빠져 눈이 핑핑 돌고 있었다.

"나, 말실수했나?"

"달리 무슨 말을 할 수 있겠어."

"그나저나 진짜야? 마왕성에서 이름으로 불러달라고 했을 때부터 알고는 있었지만……. 나구모 그 녀석, 진짜 막장이네."

아키토와 노보루가 기가 차서 헛웃음 짓는 소리를 듣고 아이 선생님은 더더욱 몸을 웅크렸다.

"야, 남자들! 아이 선생님 괴롭히지 마!"

"미야자키, 네가 할 소리냐?!"

실없는 대화를 나누면서도 남자들도 포장된 샌드위치를 들고 방으로 들어왔다.

잠깐 시간이 지나면 다른 학생들도 모일 것이다.

식사 시간은 함께 지낸다. 그것이 학생들 사이에선 암묵적 규칙이었다.

집무실은 점점 소란스러움을 더해갔다.

그런 가운데, 들어오길 꺼리는 사람이 한 명 있었다.

"……왜 그래, 아마노가와?"

"어, 아니…… 나는 그냥 다른 곳에서……."

돌아선 쥬고가 의아하게 바라보자 코우키는 애매하게 웃었다.

그리고 한 발자국 물러선 순간.

"멍청아. 그럼 우리가 따돌리는 것 같잖아. 꾸물대지 말고 얼른 들어가."

가장 뒤에 있던 켄타로가 가볍게 걷어차서 코우키를 밀어 넣었다.

작게 비명을 지른 코우키가 고꾸라질 뻔하며 집무실로 들어왔다.

여자들의 눈길이 모였다. 코우키는 숨이 턱 막히는 기분이었다.

"뭐 해? 빨리 아무 데나 앉아."

유카가 『보물고』에서 의자를 꺼내며 너무 자연스럽게 말을 걸어서 코우키는 나갈 타이밍을 놓치고 자리에 앉았다.

그 모습에는 소환됐을 당시의 빛나는 카리스마는 없었다. 자신감과 함께 존재감까지 잃은 것처럼 있는 듯 없는 듯한 분위기였다.

용사가 인류의 존망이 걸린 싸움에서 적 편에 있었다는 사실이 가슴을 강하게 짓눌렀다.

이미 각국에 용사로 알려진 탓에 숨길 수도 없었다.

페이크 스토리로 얼버무리는 방법도 있었지만, 그건 시즈쿠를 포함한 그의 친구들, 그리고 누구보다 코우키 본인이 인정하지 못했다.

한 달 동안 코우키는 자신의 진실을 얼버무리지 않고 짊어지며 하염없이 머리를 숙이고 다녔고, 몸이 부서지도록 봉사활동에 종사했다.

하지만 당연하게도 사람들은 코우키를 쉽게 용서하지 않았다.

각국 중진은 물론이고 복구 지원에 나온 사람들은 경계심과 의심에 찬 험악한 눈길만 보낼 뿐이었다. 지금도 코우키는 가시방석에 앉은 듯한 차가운 눈총들 속에 놓여 있었다.

불신과 분노를 가진 건 반 아이들이라고 해서 예외는 아니었다.

하지만 항상 굳은 표정, 언뜻언뜻 엿보이는 후회와 죄책감에 사로잡힌 분위기, 무엇보다 변하려고 노력하는 모습을 보면······.

그리고 시즈쿠와 류타로, 스즈처럼 가장 친한 친구들이 구태여 거리를 두고 질책을 달게 받아들이는 모습을 보면…… 아무 생각도 들지 않는 건 아니었다.

다른 아이들도 돌아와서 화기애애한 점심 식사가 시작되고 얼마 후.

"아마노가와, 있잖아."

갑자기 유카가 말을 걸었다.

어느 그룹에도 끼지 못하고 묵묵히 식사하던 코우키는 어깨를 흠칫 떨었다. 단죄를 기다리는 죄인처럼, 고개를 숙이고 아래만 바라보고 있었다.

"전에도 말했지만, 나쁜 감정이 아예 없다면 거짓말이야. 네가 앞으로 뭘 할지 불안한 것도 사실이고. 우리 모두가 그래."

"……응."

"그래도 다행이라고 생각하는 것도 진심이야. 살아서 돌아와 줘서."

코우키가 쭈뼛쭈뼛 고개를 들었다. 어느샌가 수다가 멈췄고 다들 코우키를 보고 있었다.

"믿기는, 어려워. 아직은. 그래도 우리는 네 친구들을 믿어. 걔네가 목숨 걸고 널 데리고 왔잖아. 이제 우리 편이 아니라고 널 무시할 수는 없어."

"……애초에 너한테 실컷 기대 놓고, 막상 중요할 때 말리지도 못한 우리한테도 책임이 없진 않아."

자조하며 중얼거린 쥬고에 이어 켄타로도 멋쩍게 웃으며 어깨를 으쓱했다.

"소노베 말이 맞아. 살아서 돌아와서 다행이라고 생각해. ……너는, 친구를 잃기는 싫거든. 정말로……."

거기에 이의나 반론을 제기하는 사람은 없었다. 모두 같은 심정일 것이다.

조금 전까지 햄스터 같던 아이코가 분위기를 바꾸어 교사다운 얼굴로 입을 열었다.

"아마노가와. 한 달 동안 너를 지켜보고 그 후회와 속죄하는 마음이 진짜란 건 다들 알았어요. 분명히 잃어버린 믿음과 마음에 싹튼 불안은 쉽게 뒤집을 수 없겠죠."

하지만, 이라고 덧붙이며 아이코는 코우키 앞으로 다가와 똑바로 눈을 들여다보고 말했다.

"끙끙 고민하지 말고 앞을 보라고는 안 할게요. 하지만 그렇다고 해서 스스로 고독 속에 빠지지는 말아주세요."

"저, 저는……."

한 번 더 주변을 둘러봤다. 역시 다들 자신을 보고 있었다.

부드러운 표정은 아니었다. 예전처럼 깊은 친근감과 믿음을 가진 얼굴은 절대로 아니었다.

그러나 냉대와 멸시 또한 아니었다.

그저 대등한 동료로서 『한 명의 인간인 아마노가와 코우키에게서 눈을 돌리지 않는다』라는 결연한 의지가 눈빛으로 전해졌다.

결코 호의적인 눈은 아니었다. 그래도 지금 코우키에게는 구원의 손길과도 같았다.

"미안…… 정말로…… 으흑, 미안…… 고마워."

코우키는 얼굴을 구기며 눈물 흘렸다.

"얀마, 울긴 왜 울어. 잘생긴 얼굴에 주름 생겨."

"오늘은 중요한 날이 될지도 모르니까 표정 펴, 아마노가와."

"그래. 소원이 이뤄지는 날인데 분위기 깨면 쓰나."

아츠시 그룹이 난감한 표정을 지으면서도 코우키의 등을 탁탁 두드렸다.

그 스스럼없는 반응도 지금 코우키에게는 고마울 따름이었다.

식사 자리가 다시 떠들썩한 분위기로 돌아왔다. 노보루가 말한 『중요한 날』이 자연스럽게 화제에 오르고, 코우키도 오열을 삼키며 입가에 웃음을 머금었다.

그렇게 식사가 끝나갈 즈음.

"공주님. 식사하시는 중에 실례하겠습니다."

"헬리나."

릴리아나 전속 시녀 헬리나가 얼굴을 보였다. 그리고 아이코와 유카를 돌아보고 무뚝뚝한 미인상에 싱긋이 미소를 띠고는…….

"나구모 님의 전언입니다. 『준비가 됐다』라고."

그 보고에 아이코와 학생들은 얼굴을 마주 보고 기대에 부푼 표정으로 다 같이 일어섰다.

【헤르샤 제국】 제성 앞 광장.

"함께 싸운 모든 영웅에게 애도를 표하며―."

연설문을 낭독하는 소리가 낭랑하게 울려 퍼졌다.

지금 광장은 발 디딜 틈도 없는 인파로 가득했다. 주변 건물의 창과 옥상까지, 연설대가 보이는 곳은 어디든 사람으로 꽉 들어찼다.

각국 중진과 최고위 사교를 필두로 교회 관계자도 참석해 가장 앞줄에 마련된 자리에 죽 늘어섰다.

오늘은 신화 대전에서 전사한 제국 병사의 추모식……은 아니었다.

그건 이미 결전의 땅에서 거행되었다.

함께 싸워 살아남은 장병뿐 아니라 수십만 명 규모의 민중이 참가한 성대한 행사였다.

『게이트』로 왕래할 수 있게 된 덕분에 전 세계에서 사람이 모였기 때문이었다.

그럼 오늘 제국에서 진행되는 행사는 무엇이냐면…….

"이번 행사로 제국 사람들의 의식 개혁이 이뤄지면 좋을 텐데."

"전에 하우리아 사람들이 노예 해방이라면서 난동 부렸을 때는 당혹감이 더 컸으니까. 백성들은 차별 의식도 그대로였을 테고."

"음, 그래도 괜찮지 않을까? 지금 상황을 보면."

제성 테라스에서 행사를 지켜보는 시즈쿠, 스즈, 류타로의 말대로 이건 아인에 대한 제국의 의식 개혁, 평화 조약 체결을 위한 행사였다.

연설대 왼쪽에는 가할드 황제와 제국의 중진들이.

오른쪽에는 알프레릭과 장로들, 그리고 캄이 자리에 앉아 있었다.

오늘 이 자리에서 가할드와 알프레릭은 평화 조약을 맺는다.

류타로가 제도 사람들을 보면서 미소를 보였다.

"서로 목숨을 맡기고 싸웠어. 전장에 없던 사람들도 아티팩트로 다 봤고. 이제 와서 『신의 은총을 받지 못한 버려진 종족』이라고 했다가는 오히려 그 인간이 욕먹지."

"그러게. 마력 유무는 사소한 차이라고 실감했을 거야. 금방 웃으며 지낼 수는 없겠지만, 아마도, 아니, 확실하게 변해가겠지."

"시몬 씨도 나름, 일하고 계시니까 말야."

스즈가 언급한 일이란 교회의 지침을 말했다.

앞으로는 『아인족』의 정식 명칭은 『수인족』이 된다. 『인간이 아닌 존재』라는 뜻을 막연히 내포한 명칭을 금지한 것이다. 수인족도 우리와 같은 엄연한 『사람』이니까.

이는 시몬 교황이 정식으로 발표한 사항이었다.

게다가 용인족의 용맹한 활약을 목도하였고, 무엇보다 【신역】에 돌입한 구세의 영웅 중에도 토인족 소녀와 용인족 여성이 있었다.

두 사람 모두 역사서에 영웅으로 기록될 인물들이었다. 그런 그녀들의 종족과 가족을 어떻게 업신여길 수 있으랴.

그런 사정도 있어서 실제로 제국뿐 아니라 전 세계에서 수인족에 대한 인식은 변해 가고 있었다. 적어도 맹목적으로 혐오할 정도의 악감정을 가진 사람은 적었다.

결과론이지만, 신화 대전은 어떤 말보다도 효과적으로 차별 의식을 불식한 셈이었다.

차별을 조장하던 에히트르주에가 인류 공공의 적으로서 사람들을 단결시키고 차별을 없애는 요인이 된 것은 참으로 아이러니였다.

"스즈! 나름이 뭐니, 나름이. 예의는 갖춰야지, 교황 성하인데."

"아니, 그치만……."

스즈는 어색한 표정으로 연설대로 눈을 돌렸다. 정확히는 지금 연설하려는 사람에게로.

그리고 손가락질하며 한마디 했다.

"카오링한테 연설이랑 입회자 역할을 전부 떠넘겼잖아. 아까 덜덜 떠는 거 못 봤어?"

시즈쿠는 은근슬쩍 눈을 돌렸다.

무엇을 숨기랴. 시몬이 「나보다 얘가 제격이지? 대신해줘!」라며 일을 떠넘긴 탓에 지금 연설대에 오른 사람은 카오리였다.

"카오링, 대기실에 있을 때는 긴장해서 어쩔 줄 모르더니, 막상 시작하니까 당당하네……. 성녀님 다 됐어."

"흑은의 성녀였나? 하우리아 사람들이 히죽대더라."

"그 얘기는 하지 마. 카오리는 창피해 죽으려고 하니까."

연합군은 그 사지에서 궤멸했어도 이상하지 않았다.

하지만 결국 부활하지 못한 인원은 전체의 약 30퍼센트에 머물렀다.

그건 모두 카오리가 천공의 사투 중에도 연합군을 끊임없이 치료했기 때문이었다.

사람들이 겉모습에서 딴 발키리라는 호칭보다 치유의 성녀라는 표현을 애용하는 것도 충분히 이해할 수 있었다.

그런 연유로, 원래 카오리의 참석은 양국이 열망하던 사항이기도 했다. 시몬의 말대로 화평을 맺는 입회자로는 최적의 인재였다.

여기 모인 아이들도 그런 카오리를 따라온 것이다.

카오리의 연설이 끝나자 마침내 화평 조약 체결이 시작되었다.

가할드와 알프레릭이 마주 보고 그 사이에 카오리가 섰다.

이것도 하나의 역사적 순간이었다. 모두 거기서 눈을 떼지 못하는데…….

"훗, 곤란한걸. 그림자에서 살아가는 우리의 족장이 저런 무대에 서야 한다니."

대기실에 웬 이상한 소리가 들렸다.

말투만 들어도 어디 출신인지 알 수 있었다. 어떻게 보면 누구보다 눈에 띄는 종족의 등장에 아이들은 한순간 먼 산을 바라봤다. 시즈쿠가 그녀의 이름을 불렀다.

"라나 씨."

"아뇨, 시즈쿠 님. 제 이름은 라나인―"

"라나 씨."

"훗."

엄청난 미인인데 왠지 한 손으로 얼굴을 가리고 팽이처럼 핑그르르 도는, 얼굴값 못하는 토끼 귀 누님. 하우리아 족의 라나였다.

"저…… 참석 안 하셔도 돼요?"

스즈가 머뭇머뭇 물었다. 라나는 잠깐 정지하더니 왠지 토끼 귀를 꼼지락거리고 요상한 포즈도 그만뒀다.

그리고 살짝 볼을 붉히고는…….

"코, 코우 군이 여기 오고 싶대서……."

"""코우 군.""""

이구동성으로 복창했다.

"아니, 너희까지 『코우 군』이라고 부르진 마……. 부끄러워서 못 듣겠어."

"""엔도, 있었어?!"""

"엔도! 놀랐잖아!"

시야 한쪽에서 꿈틀거린 그것에게 저마다 놀라서 소리쳤다.

"처음부터 라나 옆에 있었잖아."

눈썹을 팔자로 뜨는 세계 제일 존재감 없는 남자— 엔도 코스케도 거기 있었다.

심장이 터질 것 같았다. 【신역】에서 사투를 벌였던 세 사람조차 눈앞에 두고도 인식하지 못했다. 정말로 요괴라도 보는 표정이었다.

그 결전을 거치고 뭔가에 각성한 모양이지만, 그 탓에 존재감은 더 사라지고 말았다.

존재감이 마이너스 성장! 이걸 성장이라고 불러도 될까?

"방금 나구모한테 연락이 왔어. 이제 곧 준비가 끝난대. 그럼 여기서 볼일을 마치는 대로 돌아가는 편이 좋잖아? 그래서 나도 너희랑 같이 있으려고."

"그래? ……하지메는 왜 내가 아니라 엔도한테 연락을 한담."

"이상하게 나구모랑 친해지지 않았어?"

"그렇지? 우리 반에서 그 녀석이 먼저 말 거는 남자는 너밖에 없지 않아?"

사실 두 사람은 의외로 죽이 잘 맞아서 한 달 사이에 꽤나 스스럼없는 관계로 발전했다.

그 이유를 라나가 알려줬다. 왠지, 자랑스럽게 가슴을 펴며.

"당연하지! 코우 군은 보스한테 인정받은 미래의 오른팔! 마왕의 심복이니까!"

"""""처음 듣는 얘긴데요.""""""

왠지 코스케까지 입을 떡 벌리고 있었다. 아이들의 시선이 코스케에게 모였다.

라나는 당연하지 않냐며, 반대로 놀란 얼굴로 말했다.

"어? 그야 코우 군과 사귀기로 했어도 내가 보스의 충직한 부하라는 점에는 변함이 없는걸. 그렇게 말했지?"

"아, 응. 그건 들었어."

"그럼 코우 군도 부하지?"

"그게, 그렇게 돼?"

"그럼. 그리고 우리 하우리아보다 몇 배나 강하니까 오른팔이잖아?"

"으, 응. 응?"

"같이 보스의 패밀리를 위해서 일하자!"

"……좋아!"

도중에 우주 고양이 같은 표정이 됐지만, 아름다운 미래를 상상하며 눈부시게 웃는 라나를 보면 사소한 일은 아무래도 상관없다.

그래도 괜찮냐, 엔도……. 아이들이 미묘한 표정으로 바라본다.

"그래도 라나 씨의 마음을 얻으려고 죽음을 불사했으니까. 비유가 아니라 진짜로."

"대미궁 공략과 나구모랑 결투해서 상처를 하나라도 내라, 였나? 그거 사실상 거절이지?"

"그걸 실제로 해냈으니까…… 대단하긴 해."

결전 후 라나에게 열렬하게 대시했으나 한 번 차였다. 그래도 끈질기게 물고 늘어져서 결국 받은 답이 그 난제였는데…….

누가 생각이나 했겠는가.

정말로 그 조건을 해결할 줄은.

결전 후 약 일주일 정도 행방이 묘연해지더니 만신창이로 중력 마법을 획득해 돌아왔고, 하지메에게 도전해 정말로 상처를 입혔다.

하지메도 남자다. 결투에서 질 생각은 없었다.

무엇보다 오로지 한 여성에게 인정받기 위해서 죽기 살기로 도전하는 코스케의 심정은 큰 공감을 불러일으켰다. 그래서 진심으로 상대했다.

그런데도 코스케는 해냈다.

하지메가 만전의 상태가 아니었고, 몰라보게 달라진 코스케의 오글거리는 언동에 흑역사를 자극받아 자폭에 가까운 공격이 볼에 살짝 스친 정도였지만, 분명히 라나의 난제를 극복해냈다.

그런 상황에서 다시 열렬한 고백을 했으니 라나의 마음도 움직였고, 하지메도 코스케를 다시 보게 된 것이다.

심지어 하우리아 족이 멋진(?) 이명을 연호해주는 피해자 모임이며, 만약 코스케와 라나가 결혼하면 하우리아 족과 함께 한 가족이 되는 셈이었다.

그야 사이가 좋아질 만도 하다.

"어쨌든 나는 아직 제국에서 할 일이 있으니까 코우 군이 돌아갈 때까지…… 그, 같이 있을까 해서."

"라, 라나…… 헤헤."

얼굴을 붉히며 쫑긋쫑긋 꼼질꼼질하는 토끼 귀 누님의 파괴력은 상상 이상이었다. 나날이 코스케를 향한 마음이 커지는 모양이었다.

그런 만큼 평소 하우리아 특유의 언동이나 코스케의 마음을 받아들이고도 보스에 대한 충성심만은 추호도 흔들리지 않는 점이 자못 아쉬울 따름이었다.

"엔도가 좋다면 됐어……."

"그나저나 목숨 걸고 싸운 뒤에 더 강해졌네. 정말로 엔도는 존재 자체가 불가사의야."

"우리도 그렇게 고생한 대미궁을……. 하지메가 비장의 무기라고 평가할 만해."

참고로 【라이센 대미궁】은 밀레디가 사라지면서 의도적인 함정과 밀레디 골렘이 존재하지 않았다. 최종 시련도 반자율로 움직이는 평범한 대형 골렘이라서 난이도는 조금 내려간 상태였다.

그래서 대미궁 공략자가 너무 많이 나와도 위험하다고 판단하여 하지메는 자작 생체 골렘을 배치했다. 개틀링포와 미사일 포드, 파일 벙커까지 장비했으니까 난이도는 하지메 일행이 도전했을 때보다 훨씬 올랐을지도 모르지만.

반면, 그 외 대미궁에는 딱히 조치를 취하지 않았다.

해방자와 대미궁의 진실을 아는 자가 힘을 바라고 도전할 가능성도 있지만, 그건 본인 책임이므로 관여하지 않겠다는 입장이었다.

해방자의 묘이기도 한 대미궁을 미래의 화근이라는 이유로 없앤다는 의견에는 하지메 일행이 만장일치로 반대했다.

아무튼 각설하고.

"아, 조인식 시작한다."

스즈의 말을 듣고 다들 테라스에서 연설대를 내려다봤다.

가할드와 알프레릭이 굳은 악수를 나누고 카오리가 평화 조약 체결을 선언하자 우레와 같은 박수와 환성이 터졌다.

화해는 아니다.

어디까지나 평화를 위해 서로 약속을 지키자는 맹세일 뿐.

하지만 그 광경은 인간과 수인의 밝은 미래를 보여주는 듯했다.

자연스럽게 아이들의 표정도 부드러워졌다.

물론…….

"아, 족장님이야!"

두려움과 수치심을 숲속 깊이 두고 온 듯한 캄이 절도 있는 포즈를 잡으며 처음 들으면 절대로 알아들을 수 없는 이름을 댄 순간, 다들 두 손으로 얼굴을 덮었지만.

카오리가 애써 외면하는 모습이 똑똑히 보였다. 행사장의 정적과 당황스러움이 가슴을 찌른다.

"역시 우리 족장님이셔. 완벽한 등장이야."

흡족한 얼굴로 대체 무슨 말을 하는 거지, 이 토끼 귀 누님은…….

다들 그렇게 생각하는 사이에 마음을 추스른 카오리가 평화 조약의 일환으로 대사관 설립을 선언했다.

행사장에 모인 사람들은 생각했다. 농담이지? 라고.

아쉽지만 진담이었다. 하우리아 족 일부가 『대사』 권한으로 제성에 상주하게 된다.

라나의 볼일도 이것이었다.

이미 알고 있던 제국 중진들도, 그리고 처음 듣는 제국 병사들도, 모두 사이좋게 절망한 얼굴인 것이 참 인상적이었다.

하우리아의 무서움을 모르는 일반 시민은 유쾌한 토끼 귀 아저씨라며 오히려 호감을 가지고 박수를 보냈지만.

"세상에는 모르는 게 나은 일도 있구나."

스즈의 말에 아이들은 격렬하게 고개를 끄덕였다.

그러고 나서 얼마 후.

"흐아아~. 시즈쿠, 피곤해~!"

카오리가 녹초가 되어 돌아왔다. 소파에 앉아 있던 시즈쿠에게 안기더니 주르륵 미끄러져 무릎베개를 배었다.

"후후, 수고했어. 멋있었어, 카오리."

시즈쿠가 위로하며 머리를 쓰다듬자 카오리는 편안한 듯 눈에서 힘을 풀었다.

"역할을 마쳤으니까 이 머리카락과도 이별이구나."

"으음, 그렇지. 이제 사도 모습으로 사람들 앞에 나설 필요는 없으니까…… 슬슬 원래 몸으로 돌아가고 싶어."

"유에 언니가 원래 몸으로도 사도화할 수 있게 해준댔지?"

결전을 치르고 더욱 사이가 좋아진 두 사람을 흐뭇하게 바라보며 스즈가 묻자 카오리는 몸을 일으켜 고개를 끄덕였다.

"응. 유에랑 티오도 그렇고, 하지메도 수명이 길어졌을 테니까. 그럼 나는 사도 몸으로 살아도 된다고 말했는데……."

유에가 강하게 주장했다. 일본으로 돌아가면 부모님에게 무사한 원래 모습을 보여드리라고.

그러기 위해서 에히트르주에게 빙의했을 때 이해한 신의

마법 중 하나— 사도 창조의 비술을 익히겠다고.

그러면 원래 몸으로 사도화가 가능하고 수명도 보장된다고.

유에의 굉장히 진지한 제안에서 카오리와 그 가족을 생각하는 마음이 느껴져 카오리도 고맙게 제안을 수용했다.

"그런 점은 정말로 치사해. 어른스럽다고 해야 하나…… 정실답다고 해야 하나."

카오리는 못마땅해하면서도 어딘지 모르게 기뻐 보였다.

그 우물거리는 표정에는 라이벌을 향한 분한 마음과 친구를 향한 호의, 신뢰가 다분히 섞여 묻어났다.

"그거, 음…… 시즈쿠도 해?"

류타로가 조금 거북하게 묻자 시즈쿠도 볼을 발그레 물들이며 민망한 듯 몸을 꼬았다.

"……응, 뭐, 언젠가는?"

"시즈쿠 님도 보스의 여자가 되셨죠! 코우 군, 보스 패밀리에는 경의를 표해야 해."

"라나 씨! 그러지 말라고 항상 말씀드리잖아요! 그러면 마피아처럼 들린다구요!"

"……나구모의 인상을 보면 틀린 말도 아니지 않나?"

"엔도까지! 그러면 넌 마피아의 히트맨이 된다고!"

"그, 그러네. 그건 좀…… 응."

코스케가 눈을 피했다. 카오리는 그런 시즈쿠를 힐끗 보면서 싱글싱글 웃고 있었다. 하지메와 시즈쿠의 관계가 깊어진 이유를 알 것 같다며, 스즈는 이런저런 상상을 하고 조금 흥

분했다.

어색하기 짝이 없는 분위기를 전환하듯 코스케가 손뼉을 치면서 일어났다.

그러고는 옷에서 『게이트 키』를 꺼냈다.

"그럼 갈게, 코우 군. 나도 내일이면 돌아갈 거야."

"응. 기다릴게, 라나."

라나와 작별 인사를 나눴다. 잠깐의 이별을 아쉬워하는 모습은 영락없이 맞벌이 신혼부부였다. 주변에서 은근히 놀리듯 쳐다보자 코스케도 쑥스러워서 헛기침했다.

그렇게 드디어 『게이트』를 발동하려는데—.

"야야야! 어딜 말도 없이 돌아가려고 해!"

가할드가 다급한 표정으로 뛰어 들어왔다.

"어머, 폐하. 무슨 볼일이라도 남았나요?"

시즈쿠가 살짝 싫은 티를 내면서 묻자 가할드의 이마에 핏줄이 불룩 솟았다.

"볼일이라도 남았나요~? 몰라서 물어?! 평화 조약이 체결되면 황족한테 채운 목걸이를 빼주기로 했잖아!"

"⋯⋯아."

"진짜 까먹었냐!"

눈알을 이리저리 굴리는 것을 보아 정말로 잊고 있었나 보다. 아무도 지적하지 않았던 것도 라나 외에는 모두 까먹었기 때문이었다. 다 같이 앗 소리를 냈다.

"풉, 황족 목숨이 걸렸는데 아무도 기억을 안 해주네?"

웃음을 터뜨린 라나를 가할드가 죽일 듯이 째려봤다.

"우호적인 공존을 바라면서 황족의 목숨을 쥔 아티팩트를 그냥 둘 수는 없다, 어디까지나 대등한 관계를 바란다. 그렇게 말한 건 페어베르겐 쪽이잖아."

─계약의 목걸이.

황족에게 노예 해방과 아인 박해 금지를 강제하는 혼백 마법이 부여된 목걸이 아티팩트. 선서한 조건을 무시하면 가차없이 목숨을 앗아간다.

과거 『제성 함락』에 성공한 캄 일행이 협박 끝에 채운 목걸이였다.

그리고 그것을 오늘 빼주기로 약속했었다.

알프레릭이 제안했고 장로 회의에서 가결하고 캄이 인정한 내용이었다.

이미 황족은 별실에 모여서 대기 중이었다.

그리고 목걸이를 빼는 아티팩트를 맡아온 사람이 바로 시즈쿠였다.

"까, 까먹은 건 아니에요."

"……"

참으로 궁색한 변명이었다. 가할드가 의심의 눈초리로 시즈쿠를 쏘아봤다.

시즈쿠는 헛기침으로 얼버무리며 『보물고』를 기동했다.

"우선 제대로 해제되는지 폐하로 시험해 볼게요."

가할드는 군말 없이 목깃 아래에서 목걸이를 꺼냈다.

시즈쿠가 짧은 지휘봉 같은 아티팩트를 목걸이의 붉은 보석에 톡 갖다 댔다.

그러자 지휘봉과 보석이 빛나고, 몇 초 후 빛이 사라졌다.

"이제 괜찮을 거예요."

"정말로?"

마음대로 빼려고 하면 죽는 아티팩트였다. 가할드가 주저할 만했다.

"답답하네. 시험해 보면 되잖아."

"앗, 얀마, 하지 마!"

몰래 다가온 라나가 단숨에 목걸이를 빼 버렸다. 가할드가 「이래서 하우리아는!」이라며 욕설을 뱉으려고 하지만······.

"괜찮아 보이네?"

라나의 돌발행동에 식겁하던 류타로가 안도의 한숨을 내쉬었다.

갑자기 발광하거나 괴로워하는 기미도 안 보였다. 제대로 해제된 모양이었다.

가할드가 참았던 숨을 푸하, 토해냈다.

그리고 다른 의미로 수명이 줄여준 라나에게 소소한 보복이라도 할 셈이었는지, 장난스럽게 씩 웃으며 협박 같은 말을 꺼냈다.

"이러면 복수전도 가능하겠는데?"

거기에 답한 사람은 라나가 아니라 시즈쿠였다.

"아, 하지메가 전해달래요. 『괜히 풍파 일으키지 마라. 구시

대로 돌아갈 생각이라면 운석과 히페리온 제어권을 쥔 하우리아를 선물하겠다」라고 하네요."

"평화는 중요하지."

가할드는 정색하고 말을 바꿨다. 역시 능력 제일주의 국가의 황제였다.

"뭐야, 보스한테 선물 받을 기회였네? 야, 덤벼!"

그런데 라나 씨가 굳이 도발한다. 누가 하우리아 아니랄까 봐.

"시끄러워, 하우리아! 너희는 이미 받을 만큼 받았잖아! 우리는 먼지 한 톨 안 남았다고! 욕심도 정도껏 부려!"

가할드가 진심으로 원망스러운 듯 발을 동동 굴렀다.

그 말대로 신화 대전에서 대방출한 하지메 특제 아티팩트는 모두 회수되거나 파괴됐다.

이 세계의 군사력 균형을 무너뜨리지 않기 위한 당연한 조치였다.

놓친 아티팩트가 있을지도 모르지만, 적어도 극소수일 것이다. 그 결전 뒤에 아티팩트를 빼돌릴 수 있는 자들은 거의 없었다. 각국 군대가 귀환할 때 『게이트』를 통과하기 때문에 그곳을 검문소 삼아 일단 확인을 마쳤다.

『도월의 나침반』을 다시 만들면 놓친 물건도 처분할 수 있다. 평생 숨기는 것은 불가능하다고 분명히 경고했다.

함께 처분되고 싶은 기발한 자살 희망자라도 없는 한 미회수품은 없을 것이다.

참고로 가할드는 「적어도 내 것만이라도!」라며 하지메에게 매달려 생떼를 부렸고, 그게 어지간히 성가셨는지 하지메는 아티팩트를 눈앞에서 가루로 만들어 버렸다.

그렇게 일괄 회수 및 파괴가 행해지는 가운데, 하우리아만은 특별 대우를 받았다.

하지메의 직속 부하라는 이유도 있지만, 목걸이가 빠진 제국을 견제할 필요가 있어서였다.

그게 또 가할드의 불만으로 이어졌지만……

"저기, 폐하. 하지메가 이것도 건네주라고 했어요."

"엉? 뭐야, 폭탄이라도 줄 생각인가? 목걸이 대신 가지고 있으래?"

"아니에요."

가할드가 하지메를 어떻게 생각하는지 잘 알 수 있는 대목이었다.

물론 어린애처럼 징징거리던 가할드도 시즈쿠가 준 반지를 보고 바로 태도를 고쳤지만.

"어, 어어? 야! 이거 설마……"

"무장이 빠진 순수한 1인용이지만…… 소형 비공정이 들어 있어요. 그 비공정 말고는 아무것도 넣을 수 없는 전용 보물고예요. 전에 폴니르에 탔을 때 가지고 싶다고 하셔서 우호의 증거로 드리겠대요. 그러니까 이상한 생각 품지 말고—"

"내가 친우의 뜻을 저버릴 리가 없잖아?"

무시무시한 태세 전환이었다. 가할드는 역시 정색하고 있었다.

"이쯤 되니까 그냥 웃긴 아저씨로 보여."

"의외로 개그 캐릭터인가?"

스즈와 류타로가 제국 귀족이 들으면 졸도할 소리를 숙덕대지만, 가할드는 신경 쓰는 기색도 없었다.

"역시 우리 보스야. 당근과 채찍을 완벽하게 이해하고 계셔!"

"사람 마음을 쥐락펴락하는 거 보면 참 무서워."

라나와 코스케의 대화도 신경 쓰지 않았다.

뜻하지 않은 선물에 그저 희색만면이었다.

"와, 이걸 준다고? 내 전용 비공정……. 어떡하지? 황제 노릇이나 할 때가 아닐지도 몰라. 모험이 날 부르는 소리가 들려!"

생각지도 않게 새로운 황제가 탄생할 것 같았다.

어찌나 천진난만하게 기뻐하는지 시즈쿠는 참지 못하고 등을 돌리고 말았다.

딱히 야성미 넘치는 아저씨가 어린애처럼 호들갑 떠는 모습이 꼴보기 싫어서는 아니었다.

'마, 말 못 하겠어. 릴리와 캄 씨가 원격 자폭 스위치를 가지고 있다는 말은 차마…….'

만에 하나 미니 폴니르를 이용해서 타국을 침공할 경우를 대비한 것이다.

타고만 있으면 언제든 황제를 폭사할 수 있는 스위치를 건네받았을 때 릴리아나와 캄이 보여준 웃음을 생각하면 더더욱 입이 떨어지지 않았다.

마찬가지로 사정을 아는 카오리와 눈이 마주쳐 서로 함구하자는 무언의 약속을 맺었다. 역시나 이 사실을 아는 라나는 히죽히죽 웃고 있었지만.

그때, 가할드의 측근들도 방으로 찾아왔다. 가할드가 오지 않아서 상황을 보러 온 모양이었다. 확실히 시간을 너무 썼다고 생각해 시즈쿠가 화제를 돌렸다.

"크흠. 그럼 폐하, 다른 황족들의 목걸이도 빼러 가죠."

"좋아! 잘 부탁하마!"

가할드는 신이 나서 고개를 끄덕였다. 그 때문일까. 들뜬 나머지 마지막 순간에 말실수를 하고 말았다.

"그러고 보니 깜빡했군. 시즈쿠, 내가 노리던 여자를 빼앗긴 건 마음에 안 들지만, 친우 나구모 하지메라면 어쩔 수 없지. 축복해주마."

"네? 축복이라뇨?"

"뭐긴, 처녀 딱지 떼서 축하한—."

배려심이라곤 코딱지만큼도 없는 최악의 축복은 무언의 발도술로 목과 함께 뎅겅—.

"시즈쿠, 안 돼애애애—!"

잘리기 직전, 『신속』으로 끼어든 카오리가 저지했다.

"비켜, 카오리! 저놈 못 죽이잖아!"

"죽이면 안 되지?! 평화 조약을 맺어 놓고 입회자 친구가 황제를 참살하면 큰일 나!"

"괜찮아, 정말로 죽이진 않을 거니까! 의식만 베어 버릴 뿐이니까!"

"시, 시즈시즈? 폐하 목에서 피가……."

스즈가 조심스레 가할드의 목을 보며 말했다. 아무리 봐도 핏방울이 일자로 송골송골 맺혔다…….

류타로가 혹시 몰라서 가할드 옆으로 다가와 상태를 살폈다.

"저…… 폐하, 괜찮으세요?"

"괜찮아 보여? 지금 거의 죽을 뻔했는데."

가할드는 마지막으로 또 정색했다.

그걸 웃으면서 「좋아! 날려 버려!」라며 부추기는 라나와 말리는 코스케.

소란을 듣고 캄을 포함한 하우리아까지 몰려왔다.

"음? 뭐야, 역시 전쟁을 원하나? 좋다. 한 번 더 목걸이를 채워주지!"

무슨 착각을 했는지 칼을 뽑아 들었다. 그것을 본 순간 제국 사람들의 낯빛이 대번에 새파래졌다. 머리가 날아다니던 참극이 플래시백처럼 뇌리를 스친다.

"하우리아가…… 또 하우리아가 날뛴다!"

"도망쳐! 다 죽을 거야!"

"사람 살려! 누가 도와줘!"

걷잡을 수 없이 퍼지는 혼란! 되살아나는 참수 토끼의 공포!

그러자 이번에는 알프레릭과 다른 장로들, 그리고 호위 전사들이 달려왔고…….

"……이건 뭐야? 대체 뭐냐고……."

지금 막 평화 조약을 맺었는데, 라며 알프레릭이 눈알을 까뒤집었다.

"아, 알프레릭 님께서 선 채로 기절하셨어⋯⋯."

"의무병! 의무병—!"

평화의 행사에서 혼란은 가중되어 갈 뿐이었다.

결국 돌아오지 않는 아이들을 걱정한 유에가 직접 전이해서 전원 진압할 때까지 소동은 이어졌다.

남쪽 대륙에서 삼림 지대와 산악 지대를 등지고 위치한 도시— 통칭 『마도』.

【마국 가란드】의 수도였다.

적갈색 지붕이 주를 이루는 아름다운 도시 경관이 펼쳐져 있었다.

한때는 마국 주민들로 떠들썩했던 도시가 지금은 사람 한 명 없는 폐허가 됐다.

그야말로 고스트 타운. 인기척도 나지 않는 도시는 그 아름다움과 반비례해서 적막함과 으스스한 느낌을 줬다.

그 정경을 산 정상에 선 마왕성의 최상층 테라스에서 바라보는 사람이 있었다. 시아와 티오였다.

"미안하구나, 시아. 따라오게 해서."

"아니에요. 수해에 있어도 알테나가 달려들 뿐이니까요."

"그, 그래. 최근 특히 스킨십이 심해지긴 했지."

"정 안 되면 오늘 여기로 끌고 와서 남쪽 숲에 버릴까요!"

환하게 웃지만 눈에는 웃음기가 없는 시아를 보고 티오는 부르르 몸을 떨었다.

시아가 너무너무 좋아서 머리가 이상해진 삼인족 공주님은 매정하게 대하면 대할수록 기뻐하고, 캄에게 시비를 걸어서 채찍질당하면 환희하는 완전무결한 변태로 거듭났다.

할아버지인 알프레릭에게 심각한 정신적 피로와 속쓰림을 안겨주는 극적인 비포 애프터의 대표 주자였다.

참고로 그 분야의 정점은 두말할 것도 없이 용인족 공주였다.

괜히 머쓱해진 티오가 은근슬쩍 눈을 돌리고 헛기침했다.

"그럼 볼일을 마치도록 할까."

분위기가 단번에 엄숙해졌다.

시아도 한 발짝 물러나서 진지한 표정으로 티오의 등을 지켜봤다.

티오의 『보물고』가 빛난 뒤, 그 손에는 꽃다발이 들려 있었다.

"좋은 하늘, 좋은 바람이 다시 연을 맺기를."

한 줄기 바람을 일으키며 꽃다발을 하늘로 던졌다. 아름다운 하늘색 꽃잎이 춤추며 마도로 퍼져 나갔다.

그건 추모의 꽃이었다.

프리드 바그어와 우라노스. 누구도 부정할 수 없는 인연으로 묶인 사람과 용.

만약 내세가 있다면 다음 생에도 다시 만나기를. 부디 신이 없는 세상에서 자유로이 하늘을 누비기를. 둘이 함께, 어디까지고 날아가기를.

그렇게 빌면서 하늘로 사라지는 꽃잎을 조용히 지켜봤다.

"티오 씨는 용인이 맞네요."

"……? 무슨 말이지?"

"고결하다는 말이에요."

시아는 프리드와 우라노스의 최후를 보지 못했다. 용신화한 티오의 안쪽에서 보호받았기 때문이었다.

그래서 티오가 마지막 일격을 가했을 때, 그들이 무엇을 보고 무엇을 느꼈는지는 알 수 없었다.

시아에게 프리드와 우라노스는 끈질기게 앞길을 막아서던 적에 지나지 않았다.

"프리드는 빙설 동굴 공략자예요. 많은 갈등을 겪고 약한 마음을 극복한 건 사실이겠죠. 신에게 미친 상태로 공략하진 못할 테니까 순수한 마음과 의지의 힘으로 이겨냈을 거예요."

하지만 프리드는 처음 만났을 때부터 광신자였다. 신이 그의 정신을 미치게 만든 것이다.

하지만 무슨 사정이 있건 내세의 안녕을 빌어줄 생각은 추호도 들지 않았다.

자신이 매정한 것일까? 시아는 살짝 자조했다.

티오는 『따라오게 했다』라고 말했지만, 실제로는 시아가 따라온 것이었다. 티오의 그런 상냥한 마음씨를 좋아하고, 지켜보고 싶었으니까.

"구해주지 못해서, 후회하나요?"

"아니, 후회는 없다."

의외로 칼 같은 부정이었다.

"딱하게 여기진 않아. 후회도 안 해. 그 녀석들은 무찔러야 할 적이었으니까. 그 전장은 서로가 갈 곳까지 간 상황이었어. ……마지막까지 뜻을 굽히지 않은 자들의 전장이었지."

그래서 티오는 망설이지 않았고 앞으로도 후회하지 않는다. 다만…….

티오가 하늘을 똑바로 올려다보며 말했다.

"……마지막 순간에 용은 반신을 잃고도 사람을 감쌌어. 사람은 용과 함께 떠나기를 택했지. 서로를 이해하고 공감하며 떠난 게야. 내게는 그 모습이 참으로 아름다웠어."

그래서 적어도 『기억하겠다』라고 선언했다.

"이 추모는 내가 홀로 정한 약속을 독선적으로 지킨 것에 불과해. 고결? 아니야. 시아, 이런 건 『자기만족』이라고 하는 게야."

어깨 너머로 돌아보며 쓸쓸하게 웃는 티오를 시아는 눈부시게 바라봤다. 그리고 잠시 후, 어깨를 으쓱하며 피식 웃었다.

"그런 셈 치죠."

"그래. 그러려무나."

티오도 픽 웃음을 머금었다.

그때, 테라스 안쪽 방에 노크 소리가 들렸다.

들어와도 된다고 티오가 크게 말하자 신전 기사용 장비를 차려입은 사내가 뻣뻣하게 긴장한 자세로 경례했다.

"시, 실례합니다, 클라루스 님! 하우리아 님! 저희는 점심시간이 되었습니다! 두 분께선 어떻게 하시겠습니까? 필요하다면 준비하겠습니다!"

"신경 써주셔서 고마워요, 데이비드 씨. 하지만 우리는 이제 돌아갈 테니까 괜찮아요."

과거 시아의 토끼 귀가 추하다고 욕한, 아이코 호위대의 대장이었던 남자— 데이비드에게 극존칭으로 대우받으니까 오히려 어색하기 짝이 없었다.

시아가 목에 가시가 걸린 것처럼 묘한 표정을 짓는 이유가 있었다.

"옛! 그렇게 전달하겠습니다!"

"그런데 데이비드 공."

"클라루스 님! 소관에게 존대는 과분합니다! 그저 여신의 충직한 하인이라고 불러주십시오!"

"길기도 하구먼."

절도 있게 머리를 척 숙이는 데이비드에게는 티오조차 별 이상한 인간 다 보겠다는 표정을 지었다.

동시에 아이코가 조금 딱하다는 생각마저 들었다.

왜냐하면 아이코 호위대를 맡았던 기사 중 신화 대전에서 살아남은 이들이 모두 아이코를 새로운 신으로 숭상하는 파벌을 형성했고, 예전과는 조금 방향성이 다른 광신자 집단으로 변했기 때문이었다.

총본산 붕괴와 신의 진실.

태어났을 때부터 영재 교육처럼 옛 교의를 배운 엘리트 기사들에게 그건 삶을 통째로 부정하는 사건이었다.

그런 그때, 원래부터 좋아하던 아이코가 세계에서 인정받는 여신이 되었다.

신앙은 마음의 안식처. 새로운 교황도 그렇게 말하지 않았던가.

그렇다면 옳거니, 여신 아이코야말로 우리가 신앙해야 할 진정한 신이었구나!

대충 그런 사고의 흐름이었다. 무섭다(by 아이코).

어쨌거나 그런 그들이 왜 지금 마왕성에 있느냐면······.

"그보다『그들』의 상태는 어떤가? 문제없어 보이던가?"

"예. 마인들은 모두 근면하게 일하고 있습니다."

"흠. 그렇다면 마음이 놓이는구먼."

사실 모든 마인이【신역】으로 들어가지는 않았다.

마왕성에 남았다가 하지메에게 공포가 심어진 자들 외에도 조국의 방침을 따르지 못하고 먼 옛날에 떨어져 나와 숨어 살던 자들도 제법 많았다고 한다.

그런 이들이 마도의 상황을 알고 조금씩 모여들고 있었다.

"그 계획에 품은 기대가 큰지, 무척 협력적입니다. 지하『봉인 구역』에서도 수상한 행동은 보이지 않습니다."

"······신역으로 사라진 마인족이 마도로 방출됐다는 소식을 들었을 때는 귀찮은 일이 벌어질 줄 알았는데, 의외로 괜찮나 보네요?"

시아가 가슴을 쓸어내렸다.

그 말대로【신역】에 들어갔던 마인족은 소멸하지 않았다. 무슨 원리인지【신역】붕괴에 말려들지 않고 혼수상태로 마도에 방출된 것이었다.

재생 마법이나 혼백 마법을 쓰면 그들은 깨어날 것이다.

하지만 지금은 전후 처리와 복구로 바쁜 시기였다.

그들이 깨어나자마자 북쪽 대륙을 침공하진 못하겠지만, 화근이라는 점에는 변함이 없었다.

그래서 하지메는 마도 아래에 거대한 지하 공간을 만들어 그들을 혼수상태로 봉인했다.

지하 전체의 시간을 멈춰 완전 보존하는 아티팩트를 사용해서.

언젠가 복구가 끝나고 북쪽 대륙 전체가 진정되면 조금씩 그들을 해방할 방침이었다. 공존의 길을 이해시키려면 소수로 설득하는 편이 쉽기 때문이었다.

이 계획에 찬동한 것은 숨어 지내던 마인들이었다.

그들은 자진하여 마왕성과 마도를 유지, 관리하면서 깨어나는 동포를 설득하고 싶다고 요청했다. 실제로 그들이 남겨진 마인들을 설득하는 데 성공하면서 함께 봉인하기보다는 수용하기로 했다.

데이비드 휘하 신전 기사들은 그들을 감시하고 유사시에 대응하는 주둔병인 셈이었다.

물론 『게이트』로 북쪽 대륙과 연결되어 있으므로 교대도 가능했다.

언젠가는 마인들과 공존하기 위해 각국 외교 사절이 우호를 다지러 찾아올 것이다.

"다 같이 손을 맞잡는 미래가 오면 좋겠구먼."

"그러게요. 밀레디 씨와 『해방자』가 목표로 하던 미래에는 마인족도 들어가 있을 테니까요."

그래서 하지메도 이 계획을 세웠으리라. 본인은 움직이지 못하는 사람을 수십만 단위로 학살하기 싫을 뿐이라고 말했지만…….

그게 다가 아니라고, 시아와 티오는 확신하며 웃었다.

"그럼 돌아갈까요."

"그러자꾸나. 수고하게, 데이비드."

"예. 아이코 님께 안부를 전해주십시오."

흔들리지 않는 수준을 넘어서 정신적으로 어딘가 고장 난 게 아닌가 싶은 신전 기사에게 쓴웃음을 지으며, 시아는 『게이트』를 열어 안쪽으로 사라졌다.

티오도 그 뒤를 따르려다…….

'프리드. 마인족을 구한 건…… 분명 그대겠지?'

문득 한 번 더 조용한 마도를 돌아봤다.

프리드와 우라노스의 마지막 순간이 떠올랐다.

우라노스가 몸을 던져 시간을 벌어주던 그때, 죽음을 받아들였을 프리드가 흰 오벨리스크를 빛냈다.

마지막까지 뭘 하는 것인지 경계했는데, 그게 이 구출이 아니었을까.

"이 도시가 다시 그대의 소중한 동포들로 북적거리기를 진심으로 기도하겠네."

그런 소망을 바람에 실어 보내며, 티오도 마왕성을 뒤로했다.

【페어베르겐】 한쪽에 조금 특이한 건물이 있었다.

집 대부분이 거목 위에 설치된 트리 하우스인 이곳에서, 그 건물은 흰 금속으로 지상에 지어져 있었다.

학생들과 아이코를 포함한 하지메 일행은 한 달 동안 가장 생활하기 편한 이 도시에 거점을 두고 있었는데, 그 숙소에 인접한 위치였다.

주거하기에는 좁은 창고 같은 그곳에 하지메가 있었다.

건물 안에는 푸르스름한 빛이 오로라처럼 떠다녔다.

건물 중심에 설치된 허리까지 오는 원기둥 받침대와 그 위에 놓인 지름 15센티미터의 청백색 수정이 광원이었다.

하지메는 그 받침대에 양손을 올리고 눈을 감아 집중하고 있었다.

진홍색 마력이 청백색 빛에 섞이거나 수정 속으로 흘러들었다.

하지메 일행은 왕도 복구와 진짜 신화 및 역사 유포, 해방자들의 명예 회복과 아티팩트 회수 등등 전후 처리를 위해서 한 달이나 시간을 쓴 것은 아니었다.

이 건물에서 이루어지는 작업이야말로 진짜 이유였다.

모든 것은 최우선 목표이자 가장 중요한 목적— 고향인 지구로 돌아가기 위해 필요한 시간이었다.

그런 작업 중에 문이 빼꼼히 열렸다.

안쪽을 몰래 들여다보려는 조심스러운 행동이었다.

"아빠? 들어가도 돼~?"

문을 연 것만큼이나 조심스러운 목소리였다. 그 중요성을 알기 때문에 아빠를 방해하면 안 된다는 어린아이의 기특한 배려가 실려 있었다.

하지메는 조용히 눈을 떴다. 입에는 자연스럽게 웃음이 떠올랐다.

"괜찮아. 들어와."

허락이 떨어지자 호쾌하게 문이 열렸다. 후다다닥 기운차게 달려온 아이는 당연히 뮤였다.

그 뒤로 훈훈하게 미소 짓는 레미아도 들어왔다.

"웅? 유에 언니는?"

"제국에 갔어. 뭔가 문제가 생겼나 봐."

"어머나, 괜찮을까요?"

"애들이랑 카오리, 엔도도 갔어. 위험하진 않겠지."

"아뇨, 그게 아니라 거긴 하우리아 분들이 계셔서……. 알프레릭 씨의 정신 건강이 괜찮을지 걱정이네요."

"……."

레미아 씨의 추측은 정확했다. 그는 지금 눈알을 뒤집고 있었다.

하지메는 구태여 생각하지 않기로 했다.

뮤가 하지메의 다리에 코알라처럼 매달려서 올려다보며 물었다.

"아빠, 신결정은 괜찮아?"

"그래. 필요 최소한이지만, 이만하면 잘 컸어."

아래를 보며 받침대 위 수정으로 눈을 날카롭게 떴다.

이것이 바로 하지메가 한 달을 투자한 성과— 인조『신결정』이었다.

세계를 넘으려면『도월의 나침반』과『크리스털 키』가 필요하다.

하지만 어지간한 광석은 개념 마법을 부여하면 버티지 못하고 망가져 버린다.

한두 번 쓰고 버릴 거라면 상관없겠지만…….

"이게 있으면 아빠 세계랑 우리 세계를 왔다 갔다 할 수 있어?"

"그래. 그럴 거야."

받침대에서 한 손을 떼고 뮤의 머리를 쓰다듬었다.

뮤는 기분이 좋은지 애교 섞인 소리를 내고 레미아가 다정하게 눈웃음쳤다.

"내가 고향으로 돌아가는데 너희가 고향으로 돌아갈 수 없는 건 너무하니까."

"후후, 마음 써주셔서 고마워요, 하지메 씨."

레미아의 손이 살며시 하지메의 어깨에 닿았다. 그것뿐인데도 손가락을 타고 큰 신뢰와 친애의 정이 분명하게 전해졌다.

"잘됐다. 그럼 시아 언니랑 티오 언니도 가족이랑 만날 수 있겠네!"

"그래. 반대로 캄이나 아둘 씨에게도 일본을 보여주고 싶어."

최상의 미래가 지구와 토토스를 자유롭게 오가는 것이라면 하지메는 주저 없이 그 미래를 선택하고 아낌없이 총력을 쏟

아붓는다.

개념을 만들어낼 정도로 고향을 열망하던 하지메이기에, 이 세계에서 인연을 맺은 소중한 사람들에게도 고향과의 연결 고리를 남겨두고 싶었다.

그래서 완벽한 소재가 필요했다. 몇 번을 사용해도 망가지지 않고, 마력 친화성이 최고 수준으로 높은 광물.

즉, 신결정이었다.

그렇지만 나락에도 신결정이 없다는 것은 이미 결전 준비 단계에서 나침반으로 확인했다. 세계 어딘가에는 있을지도 모르지만, 나침반이 없는 지금 그것을 찾는 것은 현실적이지 못한 방안이었다.

그래서 도달한 결론이 『없으면 만든다』였다.

"뮤한테도 마력이 있으면 도와줄 텐데……."

뮤우~, 하고 울음소리(?) 같은 소리를 내면서 시무룩해졌다.

"신경 쓰지 마. 같은 반 애들한테서 마력을 공급받기는 하지만…… 보통 사람이 가지는 마력은 얼마 안 돼."

"오랜 세월 걸려서 만들어지는 결정이라고 하셨죠?"

"그래. 그것도 우연히 생긴 마력 웅덩이에서."

그 또한 천문학적인 확률이었다. 마력이란 별의 에너지며 보통은 자연계를 순환하니까.

여러 우연이 겹친 조건에서 결정이 될 만큼 마력이 고이는 경우는 보통 없다.

하지메에게는 그 전설의 연성사가 창설한 대미궁에 전설의 광물이 잠들어 있던 것이 이제 와서 우연이라는 생각이 들지 않았다.

없으면 만들자는 발상도 어쩌면 오스카가 이미 해냈을지 모른다는 생각이 들어서였다.

과거의 연성사가 가능했다면 지금 자신에게도 가능하다는 뜻이다.

그래서 하지메가 나름대로 연구하고 구축한 기술이 이 건물에 결집되어 있었다.

"이 작은 방에 『별의 힘』이 모여 있다는 게 상상이 안 돼."

"밤하늘에 뜬 별도 우리가 있는 곳과 같은 별이란 건 처음 알았어요. 세계는 평면이 아니었군요."

뮤와 레미아가 아직 긴가민가하는 것처럼 이 건물과 받침대 자체가 중력 마법의 진수를 담은 아티팩트였다.

건물이 별의 힘, 다시 말해 자연 마력을 광범위에서 고속으로 흡수한다. 그리고 중앙 받침대가 그걸 퍼 올리고 하나로 모아, 공간 마법으로 만들어진 꼭대기의 인공 마력 웅덩이로 흘려보낸다.

그런 구조였다. 토터스 사람보다 훨씬 많은 마력을 가진 학생들도 그날 남은 마력을 전부 쏟아부어 보태주고 있었다.

결과는 대성공이었다. 나날이 결정은 커져갔고, 예정대로 오늘 『도월의 나침반』과 『크리스털 키』를 다시 만들 수 있게 됐다.

신결정이 만들어진 뒤 마력이 포화되어야 정제되는 『신수』

까지는 채취할 수 없지만, 그게 목적이 아니니까 신경 쓰지 않았다.

"아빠 고향에 가면 뮤는 학교에 다녀볼래? 지금 같은 지식을 많이 알려줘."

"뮤! 그래?"

"그럼. 또래 아이들이 모여서 공부하는 곳이야. 친구가 생길지도 몰라."

"친구…… 응? 아빠도 학교 다녔어?"

"그래. 우리 반 애들이랑. 아이코가 선생님이었어."

"뮤……."

"왜 그래?"

"친구, 생겨?"

"……."

별생각 없이 나누던 대화에 비수가 숨어 있었다.

아빠는 학교에 다녔는데 왜 친구 없어? 라는 순수한 의문을 에둘러 표현하자 하지메는 대답이 궁해서 눈을 돌려 버렸다.

"요, 요즘은 다들 하지메 씨에게 말을 걸잖아요! 특히 엔도 씨와 자주 이야기하고요!"

"그래. 요즘은 말이지."

하지메의 말투가 이상했다. 레미아의 변호는 효과가 별로 없었나 보다.

자업자득인 부분을 알기 때문에 하지메는 변명조차 하지 않았다.

아빠의 거북하기 그지없는 얼굴을 보고 건드리면 안 될 곳을 건드렸다는 것만은 이해했는지, 뮤가 안절부절못하며 눈을 데굴데굴 굴렸다.

"왜 뮤를 기죽이고 그래요?"

"무슨 일이라도 있었나?"

그때, 마왕성에 갔던 시아와 티오가 돌아왔다.

건물로 들어온 둘은 묘한 분위기에 고개를 갸웃거렸다. 뮤가 하지메에게서 떨어져 시아와 티오에게 달려갔다.

"그게 있잖아! 아빠한테 친구가—."

"어머나, 뮤! 더는 말하면 안 돼!"

"레미아, 그냥 놔둬. 더 비참해지니까. 친구 없는 아빠라서 미안……."

그 대화를 듣고 시아와 티오도 대강 맥락을 파악한 모양이었다.

고개를 크게 끄덕이고는, 둘이 함께 빵긋 웃었다.

"유에 씨와 만나기 전까지 16년 동안 가족 말고 만난 적도 없는데요?"

"겨우 그 정도로 뭘! 숨어 살게 되면서 500여 년, 나도 경칭을 빼고 불러주는 동년배 친구는 한 명도 없었어!"

뮤가 경악했다. 왜냐면 뮤는 친구가 많으니까. 【에리센】에도 많고, 한 달 사이에 페어베르겐에서도 많은 친구를 사귀었다.

심지어 사람이 아닌 친구도 많았다.

압도적 인싸인 뮤에게는 친구가 없다는 상황이 이해되지 않는다! 그래서…….

"이 이야기는 그만할래!"

뮤도 지뢰밭 위에서 탭 댄스 출 생각은 없었다. 총명한 아이였다.

그 배려심을 고맙게 받아들여 하지메는 화제를 전환했다.

"마인족은 문제없었어?"

"괜찮아 보이던데요~?"

"그래. 지금은 괜찮아 보이더구나."

그렇게 보고하면서 시아와 티오는 아주 자연스럽게 하지메 양옆에 찰싹 붙었다.

두 사람의 커다란 가슴이 호쾌하게 눌려 형태를 바꿨다.

시아는 그렇다 쳐도 티오의 거리감도 이미 동료의 범주를 넘어섰다. 하지메가 자연스럽게 받아주는 것이 그 증거였다.

"그나저나 주인님의 검은 머리는 보기 좋구먼. 나랑 같은 빛 깔이야."

티오가 한 손을 뻗어 하지메의 머리를 손가락으로 빗었다.

그렇다. 사실 지금 하지메는 백발이 아니었다. 심지어 안대도 없고 오른쪽 눈도 사람의 눈과 구분이 안 되는 의안에, 의수도 인공 피부로 코팅한 정상적인 팔 형태로 변경했다. 물론 흡혈귀화도 풀었다.

"저는 아직 적응이 안 돼요."

"뮤도."

시아와 뮤는 하지메가 백발이라는 이미지로 굳어져 지금 모습이 낯선 모양이었다.

"왜, 안 어울려?"

"아뇨, 안 어울릴 리가 있나요?"

"둘 다 멋있어!"

"그럼요, 잘 어울려요. 원래는 흑발이라고 하셨죠?"

"그래. ……집에 가려면 가능한 한 원래 모습이 좋겠다 싶어서."

하지메는 살짝 쑥스럽게 볼을 긁적였다.

"머리 색은 변성 마법 아티팩트로 언제든 바꿀 수 있고, 의수와 의안도 금방 갈아낄 수 있어. 이제는 없을 거라고 생각하지만…… 싸울 필요가 생기면 또 그 모습으로 돌아가야지."

그건 하지메 나름의 선 긋기였다.

백발에 마안과 의수는 이세계에서 싸우는 자의 모습.

앞으로 일본에서 평화로운 일상을 영위하려면 겉모습부터 바꾸고 싶었다.

심기일전하려는 노력 중 하나였다.

"그럼 앞으로도 쭉 흑발로 있으면 좋겠네요."

시아가 눈을 가늘게 뜨며 토끼 귀를 가까이 붙였다.

뮤와 레미아, 그리고 티오도 부드러운 목소리로 동의했다.

"그래……."

온화한 목소리로 대답하며 기쁘게 웃는 하지메를 보고 시아와 티오는 참을 수 없는 충동을 느끼며 몸을 더욱 밀착시켰고……

"……뮤 앞에서 발정하지 마."

"아얏?! 유에 씨!"

"으악?! 유에, 심장 떨어질 뻔했잖느냐."

머리를 찰싹 맞았다. 놀라서 뒤를 보자 어느샌가 유에가 떠 있었다.

『게이트』를 쓰지 않은 순간 전이―『천재』였다.

오늘 의상이 검정 바탕의 고스로리 스타일이기도 해서 난데 없이 나타나서 둥둥 떠다니는 모습은 마치 동화에 나오는 인형 같았다.

전에는 『어린애처럼 보이지 않지만, 애써 어른인 척하지도 않는 절묘한 복장』을 고생해서 골랐지만…….

어른과 소녀의 모습을 마음대로 전환할 수 있는 지금은 어떤 패션이든 즐기게 됐다.

"돌아왔어? 그쪽은 괜찮아?"

"……응, 문제없어. 하우리아가 날뛸 뻔해서 제국인이 혼란에 빠졌을 뿐이야. 전부 한 방에 진압했어."

"그래?"

전혀 괜찮게 들리지 않지만, 해결됐다니까 그냥 무시했다.

그리고 무게가 느껴지지 않게 공중에 뜬 채로 안긴 유에와 자연스럽게 키스를 나눴다.

"……이미 다들 광장에 모였어. 하지메는?"

"최종 확인 중이었는데 특별히 문제는 안 보여."

하지메는 유에를, 그리고 시아, 티오, 뮤, 레미아를 돌아보고 그 손에 인조 신결정을 움켜쥐었다.

그리고…….

"—가자."

그녀들을 데리고 예전 시아의 소원이 이뤄졌던 외곽 광장으로 향했다.

외곽 광장에 들어가자 수다를 떨던 아이코와 아이들이 말을 뚝 끊고 하지메를 돌아봤다.

마침내 이날이 왔다며 얼굴이 긴장으로 굳었다.

카오리와 시즈쿠가 달려오는데, 그 뒤에는 생각지도 않은 릴리아나까지 있었다.

"뭐야, 릴리도 오게?"

"네. 흔치 않은 기회니까 견학하려고요."

귀환용 아티팩트가 완성됐다고 해서 바로 세계를 넘어가지는 않는다.

창조에 막대한 마력을 쓴 후라서 애초에 발동이 힘들고, 영영 떠나는 건 아니지만 일단 작별 인사도 할 생각이었다.

그렇지만 이쪽에 남는 릴리아나는 역시 호기심이 생기나 보다.

하지메는 견학을 허락하고 유에에게 눈짓해 광장 중앙으로 걸어갔다.

숨소리를 내기도 꺼려지는 분위기가 감돌았다.

누구나 마른침을 삼키며, 행여 정적을 깨서 하지메가 실패할까 봐 입술을 꾹 다물었다.

"카오리. 계산상으로는 문제없지만, 만약 마력이 부족해지면 재생 마법을 걸어줘."

"응, 맡겨줘!"

"혹시 모르니까 나와 유에의 마력 말고는 섞고 싶지 않아. 마력 양도는—."

"알아. 어디까지나 두 사람의 마력을 회복하는 방식으로, 맞지?"

진지한 표정으로 고개 끄덕인 카오리에게 하지메도 마주 끄덕인 뒤, 이번에는 티오와 아이코를 돌아봤다.

"티오랑 아이코도 부탁해. 뭐, 지나친 걱정이라고는 생각하지만."

"창조에 시간이 걸려서 한계 돌파가 끊기려고 하면 혼백 마법으로 유지 시간을 늘리는 거죠? 알겠어요."

"그래, 준비해 두마. 걱정하지 말고 진행하게."

정말로 만에 하나를 위한 보조였다.

시아가 뮤와 레미아를 데리고 물러났다. 아이들도 하지메와 유에를 중심으로 거리를 두며 원형으로 둘러싸서 지켜봤다.

주위의 시선과 기대를 느끼면서 하지메와 유에가 마주 봤다.

"좋아. 시작할까, 유에."

"……응."

하지메는 오른손 손바닥에 신결정을, 왼손 손바닥에 기타 최고위 소재를 올리고 양손을 내밀었다.

유에가 거기에 살며시 자기 두 손을 포갰다.

그리고 마침내 개념 창조의 비의가 시작됐다.

"—『한계 돌파 패궤』."

"—『극천 해방』."

동시에 최고의 능력을 발휘할 수 있는 상태로 돌입했다.

【페어베르겐】숲에 진홍과 황금의 빛이 조용히 퍼졌다.

바람이 울리고 나무가 흔들렸다. 서서히 힘이 커지고, 섞이고, 하나로 뭉쳐진다.

그 직후였다.

마력이 폭발적으로 치솟은 것은.

두 가지 빛이 하나가 되려는 것처럼 나선을 그리며 하늘을 찔렀다. 【신역】조차 뚫었던 신화 대전의 광경이 재현됐다.

살 떨릴 정도로 어마어마한 힘의 격류였다.

물리적인 압력을 느낀 아이들은 얼굴을 가리며 자세를 낮췄고, 시아는 뮤와 레미아 앞에 서서 감싸줬다.

거기에 무서울 정도의 의지가 더해졌다. 마력 격류에 실려 전달되는 깊고 강한, 강철보다 단단한 의지.

이 정도인가.

【빙설 동굴】에서 크리스털 키를 창조했을 때 있었던 아이들 말고는 모두 숨이 막히고 팔에 소름이 돋았다.

—돌아가고 싶다.

—고향은 어디에.

—돌아가고 싶다.

—가족 곁으로.

—돌아가고 싶다.

—모두 함께.

가슴이 미어질 듯 간절한 소망.

아이들은 자연스럽게 눈물을 흘리고 있었다.

하지메의 마음이 얼마나 강한지 실감했기 때문이 아니었다.

그 이유는 공감이었다. 고향이, 집이, 가족이 그리워서 눈물을 참을 수 없었다.

정다운 가정만 있지는 않았다. 학생 중에는 부모에게 반항하거나 귀찮다고 생각하던 사람도 있었다. 나이를 먹고 형제자매와 전혀 말을 나누지 않던 사람도.

그래도 지금은 마음속 깊이 한 번 더 말을 나누고 싶다고 생각했다.

고향을 그리던 막연한 마음이 확실한 형태를 이루고, 향수가 충동처럼 강하게 솟아올랐다.

그래서 기도했다.

성공해 달라고. 힘내 달라고. 마음속으로 모든 의지를 담아 하지메에게 응원을 보냈다.

그 직후였다.

하지메와 유에의 손에서 강렬한 빛이 팽창했다.

신결정이 직시하기 힘들 만큼 빛나고 있었다.

휘몰아치는 마력 격류가 은하처럼 반짝이며 회오리쳤고, 신결정으로 모여 흡수되었다.

눈을 감고 극한까지 집중하던 하지메가 살며시 눈을 떴다.

그리고 조용히, 하지만 낭랑하게 자신의 마법을 세계에 선언했다.

"—『연성』."

신결정이 공중에 떠서 둘로 나뉘었다.

거기에 다른 소재가 분해되어 저마다 섞이며 형태를 갖추었다.

두 개의 항성이 탄생했다.

그렇게 표현하고 싶을 만큼 찬란한 빛이 하지메와 유에 사이에서 태어났다.

그건 무척 신비하고 환상적이며, 평생 잊을 수 없을 만큼 아름다운 광경이었다.

어느샌가 고요함이 돌아와 있었다.

압도적인 마력 격류도, 소름 끼치던 의지의 전파도 멎었다.

곳곳에서 감탄의 탄식이 흘러나왔다. 소리를 내지 않도록 조심하던 것도 잊을 만큼 넋을 놓은 모양이었다.

감탄의 대상은 빛을 띤 두 아티팩트인가.

아니면 신비의 중심에서 손을 맞잡고 서로에게 기댄 두 사람인가.

빛이 잦아든다. 진홍과 황금이 숲속에 녹아들 듯 사라져 갔다.

유에가 살며시 손을 놓고 공중에 뜬 두 아티팩트—『도월의 나침반』과 『크리스털 키』를 손으로 잡았다.

그것을 한 번 보고 하지메에게 내밀었다.

"……시험해 봐."

"그래."

아이들이 정신을 차리고 다시 긴장으로 굳었다.

하지메가 나침반을 기동했다. 영원에도 가까운 몇 초가 흐르고, 누군가가 침을 삼키는 소리가 유난히 크게 들렸다.

하지메는 말없이 크리스털 키를 쥔 채 공간에 간섭할 수 있는지 확인했다.

"이, 이봐, 나구모. 어때? 되겠어?"

결국 참지 못하고 코스케가 머뭇머뭇 물었다.

하지메가 고개를 들었다.

숨죽이고 지켜보던 아이들을 가볍게 둘러보고, 잠시 후.

득의양양한 웃음을 지으며 엄지를 세워 보였다.

그 의미는 생각할 필요도 없었다.

대환성이 터졌다.

""""좋았어어어!!""""

아츠시, 노보루, 아키토가 환희에 차서 주먹을 불끈 쥐며 외쳤다.

"됐다, 됐어⋯⋯. 집에 갈 수 있어⋯⋯."

"울지 마아, 타에코⋯⋯."

"그러는 유카도 울면서!"

유카 그룹은 서로 울면서 얼싸안았다.

"우오오오오오! 집에 간다! 진짜 간다!!"

"나구모, 아니, 나구모 님! 정말 고마워!"

신지와 요시키가 몇몇 남자와 함께 기묘한 춤을 추며 기쁨을 표현했다.

"흐에에에에엥, 다행이야~. 나구모오, 유에 씨이, 고마워!"

"정말, 평생 못 갚을 은혜를 입었어."

엉엉 우는 아야코를 끌어안으며 마오도 눈가에 눈물을 맺었다.

그 옆에서 쥬고와 켄타로, 코스케는 말없이 하이 파이브를 나누고 웃었다.

아이코는 안도한 나머지 주저앉았고 릴리아나가 그 등을 쓰다듬어줬다.

다른 학생들도 어깨동무를 하거나 손을 잡고, 울고 웃으며 소란을 피웠다.

참고로 일부 학생에게서 「오늘부터 나는 나구모 님의 개다!」라거나 「난 유에 씨의 개가 되고 싶다」라는 위험한 발언도 들렸지만, 분명 감동으로 뇌가 살짝 맛이 갔을 뿐이라고 생각해 싹 다 무시했다.

하지메는 크게 숨을 내뱉고 피로로 털썩 쓰러지다시피 바닥에 앉았다.

유에도 피곤한 기색으로 그 무릎 위에 앉았다. 호리호리한 허리에 팔을 둘러 잡아주자 몸을 비비며 더 밀착해 왔다.

"……고마워, 유에."

"……응."

편안한 피로감과 안도감, 그리고 유에의 부드러운 감촉에 숨을 후 쉬었다.

거기로 후다다닥 귀여운 발소리가 달려왔다.

"아빠!"

"뮤."

폴짝 뛰어든 뮤의 앙증맞은 몸을 한 손으로 받아주며 유에와 반대쪽 무릎에 앉혔다. 뮤도 유에를 따라 하려는지 몸을 비비며 밀착했다.

"하지메 씨! 유에 씨! 대단했어요! 그, 뭐라고 하지…… 아무튼 대단했어요!"

"……시아, 어휘력."

시아는 토끼답게 깡충 뛰어서 안겼다. 피식 웃는 유에를 함께 감싸듯 하지메의 오른쪽을 점령했다.

하지메가 유에를 지탱하는 손을 놓고 토끼 귀를 쓰다듬어주자 시아도 기뻐하며 오른쪽 어깨에 볼을 비볐다.

"하지메, 유에. 해냈구나!"

시아가 한 것처럼 카오리는 뮤를 감싸며 하지메를 안았다.

왼쪽 어깨에 머리를 살며시 얹고 조용히 감동의 여운을 느끼는 듯했다. 마찬가지로 뮤를 지탱하던 손을 일시적으로 놓고 머리를 쓰다듬자 역시나 머리를 비볐다.

"주인님의 세계, 기대되는구먼."

"분명 놀랄 거야."

티오와 시즈쿠가 부드러운 미소를 짓고 다가왔다.

하지메와 이어지면서 두 사람도 이미 가족처럼 친근한 사이가 됐다. 하지만 좋아하는 사람의 몸은 이미 등밖에 비지 않았다.

한순간 곁눈질하는 둘 사이에 불똥이 튀었다. 견제가 들어간다. 한순간의 틈에 생사가 결정되는 것처럼 긴박감이 떠돈다…….

"어머나, 두 분이 괜찮으시다면 제가 실례할게요. 우후후."

굉장히 자연스럽게 비집고 들어온 레미아가 하지메의 등에 자기 몸을 찰싹 붙였다. 「엄마!」라며 기뻐하는 딸을 향해, 하지메의 어깨 너머로 손을 내밀어 머리를 쓰다듬었다.

"앗, 레미아 씨?!"

"요 녀석, 능구렁이처럼!"

깔끔하게 어부지리를 얻은 레미아에게 시즈쿠와 티오가 경악했다.

세계 최고 수준의 검사와 최고위 용인을 따돌릴 줄이야. 레미아도 나구모의 가족이 되겠다고 정했을 때부터 여자 멤버에 한해서 거리낌이 없어졌다.

그때, 느닷없이 불청객이 난입했다.

"시아, 찾아다녔어요. 허억허억, 저와도 사이좋게 지내요."

"으엑, 알테나?!"

어느샌가 시아의 뒤에서 거친 숨을 내쉬는 알테나가 불쑥 나타났다. 좀비처럼 휘청거리며 시아를 뒤에서 덮치려고 했다.

토끼 귀의 털이 오싹하게 곤두선 시아는 알테나를 처리하려고 일시적으로 하지메에게서 떨어졌다.

기회라고 생각해 두 사람이 종종걸음으로 다가왔고…….

"……아이코 씨? 뭘 하시려는 거죠?"

"릴리 씨야말로. 나구모한테 무슨 볼일이라도?"

이쪽에서도 파지직 불똥이 튀고 있었다. 아이코에게 어른의 여유란 건 없나 보다.

하지메 주변이 조금 소란스러워졌다.

환호하며 기쁨을 나누던 아이들의 시선도 자연스럽게 그쪽으로 모였다.

유카가 엄청나게 노려보고, 나나와 타에코가 그런 유카의 엉덩이를 걷어찼다. 빨리 가라는 의미였다. 물론 버텨서 움직이진 않았지만.

다른 여자들은 꺅꺅 소리를 지르고, 남자들은 남자들대로 호기심과 질투가 섞인 절묘하고 미묘한 표정이었다.

"……나 원."

유에가 한숨 쉬었다.

"유, 유에?"

하지메가 유에에게서 묘한 분위기를 느끼고 이름을 부르지만, 그 직후, 등을 타고 오싹한 감각이 퍼졌다.

지금까지 보여주던 소녀스러운 달콤한 분위기가 산 날씨처럼 변덕스럽게 변했다. 주변 공기와 함께, 아찔할 만큼 요염하게.

함성이 멈췄다. 유에가 발하는 분위기에 묻혀서.

유에의 몸이 뽀얗게 빛났다.

눈이 아프지 않은 부드러운 빛이지만, 모습은 완전히 가려지는 신기한 황금색 빛이었다.

불과 몇 초 후 사라진 빛 안에서는…….

"……여운을 즐길 줄 몰라?"

어른 모드로 변성한 유에가 있었다.

성장해서 고스로리 드레스가 단숨에 짧아졌고, 슬렌더면서도 묘하게 육감적인 다리가 허벅지까지 드러났다. 가슴 부분은 당장에라도 터질 것 같았다.

그런데도 이상하게 어색하지 않았다. 오히려 어른 모드라서 귀여운 복장과의 갭이 더욱 도드라지고 악마 같은 관능미를 뿜냈다.

그 귀여우면서도 고혹적인 분위기에 아이들이 단체로 마비 상태에 빠졌다.

그동안에 유에가 검지를 휙 흔들자…….

"아아앗, 잠깐, 유에?!"

"유, 유에 씨, 뭘 하려고?!"

그것만으로 카오리와 레미아는 둥실둥실 떠서 떨어지고 말았다. 그리고 시즈쿠와 티오 옆에 살며시 내려났다.

"어, 유에? 너무 그러지— 웁?!"

하지메가 달래는 투로 뭔가 말하려고 했지만, 그러지 못했다.

유에의 크게 성장한 가슴에 푹 묻혀서 물리적으로 입이 틀어막힌 탓이었다.

이 행동에는 여자 멤버들도 일제히 항의했고, 어리둥절한 얼굴로 유에를 바라보던 뮤도 홍당무가 되며 두 손으로 얼굴을 가렸다.

그런데도 유에의 공세는 끝나지 않았다.

"……정실 권한으로 시끄러운 애는 출입 금지야."

관능미가 폭발했다. 남녀를 구분 없이 매료하는 마성과 천상의 미.

요염하다는 말을 구현한 듯한 어른 모드 유에의 말에 모두 마음이 사로잡힌 기분이었다.

카오리와 티오조차 입을 열려고 한 순간 유에가 눈을 흘기자 얼굴이 빨개지며 말문이 막히고 말았다.

"이렇게 변한 유에 씨에게는 이제 아무도 거역하지 못하겠네요."

유일하게 볼을 붉히면서도 비교적 평상심을 유지하던 시아가 알테나를 관절기로 찍어누르며 말한 소감에는 아무도 반박하지 못했다.

참고로 출입 금지가 어디의 출입이냐면…….

최근 하지메 일행의 관계 변화와 『정실 권한』이라는 단어로 추측할 수 있다.

"……별로 오늘은 내가 독점할 거야."

"조금만 더 내 의견을 들어주지 않을래?"

그러면서도 기분은 좋아 보이는 하지메의 눈동자가 『유에 무조건 긍정주의』를 잘 보여주고 있었다.

그래서 당연히 가슴에서 떨어뜨리자마자 뜨거운 키스를 해도 거부할 리 만무했다.

여자들에게서 흥분한 비명이 퍼지고, 남자들 태반은 자기 정신을 지키기 위해서 하늘을 올려다봤다. 오늘도 하늘이 푸

르구나. 삼림욕 너무 좋아.

"네! 항의합니다! 횡포라고 강력히 항의합니다!"

매력의 감옥에서 간신히 빠져나온 카오리가 아직 뜨거운 볼이 식기도 전에 성큼성큼 다가왔다.

그 말에 똑같이 구속이 풀렸는지 다른 멤버도 카오리의 뒤를 이었다.

"홋, 유에. 출입 금지보다는 벌을 다오. 그 어른 모드로 밟아줘도 좋다!"

변함없는 수준을 넘어서 유에의 벌이라도 언제든 환영, 오히려 어른 모드라면 유에에게 벌을 받고 싶다! 라며 변태성의 성장을 보여주는 잡룡은 무시하고……

"제가 시끄러웠던 건 알테나 때문이에요! 불가항력이었으니까 빼주세요! 그럼 하지메 씨! 저랑도 할까요~?"

시아가 망설임 없이 네 발로 다가와서 입술을 내밀었다.

"……"

시즈쿠는 시즈쿠대로 촉촉한 눈망울로 무언의 호소를 해왔다.

"아빠랑 뽀뽀해? 뮤도 할래~!"

"어머나, 뮤는 조금 이르지 않니? 대신 엄마가 할까?"

어느샌가 뮤를 안아 든 레미아가 우후후 웃었다. 그리고 바로 옆에서는……

"키스 정도는…… 키스 정도는 괜찮다고 생각해요! 왕녀지만!"

"릴리 씨는 왕녀라는 입장뿐 아니라 나이도 문제라구요! 저, 저는 그 점에서 문제가 없지만요……"

"나이가 문제예요? 교사라는 입장이 더 문제라고요!"

여전히 릴리아나와 아이코가 옥신각신하면서도 기대에 찬 눈으로 하지메를 보고 있었다.

"……그래서 하지메, 누구랑 할래?"

그리고 그런 여자들 앞에서 말도 안 되게 고혹적인 웃음을 짓는 유에가 물었다.

물론 하지메의 답은 하나뿐이었다.

"무조건 유에."

"후후…… 그럼 납치해 갈래."

요염한 분위기가 신기루처럼 사라지고 유에가 순진한 웃음을 보여줬다.

모두 무심결에 눈길을 빼앗기고 멈춘 그때, 유에는 하지메를 안은 채 소리도 마력광도 없이 휙 사라져 버렸다. 순간 전이 마법 『천재』를 완전히 제 것으로 만든 듯했다.

광장에 다시 「앗─?!」 하며 분한 목소리가 울려 퍼졌다. 남겨진 여자 멤버들이 즉시 동그랗게 모여서 유에가 어디로 도망갔는지 작전 회의에 들어갔다.

이러니저러니 투덜대면서도 즐거워 보이는 것이 정말로 칼로 물 베기라는 느낌이었다.

하늘을 올려다보던 아츠시와 노보루, 아키토가 쥐어짜 낸 듯한 목소리로 솔직한 심경을 토로했다.

"……젠장. 죽을 만큼 부럽다."

"누가 아니래. 나도 딱 한 번이라도 좋으니까 저런 미녀한테

잡혀가 보고 싶네."

"그래도 나구모니까 어쩔 수 없다고 생각하는 내가 제일 미워."

아련한 눈으로 먼 산을 보던 켄타로와 쥬고가 세 사람의 말에 깊은 공감을 표했다.

"아, 그 마음 잘 알지."

"뭐, 나구모니까』가 요즘 우리 유행어지……."

"역사가나 음유시인들이 나구모를 『신을 죽인 마왕』이라고 부른다는데…… 그래서 그런지 세간에서는 『마왕님이니까』라는 말이 유행이래."

하우리아를 거쳐 들어오는 코스케의 정보에 남자들은 그럴 만하다며 체념해 버렸다.

"헉헉, 유에 씨한테 쓰레기처럼 취급받고 싶어! 적어도 오물을 보는 눈으로 봐준다면!"

"이 사람은 글렀어……. 손 쓰기엔 너무 늦었어."

"정말로. 그런 감정을 가지는 것 자체가 불경하다는 걸 왜 모르지? 기왕 밟힌다면 나구모 님 아니야?"

"……너, 진심이야? 아이 선생님~! 여기 와 봐요! 위험한 사람이 있어요!"

일부에서는 그런 대화도 오갔다.

한편, 여자들 쪽에서는 나나의 입에서 의외의 말이 튀어나왔다.

"그래도…… 역시 부러워."

시종일관 퉁명스럽던 유카가 깜짝 놀라서 눈을 동그랗게 떴다.

"어? 어어?! 설마 나나, 너……."

"그게 아니지. 나나 말은 저런 관계 자체가 좋다는 거야."

타에코의 지적에 나나가 맞다며 고개를 끄덕였다.

유카는 가슴을 쓸어내리면서도 잠깐 생각하다가 고개를 크게 끄덕였다.

"하긴 그래. 솔직히 멋지다고 생각해. 나구모와 유에 씨 관계는."

"그치? 나구모가 원한다면 나는 바로 오케이지만."

"그래…… 아니, 그렇긴 뭐가 그래?! 나나, 너 무슨 소리야?!"

"뭐, 끼어들 여지가 없지."

"타에코까지?!"

나나와 타에코는 서로 어깨를 으쓱하면서도 은은한 동경심이 담긴 눈빛으로 하지메와 유에가 있던 곳을 바라봤다.

친구들의 고백으로 유카가 안절부절못하는 사이, 무슨 단서라도 찾았는지 시아 일행이 수해 안쪽으로 달려갔다.

마오는 그 뒷모습을 무심하게 보면서 어이없지만 감탄스러운 표정으로 말했다.

"그보다 저 관계에 끼어든 카오리랑 시즈쿠가 엄청 용기 있어. 아이 선생님과 릴리도 대놓고 들이대기 시작했고."

"……그걸 또 전부 상대해주지? 이야, 대단하네. 나구모, 정말로 마왕님이야."

아야코가 절절하게 동의하는 옆에서 또 이상한 대화가 오갔다.

"어떻게 하면…… 어떻게 하면 나구모 집의 애완동물이 될 수 있어?"

"메이드로 숙박하면서 일하면…… 실낱같은 희망이!"

"없어. 둘 다 이따가 아이 선생님한테 혼백 마법 걸어달라고 하자. 머리에, 알았지?"

뇌가 익어 버린 여성분이 몇 명 계신 모양이었다.

가혹한 이세계 생활과 상식을 초월한 커플은 정신에 크나큰 영향을 주고 말았다. 아니, 정신이 아니라 성적 취향일지도 모르지만.

친구들은 뒤틀린 정신 혹은 취향이 원래대로 돌아오기를 빌 따름이었다.

그런 일부 학생들을 보고 두통이 나는지 관자놀이를 누르던 류타로가 눈치를 살피듯 대각선 아래를 봤다.

그리고 똑같이 이상해진 학생들을 보며 할 말을 잃고 메마른 웃음을 흘리던 스즈에게 물었다.

"넌 찾으러 안 가?"

상상도 하지 못한 질문이었는지, 스즈의 표정이 모르는 사람한테 「오랜만이야」라고 인사를 받은 사람처럼 얼떨떨하게 변했다.

"아니, 안 가는데? 내가 왜?"

"……뭐, 안 간다면 됐어. 그냥 네가 나구모 앞에서 좀 얌전하다고 해야 하나, 진지하다고 해야 하나…… 평범한 여자애처럼 굴길래. 왠지 분위기 타고 「나도!」라면서 카오리랑 시즈쿠를 따라가지 않을까 해서."

"……얀마, 지금 나를 생각 없고 경박한 인간이라고 했냐? 나구모한테는 에리 관련으로 너무 많은 도움을 받아서 고마워하는 것뿐이야."

스즈는 뚱딴지같은 평가를 내린 류타로를 분노로 이글거리는 눈으로 노려봤다.

"나에 대한 인식에 관해서 류타로랑 한번 이야기를 나눠 봐야겠어."

"아니, 착각한 건 미안. 그래도 너, 기본적인 성격이 아재같달까, 변태잖아? 훔쳐볼 기회! 라면서 돌격할 가능성도 있다고 생각했지."

"오케이, 싸우자는 거지? 그럼 그렇다고 말을 하지. 내 진화한 배리어 버스트를 먹여주마!"

류타로가 볼을 긁적이면서 솔직한 의견을 말하자 스즈는 핏대를 불룩 세우며 수리한 철선으로 손을 가져갔다.

그것을 보고 코우키가 허둥지둥 제지했다.

"스, 스즈, 진정해! 류타로도 나쁜 뜻으로 한 말이 아니라, 오히려—"

"코우키는 가만히 있어. 이 매너란 걸 엄마 배 속에 두고 나온 근육 덩어리와 한번 진득하게 대화를 나눠야 해!"

코우키의 말을 끊고 스즈가 으르렁댔다.

하지만 그렇게까지 말하면 류타로도 가만히 들어줄 수는 없다.

"야! 밤중에 나구모네 침실을 엿보려는 네가 매너를 논할 자격이 있나! 너야말로 여자로서 수치심을 어디 내다 버린 거 아냐?"

"그, 그건, 그치만! 궁금하잖아! 언니가 그렇고 그런 짓을 한다고! 한 번은 보지 않으면 인생의 손해란 말이야!"

"네 인생은 핑크색이냐! 그리고 손해 보기 전에 끝장난다고! 막아서 망정이지 평범하게 범죄거든?!"

"그러는 자기도 보고 싶으면서! 앞으로 안 불러줄 거야!"

"그걸 왜 불러! 동갑 여자애가 남의 침실 훔쳐보자고 하면 민망해서 눈도 못 마주쳐!"

거한과 꼬꼬마가 티격태격 싸움(?)을 벌였다.

최근 의외로 자주 보이는 광경에 주변에서 따스한 시선이 모였다.

그리고 두 사람 옆에서 계속해서 허둥대는 코우키에게도 따스한 시선이 모였다.

밝은 웃음을 잃은 코우키는 복구 지원으로 하루를 마치고 【페어베르겐】으로 돌아오면 류타로를 비롯해 친한 친구들과 함께 지낸다.

그때만큼은 이렇게 허둥대면서도 조금씩 표정이 풀어지고는 했다.

게다가 방금 요새에서 나눈 이야기 덕분인지, 오늘은 특히 감정이 솔직하게 나오는 것처럼 보였다.

그 점에 다들 조금 안심하고 있었다.

잃은 것은 많고 변한 것도 많았다. 짊어져야 할 짐도, 평생 사라지지 않을 마음의 상처도 생겼다.

그래도 고향으로 돌아갈 방법이 생기고 다시 다 함께 웃으며 이야기를 나누는 지금, 학생들의 마음은 소환된 이래로 가장 가뿐했다.

모두 진심으로 웃고 있었다.

그 웃음은, 인생에는 가끔 한 몸 바쳐 싸워야 할 때가 있다고 몸소 깨닫고 그걸 극복한 그들의 웃음은…….

태양처럼 힘찬 빛으로 가득 차 있었다.

한편 그 무렵.

하지메를 납치한 유에는 하지메의 지시로 대수 우아 아르트 아래에 와 있었다. 도시에서 멀리 떨어져 있고 사람이 거의 오지 않으며 분위기 있는 곳이 좋다는 조건 때문이었다.

의아하게 생각하면서도 소녀 모드로 돌아온 유에는 하지메가 손을 잡고 이끄는 대로, 산책이라도 하듯 가벼운 발걸음으로 대수 아래로 갔다.

오늘은 날이 맑았다.

대수의 흰 안개가 들어오지 못하는 이곳은 햇볕이 따갑게 내리쬤다.

대미궁을 공략한 뒤 대수는 다시 마른나무로 돌아갔다. 그래서 굵은 가지가 없는 곳은 직사광선으로 눈이 부실 정도였다.

"유에, 재생 마법."

"……응? 알았어."

안으로 들어갈 뿐이라면 공략의 증표가 있으면 충분했다. 왜 굳이 재생하는지 모르겠지만, 나뭇잎으로 햇빛을 가리거나 아름다운 경치를 같이 보고 싶겠거니 단순하게만 생각하고 재생 마법을 발동했다.

그 순간, 대수가 빛을 내며 싱싱한 잎으로 무성해졌다.

대수의 부활 과정은 몇 번을 봐도 환상적이며 감동적이었다.

고요한 숲속에서 나뭇잎 사이로 햇살이 쏟아지며 천사의 사다리 같은 빛줄기들이 생겨났다. 이 또한 몇 번을 봐도 마음이 씻겨 내려가는 광경이었다.

만족스럽게 고개를 끄덕인 하지메는 유에의 손을 잡고 대수 뿌리에 앉았다.

유에는 하지메를 의자처럼 써서 엉덩이를 살짝 얹고 몸을 기댔다.

하지메는 거리낌 없이 몸을 맡기는 유에를 뒤에서 감싸듯 안아줬다. 소녀 모드 유에는 언제나 하지메의 품에 쏙 들어왔다.

서로의 체온과 심장 소리를 느끼면서 고즈넉한 숲과 자연의 예술을 만끽했다. 종종 나뭇잎이 흔들리는 소리와 피부를 부드럽게 쓰다듬는 산들바람이 마음을 가라앉혔다.

그러다 얼마 후, 하지메는 유에의 귓가에 속삭이듯 입을 열었다.

"유에."

"……응?"

"너한테 보여주고 싶은 게 있어."

"……보여주고 싶은 거?"

"사실 더 일찍 보여줘야 했겠지만…… 중요한 거라서 타이밍을 찾다가 일을 일단락 낼 때까지 말을 못 꺼냈어. 미안."

"……? 잘 모르겠지만, 하지메가 지금이 좋다고 생각했으면 그걸로 됐어."

가슴팍에서 고개를 들어 자신을 올려다보는 유에에게 하지메는 눈웃음을 지었다.

그리고 바람에 날리는 아름다운 금발에 부드럽게 입술을 가져가며 한 아티팩트를 꺼냈다.

그건 핀 볼 구슬 크기의 무색투명한 수정. 나락 아래 봉인의 방에서 찾은 영상 기록용 아티팩트였다.

한 손으로 유에를 안은 채 다른 손에 그걸 올리고 앞으로 내밀었다.

아티팩트가 빛나며 앞쪽에 영상이 투영됐다.

거기 비친 인물을 보고 유에가 숨을 헉 삼키는 소리가 들렸다. 놀라서 눈을 크게 뜨고, 어리벙벙하게 중얼거렸다.

"……숙부, 님?"

하지메는 말없이, 유에를 안은 팔에 더 힘을 줬다.

알고 그러는지 모르고 그러는지, 유에도 자기 배에 두른 하지메의 손을 꽉 잡았다.

그런 두 사람 앞에서 영상 속 인물— 유에의 숙부, 딘리드 가르디아 웨스페리티오 아바타르가 조용한 음성으로 말을 꺼냈다.

『……아레티아. 오랜만, 이라고 하기는 좀 그런가. 너는 분명히 날 원망할 테니까. 아니, 원망이라는 말로는 부족하겠지. 내가 한 짓은…… 아아, 아니야. 이런 소리를 하려던 게 아닌데. 이것저것 생각해 왔는데 막상 유언을 남기려니까 말이 제대로 안 나오는구나.』

딘리드는 자조하며 한 번 크게 심호흡했다.

마음을 다시 정리하려는 것처럼 잠깐 눈을 감고…….

허식 없이 온화하고 감사하는 마음을 담은 눈빛으로 정면을 봤다.

『……그래. 우선 고맙다는 말을 해야겠군. 아레티아, 지금 네 곁에는 네가 진심으로 신뢰하는 사람이 있겠지. 적어도 변성 마법을 얻고 진정한 오르크스 대미궁에 도전하는 강자면서, 내가 준비한 가디언에게서 너를 포기하지 않고 구해낸 사람이.』

유에가 당혹스러워하는 심정이 느껴졌다. 손이 살며시 떨리고 있었다.

그래도 하지메는 아무 말도 하지 않고 눈을 감았다.

하지메도 그의 말을 경청하는 것처럼. 혹은 고인을 애도하는 것처럼.

『……자네. 우리 사랑스러운 조카 곁에 있을 자네. 자네는 남자일까? 아니면 여자일까? 아레티아에게 자네는 어떤 존재일까.』

연인일까? 친구일까? 아니면 이미 가족이 되었나? 혹은 모험가 동료일까.

즐거운 상상에 목소리는 차차 들떴다. 거기 비친 자는 야심을 품고 여왕을 배신한 어리석은 남자가 아니라, 그저 조카의 미래를 몽상하는 숙부였다.

『직접 감사를 전할 수 없어 미안하지만, 이 말을 꼭 하고 싶군. ……고맙네. 그 아이를 구해줘서, 곁에 있어 줘서 고마워. 내 생애 최대의 감사를 자네에게 바치겠네.』

유에가 지금 어떤 표정인지는 알 수 없었다.

하지만 하지메는 확인하려고도 생각하지 않았다.

지금은 숙부와 조카의 시간이니까.

『아레티아. 네 가슴속은 의문으로 차 있겠지. 아니면 이미 진실을 알았을까? 내가 왜 너를 상처 주고 어둠 속으로 가라앉혔는지. 네가 어떤 존재고, 진짜 적이 누구인지.』

거기서부터 들리는 내용은 이미 아는 사실과 추측에서 벗어나지 않았다.

요약하자면, 신의 진실과 유에가 신의 그릇으로 완벽한 적성을 가진 『무녀』로 태어나서 표적이 되었다는 것.

그 사실을 깨달은 딘리드가 어떤 대책을 세웠다는 것.

그 일환으로 권력욕에 눈이 먼 자신이 쿠데타로 유에를 죽인 척하고 실제로는 나락 아래에 봉인하는 계획을 짰다는 것.

그리고 유에의 봉인도 신이 어떤 기적도 느끼지 못하게 하기 위한 고통스러운 선택이었다는 것.

『너에게 진실을 말할지 말지…… 무척 고민했어. 하지만 신을 확실하게 속이기 위해서는 말하지 않아야 한다고 판단했지. 단순한 배신자로서 나를 원망하면 그게 살아갈 활력이 되지 않을까 생각했어.』

봉인의 방에도 오래 있을 수는 없었으리라. 신의 눈을 속이기 위해서는.

그래서 왕성에서 유에를 시해한 것처럼 보인 뒤 이야기를 나눌 시간도 없었으리라.

그 선택이 얼마나 고통스러웠는지는 영상 속에 움켜쥔 주먹이 보여주고 있었다.

『……용서해 달라고는 안 하마. 다만…… 다만 이 말만은 믿어주길 바란다. 설사 너에게 무가치한 진실이라도, 알아줬으면 좋겠어.』

딘리드의 얼굴이 괴로운 표정에서 울음과 웃음이 한데 섞인 표정으로 바뀌었다.

그건 몹시 다정하며 자애로 넘치는, 동시에 참을 수 없이 슬픔에 찬 표정이었다.

『사랑한다. 아레티아. 너를 진심으로 사랑해. 단 한 번도 너를 미워한 적이 없어. ―딸처럼 생각했다.』

"……숙, 부님. 딘 숙부님. 저는, 저도!"

마침내 감정의 댐이 무너졌다. 【빙설 동굴】에서 되찾은 기억의 파편이 잘못되지 않았다고 증명되어 숙부와 함께한 따스한 추억들이 한꺼번에 쏟아져 밀려왔다.

저도 당신을 아버지처럼 생각했어요.

그 마음은 말로 하지 않아도 뺨을 타고 흐르는 눈물로 드러났다.

『지켜주지 못해서, 미래의 누군가에게 맡길 수밖에 없어서…… 미안하다. 아버지를 자처하면서 한심한 모습만 보였구나…….』

"아니에요!"

지금 보는 것은 과거를 비춘 영상이다. 딘리드의 유언에 지나지 않는다. 하지만 그렇다고 해도 마음속에서 치미는 말을 외치지 않고는 견딜 수 없었다.

딘리드의 눈시울에 눈물이 고였다. 하지만 그는 절대로 그것을 흘리지 않았다. 눈에 힘을 주고 참으며 사랑하는 딸에게 열심히 말을 전했다.

『옆에 있으면서 언젠가 네가 행복해지는 모습을 보고 싶었어. 네 옆에 있을 남자를 한 대 때리는 걸 몰래 꿈꿨지. 그런 다음에 술이라도 마시면서 부탁하는 거야. 「우리 딸을 잘 부탁드립니다」라고. 아레티아가 고른 사람이라면 분명 진지하게 약속해줄 테니까.』

딘리드는 꿈을 꾸듯 영상 너머에서 먼 곳을 바라봤다.

그건 틀림없이 딸의 멋진 장래를 꿈꾸는 아버지의 얼굴이었다.

『시간이 다 됐구나. 아직 하고 싶은 말도 전하고 싶은 말도 많지만…… 내 생성 마법으로는 이 정도 아티팩트밖에 만들 수 없어.』

"······안 돼, 안 돼요! 숙부니— 아버지!"

기록 용량이 거의 다 찼는지 아쉽게 웃는 딘리드에게 유에가 울면서 손을 뻗었다.

숙부의, 아니, 아버지의 하해와 같은 애정과 슬플 만큼 강한 각오가 격렬하게 마음을 뒤흔들었다. 말이 되지 못한 감정이 흘러넘쳤다.

하지메는 그런 유에를 더 강하게 끌어안았다.

『나는 네 곁에 있어 주지 못했어. 이제는 있을 자격도 없지만. 그래도 만약 이 목숨이 끊어지더라도 계속 기도하마. 아레티아, 사랑하는 나의 딸아. 너에게 무한한 행복이 쏟아지기를. 햇빛보다 따뜻하고 달빛보다 상냥한, 그런 길을 걸을 수 있기를.』

"······아버지!"

딘리드의 시선이 잠깐 주변을 살폈다. 그건 이 영상을 보는 누군가를, 유에 곁에 있을 사람을 상상하는 것이리라.

『내가 사랑하는 아이와 함께 있는 자네. 어떤 방식이든 상관없네. 그 아이를, 세계에서 가장 행복하게 해주게. 꼭 좀, 부탁함세.』

"······당연하지. 맹세할게."

하지메의 말이 전해질 리는 없었다.

하지만 딘리드는 똑똑히 들린 것처럼 흡족하게 미소 지었다.

먼 미래에 자기 말을 듣는 자가 어떻게 대답할지 확신이 있었겠지. 알면 알수록 놀라운 사람이다. 역시 유에의 아버지답다.

영상이 점차 흐릿해졌다. 딘리드의 모습이 허공으로 녹아서 사라진다. 마치 그의 혼이 하늘로 떠나는 것처럼…….

유에와 하지메가 절대로 떨어지지 않겠다며 함께 똑바로 바라보는 앞에서, 딘리드가 마지막 말을 꺼냈다.

『……잘 있거라, 아레티아. 너를 둘러싼 세계가 행복으로 가득하기를 바라마.』

깊은 숲속에 울음소리가 메아리쳤다.

슬펐다. 하지만 결코 슬프기만 하지는 않은, 따스한 눈물로 목이 멘 목소리였다.

유에는 몸을 돌려 정면에서 하지메의 가슴에 얼굴을 묻었다.

유언을 마치고 빛을 잃은 보주를 꽉 쥐며, 하지메는 그 손으로 유에를 상냥하게 안아줬다.

얼마나 그러고 있었을까.

유에는 눈물로 젖은 얼굴을 천천히 들었다.

하지메는 그 눈물을 손가락으로 조심스레 훔치며 볼 양쪽을 두 손으로 감쌌다.

"유에."

"……응."

깊은 결의에 찬 목소리였다. 눈동자에서는 애정이 흘러넘쳤다.

가슴이 뭉클하여 유에도 그 눈을 들여다봤다. 똑같은 열기를 품은 눈동자로.

"나는 세상에서 제일 행복한 남자야. 지금 이 품에 그 증거가 있어."

"……응. 나도 세상에서 제일 행복한 여자. 지금 이 품속에 있는 게 그 증거."

당장에라도 입술이 맞닿을 거리에서 둘은 서로의 숨결을 느끼며 바라봤다.

괜히 우스워서, 나지막이 싱거운 웃음을 터뜨렸다.

하지메는 천천히 반지를 꺼냈다. 단순한 형태의 은색 반지였다. 특별한 능력도 없었다. 단, 기존의 방법으로는 웬만하면 파괴할 수 없다는 점을 제외하면.

나뭇잎 사이로 비친 햇살이 반지에 부딪혀 부서졌다. 그것을 바라보는 유에의 눈동자도 똑같이 반짝이고 있었다.

"……프러포즈?"

【오르크스 대미궁】에서 마정석 시리즈 액세서리를 받았을 때 농담처럼 했던 말. 그때 하지메는 무심코 반박했지만…….

"맞아."

"……으."

이번에는 똑바로 받아쳤다.

진지한 눈빛이 진심이라고 전해줬다. 역시 쑥스러워서 평소처럼 응, 이라는 짧은 대답조차 하지 못했다. 얼굴은 이미 사과처럼 빨갰다.

"내 고향에서는 상대방 아버지에게 『따님을 제게 주십시오』라고 말하는 게 정석이야. 그러니까 유에가 아버지의 진짜 마음을 안 이곳에서 말하고 싶어."

"……응."

그 말을 들어줄 사람은 이미 없으니까, 본인에게 말한다.

"유에, 널 가지고 싶어. 앞으로 있을 모든 미래까지, 나한테 줄 수 있을까."

"……으."

하지메의 가슴에 이마를 톡 댔다. 감정이 포화해서 말이 금방 나오지 않았다. 감동과 행복으로 가슴이 터질 것 같고 손발 끝에 힘이 들어갔다.

그래도 대답은 당연히 정해져 있었다.

고개를 들자 꽃이 피었다. 이 세상에서 가장 아름다운 커다란 꽃이.

만약 이 꽃에 꽃말이 있다면, 그건 틀림없이 『행복』이다.

환하게 핀 웃음꽃과 함께 유에는 세계에 울려 퍼지도록 대답했다.

"……응!!"

유에가 내민 왼손 약지에 영원을 약속하는 반지가 들어간다.

반지는 하나 더 있었다. 그것을 받은 유에가 이번에는 하지메의 약지에 반지를 끼웠다.

서로를 바라보며 다시 키득키득 웃었다.

오로지 행복으로만 채워진 광경이었다.

대수가 산들바람을 맞은 것치고는 크게 흔들렸다. 나뭇잎이 부대끼는 소리가 나고, 빛나는 이파리가 바람을 타고 춤추며 떨어졌다.

마치 대수 우아 아르트가 두 사람을 축복하는 것 같았다.

그런 그때, 멀리서 떠들썩한 소리가 들렸다.

두 사람만의 시간을 끝낼 때가 왔나 보다.

유에가 못된 장난이라도 떠올린 표정으로 하지메의 볼을 찔렀다.

"······그래서? 하지메는 이 반지를 몇 개 더 준비할 거야?"

"······유에. 그걸 지금 말하는 건 좀 아니지 않아?"

"······으응, 다음은 시아한테 줘."

"여운을 즐기는 법을 몰라?"

놀리듯이 해죽 웃는 유에에게 하지메는 방금 광장에서 유에가 했던 말을 그대로 돌려줬다.

유에는 유쾌한 미소를 입에 걸고 확신에 찬 눈빛과 함께 단언했다.

"······하지메라면 전부 행복하게 해줄 수 있어."

"상식에 비추어 보면, 나는 그냥 인간쓰레기인데?"

"······그런 상식은 필요 없어. 우리가 행복하면 상식도 뒤집어 버리면 돼. 그렇지?"

"무서운 말이네. ······그래도 결심도 하고 각오도 했으니까 망설이지는 않아. 전부, 내 거야."

"······응. 그래야 나의 하지메지. 그래도—"

유에의 홍옥 같은 눈동자가 빛났다. 끝없는 자신감과 애정과 마력으로 가득한 눈동자가 하지메의 마음을 꽉 붙잡았다.

그리고······.

"『특별』이라는 말은 양보 못 해."

그렇게 선언하고 하지메의 입술을 막았다.

숲속에서 시아 일행이 튀어나오고 또 「앗~?!」 하는 소리가 울렸다.

고요하고 신비롭던 공간이 갑자기 떠들썩한 거리처럼 변했다.

마지막으로 한 번 더, 입술만 닿는 정도로 키스하고 조금 떨어져서 함께 웃었다.

그러고는…….

하지메와 유에는 서로에게 기대며 함께 손을 펼쳤다.

두 사람이 시작한 여정에서 얻은 수많은─.

『소중』한 사람들을 맞이하기 위해서.

그것 또한 앞으로 있을 미래를 밝게 비춰주는 행복이니까.

집단 행방불명.

약 1년 전, 한 고등학교 학생들이 사라진 비극이었다.

어느 날, 교실에 있었을 학생 32명과 교사 1명이 홀연히 자취를 감추었다.

도저히 상식으로는 설명이 되지 않는 사건이었다.

집단 납치는 말이 안 된다. 점심 휴식 시간에 학생과 교사들이 돌아다니는 시간대에 그 많은 사람을 들키지 않고 데리고 나가는 것은 불가능하다.

실제로 그런 광경은 아무도 보지 못했다. 소동조차 일어나지 않았다.

그래서 처음에는 함께 사라진 유일한 교사에게 의심의 눈초리가 쏠렸다. 교묘한 말로 학생들을 일종의 세뇌 상태에 빠뜨려 제 발로 사라지게 했다. ─요컨대 반쯤 자발적인 실종이 아니냐는 가설도 나돌기는 했다.

하지만 그 가설도 조사 기관과 여론을 납득시키기에는 불충분했다.

점심 식사가 거의 먹다 남은 채 남아 있었다고 보도됐기 때문이었다. 급하게 시작한 듯 보이는 숙제와 지우다 만 칠판, 또 친구들끼리 모여서 점심을 먹으려고 했는지 의자와 책상을 옮기던 흔적까지 보였다.

그것은 그저 일상의 모습이었다.

계획적인 실종의 흔적이 아니라, 평소처럼 점심시간을 보내던 교실의 풍경에서 사람만 깨끗이 증발했다. 그렇게밖에 볼 수 없는 상황이었다.

그 사실은 옆 교실과 우연히 복도를 지나던 학생들이 증언했다.

더군다나 그들이 입을 모아서 교실에서 나오는 강렬한 섬광을 봤다, 사라진 학생들의 당황한 목소리와 빨리 교실에서 나가라는 교사의 급박한 외침을 들었다고 증언하면서 수사는 완전히 미궁에 빠져 버렸다.

그야말로 현대에 벌어진 메리 셀러스트호 사건. 대낮에 고등학교를 덮친 집단 행방불명이라는 이름의 오컬트 현상이었다.

당연히 전 세계가 발칵 뒤집혔다.

언론은 과도하게 가열됐고 일본에서 멈추지 않고 해외까지 보도될 정도였다.

전 세계의 보도진과 신비학 관련 연구자가 모였고, 심지어 정체 모를 집단과 수상한 종교 단체까지 몰려들었다. 그로 인해 촉발된 범죄도 헤아릴 수 없었다.

학교는 학생들의 안전을 고려해 일시 휴교에 들어갔고, 피해 학생의 가족들이 세간의 호기심 어린 눈에 노출되기도 했다.

모두 혼란에 빠지고 대응에 쫓기며, 근심과 슬픔으로 심신이 피폐해졌다.

그렇지만······.

여론이란 시간과 마찬가지로 좋든 나쁘든 잔혹하게 흘러간다.

반년하고 몇 달. 불과 그사이에 세간의 관심은 옅어지고 말았다.

그 무렵에는 특별 방송도 적어지고 뉴스로 짧은 수사 진척이 보도될 뿐이었다.

영악한 해설자와 이 사건을 기회로 이름을 팔아 보려는 사이비 계열의 자칭 전문가가 갖가지 견해로 화제에 기름을 부으려고 할 뿐, 세간의 호기심은 연예인의 열애 의혹이나 정치가의 비리 같은 일상의 화제로 돌아가 있었다.

수상한 집단도 대부분 경찰 신세를 지면서 부쩍 줄어들었다.

"……스미레, 이제 좀 자야지. 어제도 늦게 잤잖아?"

주택가에 있는 어느 번듯한 가정집.

『나구모』라는 표찰이 걸린 그 집의 거실에 갈라진 목소리가 조심스럽게 울렸다.

키가 크고 마른 체구, 뻣뻣한 단발의 40대 초반 남성— 나구모 슈. 하지메의 아버지였다.

그는 거실 테이블 앞에 앉아서 노트북 화면을 뚫어지게 보고 있었다.

"괜찮아. 그러는 당신이야말로 이제 자야지."

맞은편에 앉은 세미 롱 흑발 여성이 슈처럼 작업에서 눈을 떼지 않고 대답했다. 하지메의 어머니— 나구모 스미레였다.

지금 두 부모를 보면 하지메는 분명히 놀랄 것이다.

에너지가 넘치고 유머러스하던 부모님이 생기를 잃고 야윌

대로 야위었으니까.

정보 제공을 요청하는 인터넷 게시판을 확인하고 전단지를 만들면서도 분위기는 프로그램된 기계 같았다. 서로 얼굴을 들지도 않았다.

"일도 힘들잖아? 그러다 몸이 못 버텨."

"괜찮아. 우리 애들은 다 믿을 만해. 오히려 유령 같은 얼굴로 출근하면 민폐라고 쫓아낼 정도야."

"……나도야. 여러 번 휴재해서 열심히 하려고 했는데…… 어시스턴들이랑 출판사도 신경 써주더라고."

세간이 조용해진 것처럼 보여도, 혹은 관심을 잃었어도.

피해 학생들의 가족에게는 여전히 진행 중인 사건이었다.

경찰의 소식을 기다릴 뿐 아니라 처음부터 『가족회』라는 독자적으로 아이들을 찾는 모임을 만들어 정보를 교환하고 있었다.

그런 사정은 직장과 업무 관계자도 이해하고 있었다.

슈는 게임 회사를 경영하고 스미레는 인기 순정 만화 작가였다.

보통은 사회적 신용을 잃을 휴식이 이어져도 부하와 동료, 오래 알고 지낸 거래처는 이해를 표하고 적극적으로 협력해줬다.

그들 본인이 어릴 적부터 직장에 얼굴을 내밀어 일을 돕던 하지메를 잘 알고, 진심으로 걱정하기 때문일 것이다.

어쨌든 주변의 도움 덕분에 아직 실직은 하지 않았다.

정말로 고마운 일이었다. 하지메가 돌아왔을 때 부모가 모두 백수라면 얼마나 어색할까.

그렇지만 그것도 요즘 들어 조금씩 분위기가 변하고 있었다.

민폐라고 생각하지는 않는다. 굳이 말하며 동정이었다.

분명 하지메를 찾을 수 있다고 격려하던 그들의 시선이 언제부터인가 동정의 눈길로 변해 있었다. 그들은 이미 체념했다는 것을 잘 알 수 있었다.

행방불명된 아이의 부모한테 말할 수는 없지만, 누구나 「하지메는 이미……」라고 생각하기 시작했다.

슈와 스미레가 그런 분위기를 민감하게 알아차렸고 정신적 부담은 더욱 커졌지만, 이렇게 수색할 시간을 낼 수 있는 것도 그들의 호의 덕분이라서 감히 화를 내려는 생각은 들지 않았다.

일을 그만둘 수밖에 없는 집도 있었고 심로와 과로로 쓰러진 사람도 많았다.

집회장으로 직접 운영하는 양식점을 제공해준 소노베 집안도 취재와 구경꾼이 쉴 새 없이 몰려드는 탓에 지금은 완전히 휴업 상태였다.

아이코의 가족은 교사가 유괴범이라고 의심받았을 때 악성 루머와 괴롭힘에 심각하게 시달린 탓에 조부모가 앓아누웠고 지금도 요양 중이었다.

다들 1년이 지난 지금도 필사적으로 자식을 찾고 있었다.

그래도 단서 하나 나오지 않았다. 아무것도 알 수 없었다.

그 비정한 현실이 남은 자들을 삶을 야금야금 좀먹었다. 어느

집 부모고 나날이 표정을 잃어갔고, 누구나 피폐해져 있었다.

슈와 스미레도 매한가지였다.

아들은 무사하다고, 지금도 어디선가 살아 있다고, 필사적으로 돌아오기 위해 노력한다고 믿고 있었다. 언제 돌아와도 괜찮도록 하지메의 방은 하루도 거르지 않고 청소했다.

그래도 잔인하게 흐르는 시간은 두 사람에게 절망을 들이밀었고 마음을 병들게 했다.

주인을 잃은 방을 볼 때면 마음속까지 횅하니 비어 버린 기분이었고, 뭘 해도 아들의 목소리가 들리는 기분이었다.

환청이라고 알면서도 놀라서 주변을 돌아본 게 몇 번이던가.

현관에서 나는 작은 소리에 뛰쳐나간 적이 몇 번이던가.

최근에는 부부 사이의 대화도 부쩍 줄었다.

노력해서 운을 떼도 지금처럼 머리에 녹이 슬었는지 공허한 말밖에 나오지 않았고 자연스럽게 대화는 끊겼다.

그러고 나면 어김없이 들린다. 째깍째깍, 유난히 큰 시계 소리가.

시간이 잔인하게 흘러가는 소리가.

슈가 천천히 노트북을 닫았다. 유력한 정보는커녕 배려심 없는 글을 보고 깊은 한숨이 나왔다.

두 팔꿈치를 테이블에 올리고, 포개진 두 손으로 눈을 가리듯 고개 숙였다.

"……하지메. 어디 있어……."

"여보……."

아직 40대 초반인데 초췌한 노인 같은 몰골이었다.

당장 울음이 터질 것처럼 떨리는 남편의 목소리에 스미레도 작업을 멈추고 고개를 들었다.

"역시, 좀 쉬는 게 어때?"

"……못 쉬는 거 알잖아. 어차피 제대로 잠도 못 자."

"그건 그렇지만……."

스미레는 말문이 막혔다. 슈의 상황이 정확히 자신의 상황이기도 했으니까.

아무리 피곤해도, 아무리 생기를 잃어도 초조함만은 사라지지 않았다.

오히려 날이 지날수록 속이 타들어 가는 감각은 강해졌다.

숙면을 할 수 있을 리 없었다. 분명 아들이 돌아올 그날까지.

"괜찮아. 이제 겨우 1년이야. 몇 년이 걸리든 반드시 찾을 거야. 그때까지 쓰러질 순 없지."

"……그래. 그 말이 맞아."

굳은 얼굴 근육을 억지로 움직인 듯한 남편의 어정쩡한 미소에 스미레도 입꼬리를 살짝 끌어올리는 어색한 미소로 답했다.

남편에게 드리운 우울한 그림자를 조금이라도 거둬주려고 일어나서 테이블을 돌아가려는 그때―.

현관 벨이 울렸다.

슈와 스미레가 무심결에 서로를 봤다. 자연스럽게 눈길이 거실 벽에 걸린 시계로 향했다. 방금 봤을 때처럼 시각은 여전히 심야였다.

"……내가 나갈게. 보나 마나 장난질이야."

"조심해, 여보."

시간이 시간이었다. 아무리 급한 일이 있어도 경찰이나 지인이라면 먼저 전화부터 할 것이다.

그럼 이런 시각에 약속도 없이 찾아오는 자들이라고 해 봤자 뻔하다.

예전에 극성을 부렸던 무례한 방문자들. 남을 배려할 줄 모르는 매스컴 관계자나 예비 범죄자 집단에 속한 어중이떠중이들, 혹은 천박한 호기심을 채우려는 구경꾼이다.

최근에는 거의 보지 못한 그것들을 의심하고, 가장 먼저 떠올려야 할『그 가능성』을 생각하지 못하는 점에서 두 사람이 얼마나 피폐해졌는지 알 수 있었다.

무겁게 엉덩이를 든 슈가 인터폰 수화기를 들었다.

그것이 줄곧 마음속으로 기다려 온 사람에게 연결될 줄은 생각지도 못한 채.

『……어, 저기…… 난데…….』

화면에 방문자의 모습이 비쳤다.

빠르게 눈을 굴리며 좀처럼 해야 할 말을 찾지 못하는, 1년 동안 그를 봐왔던 사람이라면 눈을 의심할 태도를 보여주는 인물이.

슈의 눈이 점점 커졌다. 뒤에서 상황을 살피던 스미레의 표정도 일변했다.

분위기와 눈매, 키도 기억과는 달랐다.

그래도.

슈도 스미레도 완벽하게, 순식간에 알았다.

그 어색하고 난감하게 눈썹을 팔자로 뜬 인물이 누군지.

계속해서 찾았던, 반드시 돌아온다고 믿었던…….

—세상에서 가장 사랑하는 아들이라고.

수화기를 던졌다. 부부가 함께 쏜살같이 뛰어나갔다.

거실문을 부숴 버릴 기세로 열어젖히고 두 사람이 앞다퉈서 복도를 달렸다. 답답함을 숨기지도 않고 난폭하게 현관의 잠금을 풀어 문을 있는 힘껏 밀었다.

그리고…….

"아…… 음…… 다녀왔어. 아빠, 엄마."

있었다. 허깨비가 아니었다. 집 앞에서 약간 긴장하고 불안하게 서 있었다.

""하지메!!""

목이 찢어지게 아들의 이름을 외쳤다. 동시에 눈이 휘둥그레진 아들에게 태클을 하다시피 뛰어들었다.

"하지메, 너, 이 멍청아! 지금까지 어디서 뭘!"

"아아, 다행이다…… 다행이야. 얼마나 걱정한 줄 알아!"

숨이 막힐 정도로 강하게 부부가 함께 아들을 끌어안았다.

지금 이 순간 품 안에 있다는 것을 확인하는 것처럼.

두 번 다시 사라지지 않도록.

강하게, 강하게 끌어안았다.

뿌연 가로등 불빛과 현관에서 나오는 빛, 그리고 휘영청 뜬 보름달이 다시 하나가 된 가족을 상냥하게 비췄다.

하지메는 잠시 말이 없었다. 어정쩡한 만세 자세로 눈을 동그랗게 뜬 채 경직해 있었다.

걱정을 끼쳤다고는 생각했다.

자신이 돌아오리라 믿어준다고 확신했다.

하지만 지금 자기 모습과 분위기는, 아무리 머리색과 의안, 의수를 예전 모습처럼 꾸몄다고 해도, 1년 전 자신과는 꽤 다를 것이다.

그래서 아마 당황하지 않을까 생각했다. 의심하면서 정말로 하지메냐고 물을지도 모른다고 각오했다. 경우에 따라서는 일단 시간을 두고 접해야 하지 않을까, 하는 생각마저 마음 한곳에 있었다.

하지만 막상 만나고 보니까 이렇다.

슈도 스미레도 하지메의 변화에는 눈길도 주지 않고 아들이라고 확신했다.

한순간의 주저도 없이 안도하여 끌어안아 줬다.

예전【빙설 동굴】에서 허상의 시련이 지적한 하지메의 불안과 공포는 모두 기우였다고 증명해 줬다.

하지메의 몸속에서 뜨겁지만 조용하게, 무량한 감개가 끓어올랐다.

이세계에서 겪은 온갖 처절한 경험이 주마등처럼 머리를 스쳤다.

그리고 절실하게 생각했다.

—아아, 드디어 돌아왔구나, 라고.

하지메는 떨리는 두 팔로 살며시 아버지와 어머니의 등을 안았다.

괴물의 힘이 깃든 팔이 부쩍 수척해진 부모에게 해를 끼치지 않도록 조심히, 다정하게, 위로하듯 닿았다.

그리고 떨리는 목소리로 작게.

하지만 확실하게, 만감을 담아서 한 번 더.

"아빠, 엄마— 다녀왔어."

줄곧 하고 싶었던 말을 입에 담았다.

슈와 스미레는 눈물에 젖은 눈으로 하지메에게서 조금 떨어졌다.

아들의 마음을 들여다보는 것처럼 똑바로 눈을 마주 본다.

그리고 똑같이 떨리는 목소리로 있는 힘껏 웃으며, 그 말을 들려줬다.

""어서 오렴, 하지메.""

그것은 하지메의 길고 험난한 여행이 진정으로 끝을 고한 소리였다.

반 전체가 이세계로 소환되어 혼자 흔해빠진 직업의 재능밖에 얻지 못한 최약체 소년이 신마저 타도하여 세계최강에 이

르고.

모든 장애를 극복하여 가족 곁으로 돌아가는 이야기는, 이
것으로 막을 내렸다.

물론 흡혈 공주에 토끼 귀 소녀, 변태 드래곤에 해인 모녀
라는 새로운 가족을 맞이한 나구모 가족이 소동에 휘말리는
것은 불가피했다.

행방불명된 학생들의 갑작스러운 귀환으로 벌어진 소동, 그
로 인한 각국 정부와 범죄 조직이 얽히는 대사건.

급기야 또 다른 세계를 알게 되기까지.

대소동이라는 이름의 운명에 사랑받는 것처럼 앞으로도 하
지메 일행은 전혀 흔해빠지지 않은 나날을 보내게 되지만……

그 이야기는 또 다음 기회에.

하나 확실한 점은 그 모든 것을 하지메가 극복해 나간다는
것이다.

불합리를 불합리로 찍어누르고.

부조리를 부조리로 덮어씌우고, 필요하다면 운명조차 파괴
하면서.

이세계에서 인연을 맺은 소중한 동료와―.

누구보다 사랑하는 흡혈 공주와 함께.

■작가 후기

※스포일러— 주의!!

후기 뒤에 【번외편 또 하나의 에필로그】가 있습니다!

밀레디의 이야기예요.

제로 시리즈의 스포일러가 될 수 있으므로 앞으로 제로 시리즈를 읽을 예정이시라면 주의해 주세요.

제로 시리즈까지 읽을 마음 없는데, 라고 생각하시는 당신!

이건 저의 염치없는 부탁입니다만, 적어도 만화판 제로 1화만이라도 읽어주시면 안 될까요?

오버랩의 코믹 가르드에서 무료로 보실 수 있습니다.

그것만이라도 보시면 등장인물의 대화를 최소한 이해할 수 있고 느끼는 바도 달라지실 겁니다.

제발! 꼭! 부탁드립니다!!

처음부터 주의 사항을 전해드려 죄송합니다.

다시 인사드리죠. 흔해빠진 직업으로 세계최강 13권을 읽어주셔서 정말로 감사합니다.

원작자 시라코메 료입니다.

드디어, 드디어! 여기까지 왔군요. 1권이 나온 지도 어언 7년. 길었던 것 같기도 하고, 짧았던 것 같기도 한 7년이었습니다.

만화, 외전, 스핀오프에 애니화까지 정말로 많은 일이 있었죠. 감개무량합니다. 웹 연재는 오래전에 완결되어 지금은 자유롭게 애프터 스토리를 쓰며 즐기고 있습니다만, 그래도 성취감은 이루 말할 수 없을 정도네요.

이것도 다 독자 여러분의 응원 덕분입니다. 여기까지 저와 함께해 주셔서 감사하는 마음밖에 들지 않습니다. 고맙습니다. 진심으로 감사합니다. 정말로 감사드립니다.

그나저나 독자 여러분 중에는 이걸로 「흔해빠진 시리즈」가 정말로 끝이냐고 궁금해하는 분도 계시지 않을까요?

······기대해도 될지 몰라요, 애프터 스토리.

무엇보다 제가 보고 싶거든요! 타카야Ki 선생님이 그리는 애프터 등장인물을! 그런고로, 약속은 드릴 수 없지만, 긍정적으로 검토 중이라는 말만 전하겠습니다!

다른 이야기지만, 여러분은 OVA를 보셨나요? 이번 권 특별판에 들어가는 애니메이션입니다.

아직 보지 못한 분이 계실 테니까 스포일러는 할 수 없지만······.

최고였습니다······. 하지메 일행과 해방자의 해후, 가슴이 뭉클했어요······.

애니 제작 관계자 여러분, 정말로 감사합니다!

특별판을 안 사신 분들도, 언젠가 방송될 테니까 그때는 꼭

봐주세요!

그럼 계속해서 애니메이션 관련 소식을 전하겠습니다. 이미 띠지에 나와 있을지도 모르지만, 놀라지 마시라! 애니 3기 제작이 결정됐습니다!

라이트노벨 애니화가 3기까지 가는 경우는 드문 편입니다. 이번 이야기를 들었을 때는 제 귀를 의심했지만, 현실인 모양이네요. 정말로 복에 겨운 일입니다.

그러면 마지막으로 감사 인사를 드리겠습니다.

일러스트 담당 타카야Ki 선생님, 본편 코믹스 담당 RoGa 선생님, 일상의 모리 미사키 선생님, 외전 제로 코믹스의 카미치 아타루 선생님, 담당 편집자님, 교정 담당자님과 출판에 힘써주신 모든 관계자 여러분, 애니 제작 관계자 여러분, 정말로 감사합니다!

그리고 독자 여러분. 큰절 올려 감사드리겠습니다!

여러분과 함께한 7년은 제 인생에서 둘도 없이 소중한 시간이었습니다.

웹 버전 초기부터 봐주신 분들이라면 9년 가까이 됐을까요. 여러분의 응원 덕분에 출판되어 이 자리에 감사의 마음을 남길 수 있었습니다.

다시 한번 여기까지 따라와 주셔서 감사드립니다!

또 다른 후기에서 만나 뵙기를 진심으로 기대합니다!

시라코메 료

어딘지 모를 세계의 언제인지 모를 시대.

어느 나라의 작은 변방 마을에 한 소녀가 있었다.

나이는 10대 중반. 검은 단발머리는 조금 푸석푸석했고, 햇빛에 검게 탄 피부 위에 낡고 소박한 원피스를 입었다. 사치스러운 삶과는 거리가 먼 외견이었다.

용모도 가꾸면 태가 날 거라고 쉽게 상상할 수 있을 만큼 수려해 보이건만, 최소한의 몸단장밖에 하지 않았다.

마을의 또래 소녀들은 미용이나 치장에 푹 빠졌는데, 그 소녀만은 언제나 소박한 모습이었다.

그렇지만 그런 그녀를 초라하다고 무시하는 사람은 이 마을에 아무도 없었다.

"야~, 시니! 오늘도 기운이 넘치는구나!"

"당연하지~! 내가 누군데! 완벽 미소녀님이시라구!"

"아하하, 오늘도 콧대가 하늘을 찌르네!"

"미안! 시니는 거짓말을 못 해! 마음까지 미소녀라서 괴로워!"

"시니 누나, 안녕! 오늘도 절묘하게 짜증 나네!"

"안녕! 상쾌한 매도 고마워! 절대로 용서 안 해!"

남녀노소 구분 없이 소녀— 시니를 본 사람은 모두 자연스럽게 웃음을 흘렸다.

시니는 고아였다. 갓난아이일 때 고아원 앞에 버려져 있었다.

그래도 그녀에게는 비굴한 분위기가 없고 불행한 환경이 느껴지는 언동도 전혀 하지 않았다. 천진난만의 표본 같은 성격은 잠깐만 함께 있어도 사람의 마음을 끌어당겼다.

게다가…….

—심부름꾼 시닝.

어릴 적부터 그렇게 자칭하며 남의 일을 돕는 장사는 소녀의 타고난 성실함과 총명함을 증명하며 큰 신뢰까지 안겨줬다.

즉, 시니라는 소녀는 지금 마을에서 모르는 사람이 없는 명물 소녀인 셈이었다.

아직 이른 아침의 차가운 공기가 느껴지는 오전.

오늘도 시니는 웃음과 기운을 나눠주며 활기차게 거리를 달렸다.

오늘 직장은 마을 최고의 상점이었다.

예정에 없던 물품이 들어와서 오전 중에만 재고 정리를 도와 달라는 의뢰였다.

시니는 도착하자마자 이미 오래 알고 지내서 친한 종업원들과 함께 척척 일을 처리해 갔다.

그렇게 특별한 문제없이 점심이 되었고, 품삯을 받아 고아원으로 돌아가려는데…….

"시, 시니. 점심, 먹고 가."

동갑 소년이 말을 걸었다. 상회 회장의 장남이었다. 개구쟁이처럼 생긴 소년은 엉뚱한 곳을 보면서 발그레 볼을 붉히고 있었다. 그것만 봐도 속사정은 불 보듯 뻔한 것. 「도련님이 꼬셨어!」라며 종업원들이 몰래 상황을 살폈다.

실로 묘한 긴장감이 감도는 상황에서 정작 시니는……

"싫어!"

단호하게 대답했다. 장남이 입을 뜨악 벌렸다. 종업원들은 머리를 쥐어뜯었다.

"왜, 왜 싫어?!"

"우리 애들한테 점심 만들어주기로 약속했거든!"

그럼 안녕! 시니는 뒤도 안 돌아보고 달려가려고 했다.

평소 장남이라면 「아, 그러셔?」라며 퉁명하게 물러나겠지만, 오늘은 달랐다. 허둥지둥 시니를 붙잡으려고 했다.

"자, 잠깐! 너, 마을을 떠난다던데 정말이야?!"

풍문으로 들었다. 시니가 어릴 적부터 용돈을 번 이유는, 물론 고아원 경영에 보탬이 되려는 의도도 있지만, 사실 여행 자금을 벌기 위해서라고.

평생 마을에서 살 거라고만 생각하던 장남에게는 청천벽력 같은 소식이었다.

마음 한쪽으로 그럴 리가 없다는 대답을 기대하는 장남에게 시니는 이번에도 단호하게 대답했다.

"오오? 잘 아네? 그렇고말고! 시니 씨는 여행하는 여자가 될 거야!"

고아원에서는 관례적으로 열다섯 살이 된 아이는 독립한다.

그러나 마을 자체에서 나가는 일은 드물다. 보통은 고아원을 나가기 전에 일터를 정해 두는데, 사전에 다른 마을에서 일터를 구하기는 현실적으로 어렵다.

"여행…… 뭐 하려고? 목적이라도 있어?"

"없어!"

"너무 무계획하잖아! 뭘 믿고 그렇게 자신이 넘쳐?!"

"자유롭게 여행하고 싶은 나이지. 시니 씨는 세계를 보러 가겠어!"

"사나이 인생이냐!"

이해가 안 된다. 평상시에도 그렇지만.

물론 그런 괴짜에게 마음을 빼앗겨 버린 장남도 별나긴 매한가지였다.

"여자 혼자 여행이라니…… 관둬. 여기 있으면 되는데 어딜 가겠다는 거야? 그리고 그, 아버지한테도 말해 뒀으니까…… 내, 내 일을 도우면 되잖아! 앞으로도 계속."

도련님이 용기를 내셨다! 종업원들이 작업을 멈추고 지켜봤다.

어느샌가 회장과 사모님까지 문틈으로 엿보고 있다!

시니는 둔감하지 않았다.

장남의 마음과 상회 사람들의 심정은 정확하게 알고 있었다.

그리고 누군가 진심으로 말할 때는 반드시 진심으로 답하는 것이 시니라는 소녀였다.

"미안해."

꾸미지 않는다. 속이지 않는다. 얼버무리지 않는다.

그곳에 있는 사람이 모두 숨을 죽였다. 아니, 위축되었다고 해야 할까.

"계속 가슴이 답답했어. 매일 밤 어떤 꿈을 꾸는데, 일어나면 아무것도 기억이 안 나. 그저 애달파서 참을 수가 없어."

"그, 그게 무슨……."

똑바로 바라보는 짙은 갈색 눈동자에는 사람을 압도하는 의지가 담겼다.

어떻게 저런 눈을 할 수 있을까.

이게 열네 살 여자애가 할 눈인가.

모두 경이롭고도 두려운 감정을 느꼈다. 예를 들자면, 존재의 격이 다른 상대를 앞에 둔 것처럼…….

자연스럽게 그녀를 말릴 수 없다고 깨달았다.

그녀는 자신이 정한 일을 반드시 지킬 것이다.

"나는 알고 싶어. 내가 뭘 알고 싶은지. 대체 뭘 이렇게나, 미칠 듯이 바라는지."

그러기 위해서는 멈출 수 없다.

목적지도 계획도 없지만, 앞으로 나아가고 싶다.

그렇게 말한 시니는 어딘가 초연하던 분위기를 싹 날려 보냈다.

대신 부드럽고 다정한 분위기가 깔렸다. 마음을 빼앗는 미소와 함께.

"그러니까 나는 갈게. 미안."

상냥하면서도 결연한 다짐이 전해지는 말이었다.

돌아서서 떠나는 소녀를 말리는 사람은 아무도 없었다.

항상 다니는 큰길을 피해서 고아원으로 가는 뒷골목을 걸었다.

지금은 말을 걸어줄 사람들에게 제대로 웃어 보일 자신이 없었다.

안개가 떠올랐다.

머릿속에, 혹은 기억 너머에.

뭔가 소중한 것이 있다고 느끼면서도 짙은 안개에 가려진 느낌에 한숨이 나왔다.

철이 들었을 때부터 그랬다. 어릴 때는 영문도 모른 채 눈물을 흘리기도 했다.

원장 부부도 형제자매도 착한 사람뿐인데, 분명히 가족인데, 때때로 외로움이 사무칠 때가 있었다.

'뭔가 잊었나……. 아니, 그럴 리가 없어.'

기억 상실을 겪은 적은 없었다. 그래도 기억해 내야 한다는 생각이 자꾸만 들었다.

답답하다. 안개가 걷히지 않는다. 괴롭다. 외롭다.

무엇보다.

'그 사람들은…… 누구지?'

아침이 되면 사라지는 꿈이지만, 사실 조금은 기억하고 있었다.

사람이다. 여섯 명의 남녀.

막연한 실루엣이라서 자세한 외모는 모른다. 복장도 흐릿했다. 여섯 명이 제각기 뭐라고 말을 거는데 그 내용도 물속에 있는 것처럼 먹먹하게 울렸다.

다만, 그들을 생각할 때마다 만나고 싶다는 충동이 가슴속에서 날뛰어 괴로웠다.

특히 그중 한 명은…….

'검은 당신은…… 왜 그렇게 애절해 보여?'

그림자 같은 남자를 생각하면 자신도 울고 싶을 만큼 애절해졌다. 가슴속이 다른 다섯 명과는 다른 감각으로 조여들어 견디기 어려웠다.

시니는 자연스럽게 가슴을 움켜잡고 있었다. 걸음이 멈추고 고개는 땅을 향했다.

그러던 그때였다.

"아, 찾았다! 시 언니!"

퍼뜩 고개를 들자 길 앞에 어린 여자애가 달려오고 있었다. 고아원의 동생이었다.

"오, 오오~, 왜 그래? 뭘 그렇게 급하게 와?"

간신히 평정심을 유지하며 감정을 전환했다. 시니에게 이상함을 느끼지 못한 소녀는 멈추지 않고 뛰어들었다. 그러더니 바로 팔을 잡아당겼다.

"잠깐만, 잠깐만! 정말 왜 그래?"

"큰일 났어! 집에 귀족님이 오셨어!"

"귀, 귀족? 우리한테 왜? 우리는 귀족한테 지원받은 적도 없고, 필요도 없는데?"

고아원은 원장 부부가 하는 장사와 독립한 형제자매가 보낸

돈으로 운영됐다. 지원하는 귀족이 시찰하러 올 리는 없었다.

"나두 몰라! 애초에 옆 나라 귀족님이래……."

"옆 나라? 더 아리송한데?"

"아무튼 시 언니를 데리고 오라고 엄마가 말했어!"

"에엥? 나를? 난 또 왜…… 헉, 설마, 이 시니 님의 매력이 전해져서?! 무서워. 내 매력이 무서워! 그래도 안 돼! 시닝은 전 세계 모두의 것인데ㅡ."

고아원으로 가는 걸음을 재촉하면서도 시니는 평소처럼 깐족댔다. 하지만 돌아온 반응은 평소의 썰렁한 눈초리도 핀잔도 아니었다.

"……설마, 진짜 그런가."

"으, 으응? 아니, 뭘 그렇게 진지하게 받아. 농담이야."

"모르는 거잖아? 시 언니보다 약간 나이 많은 잘생긴 사람이니까……. 여행 도중에 이 마을에 들렀는데 우연히 시 언니를 보고 첫눈에 반했을지도 몰라!"

"그렇다면 곤란한걸. 나는 여행을 떠나서 만날 예정인 운명의 왕자님이ㅡ."

머리에 떠오른 것은 조금 전까지 생각하던 그림자 같은 남성이었다.

하지만 살짝 볼을 물들이며 그렇게 말한 순간, 동생이 강력한 태클을 걸었다.

"……시 언니. 그 나이 먹고 운명의 왕자님 타령이야? 불쌍해……."

"진지하게 말하지 말아 줄래? 나 운다?"

동생이 불쌍한 사람처럼 쳐다보자 제법 진심으로 마음에 상처를 받았다.

"아무튼! 착한 사람처럼 보이지만, 귀족님을 기다리게 하면 무슨 짓을 할지 모르니까 빨리!"

"네엡~."

맥 빠지는 목소리로 답하면서 시니는 속으로 한숨 쉬었다.

'귀찮은 일이 아니면 좋겠는데……'

결과부터 말하면, 그건 괜한 걱정이었다.

고아원이 보였다. 정문 앞에 멋진 쌍두마차가 세워져 있었다.

장식이 없고 튼튼한 구조로 보아 여행에 익숙한 사람 같았다. 귀족이 탈 마차로는 보이지 않았다. 실용파인가, 신분을 숨기려는 의도인가, 고개를 갸웃거리면서 고아원 입구에 들어섰다.

"시 언니, 정신 차려! 적어도 실수는 하면 안 된다? 푸푭 같은 소리 하면 저녁밥에 설사약 탈 거야!"

"은근슬쩍 무서운 소리 하네?!"

아무리 그래도 권력자한테 까불댈 생각은 없었다. 얼마나 믿음이 없으면 이럴까. 조금 슬퍼져서 어깨를 늘어뜨리고 안쪽으로 들어갔다.

복도 앞 거실에서 작은 목소리가 들렸다. 즐거운 분위기였다. 아이들의 밝은 목소리와 엄마라고 불리는 원장 부인의 웃음소리도 들렸다. 의외로 담소를 나누는 모양이었다.

친근한 귀족이 다 있구나 하면서도 가볍게 옷매무새를 다듬고 거실 문을 열었다.

"저 왔어요~."

그리고…….

"……어서 와. 네가 시니니?"

의자에 앉은 청년과 눈이 맞은 순간, 몸에 전기가 흘렀다. 그런 착각이 들 정도로 충격을 받고 그 자리에 굳어 버렸다.

말이 나오지 않았다. 머릿속이 새하얬다. 어머니가 인사하라고 다그치는 소리도, 어리둥절하게 자기 이름을 부르는 형제자매의 목소리도, 귓속을 채운 심장 고동에 밀려 멀게 느껴졌다.

"나는 바이스. 이웃 나라 크레이엘 백작 가문의 바이스야."

일어나서 다가오는 청년에게서 눈을 뗄 수 없었다.

왜냐면 닮았으니까.

검정이 들어간 요소는 바지 정도였다. 금발에 푸른 눈, 목소리도 달랐다.

그래도 그 눈동자와 목소리에서 묻어나오는 다정함에 마음이 저절로 반응했다.

"하지만, 사실 나는 이름이 하나 더 있어. 옛 친구는 나를 이렇게 불러."

이 사람은.

그 꿈속의 사람은―.

""오스카 오르크스.""

말이 겹쳤다. 그 이름이 자연스럽게 나왔다.

그 순간, 기억의 댐이 무너졌다. 알지 못하는 기억이 홍수처럼 시니의 안을 채워 나갔고 눈물이 되어 흘러넘쳤다.

"나, 나는…… 내 이름은……."

안개가 걷힌다. 잊었던 소중한 것들이 모두 떠오른다.

동료와 싸웠던 나날도.

많은 것을 잃고 영원에 가까운 시간을 깊은 어둠 속에서 지냈던 나날도.

숙원을 이룬 것도.

이 사람이 마지막 순간 했던 약속도.

"'밀레디 라이센.'"

다시 말이 겹쳤다.

한때 세계와 싸웠던 소녀 앞에 파트너였던 청년이 한쪽 무릎을 꿇었다.

멈추지 않고 흐르는 소녀의 눈물을 볼에 손을 대고 상냥하게 닦았다.

"밀레디, 내가 말했지? 영원에 가까운 시간이 지나더라도, 설령 혼만 남더라도 반드시 너를 데리러 가겠다고. 이번에는 내가 너를 찾겠다고."

"응…… 응!"

무슨 이유로 이런 기적이 일어났을까.

모르겠다. 모르겠지만…….

하나 확실한 것은.

눈물로 번진 시야에서, 보는 이의 마음을 녹이는 다정한 웃음을 짓는 청년은.

"드디어 찾았어."

밀레디가 가장 마음을 줬던 사람이라는 것.

그가 약속한 대로, 정말로 시간도 세계도 뛰어넘어서 자신을 찾아줬다.

더는 참을 수가 없었다.

그럴 필요도 없었다.

"오 군!"

그의 가슴으로 뛰어들었다. 가슴속 보물 상자에 넣어뒀던 마음을 다시 꺼낸다.

오스카도 만감이 교차하는 심정으로 안아줬다.

서로 있는 힘을 다하여, 두 번 다시 놓지 않겠다며.

고아원 아이들이 비명인지 환성인지 모를 소리를 지르고, 창밖에서 구경하던 마을 아이들이 난리를 피우며 달려갔다.

그 소란 속에서도 두 사람은 깨닫지 못했다. 그곳은 서로밖에 보이지 않는 두 사람만의 세계였다.

"평생, 말하고 싶었어."

서로의 목에 묻었던 얼굴을 살며시 떼면서도 코끝이 닿을 만큼 가까운 거리에서 오스카가 말을 꺼낸다. 영겁의 시간이 지나도 변치 않는 마음을, 마침내 말로 한다.

"＿＿."

그 누구에게도 들려주지 않는다. 그건 귓가에 속삭이는 듯한 고백이었다.

볼을 붉게 물들이며 밀레디의 표정이 꿀처럼 달콤하게 녹아내렸다. 눈동자가 환희로 빛나고 목소리에 애정이 묻어났다.

"있지, 오 군."

살며시 귓가에 입술을 댔다. 최고의 비밀을 밝히려는 것처럼, 밀레디도 벅찬 마음을 말로 바꾸어 자아냈다.

"___."

조금만 얼굴을 떼고 마주 봤다.

소란이 그쳤다. 그곳에 있는 사람은 모두 손가락 하나 꼼짝하지 못했다.

왜냐하면 이마를 붙이고 서로의 볼에 두 손을 얹어 환하게 웃는 두 사람이 너무나도 숭고해서.

그리고 이 순간을 망치고 싶지 않다고 한마음으로 생각할 만큼.

무척 행복해 보였으니까.

어딘지 모를 세계의 언제인지 모를 시대.

다시 만난 두 사람은 또 여행을 한다.

언젠가 그랬듯 두 명으로 시작한다.

사람을 도우며, 옛 동료를 찾아 세계를 돈다.

자유로운 의사대로, 아무런 사명도 짊어지지 않고.

언제나, 언제까지나 서로에게 기대어.

행복하게 웃으면서.

등장인물 소개

■나구모 하지메

천직『연성사』. 토터스 역사서에는『신을 죽인 마왕』으로 기록된다.『마왕』이라는 호칭이 붙은 이유는 여러 여성을 거느리고 마왕성에서 악마와 같은 모습을 보여주어 반 아이들이 그렇게 불렀고, 그게 마음에 든 하우리아가 퍼뜨렸기 때문. 북쪽 대륙에서는 신의 대적자는 일반적으로 마왕이라는 인식도 있어서 쉽게 정착됐다.

고향으로 돌아간 뒤로는 매스컴의 추궁을 아티팩트로 대처하거나, 연인들의 호적 관계를 아티팩트로 위조하거나, 실제로 회복 효과가 있는 아티팩트 액세서리를 팔아먹으려고 회사를 차리는 등 한꺼번에 늘어난 가족을 부양하려고 부단히 노력하는 중이다.

모든 것은 평화(?)로운 일상을 위하여.

■유에

천직『무녀』. 결전 뒤 외모를 연령대별로 바꿀 수 있게 되면서 요염함이 폭증했다. 걸어 다니는 에로스로서 자주 사람의 정신과 이성을 망가뜨린다. 그런 의미에서는 인류의 재앙이므로 마왕의 정실에 어울린다고 다들 납득했다.

일본으로 이주 후, 하지메와 함께 학교에 다닌다. 통학 중에 많은 문제를 유발하지만, 본인은 신경 쓰지 않으며 행복해 보인다.

하지메가 인식 방해를 걸어주는 등 열심히 유에의 일상을 지키고 있다.

■시아 하우리아

천직 『점술사』. 천직을 자주 『철인』, 『무신』, 『무적』 따위로 오해받는 토끼 귀 소녀. 자타 공인 물리 최강.

일본으로 이주 후, 유에처럼 학교에 다닌다. 유에와 달리 다가가기 힘들 만큼 요염하진 않고 천진난만한 미소녀라서 그런지 고백이 끊이지 않는다. 억지로 들이대는 상대, 끈질긴 상대는 주먹으로 응징하기 일쑤. 그 결과를 본 본인은 「지구에 있는 것들은 너무 약해요오」라고 주장한다.

하지메가 소생용 아티팩트를 준비하는 등 열심히 시아의 일상을 지키고 있다.

■티오 클라루스

천직 『수호자』. 천직을 자주 『변태』로 오해받는 흑룡 용인. 일족의 정신을 망가뜨리는 언행이 잦고, 일부 사람에게는 걸어다니는 외설물이라고 불린다. 하지만 천성은 고결하며 지적이다. 『용신화』하면 기후까지 조종하는 역사상 최강의 용인 공주.

일본으로 이주한 후에는 레미아와 함께 사회인으로 살아가는 방법을 모색한다. 하지메의 회사에서 일할지 자신들이 회사를 차릴지 검토 중.

하지메는 사적인 시간에 포상을 바라는 것 말고는 의외로 속 썩이는 일이 없어서 놀라워했다.

■시라사키 카오리

천직 『치유사』. 토터스 역사서에는 『흑은의 성녀』로 기록되며 『풍작과 승리의 여신』, 『여신의 검』과 함께 엄청난 인기를 구가한다. 유에와 시아, 티오보다 지명도가 높다.

유에의 영원한 연적을 자칭하며, 고향으로 돌아온 뒤에도 캣파이트를 벌이는 두 사람의 모습이 자주 목격된다.

소생술이나 재생 마법은 유에조차 능가했고, 그 때문에 생사관이 파탄 났다. 일단 「분해!」해서 소생하거나 재생하면 되지 않나, 라는 사고방식에 동료들은 「저런 게 성녀?」라는 의문을 표한다.

■뮤

소통 능력의 최강자. 사실 파편만 살아남았던 태고의 괴물 『악식』과 리맨, 생체 골렘 내용물 등 사람이 아닌 것과도 『친구』가 되었다.

일본으로 이주 후, 잠시 유치원에 다니다가 초등학교에도 입학한다. 눈 깜짝할 사이에 주변 사람들의 마음을 사로잡아 또래 여자애들은 뮤의 친위대로 변했다.

인터넷을 알려주자 몇 개월 뒤에는 전 세계에 친구가 생겨서 하지메는 벌어진 입을 다물지 못했다.

■레미아

이주한다는 말만 꺼내도 에리센이 혼란에 빠지고 바다로 투신하는 남자가 속출한 마성의 어머나 우후후.

일본으로 이주 후, 여러 미녀 외국인이 출입하는 나구모 집 안에 온갖 억측과 의심을 가졌던 이웃들을 가장 먼저 회유— 아니, 사귀었다. 이주 멤버 중에서 가장 이웃의 신뢰도와 호감도가 높다.

■야에가시 시즈쿠

천직 『검사』. 베고 싶은 것만 골라서 베는 능력을 익히면서 가벼운 마음으로 칼을 휘둘러대기 시작했다. 더 이상 사서 고생만 하던 시절은 지났다. 「참을 바에야 벤다!」가 새로운 신조.

다만, 고향으로 돌아온 뒤 야에가시 가문의 어떤 비밀을 알게 되고, 결국 가족 때문에 이런저런 고생을 한다.

■하타야마 아이코

천직 『작농사』. 토터스 역사서에는 『풍작과 승리의 여신』으로 기록된다. 『여신 교단』이라는 성교 교회의 새로운 파벌이 대두하고 점점 신격화가 진행되는 중이다.

고향으로 돌아온 뒤, 계속해서 교편을 잡는 한편, 과수원을 경영하는 친가에 몰래 마법적인 농지 개혁을 일으켜 기존의 과일과는 비교가 되지 않는 고품질 상품을 만들어 낸다.

업계 관계자와 거래처가 노하우를 물어도 가족들은 대답할 수 없어서 수입에 비례해 고생도 늘었다고 한다.

【동급생】

■아마노가와 코우키

천직 『용사』. 성검과 성개를 왕국에 반환하려고 했으나, 성검은 스스로 날아와서 절대로 떨어지려고 하지 않는 터라 지금도 소지 중. 지구까지 들고 왔다.

또 다른 세계로 소환당할 운명. 진정한 용사로서 각성할 수 있을지는 본인에게 달렸다.

■사카가미 류타로

천직 『권사』. 자타 공인 고릴라지만, 무슨 일이 있어도 삐뚤어지지 않는 올곧은 심성의 소유자. 고향으로 돌아온 뒤, 티격태격하면서도 스즈랑 함께 있는 경우가 많다.

■타니구치 스즈

천직 『결계사』. 어쩌면 본 작품에서 가장 성장한 인물. 단, 변태 아저씨 같은 부분은 그대로다. 고향으로 돌아온 뒤, 티격태격하면서도 류타로 곁에 있는 경우가 많다.

■소노베 유카

천직 『투척사』. 대표 츤데레. 감사 인사라는 명목으로 하지메를 부모가 운영하는 양식점에 초대하고 싶지만, 고향으로 돌아온 뒤에도 우물쭈물할 뿐이다. 그 모습을 카오리가 빤히 바라보고 있다.

■미야자키 나나

천직 『빙술사』. 인싸. 고향으로 돌아온 뒤에는 싹싹하고 밝은 성격 속에 굳은 심지가 보이는 탓인지 남자들에게 굉장히 인기가 많아졌다. 하지만 동경하는 관계가 하지메와 유에라서 난이도는 높아 보인다.

■스가와라 타에코

천직 『조편사』. 숨은 사디스트. 하지메와 티오의 관계를 동경해서 이쪽도 상대를 찾기는 어려워 보인다.

■타마이 아츠시

천직 『곡도사』. 노보루, 아키토와 함께 유카네 집인 양식점에 자주 모인다.

유카는 싫어하지만, 나나와 타에코도 똑같아서 강하게 불만을 표출하지는 못하는 상황. 매번 「나구모는 언제 온대~?」라고 놀리다가 손에 든 물건이 투척술의 먹잇감이 되곤 한다.

■아이카와 노보루

천직 『전부사』. 이하 동문. 아직 아츠시, 아키토와 논의하는 중이지만, 본인은 장래에 토터스로 돌아가 모험가가 되는 것도 나쁘지 않다고 생각한다.

■니무라 아키토
　천직『환술사』. 안경 남캐. 이하 동문. 환술이 특기라서 지구에서 마술사로 먹고살 수 있지 않을까 살짝 고민 중이다.

■나가야마 쥬고
　천직『중격투가』. 고향으로 돌아온 뒤, 초인적 힘을 고려해 유도가의 길을 접고 경찰관을 목표로 한다. 아마 최강의 순경이 될 것이다.

■노무라 켄타로
　천직『토술사』. 숙맥. 고향으로 돌아온 뒤, 1년이 지나도 아야코와의 관계에 진전이 없지만, 변함없이 서로 좋아하는 게 보여서 주변 사람들이 혀를 찬다.

■엔도 코스케
　천직『암살자』. 같은 반 아이들에게 인류 최강자로 불린다. 참고로 하지메는 탈인간이라서 제외된 모양.
　고향으로 돌아온 뒤, 지구의 범죄 조직과 싸우거나 세계를 뒤흔드는 사건에 만화 주인공처럼 말려든다. 그때마다 하우리아 같은 언동이 심해지고, 그에 비례해 하지메와의 사이도 돈독해진다. 마왕의 오른팔이라는 칭호도 틀린 말이 아니게 됐다.

■츠지 아야코

천직『치유사』. 고향으로 돌아온 뒤에도 연애에 소극적이며 켄타로와 일정 거리를 유지한다. 하지만 본인은 그런 관계가 썩 싫지는 않은 모양이다.

■요시노 마오

천직『부여술사』. 고향으로 돌아온 뒤에도 여전히 자유롭게 살고 있다. 고생하지 말고 적당히 살자가 신조라서, 하지메에게 장사를 배워 부여술로 돈 벌 궁리를 하는 중.

■나카노 신지

천직『화염술사』. 여자친구를 못 사귀어서 미쳐 버릴 것 같은 사람. 하지메의 제자로 들어가려고 계획을 세우지만, 뭔가 할 때마다 백안시하는 여자가 늘어나고 있다.

■사이토 요시키

천직『풍술사』. 여자친구를 사귀고 싶어서 폭주하는 친구의 억제기. 이는 본인도 인정한 평가지만, 자기도 여자친구를 사귀고 싶어서 미쳐 버릴 지경이라 고향으로 돌아온 뒤로 헌팅에 여념이 없다.

■나카무라 에리

천직『강령술사』. 고인. 스즈는 고향으로 돌아온 뒤 에리의 부모를 만나러 갔지만, 그곳은 이미 빈집이었다. 하지메에게 협력을 구해서 에리의 가정사를 조사하고 그 내용에 분노하면서도, 에리의 모친을 무시한 채 부모님께 부탁하여 묘를 세웠다. 매년 에리의 생일이나 중요한 날에는 잊지 않고 성묘를 간다.

■히야마 다이스케

천직『경전사』. 고인. 히야마 가족에게는 하지메가 직접 자초지종을 설명하러 찾아갔다. 그 자리에는 아이코도 동참했는데, 어떤 대화가 오갔는지 아는 사람은 적다.

■콘도 레이치

천직『창술사』. 고인. 이하 동문.

■시미즈 유키토시

천직『암술사』. 고인. 이하 동문.

【동급생 엑스트라 9인】

■스즈키 유야

천직『저격수』. 얇은 머리에 삼백안이 특징인 남학생. 궁도부. 전쟁을 거치고 심경의 변화가 생겼는지, 졸업 후 사회를 위해 자기 힘을 쓸 수 있는 자위대에 들어갔고 그곳에서 여러 전설을 남긴다. 친구인 아라카와와 모리는 살짝 맛이 가서 자기가 정신을 똑바로 차려야 한다고 생각한다.

■아라카와 나오

천직 『방패술사』. 야구부 빡빡머리. 쥬고와 류타로 수준의 거한. 자기 자신에게 솔직해진 결과, 미녀에게 쓰레기 취급받는 취향에 눈뜨고 말았다. 더는 돌이킬 수 없다.

■모리 쇼타

천직 『발파사』. 올백에 험상궂은 얼굴. 하지메에게 강한 동경심을 가지고, 하지메에게 쓰레기 취급받고 싶다고 생각한다. 하지메를 보는 눈이 조금 위험하다. 미스터 레이디와 비슷하면서도 다른 무언가를 느낀다. 나구모 패밀리의 행동 대원이 되는 게 꿈이라고 한다. 더는 돌이킬 수 없다.

■후지모토 메이

천직 『마법 검사』. 트윈테일과 고양이 눈이 특징. 뭐든 무난하게 잘하지만, 하나에 집중하는 건 힘들어한다. 유카에게 강한 동경심을 가졌다. 그건 그렇고 하지메가 회사를 차렸다는 소식을 듣고 일단은 사원의 자리를 노리고 있다. 목표는 비서.

■아이자와 사쿠라

천직 『봉박사』. 장발을 항상 헤어 슈슈로 묶는 것이 특징. 외모부터 차분한 아가씨 타입. 실제로 사장님의 딸이다. 유카를 진심으로 존경한다. 그건 그렇고 집안의 힘을 이용해 하지메 부모님의 일을 지원할 수 없을지 고민하는 중이다. 주변부터 공략하는 것이 연애의 철칙이라고 믿는다.

■미우라 리카
　천직『철퇴사』. 짧은 포니테일이 특징. 나기나타 유단자이자 소울 시스터즈. 누구의 시스터인지는 두말하면 잔소리.

■요코야마 카나
　천직『권사』. 귀가 드러날 정도의 쇼트커트와 올라간 눈매가 특징. 취미로 복싱 체육관에 다닌다. 기본적으로 남자 같은 말투에 태클을 거는 역할이지만, 내면은 무척 겁쟁이. 유카를 동경하고, 사실 조금 호감을 가졌다. 고백할 생각은 없다. 미즈시마와 호시노와는 중학교 시절부터 친구였고, 변해버린 두 사람 때문에 머리가 아프다. 지금은 둘을 막는 브레이크 역할.

■미즈시마 시오리
　천직『수술사』. 눈까지 가린 일자 머리가 특징. 나구모 집안의 애완동물이 되고 싶다는 여학생. 행여 키워주지 않을까 해서 개 목걸이와 목줄을 항상 가지고 다닌다.

■호시노 코토네
　천직『뇌술사』. 키가 크고 경단 머리를 선호한다. 나구모 집안에서 숙박하는 메이드가 되고 싶어 하며, 행여 그대로 애완동물이 될 수 있지 않을까 노리는 중이다.

【하일리히 왕국】

■릴리아나 S. B. 하일리히

천직『결계사』. 대외적으로는『신을 죽인 마왕』과 약혼 관계로 알려졌다. 왕녀의 책무를 완수할 때까지는 일본으로 이주할 수 없다며 마지못해 토터스에 남았다.

일본으로 이주한 뒤로는 인생의 목표가 불분명해져 여러모로 도전한 결과, 그 유능함으로 세계까지 움직이게 된다.

■헬리나 아셰

건국 전부터 하일리히 가문을 섬기는 시종 일족— 아셰 백작 가문의 아가씨. 왕녀 전속 시녀 겸 호위무사를 맡고 있다. 굉장히 유능해서 하지메도 높이 평가하며, 사실 릴리아나를 거치지 않고 직접 일을 부탁할 때도 많다. 릴리아나는 아직 그 사실을 모른다.

■쿠제리 레일

왕국의 새로운 기사단장. 릴리아나의 사전에 부하의 노동 환경 개선이라는 항목은 아직 존재하지 않는다. 도시 복구를 위해서 동분서주하는 쿠제리 단장은 점점 병들기 시작한다.

■여기사

신화 대전을 살아남은 시즈쿠의 자칭 『혼의 의자매』. 쿠제리 단장의 정신적 부담 중 이 인간이 차지하는 비중이 크다.

■란델 S. B. 하일리히

차기 국왕인 소년. 카오리에게 반했지만, 하지메와 이어진 사실을 알고 3일 밤낮으로 울었다. 전후 한 달 동안 뮤와 만날 기회가 많았고, 다정하게 대해줘서 반했다. 연애와 관련해서는 가시밭길을 갈 운명인가 보다.

【헤르샤 제국】

■가할드 D. 헤르샤

제도에 『대사관』이 생긴 이후 하우리아와 대화하면서 점점 동네북이 되어가는 황제. 본인은 「이런 하우리아가 있는 제도에는 더는 못 있겠다. 나는 모험을 떠나겠다!」라며 차기 황제 선출에 모든 힘을 쏟고 있다.

【앙카지 공국】

■란지 포워드 젠겐

전후 아들이 『카오리 님 봉사 부대』 확대와 포교에 심혈을 기울여서 골머리를 앓고 있다.

■비즈 포워드 젠겐

『카오리 님 봉사 부대』의 대장. 해당 부대는 전후 얼마 뒤 『성녀 교단』이라는 정식 조직으로 승격했다. 실태는 단순한 카오리 오타쿠 집단.

【페어베르겐】

■알프레릭 하이피스트

장로들은 카오리와 아이코뿐 아니라 유에와 시아, 시즈쿠까지 포함해 누구의 『최애』가 제일인지 뜨거운 논쟁을 펼치기 바빠서 일을 거의 안 한다. 하우리아는 걸핏하면 문제를 일으킨다. 손녀는 그 모양이다.

전후에는 실질적으로 혼자 국가 운영부터 외교까지 도맡은 상태로, 최근에는 「악덕 국가에서 장로로 일하는데, 나는 이제 틀렸을지도 몰라」가 말버릇이 됐다.

■알테나 하이피스트

시아가 지구로 떠난 뒤로 캄의 후처가 되려고 주변 사람들을 구워삶고 있다. 시아에게 동갑 새어머니가 생길지 말지는 캄의 노력 여하에 달렸다.

【하우리아】

■캄 하우리아

『심연준동의 어둠 사냥귀』 캄반티스 엘파— 이하 생략.

■라나 하우리아

　왠지 사도조차 제대로 인식하지 못한 전력 은신 코스케를 아무렇지 않게 찾아내는 사람. 다른 하우리아는 전혀 알아차리지 못하므로 정말로 원인을 알 수 없다. 보스의 오른팔이 될 사람에게 고백받았고, 함께 보스 패밀리를 모실 수 있다면서 동족에게 잘난 척한다.

■팔 하우리아

　네아의 파트너. 보스의 히트맨이 되고 싶은 일념으로 전후에도 쉬지 않고 훈련하는, 하우리아 중에서도 1, 2위를 다투는 금욕적인 토끼 귀 소년. 저격 센스가 상식을 벗어나서 나중에 천직을 조사해 봤더니, 아니나 다를까 『저격수』였다.

■네아 하우리아

　팔의 파트너. 보스에게 시집가고 싶다는 일념으로 전후에도 쉬지 않고 훈련하는, 하우리아 중에서도 1, 2위를 다투는 금욕적인 토끼 귀 소녀. 근접 전투 센스가 상식을 벗어나서 나중에 천직을 조사해 봤더니 『예술가』였다. 당최 영문을 알 수 없다.

【용인 마을】

■아둘 클라루스

　손녀의 기행으로 자주 선 채로 기절하는 고대 용인 중 한 명. 불 속성 최강인 비룡(緋龍). 전후에는 각국을 잇는 우호 사절로서 일족과 함께 정력적으로 활동한다.

■벤리

티오 제2의 어머니. 아들과 마찬가지로 고대 용인 중 한 명. 정실 선언한 유에게 이것저것 충고했는데, 그 말투와 분위기가 손이 많이 가는 딸을 대하는 것 같아서 유에가 조금 힘들어했다. 쑥스러워서 못 참겠다는 이유였다.

■리스타스

하지메가 신을 죽여 마침내 인정했다. 다만, 예전의 공주님이 돌아오리라는 믿음은 아직도 버리지 못했다. 현실은 언제나 잔혹하건만.

【모험가】

■크리스타벨

브룩 마을의 『벨의 옷 가게』에 서식하는 미스터 레이디. 유에가 여행 도중에 스매시를 너무 자주 해서 동지가 급증했다. 전후에는 『세계 미스터 레이디 연맹』을 발족하여 초대 회장을 맡는다.

■마리아벨

미스터 레이디. 벨의 옷 가게 왕도 지점의 점장. 유에에게

『첫 가랑이 스매시』를 받은 자.

■아라벨

미스터 레이디. 마리아벨 아래에서 수행 중. 제도 지점의 점장으로 발탁되는 것이 꿈이다.

【성교 교회】

■시몬 L. G. 리베랄

성교 교회의 신교황. 리브 그류엔이라는 이름을 가졌다. 해방자의 진실을 알고, 교황 노릇을 하면서도 나이즈의 가계를 조사할 생각이다.

■데이비드 자라

성교 교회의 신파벌『여신 교단』의 설립을 꾀하는 신전 기사. 지금은 머리를 식히려는 의도인지 마도 주둔군을 맡았지만, 언젠가 왕국으로 돌아가 도시 한복판에서 아이코 님 만세를 외치고 싶어 한다. 옛 호위대 멤버는 굳은 인연으로 맺어진 동지다.

【마국】

■프리드 바그어

고인. 용신화한 티오와 싸워 파트너인 우라노스와 함께 패배했다. 마지막 순간, 자신의 마음을 되찾고 신역에 들어왔던 동포를 지상으로 탈출시켰다.

　사람과 용이 공존하는 천공의 세계…… 그런 곳이 존재한다면 다시 태어났을지도 모른다. 그렇다면 티오가 기도한 대로 우라노스와 다시 만나 자유롭게 하늘을 날고, 어쩌면 이상 국가를 건국하리라.

【해방자】

■밀레디 라이센

　해방자 리더. 중력 마법 사용자. 마력광은 푸른 하늘의 색. 세계에서 가장 짜증 나는 사람이지만, 그 실력은 파격적. 전성기에는 사도조차 다가가지 못했다.

　참고로 밀레디의 깐족거리는 태도는 어떤 인물에게서 이어받은 것이다.

■오스카 오르크스

　밀레디의 파트너 같은 존재. 생성 마법 사용자. 마력광은 햇빛의 색. 안경을 한없이 사랑하고, 목도리를 한 녀석을 용서하지 못한다. 사실 스테이터스 플레이트를 만드는 아티팩트는 오스카의 작품이다.

■나이즈 그류엔

　공간 마법 사용자. 마력광은 대지의 색. 예측 불허인 동료들을 중재하는 역할. 어린 여자애에게 이상할 정도로 사랑받는 체질이었다는 소문도.

■메일 메르지네

재생 마법 사용자. 마력광은 아침놀의 색. 여동생이라면 사족을 못 쓰는 사디스트 해적. 해인과 흡혈귀의 혼혈. 자신을 『메일 누나/언니』라고 부르며 연장자 앞에서도 자기가 연상인 척 행세한다.

■라우스 번

혼백 마법 사용자. 마력광은 야음의 색. 머리카락 이야기에 매우 예민하다. 아들의 이름은 샤름 번이며, 번 가문을 섬기던 충의의 기사는 라인하이트 아셰라고 한다.

■반드르 슈네

변성 마법 사용자. 마력광은 달빛의 색. 마인과 용인의 혼혈이며 온갖 무예의 달인이었다. 참고로 그의 천직은 『예술가』. 목도리를 한없이 사랑하고, 안경을 쓴 녀석을 용서하지 못한다.

■류티리스 하르치나

승화 마법 사용자. 마력광은 어린잎의 색. 삼인족이며 절세의 미녀. 하지만 변태. 항상 메일 언니의 의자가 되고 싶어 한다. 참고로 바퀴벌레가 최초의 친구였다.

흔해빠진 직업으로 세계최강 13

초판 1쇄 발행 2023년 10월 10일

지은이_ Ryo Shirakome
일러스트_ Takaya-ki
옮긴이_ 김장준

발행인_ 최원영
편집장_ 김승신
편집진행_ 권세라 · 최혁수 · 김경민 · 최정민
편집디자인_ 양우연
관리 · 영업_ 김민원

펴낸곳_ (주)디앤씨미디어
등록_ 2002년 4월 25일 제20-260호
주소_ 서울시 구로구 디지털로 26길 111 JnK디지털타워 503호
전화_ 02-333-2513(대표)
팩시밀리_ 02-333-2514
이메일_ lnovellove@naver.com
ㄴ노벨 공식 카페_ http://cafe.naver.com/lnovel11

ARIFURETA SHOKUGYOU DE SEKAISAIKYOU 13
© 2022 by Ryo Shirakome
First published in Japan in 2022 by OVERLAP, Inc.
Korean translation rights reserved by D&C MEDIA Co., Ltd.
Under the license from OVERLAP, Inc., Tokyo JAPAN

ISBN 979-11-278-7201-4 04830
ISBN 979-11-278-1840-1 (세트)

값 9,500원

L NOVEL

33

© Takehaya
illustration Poco
Originally published by HOBBY JAPAN

타케하야 지음 | 뽀코 일러스트
원성민 옮김

단칸방의 침략자!? 1~33권

타케하야 지음 | 뽀코 일러스트 | 원성민 옮김

소년 사토미 코타로가 홀로서기를 위해 찾아낸 단칸방.
부엌 욕실 화장실 포함에 월세는 단돈 5천엔.
어느샌가 그 방은 침략 목표가 되었다?!

'미소녀', '유령', '외계인', '코스플레이어' 그 누가 상대라해도

"너희에게 이 방을 넘겨줄 수는 없어!"

단 한 칸의 방을 걸고 벌어지는 침략일기. 시작합니다!

TV애니메이션 방영 화제작!!

라이트노벨의 새로운 빛! L노벨의 신간은 매월 10일에 발매됩니다. http://cafe.naver.com/lnovel11

친구 여동생이 나한테만 짜증나게 군다 1~9권

미카와 고스트 지음 | 토마리 일러스트 | 이승원 옮김

교우 관계 사절, 남녀 교제 거부, 친구라고는 진정으로 가치 있는 단 한 사람 뿐.
청춘의 모든 것을 「비효율」적이라 여기며 거절하는
나, 오오보시 아키테루의 방에 눌러앉아있는 녀석이 있다.
내 여동생도, 친구도 아니다.
짜증나고 성가신 후배이자 내 절친의 여동생인 코히나타 이로하다.
"선배~, 데이트해요! ……라고 말할 줄 알았어요~?"
혈관에 에너지 음료가 흐르고 있는 듯한 이 녀석은
내 침대를 점거하고, 미인계로 나를 놀리는 등, 나한테 엄청 짜증나게 군다.
그런데 왜 다들 나를 부러워하는 거지?
알고 보니 이로하 녀석도 남들 앞에서는 밝고 청초한 우등생인 척하기 때문에
엄청 인기가 좋은 모양이다.
이봐…… 너는 왜 나한테만 짜증나게 구는 거냐고.

끝내주는 짜증귀염 청춘 러브코미디, 스타트!!

라이트노벨의 새로운 빛! L노벨의 신간은 매월 10일에 발매됩니다. http://cafe.naver.com/lnovel11

L NOVEL

15세 미만 구독 불가

4

의매생활

미카와 고스트
 Hiten

Days with my Step Sister
presented by
ghost mikawa

©Ghost Mikawa 2021 Illustration : Hiten
KADOKAWA CORPORATION

의매생활 1~4권

미카와 고스트 지음 | Hiten 일러스트 | 박경용 옮김

고교생 아사무라 유우타는 부모의 재혼을 계기로,
학년 제일의 미소녀 아야세 사키와 남매로서 한 지붕 아래 살게 됐다.
너무 다가가지 않고, 대립하지도 않으며, 적절한 거리감을 유지하자고 약속한 두 사람.
가족의 애정에 굶주린 고독 속에서 노력을 거듭해왔기에
다른 사람에게 어리광 부리는 방법을 모르는 사키와,
그녀의 오빠로서 어떻게 대해야 할지 몰라 당황하는 유우타.
어쩐지 닮은 구석이 있는 두 사람은,
같이 생활하면서 차츰 편안함을 느끼게 되는데…….
이것은 언젠가 사랑에 빠질지도 모르는 이야기.

**완전한 남이었던 남녀의 관계가 조금씩 가까워지며
천천히 변해가는 나날을 적은, 연애 생활 소설.**

라이트노벨의 새로운 빛! L노벨의 신간은 매월 10일에 발매됩니다. http://cafe.naver.com/lnovel11

새 엄마가 데려온 딸이 전 여친이었다 1~8권

카미시로 코스케 지음 | 타카야Ki 일러스트 | 이승원 옮김

어느 중학교에서 어느 남녀가 연인 사이가 되고,
꽁냥꽁냥거리다, 사소한 일로 엇갈리더니.
두근거림보다 짜증을 느낄 때가 더 많아진 끝에…… 졸업을 계기로 헤어졌다.
그리고 고등학교 입학을 코앞에 둔 두 사람은—
이리도 미즈토와 아야이 유메는, 뜻밖의 형태로 재회한다.
"당연히 내가 오빠지.", "당연히 내가 누나 아냐?"
부모 재혼 상대의 딸이, 얼마 전에 헤어진 전 연인이었다?!
부모님을 배려한 두 사람은 『이성으로 여기며 의식하면 패배』라는
『남매 룰』을 만들지만—
목욕 직후의 대면에, 둘만의 등하교……
그 시절의 추억과 한 지붕 아래에 산다는 상황 속에서,
서로를 의식하고 마는데?!

VTuber인데 방송 끄는 걸 깜빡했더니 전설이 되어있었다 1~4권

나나토 나나 지음 | 시오 카즈노코 일러스트 | 박경용 옮김

화려한 VTuber가 다수 소속된 대형 운영회사 라이브온.
그곳의 3기생이며 『청초』 VTuber인 코코로네 아와유키.
"역시 롱캔 따는 소리는 최고야!"
"응? 완전 꼴리거든?"
"내가 마마가 될 거야!"
하지만 그녀의 부주의로 방송을 제대로 안 끈 결과,
본래 성격(주정뱅이, 호색, 청초(VTuber))을 드러내고 마는데?!
"클립 엄청 따갔어?! 트렌드 세계1위?! 동시 시청자 수 실화냐고!!!"
이게 웬일, 갭이 호평을 받으며 인기 대폭발!
그 결과…… "으랏차—! 방송 시작한드아!"

모든 걸 내려놓은 그녀는, 대인기 VTuber의 길을 달려간다!!

라이트노벨의 새로운 빛! ㄴ노벨의 신간은 매월 10일에 발매됩니다. http://cafe.naver.com/lnovel11

변변찮은 마술강사와 금기교전 1~21권

히츠지 타로 지음 | 미시마 쿠로네 일러스트 | 최승원 옮김

알자노 제국 마술 학원의 계약직 강사인 글렌 레이더스는 수업 중
자습 → 취침 상습범.
그러다 웬일로 교단에 서나 싶으면 칠판에 교과서를 못으로 고정해놓는 둥,
그야말로 학생들도 기가 막혀 하는 변변찮은 강사다.
결국 그런 글렌에게 진심으로 화가 난 학생,
「교사 킬러」로 악명이 자자한 시스티나 피벨이 결투를 신청하지만—
이 해프닝은 글렌이 허무하게 패배하는 안타까운 결말로 막을 내린다.
하지만 학원에 닥친 미증유의 테러 사건에 학생들이 휘말리자,
"내 학생에게 손대지 마!"
비로소 글렌의 본성이 발휘된다!

TV애니메이션 방영 화제작!!

라이트노벨의 새로운 빛! L노벨의 신간은 매월 10일에 발매됩니다. http://cafe.naver.com/lnovel11